Walter Macken
Hör auf die Stimme der See

Walter Macken

Hör auf die Stimme der See

Roman

Nach der ersten Übersetzung von
Elisabeth Schnack
neu durchgesehen, vervollständigt und
überarbeitet von Karl-Klaus Rabe

Lamuv Taschenbuch 242

Originaltitel: Rain on the Wind
erschienen bei Brandon Books, Dingle, Co. Kerry, Irland

Bitte fordern Sie unser kostenloses Gesamtverzeichnis an:
Lamuv Verlag, Postfach 26 05, D-37016 Göttingen, Telefax (05 51) 4 13 92,
e-mail lamuv@t-online.de

Gedruckt auf Öko 2001 Papier zur ökologischen Buchherstellung
(80 Prozent Altpapier, 20 Prozent Durchforstungsholz aus nachhaltiger
Forstwirtschaft, ohne Färbung, ohne optische Aufheller)

99   00   01   02   6   5   4   3   2   1

1. Auflage 1999
© 1994 by The Estate of Walter Macken
© Copyright der deutschsprachigen Ausgabe Lamuv Verlag GmbH,
Göttingen 1999
Alle Rechte vorbehalten

Umschlaggestaltung: Gerhard Steidl
unter Verwendung eines Fotos von Klaus-Dieter Francke/Bilderberg
Gesamtherstellung: Steidl, Göttingen
Printed in Germany
ISBN 3-88977-512-8

1

Wie groß der Gänserich war!

Er reckte den Hals in die Länge, so weit es nur ging, und zischelte mit dem offenen Schnabel dicht über dem Gras hin und her. Der kleine Junge betrachtete ihn ernsthaft und hob das dicke Fäustchen mit dem Becher. Hinter ihm stand sein Bruder, zog ihn an der Schulter und rief dauernd: »Komm jetzt, Mico, sag ich dir! Komm weg, hörst du? Laß ihn ja in Ruhe!«

Wer nicht wußte, daß die Fischerleute dortzulande ihre Söhnchen fast bis zum siebten Jahr noch in rote Kleider steckten, hätte die Kinder für zwei kleine Mädchen gehalten. Beide hatten kurzes, hellblondes Kraushaar, und über den bauschigen Röcken trugen sie Sweater. So standen sie auf dem leuchtend-grünen kurzen Gras, das mit Gänsemist übersät war.

Hoch über ihnen schien hell die Sonne. Sie schien auf das stille Wasser der Bucht und blitzte grell über die Reihe weißgetünchter und strohbedeckter Hütten, an denen hie und da braune Netze auf Pflöcken an der Wand hingen. Es war ein schönes Bild, und es hätte alles so friedlich sein können, wäre der Gänserich nicht gewesen.

Der Gänserich konnte Mico nicht leiden, und hinter dem Gänserich rückte die ganze Schar schneeweißer Gänse geschlossen näher, und all die Hälse schwangen zischelnd über dem Gras hin und her.

»Komm jetzt, Mico«, sagte der Ältere, zerrte seinen dickköpfigen Bruder am Arm und hüpfte ängstlich von einem Fuß auf den andern. »Gestern hat der böse Gänserich Padneen O'Meara gebissen!«

»Hau ab!« rief Mico, hieb mit dem Becher zu und traf den Gänserich mitten auf den Hals. Der größere Junge hörte auf zu ziehen und starrte entsetzt auf den Gänserich. Der lange Hals senkte sich tiefer und tiefer, und der Körper des Tieres folgte, sank aufs Gras, kollerte auf den Rücken und blieb so liegen, die Schwimmfüße komisch gen Himmel gestreckt.

»Jetzt aber!« rief der Ältere. »Jetzt hast du ihn totgeschlagen! O je, was wird Mutter mit dir machen!«

»Tot ist er!« sagte Mico und deutete triumphierend mit seinem fetten Zeigefinger auf das Tier. »Ganz tot!« Und er lachte: ein komisches, zufriedenes Lachen kluckerte dem fünfjährigen Bürschlein aus der Kehle.

»Wenn sie uns erwischen, prügeln sie uns tot!« rief der Ältere und blickte sich scheu um. Doch was er sah, beruhigte ihn. Die weißen Häuser am Long Walk schauten friedlich über das Weideland. Dahinter, oben auf dem Fair Hill, standen noch andere Häuser hoch über Meer und Schilf und Strand. Von einigen sah man die Strohdächer. Manche spiegelten in ihren kleinen Fenstern das leuchtende Blau des Himmels wider. In den offenen Halbtüren war kein Mensch zu sehen. Die Kinder standen allein auf der großen Wiese in der brütenden Sonnenhitze, ganz allein mit dem krampfhaft zuckenden Gänserich und der erschrockenen Gänseschar. Sie waren aber nur kurze Zeit still, die weißen Gänse.

Es sah fast aus, als ob sie eine militärische Übung machten, so plötzlich stürzten sie sich auf die beiden kleinen Jungen.

»Haut ab!« schrie Mico und nahm eine drohende Haltung ein. Sie kamen näher. »Haut ab!« rief er und stieß mit dem Fuß nach ihnen, aber sie kamen näher. Der größere Junge riß aus und jammerte: »Oh, verdammt, sie wollen uns fressen!«

Mico blieb tapfer stehen. Wieder stieß er mit dem Fuß nach ihnen, und die Gans, die ihm am nähesten war, hackte giftig mit dem Schnabel zu. Mico zog sich etwas zurück, ohne zu weinen, obwohl sie ihm weh getan hatte. »Haut ab!« rief er wieder zuversichtlich, aber die Gänse hatten doch seine Unsicherheit gemerkt und kamen wütend und laut schnatternd auf ihn zu, schlugen mit den weißen Flügeln und schienen auf einmal doppelt so groß und zahlreich zu sein. So braußten sie auf Mico los.

Mico drehte sich um und suchte sich zu retten. Seine dicken kleinen Beine wirbelten über den kurzen Rasen, die Gänse immer hinterher. Ihr Zischen war zu einem Triumphgeschnatter geworden.

Nun war das Weideland zu Ende, und Mico war auf der Straße angelangt. Er drehte sich um, doch die Gänse brausten ihm nach, eine flatternde Siegerschar. Also lief er über die Straße und zur Uferböschung hinunter, wo er den Bruder suchte. Aber von dem war nichts weiter zu sehen als zwei entsetzt aufgerissene Augen, die über den Rand der Ufermauer schauten; denn er stand auf den zum Wasser hinabführenden steinernen Stufen. Mico strebte auch dorthin, die Gänse ihm nach.

Auf einmal sahen die Kinder, wie das Wasser gegen die Stufen klatschte: Die Flut kam! Die See drückte den Fluß weit aus der Mündung landeinwärts und leckte nun gegen die Steintreppe. Die Kinder drehten sich um, wollten aneinander vorbei – und dann sah der Ältere nur noch, wie sein kleiner Bruder ins Meer flog. Das rote Röckchen trug ihn eine Weile, dann sah er ihn untergehen. Er riß den Mund auf und ließ einen so durchdringenden Angstschrei vom Stapel, daß sogar die Gänse erschraken. Dann sauste er die Stufen hinauf, die Angst vergessend vor der Gänseschar, die in alle Richtungen zerstob. Mit fliegenden Armen und Beinen jagte er über die Weide und zu einem der Häuser am Long Walk.

»Mammi! Mammi!« schrie er. »Mico ist ins Wasser gefallen und ertrunken!«

Mico tauchte wieder auf.

Er fand es gar nicht so übel im Wasser, wenn er nur Halt unter den Füßen gehabt hätte. Von dort, wo er nun war, konnte er die Wogen zwischen Nimmos Anlegestelle und dem Hafen sehen, wo die aufkommende See und der Fluß sich trafen. Er sah die weißen Häuser auf der anderen Flußseite am Long Walk, farbenfroh dekoriert mit Decken, Laken und Handtüchern, die man zum Trocknen aus den oberen Fenstern gehängt hatte, und er sah das Wrack eines großen Segelschiffs, daß in der Mündung in der Sonne vor sich hin rottete, weiß getüncht vom Kot der Möwen. Das Wasser war grün und ruhig an der Stelle, zu der er getrieben worden war, und unter ihm schimmerten in der Sonne rostige Blechdosen,

Nachttöpfe, verbogene Fahrradfelgen und alles mögliche, was die Leute im Ort nicht mehr gebrauchen konnten.

Mico sank wieder und wunderte sich, wie scheußlich das Wasser schmeckte.

Zum Teufel, ich will nicht untergehen, schoß es ihm durch den Kopf just in dem Moment, als sich aus einem der Fischerboote ein Mann vorbeugte, eine lange Stange mit einem Haken unter seinen Körper schob, ihn sachte höher hob und ihn so über Wasser hielt. Micos Hände klammerten sich um das glatte Holz, und er schaute die Stange entlang, die zwei dunkelbraune, runzlige Hände hielten. Und dann sah er zwei stille blaue Augen, in denen ein Lachen stand.

»Halt dich fest, Mico!« sagte der alte Mann.

Mico sah die tiefliegenden blauen Augen, beschattet vom breitkrempigen Connemarahut, und erkannte seinen Großvater. Sofort wußte er, daß nun alles gut enden würde.

»Großvater«, lachte er strahlend, »ich hab dem Gänserich eins ausgewischt!«

»Meine Güte«, sagte der Großvater, »du bist das reinste Teufelskücken! Deine Mutter wird dich totschlagen!«

Der Gedanke an die Mutter wirkte abkühlend.

»Halt dich fest«, rief der Alte und versuchte, eine strenge Miene aufzusetzen, »ich zieh dich jetzt an Bord.«

Micos kleine Fäuste klammerten sich um die Stange. Seine blonden Locken lagen ihm klitschnaß um den Kopf. Dadurch war das scheußliche Muttermal, das fast sein halbes Gesicht bedeckte, noch deutlicher sichtbar. Es reichte von der Stirn halb übers linke Auge und die Backe; dann verkroch es sich wie ein langer roter Finger hinten am Nacken in seinem Sweater. Dem Alten wurde jedesmal das Herz schwer, wenn er's sah. Die Leute nannten es »Gottesfinger«.

Langsam zog er den kleinen Kerl über die dicke Bootswand, auf deren frischem Teer sich das sonnenglitzernde Wasser grün spiegelte. Die Wellen plätscherten leise gegen das Holz. Der hohe Mast schwankte, als der Alte sich über das Dollbord hinauslehnte, den Kleinen beim Rockzipfel packte und dann hoch in die Luft hob. Einen Augenblick hielt er ihn so und lachte, während das Wasser von dem zappelnden kleinen Etwas heruntertropfte.

»Nicht, Großvater, nicht!« schrie Mico. »Ich will nach unten!« Da stellte er ihn nieder in die Geborgenheit der bauchigen Bootswände. Von den Sachen des Kleinen tropfte und rieselte es auf die glatten, in einem schönen Muster angeordneten Kalksteine, die den Bootsboden als Ballast ausfüllten.

»Jetzt aber raus aus dem nassen Zeug, Mico!« rief der Alte, und im Nu hatte er ihm den Sweater und dann den roten Rock mit dem weißen Oberteil über den Kopf gezogen. So ließ er den Kleinen stehen, ein stämmiges, nacktes Männchen, dessen Babyspeck an den Knien und dem runden Bäuchlein noch nicht ganz verschwunden war. Die Beine waren braungebrannt, aber der übrige Körper und Hals und Arme waren so weiß wie die Haut in der Eierschale.

»Spring ein bißchen umher!« mahnte der Großvater, »bis ich etwas gefunden habe, womit ich dich abtrocknen kann.«

Der Alte kletterte in den Bug, reckte sich weit vor und spähte in die Luke. Er brachte einen Lumpen zutage.

»Sehr sauber ist er gerade nicht, Mico, mein Bürschchen«, rief er und betrachtete den Lappen von allen Seiten, »aber das schadet dir nichts!« Und er hockte sich vor dem Kleinen nieder und rieb ihn mit dem teerbespritzten Lappen trocken.

Mico kicherte und schlug die Arme über der Brust zusammen: »Du kitzelst mich!« schrie er.

»Unsinn!« rief der Alte. »Dreh dich um, jetzt kommt der Rücken dran! So, und nun: hopp, auf die Luke mit dir, damit die Sonne dich fertig trocknet. Wenn ich eine Wäscheleine hier hätte, könnte ich dich wie ein Paar alte Hosen zum Trocknen aufhängen.«

Er setzte das Kind in den Bug und nahm die abgestreiften Kleider, um sie fest auszuwringen.

»Warst du auch mal klein, Großvater?« fragte Mico.

»Natürlich«, brummte der Alte.

»Genau wie ich?«

»Haargenau!«

»Warum hab ich dann keinen Bart wie du?«

»Oh«, sagte der Alte und nickte weise mit dem Kopf, »einen Bart läßt der liebe Gott nur ganz alten Fischern wachsen.«

»Und wenn ich Fischer werde, bekomm ich dann einen?«

»Bestimmt!«

»Dann will ich Fischer werden«, erklärte Mico entschieden, fuhr dabei mit der Hand über eine Seilwinde neben ihm und blieb mit dem Finger an einem spitzen Haken hängen. Sofort stieß er ein Gebrüll aus.

»Meine Güte«, rief der Alte, »du bist wirklich ein Teufelskücken, daß du auch immer wieder was anstellen mußt!« Und seufzend kam er ihm zu Hilfe.

»Ich wollte bloß sehen, ob er scharf ist«, verteidigte sich Mico.

»Halt, faß nicht an, du Schlingel, sonst bohrst du ihn noch tiefer in den Finger!« Vorsichtig hob er die Seilwinde auf und wickelte ein paar Runden der braunen Leine ab. Dann nahm er sich den Finger vor und betrachtete ihn. Die Spitze hatte sich noch nicht ganz durch den Finger gebohrt. »Sitz still, ich hab ihn gleich!«

»Großvater, schlägt mich die alte Biddy tot, weil ich ihrem Gänserich eins versetzt habe?«

Im gleichen Augenblick brach das Unwetter schon über sie herein: das Geschnatter der aufgeregten Gänse, Getappel von nackten Füßen, kreischende Frauen, die halb ängstliche, halb wichtigtuerische Stimme von Micos Bruder, noch andere schreiende Kinder, und dann sahen Mico und der Großvater auf der Ufermauer hoch über sich einen Wald von Gesichtern, die auf sie niederstarrten. Der Alte entdeckte seine Schwiegertochter Delia.

Delia hatte ein schmales Gesicht mit energischem Unterkiefer. Das braune Haar hatte sie straff nach hinten gezogen und zu einem Knoten geschlungen. Aus der graden Stirn stieß eine schön gebogene Nase vor. Von grauen Haaren war bei ihr noch nichts zu sehen, und auch sonst hielt sie sich gut. Die verwaschene Bluse hatte sie fest in den roten Rock gestopft, über dem eine grobe Schürze aus Sackleinwand hing. Trotz dieser

Kleidung sah man, wie groß und gut gewachsen sie war. Mit den grauen Haaren hat's noch lange Zeit, dachte der Alte.

»Da ist er ja«, schrie sie, und der Großvater fand wieder, wie hart ihre Stimme geworden war, daß sie den sanften Tonfall ihrer Heimat Connemara ganz verloren hatte.

»Es fehlt ihm nichts«, sagte er. »Ich hab gesehen, wie er ins Wasser fiel, und habe ihn herausgeangelt.«

»Warum hast du denn nicht gerufen? Du hättest doch rufen können, dann hätte ich gewußt, daß er lebt. Und der arme Tommy hier, sieh dir den an! Was der für einen Schreck bekommen hat! Ganz blaß ist er, der arme Junge!« Mit ihrer von der Seifenlauge aufgedunsenen Hand zog sie den weinenden Tommy näher. Er verkroch sich in ihrer Schürze.

»Geschieht ihm ganz recht«, sagte der Großvater, »warum stößt er auch den kleinen Mico ins Wasser!«

»Hab ich gar nicht, Mammi, hab ich gar nicht!« heulte Tommy von neuem los. »Ich hab ihn nicht ins Wasser gestoßen! Er hat dem Gänserich mit dem Becher eins übergezogen, und da fiel er um, und die Gänse sind alle auf uns los und hinter uns her, und wie wir auf die nasse Steintreppe kamen, ist Mico ausgerutscht.«

Ein kleiner Knirps mit Rotznase, der neben ihnen stand, rief wichtig: »Ja, so war's! Ich und Twacky haben's auch gesehen, wie die Gänse hinter den beiden her sind. Ja, was für 'n Spaß, was für 'n Spaß mit all den Gänsen!«

»Komm jetzt her, Mico«, rief Delia wütend. »Dir werd ich's geben, mein Bürschchen!«

»Und mein Gänserich?« jammerte eine Alte, die plötzlich hinter ihnen aufgetaucht war. Sie ging ganz krumm, stützte sich auf einen Krückstock und schob sich allmählich weiter vor. Die herumstehenden Kinder machten ihr Platz; denn mit ihrer langen krummen Nase, die aus dem roten, unter dem Kinn verknoteten Kopftuch herausragte, galt sie bei ihnen als Hexe. »Und mein Gänserich?« winselte sie wieder. »So muß es einer armen alten Witwe ergehen mit ihrer letzten Habe! Da liegt er wie tot auf dem Rücken, mein schöner Gänserich, und rührt sich nicht. Seht ihn doch an, den Armen! Und was wird aus meinen Gänsen, wenn er nun stirbt? Was sollen die machen ohne ihren Mann? Und ohne meine Gänse kann ich nicht leben! Wo soll ich jetzt einen neuen Gänserich hernehmen?« Dann schimpfte sie ins Boot hinunter: »Der Teufel soll dich holen, du kleines Biest! Wenn ich dich erwische, laß ich meinen Stock auf deinem Hintern tanzen, und wenn deine Mutter noch so schreit!«

»Mico, kommst du jetzt endlich?« rief seine Mutter zornig.

Mico stand unten im Boot, die Hände auf dem Rücken, und sah sie alle an. Sein Haar war schon wieder trocken und stand ihm wirr um den Kopf. Er hatte eine schmale Stirn und große braune Augen, die aber vor Angst ganz klein und nicht so weich wie sonst waren. Das Muttermal glühte auf der weißen Haut.

»Ich hab ihm bloß eins gegeben, weil er mich beißen wollte«, rief er trotzig.

»He, Biddy! Biddy!« riefen die Kinder plötzlich. »Dein alter Gänserich ist aufgestanden! Da läuft er wieder!«

Alle blickten über die grüne Wiese und auf den Gänserich.

»Gott sei gelobt und gepriesen!« murmelte Biddy und hob den Stock. »Mein lieber Gänserich kann wieder laufen! Aber deshalb erwisch ich dich doch noch, du Mörder, du!« drohte sie Mico. »Das sieht dir ähnlich, dir und deiner Sippschaft! Eine aus Connemara als Mutter und der Vater auch noch nicht lange in Claddagh!«

»Halt deine Lästerzunge, ja?« rief Micos Mutter aufgebracht.

»Fällt mir nicht ein«, kreischte Biddy nun, »und bleibt mir vom Leibe, mir und meinen Gänsen, verstanden? Sonst beleg ich euch und eure ganze Brut mit meinem schlimmsten Fluch! Wenn dein Balg noch mal meinen Gänsen zu nahe kommt, dann zerreiß ich ihn in tausend Stücke, wahrhaftiger Gott!« Und damit zog sie ab.

Vor unterdrücktem Ärger war Micos Mutter ganz rot geworden. Sie holte aus und schlug dem erstbesten Kind neben sich, dem Jungen mit der Rotnase, eins hinter die Ohren. »Schert euch fort, ihr Quälgeister! Kaum setzt man den Fuß aus der

Haustür, da seid ihr schon alle da und sperrt Mund und Nase auf, ob ihr etwas aufschnappen könnt! Macht, daß ihr wegkommt, oder es setzt noch mehr!«

Die Kinder stoben auseinander. Der Junge, der die Ohrfeige bekommen hatte, brüllte, als ob er am Spieße steckte, und rannte nach Hause, daß sein roter Kittel nur so flog.

»Mico, du kommst jetzt sofort!« rief Delia nach unten.

»Er kommt gleich, Delia«, beruhigte sie der Großvater. »Ich bringe ihn selbst mit. Ihm fehlt nichts, sage ich dir. Ich habe ihn tüchtig trocken gerieben; laß ihn noch ein bißchen an der Sonne sitzen! Ich komm dann mit ihm.«

Er blickte gelassen in das zornige, zerquälte Gesicht, und seine Augen hatten den zwingenden Ausdruck, den sie manchmal annehmen konnten.

»Das rettet ihn doch nicht«, schimpfte sie und wandte sich zum Gehen. »Ich werd's ihm schon noch zeigen! Er soll mir nicht noch einmal Schande über die ganze Familie bringen und seinen armen Bruder zu Tode erschrecken!«

Und dann waren alle fort, und es war wieder friedlich am Ufer.

»Großvater? Bekomm ich Prügel?« fragte Mico in die Stille hinein.

»Hm«, räusperte sich der Alte, »vielleicht geht's auch gnädig ab, wenn wir noch ein Weilchen warten. Dann ist sie nicht mehr gar so böse auf dich.« Und er zwinkerte dem Kleinen listig zu. Mico strahlte.

Es könnt ein hübscher Bursche sein, dachte der Großvater seufzend, wenn er nicht das schlimme Mal hätte. Gute braune Augen hat er, und das feste Kinn seiner Mutter paßt besser zu ihm als zu ihr. Die Nase ist zwar ein bißchen platt, aber sie wird wohl sehr groß werden wie bei seinem Vater, ehe sie ihm einer einschlug. Zum Glück hat er die stillen Augen, und er wird sie gebrauchen können, wenn er erst einmal anfängt, sich im Spiegel zu besehen.

Gottes Wege sind unerforschlich, dachte er und rollte das fingerdicke, geteerte Tau zusammen, das wirr im Heck lag.

Was Er wohl alles vorhat mit seinen Geschöpfen? Mußte Er dem armen Kind mit dem roten Pinsel übers Gesicht fahren?

Mico hopste vergnügt mit seinem kleinen nackten Hinterteil auf dem heißen Holz umher. Es war großartig, so ohne Kleider dazusitzen und sich die Sonne aufs Fell scheinen zu lassen. Die Flut stieg und spiegelte das blendende Sonnenlicht wider. Das Boot schaukelte sachte hin und her.

Ein wunderschönes Boot, dachte Mico. Er hatte es oft vom Fischfang heimkommen sehen, mit dem großen, breiten Bug und den bauchigen Bordwänden, die hinten wie ein flacher Schwanz zusammenliefen. Beinahe wie ein Wikingerschiff, sagte der Großvater immer. So hatten die Wikinger ihre Schiffe gebaut, nur viel länger. Und alle Leute hier in Claddagh stammten von den alten Wikingern ab. Vor Tausenden von Jahren waren sie vom kalten dunklen Nordmeer hergekommen. Lange vor der Zeit, ehe die Leute da drüben ihre alte stinkige Stadt bauten. So hatte der Großvater erzählt und mit dem Daumen verächtlich nach Galway gezeigt, das drüben jenseits des Flusses lag. »Wir waren zuerst hier«, hatte der Großvater erzählt. »Claddagh war die erste Stadt von ganz Irland, und wir waren es, die sie gebaut haben! Aber dann kamen die Prahlhänse von Gott weiß woher und mußten sich uns zum Trotz da drüben niederlassen. Und jetzt tun sie von oben herab, die Burschen! Als ob nicht jeder einzelne von uns mehr wert ist als fünfzehn Männer von denen, allemal!«

Großvater war schon über fünfzig, aber was für ein Mann er war! Nicht so groß wie der Vater, doch stark! Sein Rücken war so gerade wie der Mastbaum. An seinen Händen standen die Adern hervor. Den grauen Bart schnippelte er manchmal selbst mit der Schere zurecht. Eigentlich glich er dem Fischer auf den Zigarettenschachteln. Nur ein bißchen älter. Denn sein Gesicht war braun und zerfurcht von Sonne und Wind, und um die Augen tanzten ihm tausend kleine Fältchen. Immer war er still und freundlich, und wenn man Kummer hatte, dann verstand niemand in ganz Claddagh einen so gut zu trösten wie er.

Micos Vater hieß Micil, und die Leute nannten ihn Big Micil, den langen Micil. Ein Riesenkerl ist er, sagten sie. Ein langer Laban! Aber sie meinten es nicht böse und sagten's ihm auch ins Gesicht. Man mußte zu ihm aufsehen, wenn man mit ihm sprach. Er war der größte Mann in der Grafschaft Connacht: so breit wie eine Tür und so hoch wie anderthalb Türen! Da kann man sich wohl einen Begriff machen! Und genau so gewaltig war sein Lachen. Wenn die Fischerboote im Sommer heimkehrten wie große schwarze Vögel, hinter denen die Sonne ins Meer sank, und wenn der Abend so still war, daß man den kleinsten Laut hörte, dann wußten die am Ufer Wartenden lange vorher, daß die Boote bald kommen würden; denn weit draußen hinter dem Leuchtturm klang schon Big Micils Lachen.

»Kommt Vater bald nach Hause, Großvater?« fragte Mico. »Wann kommt er endlich?«

»Weiß Gott, er sollte schon hier sein, sonst wird's zu spät zum Ausfahren«, antwortete der Alte und blickte suchend über die Ufermauern und auf die Brücke, die zur Stadt und zum Pub führte.

»Großvater, Großvater!« rief Mico und deutete auf die Bucht, »was für einen langen Hals die Gänse da haben!«

»Das sind keine Gänse, sondern Schwäne.«

Es waren zwei Schwäne mit drei häßlichen grauen Jungen, die hinter den Eltern herpaddelten, ohne daß es ihnen gelang, es den majestätisch weiterziehenden Alten gleichzutun.

»Sie sehen aus wie ein Kahn, nicht wahr, Großvater?«

»Ja, hast recht, Mico. Nur sind sie weiß, und unser Boot ist schwarz – ein alter schwarzer Schwan.«

Mico lachte: »Unser Boot ist doch kein Schwan, Großvater!«

»Du verstehst's halt nicht besser, du kleiner Dummer!« sagte der Alte, steckte die Pfeife in den Mund und lehnte sich gegen das Dollbord, während er mit seinem Messer ein Stück Preßtabak abschnitt.

»Vor langer, langer Zeit, als es noch Könige in Irland gab«, erzählte er, »wenn da ein König starb, wurde er auf ein Schiff getragen, das sah aus wie unser Boot und glich einem schwarzen Schwan. Das Schiff mit dem toten König wurde in Brand gesteckt und fuhr aufs Meer hinaus. Und weißt du, was dann geschah, Mico?«

»Was, Großvater?« flüsterte das Kind und hielt vor Eifer den Atem an.

»Das ganze Schiff ging in Flammen auf und sank, und aus dem Meer hob sich ein weißer Schwan und stieg in die Lüfte. Und das ist bestimmt wahr: Jeder Schwan ist eigentlich ein toter König. Darum darfst du auch niemals einem Schwan etwas zuleide tun, Mico! Nicht so wie bei dem alten Gänserich, dem du mit dem Becher auf den Kopf geschlagen hast.«

»Bewahre, Großvater! Bei einem Schwan tu ich das nicht. Wenn er doch ein König ist!«

»Kannst du dir auch denken, wie die Schwäne mit den Flügeln machen, wenn sie fliegen?«

»Ja«, sagte Mico, »sie machen wische-wisch mit den Flügeln.«

»Richtig«, sagte der Großvater, »und genau so macht unser Boot, wenn es weit draußen auf dem Meer ist und alle Segel gesetzt sind, und es liegt dicht am Wind. Dann segelt es so sanft wie ein Schwan, Mico, und der Wind in den Tauen und Segeln macht wischewischewisch!« Er sah zum Mast hinauf.

»Ja, Großvater«, sagte der Kleine und stieß einen Seufzer aus, »das möcht ich auch gern hören! Wann darf ich mit ausfahren? Wann nimmst du mich mit?«

»Bald, Mico. Wenn du noch ein bißchen größer bist, und wenn du nicht so früh am Abend Schlaf in die Augen bekommst. Jetzt ist's noch nicht soweit.«

»Ich will aber jetzt schon groß sein!« bettelte Mico. »Ich will so groß sein wie unser Haus!«

»Hopp! Auf die Treppe mit dir und nach oben!« rief der Alte und gab ihm einen Klaps auf das blanke Hinterteilchen. »Ich bring deine Sachen.«

Mico kletterte behende aus dem Boot und die glatten, ausgetretenen Steinstufen hinauf, die auf den Kai führten. Der Uferdamm war mit Gras bewachsen und deutete wie ein Finger auf den Fluß. Und dahinter waren noch zwei andere Kaimauern, die ebenso ins Wasser vorstießen und einen Hafen für die Fischerboote bildeten, deren Masten höher und immer höher über den Damm hinausragten, wenn die Flut den Flußspiegel träge und hochmütig hob.

Jetzt herrschte reges Leben auf den Kais. Fischer rafften die braunen Netze zusammen, die zum Trocknen auf dem Gras gelegen hatten. Aus den weißen Hütten kamen die dunklen Gestalten von Männern; auf den Schultern oder unter dem Arm trugen sie Kisten. Die Boote verschluckten Netze und Hummerkisten und Taurollen. Aus einigen, in deren Luken unter Deck schon die Kohlenfeuer in Eisenkörben brannten, kräuselten sich blaue Rauchfäden in die Luft.

Mico stand nackig am Ufer, beobachtete die Schwäne und folgte mit seinen Blicken den großen Möwen, die über die Weite der Flußmündung segelten, kreischten, flatterten und tauchten. Dann kam der Großvater, und Mico steckte seine kleine Faust in die schwielige Hand des Alten. Sie gingen zusammen über die Straße und den grünen Hang hinauf und auf die Reihe der weißgetünchten Häuser zu. Als Mico die Gänse erblickte, die dort friedlich Gras rupften, und den grauen Gänserich, der sich aufmerksam umsah, da fiel ihm alles wieder ein, und er bekam Herzklopfen.

Vielleicht bekomme ich diesmal keine Prügel, dachte er. Oder vielleicht wird's diesmal nicht so schlimm!

Das Gras unter den nackten Zehen kitzelte. Als sie schon fast vor der Haustür standen, hörten sie jemand hinter sich rufen. Sie blieben stehen und drehten sich um. Von der Straße hinter den Häusern kam Big Micil in seiner vollen Länge und stampfte übers Gras. »Heda! He!« rief er.

Mico ließ Großvaters Hand los und lief seinem Vater entgegen. Big Micil sah, was für ein nackter kleiner Kerl da auf ihn zugerannt kam. Er blieb stehen, krümmte sich vor Lachen und hieb sich mit den großen Händen auf die Beine. Mico lachte auch und lief mit offenen Armen auf den Vater zu. Der lange Micil bückte sich und drückte ihn an die Brust. Dann schwang er ihn in die Luft, so daß Mico überrascht aufschrie und gleich wieder lachte, weil er das rauhe Tuch auf des Vaters Armen spürte, die ihn hielten und herzten.

»Was ist denn passiert, mein Bursche?« rief Big Micil und hielt das zappelnde, nackte Paket auf Armeslänge von sich und musterte es. »Als ich hörte, du seiest ertrunken, da ließ ich mein feines Glas Bier halbvoll stehen und lief und rannte, und dabei bist du ganz quietschvergnügt und lebendig!«

»Ich bin auch ertrunken, Vater«, erzählte Mico, »und Großvater hat mich aus dem Wasser geangelt, und Mutter war furchtbar böse, und Biddy sagt, sie will uns alle verfluchen, weil ich ihrem alten Gänserich eins mit dem Becher versetzt habe!«

»Mein Gott«, sagte Big Micil und setzte sich den Kleinen auf die Schulter, »kaum laß ich dich fünf Minuten aus den Augen, und schon steckst du bis an den Hals in Dummheiten.«

»Diesmal bin ich nicht schuld«, sagte Mico und zappelte hin und her, weil seines Vaters rauhe Friesjacke ihn kitzelte. »Der alte Gänserich ist schuld!« Er legte dem Vater seine fetten Ärmchen um den Hals.

Big Micil hatte einen mächtigen Kopf, auf dem eine Schirmmütze saß. Das dunkelbraune Gesicht zierte ein kurzes, schwarzes Schnurrbärtchen. Neben Mico hätte auch noch sein Bruder Tommy sitzen können, und auf Big Micils anderer Schulter war reichlich Platz für noch zwei Kinder. Mit Recht konnte Mico, wenn sie gerade tüchtig am Prahlen waren, zu seinen Kameraden sagen: »Mein Vater ist der größte Mann von der Welt!«

»Was ist eigentlich passiert, Vater?« fragte Big Micil, als sie vor dem Großvater standen. Immer nannte er ihn Vater. Er hatte sehr viel Respekt vor ihm. So war er erzogen worden, mit sehr viel Respekt vor seinen Eltern und Großeltern. Es war eine schöne alte Sitte, die sich zum Glück bei den älteren Leuten noch lange hielt. Denn in der guten alten Zeit war es ja stets so gewesen, damals, ehe Bücher gekritzelt und Filme gedreht wurden und man sich noch nicht über Sohnesliebe lustigmachte. Ein Wunder, daß noch keiner auf den Gedanken gekommen war, alle Alten über fünfzig Jahre zu ertränken . . .

Big Micil liebte seinen Vater sehr. Manchmal waren sie nicht der gleichen Meinung, zum Beispiel wegen seiner Heirat, mit der der Großvater nicht einverstanden gewesen war. Oder auch beim Fischen. Aber nie widersprach er ihm. Was er im Sinne hatte, tat er ohne viel Aufhebens und ließ es dabei bewenden.

»Ein Glück«, meinte der Großvater, »daß du gehört hast, Mico wäre beinahe ertrunken. Das hat dich wenigstens aus der Wirtschaft geholt! Sonst wären wir ja wohl bei Kerzenlicht fischen gegangen! Was fiel dir denn bloß ein, so lange sitzenzubleiben? Alle andern Boote sind schon abfahrbereit, und wir stehen hier herum, haben noch keinen Bissen gegessen und nichts getan, dabei sollten wir die Segel setzen und aufbrechen!«

»Ach«, sagte Big Micil und kitzelte den Kleinen, so daß er hin und her zappelte und kicherte, »wir haben doch ein gutes Boot, das mit zwei tüchtigen Fischern bemannt ist und allen Claddagh-Leuten das Heck zeigen kann, wenn's Lust hat! – Hoffentlich hat Mico sich nicht weh getan?«

»Der und sich weh tun!« rief der Großvater. »Er hat andern weh getan. Delia ist furchtbar böse auf ihn. Sie hat ihm Prügel versprochen, wenn er heimkommt. Darum haben wir uns mit dem Nachhausegehen nicht sehr beeilt.«

»Sie wird wohl einen schönen Schreck bekommen haben«, meinte Big Micil. »Ich wäre bald selbst vom Stuhl gefallen, so erschrocken war ich: Der kleine Twacky kam hereingestürzt und schrie: ›Micil, dein Mico ist ins Wasser gefallen, weil der Gänserich ihn gebissen hat und die alte Biddy-Bee ihn verprügelt hat, und Micos Mutter hat Padneen eins hinter die Ohren gegeben, und . . .‹ – alles in einem Atemzug! Da bin ich natürlich hochgeschossen und losgesaust, kann ich dir sagen. Aber's ist ihm ja anscheinend kein Härchen gekrümmt worden, was, Mico?« Er hob den Kleinen von der Schulter und gab ihm einen Klaps.

Mittlerweile waren sie bis vors Haus gekommen. Obwohl es zu einer langen Reihe von genau gleichen Häusern gehörte, unterschied es sich doch von allen. Das Strohdach schien frischer, die weißgetünchten Wände strahlten noch weißer und die Scheiben der Fensterchen blitzten silbern. Hinter den Fensterscheiben standen blühende Geranien, rosa mit dunkelroten Streifen. Big Micil, hinter dem der Kleine hertrippelte, schob die Halbtür beiseite und trat ein.

»Willkommen, Frau des Hauses!« rief Big Micil fröhlich. Er mußte sich bücken, als er über die Schwelle schritt, und als er sich drinnen aufrichtete, schien er mit dem Kopf fast an die Decke zu stoßen. Die Decke war dunkel vom Rauch des Torffeuers, das ständig im offenen Kamin brannte. Die Flammen leuchteten heimelig, und nur der grelle Sonnenschein draußen dämpfte ihren Glanz ein wenig. Delia beugte sich über einen rußgeschwärzten Kochtopf, und als sie näher kamen, richtete sie sich auf und strich eine Haarsträhne beiseite, die ihr ins Gesicht gefallen war.

»Hast du gehört, was Mico angestellt hat?« fragte sie. »Hast du so etwas schon mal gehört? Es wird immer schlimmer mit ihm!«

»Der reinste Zufall«, sagte Big Micil. »Wie soll er etwas dafür können, wenn er ins Meer fällt? Alle Kinder fallen mal ins Wasser.«

»Er hätte den Gänserich nicht mit dem Becher schlagen dürfen«, rief Delia gereizt. »Das hätt er nicht tun dürfen! Solche Schande macht er uns, und halb Claddagh stand dabei und hörte zu, wie die alte Biddy uns herunterputzte!«

»Aber, aber, Delia!« rief Micil und zog die marineblaue Jacke aus, unter der er einen Sweater trug, »nimm's doch nicht so schwer! Mußt du nicht Gott dankbar sein, daß er uns nicht ertrunken ist?«

»Vielleicht wär's besser für ihn gewesen, und für uns auch«, antwortete Delia mit erstickter Stimme.

Ein erschrockenes Schweigen folgte auf ihre Worte. Big Micil starrte sie entsetzt an, die Jacke in der Hand, und zog die Augenbrauen hoch. Der kleine Mico, der noch in der Tür stand, hatte die Hände auf den Rücken gelegt und runzelte die Stirn. Hinter ihm hielt der Großvater die Halbtür in der Hand. Selbst Tommy, der in der Ecke vor dem Feuer ein

Marmeladenbrot aß, hörte auf zu kauen, weil ihm die Stille auffiel.

Hinter der Stille barg sich eine ganze Welt...

Eine ganze Welt, dachte Delia. Aber, lieber Himmel, warum mußte ich das nur sagen? Gern hätte sie die Worte zurückgenommen. Meinte sie es denn wirklich so? War es nur, weil der Ärger sie verwirrt hatte? Immer mußte sie an die Zeit denken, in der sie ihr zweites Kind erwartet hatte. Ob sie deshalb so ungerecht zu ihm war? Immer, wenn ihr Blick auf ihn fiel, dachte sie wieder an damals, als Mico zur Welt kam – in einer Woge schneidend scharfen Schmerzes. Er war viel zu groß und zu schwer gewesen. Achtundvierzig Stunden lang hatte sie seinetwegen Qualen ertragen müssen. Achtundvierzig Stunden lang! Die Lippen hatte sie sich wund gebissen vor Schmerz, und ihre schweißnassen Hände hatten sich verzweifelt ans Bett geklammert. Wenn sie den roten Gottesfinger in seinem Gesicht sah, dachte sie, ob sie vielleicht von einem Dämon besessen gewesen sei oder ob Gott sie wegen irgendeiner heimlichen Sünde verflucht habe.

Ihr Erstgeborener war schlank und gerade gewachsen; die Nase war fein, die Hände schmal und zartgliedrig und die Stirn hoch. Er war flink. Längst hatte er alles besorgt, ehe Mico sich überhaupt in Bewegung setzte. Derb und stark war Mico – aber kann ein plumper Körper schön sein? Kann ein so gezeichnetes Gesicht schön sein?

»Laß uns jetzt essen!« sagte Micil ruhig und hängte die Jacke auf.

Sie drehte sich um, hob die Schürze hoch und fuhr sich mit einem Zipfel über die Augen.

»Komm hierher, Mico«, rief sie, »bis ich dich angezogen habe. Warum hast du ihn denn so nach Hause gebracht, Vater? Was die Leute nur denken werden!«

»Ich kümmere mich den Teufel drum, was die Leute denken werden«, antwortete der Großvater. »Sie können ihm nichts abgucken, als was sie selbst auch haben.« Er setzte sich an den Tisch, der weißgescheuert vor dem Fenster stand. Die derben Stühle waren so reingescheuert wie die Tischplatte.

Der alte Mann warf seinen Hut neben die Blumentöpfe auf dem Fensterbrett und langte mit der Gabel nach den Kartoffeln. Er spießte eine auf und begann sie zu schälen. Ungefähr zwanzig Pfund Kartoffeln standen vor ihnen auf dem Tisch. Sie dampften und waren aufgeplatzt, und durch die braune Schale quoll es schön weiß und mehlig hervor.

Big Micil seufzte und setzte sich an das obere Ende des Tisches. »Komm her, Tommy!« rief er. »Komm und setz dich zum Essen!« Er holte sich eine Kartoffel, und während er sie schälte, ruhten seine Blicke auf seinem ältesten Sohn. Ein hübscher Bursche, dachte er, und gut gewachsen. – Was mir einfällt, wunderte er sich dann. Ich liebe meinen Tommy, und ich liebe meinen Mico. Aber Mico habe ich lieb, weil Gott ihn gezeichnet hat. Ist das denn nicht selbstverständlich? Er ahnte wohl, was Delia durchgemacht hatte, als sie ihm das Leben gab. Und eine Zeitlang war es ihm so vorgekommen, als ob sie Mico nicht leiden könne. Heilige Mutter Gottes, was für Gedanken, sagte er sich. Ich werde ja wohl wunderlich, weil mir die heiße Junisonne zu lange auf den Kopf geschienen hat? Sie hat einfach einen Schreck bekommen, weil er ins Wasser gefallen ist, und wenn Frauen erschrecken, benehmen sie sich ganz anders als Männer. Dann lassen sie's an den Dingen aus, an denen sie am meisten hängen. Ach was, dachte er dann, ich bin doch zu dumm, um mir solche Sachen richtig auszutüfteln, ich will mir nicht länger den Kopf zerbrechen.

»Deine Mutter hätte dir den Hintern versohlen müssen, Mico«, sagte er und schaute den Kleinen an, dem Delia gerade ein trockenes Röckchen über den Kopf streifte. »Hast du verstanden, Mico? Du kannst nicht dauernd ins Wasser fallen! Mußt nicht immer dummes Zeug anstellen! Hörst du?«

»Ja, Vater«, sagte Mico und riß die Augen auf. Aber da – so seltsam ist das Menschenherz – strich Delia dem Kind übers Haar und sagte: »Er konnte ja nichts dafür! Es war nicht seine Schuld! – Geh jetzt und iß, mein Kleiner!«

Dann kauerte sie sich vors Feuer, hob den Deckel von der großen eisernen Pfanne und stellte das dampfend heiße Fischgericht auf den Tisch.

Mico kam aus dem Staunen nicht heraus, und Big Micil auch nicht. Sie starrten sie an und aßen schweigend ihre Kartoffeln, bis Delia kam, sich zwischen die beiden Söhne setzte, den Kopf senkte und sich bekreuzigte und dann jedem etwas von dem gebratenen Pollack servierte.

»Trotzdem, er kommt mir morgen in die Schule«, sagte sie. »Jetzt muß der Lehrer ihn mal in die Hand nehmen!«

»Für die Schule ist er noch viel zu klein«, rief Big Micil.

»Egal«, erwiderte sie energisch, »er muß beschäftigt werden!«

»In die Schule!« rief der Großvater verächtlich. »Meine Güte, das hat ihm noch gefehlt!«

»Ich hab's mir überlegt«, entgegnete sie, »und ich finde, so ist's am besten. Und dabei bleibt's! Morgen früh zieh ich ihm die ersten Hosen an, und dann kann er mit seinem Bruder Tommy in die Schule gehen.«

Hosen, dachte Mico begeistert. Das ist wenigstens etwas. Wie lange hatte er sich schon auf die Hosen gefreut. Denn die roten Röckchen kamen immer mehr aus der Mode, selbst bei den Allerkleinsten. In Claddagh gab es sogar schon Mütter, die ihren kleinen Söhnen überhaupt keine roten Röcke mehr anzogen, sondern sie sofort in Hosen steckten, kaum hatten sie die Windeln abgelegt – genau wie die feinen Pinkel in der Stadt! Hosen sind schön, dachte Mico. Aber Schule, das ist etwas Scheußliches.

Die Claddagh-Jungen waren meistens sehr gesund, obwohl sie so ärmlich wohnten und ihre Eltern nur schlecht und recht von dem lebten, was das launische Meer hergab. Und gesunde Jungen, das weiß wohl jeder, sind eine wahre Teufelsbrut. In ganz Claddagh war nur ein einziger Mensch imstande, mit ihnen fertigzuwerden und sie mit Blick oder Wort oder dem drohend erhobenen Spazierstock einzuschüchtern: das war der Schulmeister. Sogar der kleine Mico hatte schon schreckliche Geschichten über ihn vernommen. Und weil er wußte, daß er eines Tages auch in seiner Gewalt sein würde, hatte er immer hübsch brav stillgestanden, wenn der Lehrer vorüberging – dieser kleine Mann mit dem kurzen, in die Luft stechenden Spitzbärtchen und den Haarhosen, wie die Kinder den rauhen Connemara-Tweed nannten, den er immer trug. Ach je, dachte Mico ängstlich, mit dem in einem Zimmer, das konnte ja gut werden!

»Eines Tages muß er schließlich doch in die Schule«, meinte nun auch Big Micil. »Wie die Zeit verfliegt, nicht wahr? Wie der Wind! Ich kann mich noch genau an meinen ersten Schultag erinnern. Damals war Vater noch ein junger Mann ohne Bart. Da dachte ich nicht daran, daß ein Tag kommen würde, wo ich schon meinen zweiten Sohn in die Schule schicken müßte. Sei nur recht brav, Mico, hörst du? Mach mir keine Dummheiten in der Schule; denn dort kommt dir kein Mensch zu Hilfe! Hörst du?«

»Ja, Vater«, sagte Mico.

»Ach, der arme kleine Kerl«, rief der Großvater. »Wozu gibt's eigentlich Schulen? Zu meiner Zeit brauchten wir nichts weiter zu lernen als die Zahlen und das Alphabet, damit wir unsern Namen richtig schreiben konnten. Ist das denn nicht genug für einen Fischer? Ist nicht Gott der Allmächtige selber draußen auf dem Meer unser Lehrer? Dort oben gibt's eine Universität. Eine große Hochschule. Aber was glaubt ihr? In der ganzen Hochschule gibt's niemand, den ich nicht ausstechen könnte mit den Lektionen, die ich von Gott gelernt habe. Oder?«

Micil lachte.

»Kann sein, kann sein, Vater«, sagte er. »Doch die Welt ist nicht stehengeblieben. Vielleicht will Mico gar kein Fischer werden? Vielleicht möchte er lieber Professor an der Hochschule sein?«

»Ich will Fischer werden!« flüsterte der Kleine leise, aber sehr entschieden vor sich hin.

Big Micil blickte ihn erstaunt an. Seine Augen wurden ganz weich, als er eine weitere Kartoffel pellte.

»Ach, das werden wir sehen, Mico, das werden wir sehen«, sagte er. Doch er schien sich zu freuen und blinzelte dem Großvater zu.

»Kein Mensch kann die See so lieben wie unser Mico!« rief der Großvater. »Wir sehen's ja immer wieder, wie er sich dauernd ins Meer stürzt!«

»Wir haben noch reichlich Zeit, darüber nachzudenken«, meinte Delia. »Iß, Tommy!«

Damit endete das Gespräch. Sie aßen nun schweigend und bedächtig weiter. Die beiden Männer wußten, daß Delia eine Todesangst vor dem Meer hatte. Als sie noch in Connemara lebte, hatte ihr die See bereits einen Bruder geraubt. Big Micil und der Großvater würden nie das Bild vergessen, wie sie vor sechs Jahren vor dem Feuer gesessen und ihren Erstgeborenen genährt hatte. Immer blickte sie das Kind an, hielt dem hungrigen Mündchen ihre Brust hin und summte halb scherzend, halb im Ernst: »Mein Schätzchen soll nie zur See! Mein Schätzchen soll nie zur See!«

Sie aßen schnell und andächtig, bis der alte Mann den Stuhl zurückschob und den Arm nach der Mütze ausstreckte.

»Wenn Sie noch vorhaben, heute einen Heringsschwanz zu fangen, Mr. Micil«, sagte er, »dann sollten Sie sich jetzt auf die Socken machen. Bald wird nicht viel mehr zu holen sein, als was in eine Sardinenbüchse hineingeht.«

»Hast recht, Vater«, sagte Big Micil. »Ich freu mich schon, wenn ich all die Mühe und Not dieses verflixten Tages hinter mir lassen kann.«

Kurz darauf gingen sie zum Strand hinunter.

Ihr Magen war wohlgefüllt mit Kartoffeln, Fisch, vielen Bechern Tee und großen Pfannkuchen, die Delia auf einem Dreifuß über dem Torffeuer gebacken hatte und auf denen die frische Butter zerfloß, so köstlich heiß und kroß und honigbraun waren sie.

Big Micil schritt vorneweg, beladen mit fast einer halben Tonne Ausrüstung, die überall an ihm und um ihn hing. Seine Stimme klang laut, und laut war sein Lachen, als er Leuten antwortete, die ihm zuriefen oder mit ihm sprachen. Denn allmählich war das ganze Dorf auf den Beinen.

Der Großvater balancierte eine schwere Kiste auf der Schulter und stützte sie mit der linken Hand; denn an der rechten hielt er den kleinen Mico.

Er merkte, wie nachdenklich der Kleine war.

»Großvater«, fragte Mico schließlich, »glaubst du, daß es in der Schule schön sein wird?«

»Ach«, antwortete der alte Mann, »das läßt sich nicht so einfach sagen. Wenn du's dir schön vorstellst, wird's noch viel schlimmer sein, als es in Wirklichkeit ist. Denn es ist nämlich so, Mico: Die nächsten zehn Jahre deines Lebens mußt du nun in einem kleinen Zimmer verbringen, in das sie dich mit vielen andern Burschen einsperren, und ein alter Kerl ist da, der hat einen großen Stock und will dir eine Weisheit eindreschen, mit der du keinen Hund vom Ofen locken kannst. Aber weißt du was?«

»Was denn, Großvater?« fragte das Kind, als sie die Straße überquerten.

»Wenn du morgen in die Schule mußt, dann sage dir: Jetzt geh ich ins Gefängnis, doch ich will's über mich ergehen lassen; denn wenn ich meine Strafe abgesessen habe, sollt ihr mal sehen, was auf mich wartet!«

»Was denn, Großvater?«

»Der Himmel, Mico, und du unterm weiten Himmel in deinem Boot, und der Mast knarrt, und ein Fisch zappelt dir an der Angel, und du bist ein freier Mann. Das bist du dann nämlich, Mico, ein freier Mann! Denke dran! Arbeite tüchtig in deinem Gefängnis, so daß du's, zum Kuckuck noch mal, schnell hinter dich bringst, und dann auf und hinaus unter den weiten Himmel! Ist es nicht gescheit, wenn man's so macht?«

»Ich will aber nicht ins Gefängnis, Großvater!«

»Einmal müssen wir alle ins Gefängnis, Mico«, antwortete der Großvater ernst, »und wenn wir's in der Jugend hinter uns bringen, brauchen wir's vielleicht nicht im Alter.«

Auf den Uferdämmen wimmelte es von geschäftigen Menschen. Einzelne Boote waren bereits ausgefahren und überließen sich der Strömung des Flusses. Die Sonne senkte sich auf die Aran Islands, und die Umrisse der Wolken darüber schienen wie mit einem roten Pinsel nachgezogen.

Die dunkle Silhouette der Stadt jenseits des Flusses blinkte wie von lauter Edelsteinen, die die sinkende Sonne auf die

Fensterscheiben malte, und die kalten grauen Steine des Mauerwerks sahen auf einmal weich und schön aus. Selbst die plumpen Gebäude der Düngemittelfabrik wirkten in dieser Beleuchtung düster-prächtig. Die Federn der Möwen wurden zaubrisch verwandelt in Gefieder exotischer Vögel, und die vorüberschießenden Seeschwalben tauchten wie weiße Funken in das stille Gewässer.

Rufe und Gegenrufe erschollen, rauhes Lachen erklang, und alles erschien wie ein heilloses Durcheinander. Aber das war nur scheinbar; denn die Männer, die zur See fuhren, hatten vor Tausenden von Jahren schon das gleiche getan, als von der Stadt jenseits des Flusses noch keine Rede war.

Die aufeinandergetürmten Geräte wurden geordnet und verstaut, und die dicken Seile um die Vertäuungspfosten wurden losgewickelt.

Mico blieb oben auf der Ufermauer stehen und sah seinem Großvater nach, der die Steinstufen hinunterging. Von der kleinen Luke stieg er hinüber ins Heck, wo Netze und ordentlich aufgerollte Taue lagen, und dort setzte er sich gemütlich hin, zog die alte Pfeife aus der Tasche und steckte sie in den Mund. Und ruhig und ohne Hast knüpfte Micos Vater das schwere Tau auf, das um das braune Segel geschlungen war, machte das Segel los, hakte das dreieckige, kleine Focksegel ein, stieg dann auf die Luke, spuckte in die Hande, blinzelte Mico zu, packte das Tau und zog und zog, bis das schwere Segel den Mast hinaufstieg und protestierend kreischte ob solcher Gewalt. Bis in die oberste Spitze des Mastes kletterte es, hoch über den Kai, und der Wind griff danach und blähte es auf. Da klatschte das Segel noch ein wenig, und dann straffte es sich. Big Micil machte es fest und sprang die Stufen hinauf, um das Haltetau vom Pfosten zu lösen. Er hielt das hüpfende Boot in der Hand, als zügle er einen Hengst, und mit der andern Hand riß er Mico hoch und rieb ihm seinen Schnurrbart über die Backe.

»Leb wohl, Mico!« rief er, »morgen sehen wir uns wieder.«
»Ich möcht so gern mitfahren«, sagte Mico.

»Ein andermal, später«, antwortete Big Micil, und schon war er wieder die Stufen hinuntergesprungen und warf das Tau an Bord und sprang hinterdrein.

Da der Wind aus der rechten Ecke blies, fiel er ins Segel und trieb das Boot vom Ufer ab und mitten in den Strom hinaus. Der Großvater lehnte sich mit seinem Gewicht auf die Ruderpinne, so daß der volle Zug des Bootes auf ihn überging. Es bockte ein wenig und beruhigte sich dann und segelte auf die Flußmündung zu. Da winkte der Alte der kleinen Gestalt am Ufer noch einmal zu und richtete dann seine ganze Aufmerksamkeit auf die scheinbar so leichte Steuerung des Bootes. Sie ließen die Flußmündung hinter sich, und nun hielt er das Boot auf die Südseite des Leuchtturms zu. Er sah, wie die Flottille der Fischerboote auseinanderfächerte und schnell über die Bucht zog. Big Micil drehte sich um, und beide blickten sich an und lächelten. Dann setzte sich Micil auf die Luke, seufzte zufrieden und stopfte seine Pfeife.

Der Seufzer sollte bedeuten, wie gut und schön es wieder einmal war, fern vom Land, fern von Frau und Kindern, allein und frei. Wieder war man Teil eines Ganzen und hatte deshalb keine Zeit, Gedanken an Frau und Kinder zu verschwenden oder nachzudenken, warum die Frau wohl einen der beiden Jungen nicht mochte und warum ihr Gesicht so streng geworden war und warum man sie jetzt ein wenig behutsamer behandeln mußte, obwohl es Tage gab, wo sie noch ganz das braune Mädchen von einst war, mit blitzenden Zähnen und unbekümmertem Blick, ganz erfüllt von der einen großen Liebe, die gleich einer Woge der seinen entgegenkam, so wie der Fluß sich ins Meer verströmte.

Der Großvater hegte ähnliche Gedanken. Wie gut war's, wieder auf dem dunkelgrünen Wasser zu sein und den Geruch der See einzuatmen, und wie es noch gar nicht so lange her schien, seit er im gleichen Boot ausgefahren war und am Ufer ein kräftiges Bürschlein zurückgelassen hatte. Ja, der da war's, der riesige Mann, der ihm gegenübersaß, und wie würde er wohl lachen, wenn er's ihm jetzt erzählte? Wenn er sagte: Ich weiß noch sehr gut, wie du als kleiner Dreikäsehoch im roten Röckchen auf dem Kai standest und riefst, daß du mitkommen wolltest, genau wie der kleine Mico?

»Gerade die richtige Nacht zum Fischen«, rief Big Micil über die Schulter weg.

»Ja«, antwortete der Großvater und hob sein Gesicht der Brise entgegen, »ja, das schon, aber hör auf die Stimme der See.«

2

»Mick«, rief Pa und klopfte dem Jungen mit dem hölzernen Zeigestab auf den Kopf, »Mico, du bist dumm.«

Mico sah auf, nickte und rieb sich den Schädel. Er saß zusammen mit sechs andern in einer langen Bank in der vordersten Reihe. Das Klassenzimmer war klein, hatte aber hohe Wände und vier Fenster, zwei an jeder Außenseite. Es roch nach der grünen Farbe, mit der die Wände gestrichen waren, und nach Kreide und eingesperrten Schulkindern. Ihrer dreißig waren in der Klasse. Doch wenn Mico auch als erster in der ersten Reihe saß, so hatte das durchaus keine ehrenvolle Bedeutung. Pa wußte genau, was er tat. Wenn er merkte, daß ein Schuljunge störte oder sich nicht beteiligte, dann mußte er in die vorderste Reihe, damit er ihn immer unter den Augen hatte und ihm in Worten und Werken eins versetzen konnte.

Mico saß seit dem Tag, an dem er vor sieben Jahren in die Schule gekommen war, in der vordersten Reihe. Damit ist wohl eindeutig erklärt, in welchem Ansehen er bei Pa stand.

»Ich begreif's einfach nicht, Mico«, rief Pa. »Wieso kann der Allmächtige einer Familie zwei so verschiedene Brüder bescheren wie dich und Tommy! Breit und stark hat er dich gemacht, Mico, aber das Gehirn hat er vergessen. Oder was meinst du?«

»Schon möglich«, antwortete Mico friedfertig.

Pa sah ihn an und kniff die Lippen zusammen. Micos braune Augen blickten ihn ruhig und offen an. Nicht etwa dreist und unverschämt – dann hätte er schon längst eine Ohrfeige bekommen –, sondern nur ein ehrlicher Blick aus ehrlichen Augen. Pa seufzte. Er war von kleiner Statur, und wie er dem sitzenden Jungen so gegenüberstand, war er kaum fünf Zentimeter größer als Mico.

»Wie groß bist du, Mico?« fragte er.

»Ich weiß es nicht«, antwortete Mico seufzend und legte die Hände auf die Tischplatte. Es waren gewaltige Pranken, aber sehr sauber. Die Finger waren derb und stark. Jetzt waren sie feucht, und er spielte nervös mit einem Bleistiftstummel. Sein dunkelbraunes Haar war nicht mehr kraus, sondern fiel in einer großen Welle in die Stirn und über ein Auge. Es war sehr dicht und kräftig.

Pa mit seiner kleinen Hand packte sich einen Büschel Haare und fragte: »Hast du das Gedicht gelernt, Mico? Hast du's versucht?«

»Wahrhaftiger Gott, ich hab mir Mühe gegeben! Sie können meinen Bruder fragen!«

Ob dieser ehrlichen Antwort begann die Klasse zu kichern. Ein kühler Blick aus den grauen Augen schüchterte sie sofort ein. Von Pas Augen war nie mehr zu sehen als ein Aufblitzen, weil seine Augenbrauen sehr lang und dicht waren. Wahrscheinlich kämmte er sie auch noch so, daß sie ihm wie Windschutzscheiben über die Augen hingen.

»Hast du dir genügend lange Mühe gegeben, Mico?« fragte er, ließ den Haarbüschel fahren und klopfte mit dem Stab auf die Knie, die unter dem Pult hervorstachen.

»Ich hab mich schrecklich damit abgeplagt«, antwortete Mico.

»Stimmt das, Thomas?« fragte Pa, und seine Augen wanderten in den hinteren Teil des Zimmers. Er fing Tommys Blick auf.

Tommy erhob sich. Er war groß und zartgliedrig. Sein Haar war noch immer lockig und blond. Ein hübscher Bursche, dachte Pa und betrachtete ihn. Die Nase war fein, die Backenknochen saßen nicht zu tief. Die Augenbrauen waren schmal und schön geschwungen, die Stirn hoch. Das Haar trug er aus der Stirn gekämmt.

»Doch, er hat sich wirklich angestrengt«, erwiderte er. »Aber Sie wissen ja, wie's mit Mico ist.«

Pa ärgerte sich über seine Antwort; denn er hatte eine stille Vorliebe für Mico. »Was meinst du damit?« fragte er und wanderte auf Tommy zu, eine Hand in die Seite gestemmt, mit der andern den Zeigestock schwingend.

Mico seufzte erleichtert auf, als Pa sich aus seiner unmittelbaren Nähe verzog.

Tommy war gescheit genug, um zu begreifen, daß er ins Fettnäpfchen getreten war. Er lächelte liebenswürdig. Seine Zähne waren sehr weiß und regelmäßig.

»Auswendiglernen ist eine Strafe für Mico!« sagte er.

»Hm, hm«, räusperte sich Pa, drehte sich auf dem Absatz um und stand schon wieder vor Mico, kaum hatte der seinen Stoßsefzer beendet. »Versuch's noch einmal, Mico, wenigstens, so weit du kommst!«

»O Gott«, stöhnte Mico lautlos und erhob sich ungeschickt, da er seinen langen Körper aus der engen Bank herauswinden mußte, die durchaus nicht für Jungen seiner Größe gemacht war. Da stand er nun und drehte Pa die Hälfte mit dem schlimmen Muttermal zu. Wenn man ihn so von der Seite betrachtete, sah man nur den rötlichen Fleck. Es war nicht schön. Pa mochte es nicht. Dinge, die der natürlichen Ordnung zuwiderliefen, mochte er einfach nicht ansehen, darum stellte er sich gewöhnlich auf die andere Seite. Das braungebrannte Gesicht, in das die dunkle Haarlocke fiel, die dicken schwarzen Augenbrauen, die starke Nase über dem kräftigen Mund und ein energisches Kinn verliehen Mico eine sehr männliche Schönheit – so wie man etwa von einem guten Fischerboot sagt, es sei schön.

»Glücklich der Mann«, intonierte Mico stirnerunzelnd, »glücklich der Mann, der sich beschränkt, die väterlichen Felder zu bestellen, der keine andre Sehnsucht kennt, als in der Heimatluft zu leben, dem seine Rinder Milch, die Äcker Brot und seine Lämmer Kleidung geben, dem ... dem seine ... An der Stelle bleibe ich jedesmal stecken!« rief Mico verzweifelt.

»Ohne Betonung und Interpunktion heruntergeleiert, aber sonst richtig. Und nun, Mico, erklär mir mal, warum du den Schluß nicht lernen kannst!«

»Ich weiß es auch nicht«, stotterte Mico.

»Dem seine Bäume sommers Schatten und winters Wärme spenden! – Hast du Bäume gern, Mico?«

Mico brachte nur ein erstauntes »Hm?« hervor.

»Ich fragte, ob du Bäume gern hast. Du bist doch hoffentlich nicht taubstumm geworden?« (Die Klasse lachte pflichtschuldigst.) »Ruhe!« donnerte Pa.

Mico antwortete: »Ach, Bäume sind ganz hübsch, glaub ich.«

»Glaubst du«, sagte Pa. »Ist es nicht seltsam, Mico, daß du ein Gedicht, ›Der Matrose‹, und ein andres, ›Der Schiffbruch‹, sehr gut auswendig kannst? Und daß es die beiden einzigen Gedichte sind, die du in sieben Jahren gelernt und im Kopf behalten hast? Ist das nicht merkwürdig, Mico?«

»Ach, die sind auch leicht«, rief Mico strahlend, »die handeln ja vom Meer!«

»Vom Meer«, wiederholte Pa. »Mico, hast du denn keinen Funken Ehrgeiz in dir? Möchtest du nicht auch gern Preise bekommen wie dein Bruder Tommy? Wenn Tommy nächstes Jahr auf die höhere Schule kommt, kann er lernen, was er will, und die Welt steht ihm offen. Aber du? Wo soll's denn mit dir hin?«

»Oh, ich gehe zur See und werde Fischer!«

»Aber, Mico, hast du denn keinen Ehrgeiz in dir, etwas Besseres zu werden als nur ein Fischer?«

»Etwas Besseres kann's gar nicht geben«, erklärte Mico sehr entschieden.

Erstaunt dachte Pa: Er scheint's felsenfest zu glauben. Schaudernd sah er Kisten mit toten Fischen vor sich, Kopf an Kopf und Schwanz an Schwanz, sah überall glitzernde Fischschuppen, sah von Fischeingeweiden blutbeschmierte Hände.

Mico hing an Pa. Er spürte auch, daß er damit allein dastand, hier in dieser Schule, wo Generationen in Furcht und Zittern erzogen worden waren und später als Erwachsene prahlten, was Pa mit ihnen angestellt, was für bissige Witze er gerissen, wie er sie geplagt und verspottet und vor Wut getobt hatte.

Tommy dachte ganz anders. Er war ein gescheiter Bursche, das wußte hier in Claddagh jedes Kind. Und wenn's keiner gewußt hätte, er hätte es doch bald genug erfahren; denn Tommys Mutter lief herum und erzählte es allen Leuten: »Unser Tommy ist Klassenbester! Unser Tommy hat ein Stipendium bekommen und darf umsonst auf die höhere Schule! Unser Tommy darf weiterstudieren! Vierzig Pfund im Jahr, stellt euch mal vor! Der wird noch Professor!«

Tommy hatte eine sehr schnelle Auffassungsgabe. Vom ersten Schultag an hatte er stets alle Antworten gewußt. Und er hatte sehr viel gelernt. Mit all seiner Weisheit blickte er Pa an, und was sah er? Pa spielte sich auf. Er machte es recht geschickt, zugegeben; doch er war ein Männchen mit begrenztem Wissen; denn wie wäre er sonst noch hier in dieser armseligen Schule dieses armseligen Städtchens im armseligsten Winkel von Westirland?

So manches Mal hätte Pa ihn am liebsten gepackt und halbtot geschlagen, in der stillen Hoffnung, Tommy damit wieder den normalen Standpunkt seiner Mitmenschen beizubringen. Aber es wäre ihm doch nicht gelungen. Pa war ehrlich und mußte zugeben, daß Tommy ein sehr kluger Junge war. Wenn man ihn einmal etwas sagte, dann saß es für immer. Stets wußte er alles richtig, sein Benehmen war stets tadellos – obwohl Pa mit seinem Scharfsinn hinter Tommys liebenswürdigem Lächeln Verachtung durchschimmern sah. Heiliger Strohsack, dachte Pa und verfiel in die Ausdrucksweise der Einheimischen, dieser Galgenstrick von einem Rotzjungen sieht auf mich herab! Auf mich! Und er war hilflos und konnte es nicht ändern. Als Tommy das Stipendium als Bester im County erhielt, da war es Pa seltsam zumute. Irgendwie hatte er etwas falsch gemacht. Wirklich merkwürdig war das!

Pa seufzte: »Also gut, Mico, setz dich hin!« Und er klopfte ihm sanft auf die Schulter.

Immer riet er dem Jungen davon ab, Fischer zu werden. Zwar nützte es nicht viel. Bei den meisten war's bittere Notwendigkeit, die die Söhne zwang, es den Vätern gleichzutun. Doch bei Mico war es etwas anderes, das sah er. Pa wußte, was es bedeutete, Fischer zu sein: jahraus, jahrein nagende Armut und eine Beschäftigung, die selbst für Schwerverbrecher zu hart als Strafe wäre. Wo er nur konnte, versuchte er, ihnen diese Arbeit zu ersparen. Doch oft gelang es ihm nicht.

»Nun gut«, sagte er. »Und jetzt wollen wir uns das gleiche Gedicht von Meister Twacky aufsagen lassen, im schönsten Galway-Dialekt, und Twacky«, fuhr er plötzlich grimmig fort, »wehe dir, wenn du Ärde anstatt Erde sagst – dann versohle ich dich, daß du die Engel im Himmel singen hörst!«

Twacky biß sich auf die Lippen und begann: »Glücklich der Mann . . . «

Der Vormittag schleppte sich hin, unterbrochen von Drohungen, Angst und hin und wieder einer wohlwollend verabreichten Tracht Prügel.

Kurz vor Schulschluß tauchte ein Jungengesicht am Fenster auf. Ein paar Kameraden hatten dem Knirps geholfen, bis zum Sims hochzuklettern.

»Die Makrelen sind da! He! Die Makrelen sind da!« schrie er, sah plötzlich Pas empörte Miene und verschwand in der Versenkung. Doch die Botschaft hatte wie eine Bombe gewirkt.

Pas eiserner Blick hielt sie im Zaum. Sie wagten kein Wort. Aber ihre Augen strahlten, und sie zappelten vor Ungeduld. Die Makrelen kamen nämlich nicht alljährlich oder gar jeden Monat. Gewöhnlich kamen sie nur in die Bucht, um dort herumzukreuzen und den Netzen zum Opfer zu fallen. Aber dies hier war etwas ganz anderes. Diesmal waren es ganze Schwärme. Es war wie ein Alarmsignal, und Pa vermochte ruhig und ungerührt weiterzureden, als ob nichts passiert sei.

»Und dann rechnet ihr mir für morgen die folgenden Aufgaben«, sagte er. »So . . . Hat's jeder? Alles klar?«

Ach je, dachte Mico stöhnend, kann er denn nicht aufhören? Kann er denn zum Kuckuck noch mal nicht endlich

Schluß machen? Gott sei gelobt und gepriesen, nächsten Monat bin ich fertig! Fertig mit Rechnen und Irisch und Englisch und Katechismus!

Dann endlich rief Pa: »Jetzt könnt ihr gehen!«

Für einen so breiten, großen Burschen konnte Mico erstaunlich flink laufen. Und er rannte wie ein Gehetzter. Als erster war er aus der Tür – weil er sich mit seiner vollen Breite durchgedrängelt hatte –, und als erster war er bei den Booten. Barfuß und braungebrannt jagte er an der Kirche vorbei und die Straße entlang, ohne ein einziges Mal Atem zu holen, bis er auf dem Kai über seines Vaters Boot stand. Ohne den Umweg über die Steinstufen zu machen, sprang er von oben gleich mitten ins Boot hinein und landete wie ein Vogel auf der Luke – sehr zum Entsetzen seines Großvaters, der sich im Heck zu schaffen gemacht hatte.

»Wo brennt's denn, um's Himmels willen?« rief er.

»Großvater, die Makrelen – die Makrelen sind da!« schrie Mico außer Atem.

Der Alte schlug die Augen zum Himmel auf. »Heiliger Vater«, spottete er, »und da rennt mein lieber Mico und bricht sich fast 's Genick wegen einer Neuigkeit, die ich ihm schon vor zwei Wochen hätte verraten können.«

»Laß mich angeln gehn, Großvater!« bettelte Mico. »Ich versprech's dir, ich mach die Angel nicht kaputt. Ich bring dir alles wieder!«

»Und wohin willst du damit?«

»Unten zu den Docks, da ist's besser. Da fängt sich die Fischbrut und kann nicht weiter, und dann stürzen sich die Makrelen drauf. Ach, tu's doch, Großvater, mach schnell! Die andern Jungen sind schon alle da!«

»Hör mal, willst du wohl schön lernen, geduldig zu sein! Deshalb bekommst du sie nicht schneller, wenn du dir vorher alle Rippen einschlägst. Läufst da wie ein wildgewordener Bulle den elenden Fischen nach, für die ich gar nichts gebe, wenn sie nicht lebendfrisch zurechtgemacht und gebraten werden. Immer langsam, mein Junge, um so schneller kommst du hin!«

Mico schöpfte Atem und beruhigte sich. Er setzte sich sogar hin. Dann lächelte er: »Meinetwegen, Großvater. Jetzt bin ich ganz geduldig!« Und er sah auch so aus, obwohl er am ganzen Leib vor Aufregung fieberte.

»Gut«, sagte der Großvater, beugte sich über den Bootskasten und holte eine Leine hervor, die auf einen hölzernen Rahmen aufgewickelt war. Über dem Haken hing ein schweres Bleigewicht. »Das hier kannst du nicht gebrauchen, das ist zu schwer. Wenn die Makrelen so verrückt schwärmen, braucht man weiter nichts als eine Haspel mit Leine und einen krummen Hufnagel.« Er begann, das Gewicht auszulösen, ganz langsam und sorgfältig. Mico wäre am liebsten hochgeschossen, um's ihm aus der Hand zu reißen. Doch er beherrschte sich und biß auf die Fingerknöchel. Dabei sah man seine Zähne: Sie waren klein und standen nach innen. Wie beim Hecht, sagte der Großvater immer. Wenn der Hecht mal zugebissen hat, kann er nicht wieder loslassen.

»Wie war's heut in der Schule?« fragte der alte Mann, während seine Finger sachte weiterarbeiteten.

»Och, scheußlich! Ich bin ein furchtbarer Dummkopf, Großvater! Dumm wie ein Stiefel! Warum der liebe Gott nur dem Tommy allen Verstand gegeben hat? Er hätte sich doch ein klein bißchen für mich aufsparen können! Wenigstens so viel, daß Pa mich nicht dauernd an den Haaren zerrt!«

»So bist du viel besser dran, Mico«, meinte der Großvater. »Kannst mir's glauben. Wenn man langsam in der Schule ist, vergißt man das Schwergelernte nie! Und wenn du die Schule hinter dir hast, ist in deinem Kopf noch reichlich Platz für Wichtigeres.«

»Hoffentlich stimmt's, Großvater.«

»Hab ich nicht immer recht? – Da hast du deine Angel, damit wird's gut gehen!«

»Und ich?« fragte Tommy und lächelte von oben auf den Großvater herunter. Der alte Mann sah langsam auf.

»Du willst dir doch nicht etwa deine feinen Hände mit Makrelenfischen schmutzig machen?«

»Es ist aber lustig«, antwortete Tommy. »Die andern gehen auch alle.«

»Ach, Großvater, gib ihm doch eine! Ich paß schon auf, daß ihm nichts passiert.«

»Ein junger Mann mit so viel Verstand kann mir die Angel vollkommen durcheinanderbringen und viel mehr Schaden anrichten als ein einfacher Fischerjunge!«

»Meine Güte«, erwiderte Tommy spöttisch, »das dumme Ding ist doch bloß ein paar Pence wert!«

Dem Großvater stieg das Blut in den Kopf.

»Hier, Tommy«, rief Mico und warf ihm seine eigene Leine zu, »du kannst meine haben. Großvater gibt mir eine andre. Geh du nur, geh schon! Ich hol dich noch ein!«

»Meinetwegen«, sagte Tommy, wandte sich zum Gehen, kehrte wieder um und schleuderte das mit einem Riemen zusammengehaltene Bücherpaket ins Boot. »Großvater, hoffentlich hast du nichts dagegen, die Bücher mit nach oben zu nehmen? Und sag Mutter bitte, daß ich nicht pünktlich zum Tee komme!«

»Nicht pünktlich zum Tee komme!« brummte der alte Mann. »Hoffentlich hast du nichts dagegen . . .« Er schüttelte den Kopf.

»Laß ihn, er meint's ja nicht so«, beruhigte Mico den Alten. »Er hat immer andres im Kopf. Wirklich, Großvater! Komm, sei lieb und gib mir jetzt eine Leine, oder der ganze Schwarm ist weg!«

»Ich begreife selbst nicht, warum ich mich über ihn aufrege. Schließlich ist er doch genau solch ein Kind wie du? Warum nehm ich ihn so ernst und laß mich von ihm aus dem Gleichgewicht bringen?«

»Ach, 's ist die Hitze«, meinte Mico. Doch er wußte, daß es nicht am Wetter lag. Mit Tommy konnte der Großvater einfach nicht fertigwerden. Nie. Immer hatte er sich in Tommys Erziehung eingemischt. Delia verzog ihn zu sehr. Es war ja verständlich: ein Junge, der von Geburt an so wohlgestaltet war! Der ein Musterkind war! Der die Nase nur noch in Bücher steckte, kaum hatte er buchstabieren gelernt! Ja, daß er dauernd über seinen Büchern saß, war bestimmt seltsam in einer Familie, die sich den Unterhalt so hart mit Fischfang verdienen mußte und in der die Männer so müde waren, daß sie weiter nichts tun konnten, als erschöpft ins Bett zu sinken, zu schlafen, zu essen oder mühsam die Einnahmen des Fanges auszurechnen.

Ganz Claddagh wußte, daß Delias Sohn Tommy ein Genie und Big Micils Sohn Mico ein Dummkopf war. Deshalb hatten ihn doch alle gern, aber ein blinder Stockfisch merkte, daß Mico nicht viel Grütze im Kopf hatte, also würde es ihm ergehen wie uns allen, dem armen Kerl: auf Fischfang fahren, naß und schmutzig und müde werden, hungern in schlechten Zeiten, fast verhungern in guten Zeiten; denn dann war das Angebot so groß, und die gemeinen Ausbeuter von Aufkäufern zahlten einem so niedrige Preise, daß man sehen konnte, wo man blieb mit all seiner Arbeit und Ehrlichkeit.

Delias Sohn Tommy hatte also die besten Aussichten, weil er Verstand hatte und etwas daraus machen konnte, jemand werden konnte, Geld für seine armen Angehörigen verdienen konnte, damit sie nicht von den Launen des Meeres abhingen, wenn sie alt und abgerackert waren.

Nein, der Großvater sah's nicht ein, was er eigentlich gegen Tommy hatte. Er mochte ihn einfach nicht. Ob es deshalb war, weil er sah, daß wieder einer aus den Claddagh-Häusern nicht zur See wollte? Oder weil er Mico so lieb hatte und zusehen mußte, wie der zu Hause das fünfte Rad am Wagen war?

»Da, nimm!« rief er und warf Mico die andere Leine zu, und geh mir aus den Augen! Die ganze Welt ist Lug und Trug und Gaunerei! Ich wünschte zum Kuckuck, ich läge auf dem tiefsten Meeresgrund, und die Fische schwämmen mir durch die Augenhöhlen!«

»Danke, Großvater«, rief Mico und sprang die Steinstufen hinauf. Oben drehte er sich lächelnd um: »Ich paß gut auf!« Dann rannte er die Straße hinab und auf die Schleuse zu, die das Wasser der Claddagh-Bucht von Flußmündung und Meer abriegelte. Er lief über die hölzerne Schleusenbrücke, blieb stehen und blickte auf das Wasser hinter dem Schleusentor, wo in allerlei Schilf und Kraut ein paar aufgeblähte Froschbäuche herumschwammen. Dann hörte er Twacky.

»Mico, Mico«, brüllte Twacky und kam herbeigerannt, »nimm mich mit, Mico, bitte, nimm mich mit!«

Mico sah lächelnd auf den andern hinunter. Twacky war ebenso alt wie er, aber nur halb so groß. Die ganze Ortschaft wunderte sich über Twacky, weil er überhaupt nicht wachsen wollte. Sein Vater und seine Mutter machten sich Sorgen. Er hatte acht Schwestern und Brüder; sie waren alle gesund, und der jüngste war schon größer als Twacky. Immer sprachen die Leute die vielgeplagte Mutter an (und mußte man sie nicht mit vollem Recht vielgeplagt nennen, wo sie doch acht Kinder in die Welt gesetzt hatte?): »Was ist denn nur mit Twacky los? Den armen Burschen kann man ja in eine Streichholzschachtel stecken! Was gebt ihr ihm denn zu essen?« – »Was wir ihm zu essen geben?« rief sie und schickte einen hilfeflehenden Blick himmelwärts. »Der ißt uns noch arm und bringt uns um Haus und Hof. Alles, was der Schöpfer uns gibt, bekommt der Junge zu essen: gekochten Kabeljau und Lunge und Leber, Haferbrei schon vor der Schule, Kutteln mit Zwiebeln und den allerfettesten amerikanischen Bauchspeck. Allmächtiger Gott, der wird gefüttert wie ein schwerer Bierbrauergaul! Und wie sieht er aus? Ich sag's euch, er hat einen Bandwurm, einen echten *craos deamhan* hat der in seinem Bauch, einen Hungerwurm, das könnt ihr mir glauben!« Und dann ging die vielgeplagte Mutter kopfschüttelnd weiter, und der teilnahmsvolle Frager ging ebenso kopfschüttelnd weiter, und Twacky aß alles in sich hinein und wuchs nicht und wuchs nicht.

Er blieb klein und trug blaue Hosen, die eigentlich Kniebundhosen sein sollten, ihm aber weit aufs Schienbein hinunterreichten, wodurch er noch kleiner wirkte. Das Haar hatte ihm sein Vater bis auf den Schädel rasiert und nur über der Stirn eine kurze Bürste stehenlassen, so daß er von hinten wie ein Sträfling und von vorn wie ein Kakadu aussah. Er hatte ein schmächtiges Gesicht mit riesengroßen Augen. Sie waren blau und hatten lange, dunkle Wimpern. Er war sehr ernst und sehr unruhig und hüpfte immer von einem Fuß auf den andern. Außerdem hatte er sich's angewöhnt, sich mit den Ellbogen die Seiten zu jucken, so daß es aussah, als ob ein Heer von Flöhen ihn piesacke, und dabei war er sauber wie Seesand.

Nein, Twackys flehentlich bittenden Augen konnte keiner widerstehen, dachte Mico und rief: »Ja, komm mit, Twacky! Hast du keine Leine?«

»Es war schon zu spät«, antwortete Twacky. »Die andern waren vor mir da, und mich hat mein Alter bloß noch angeschnauzt. Los, Mico, laß uns schnell machen, sonst sind die Makrelen weg! Ach, Mico, hast du's gehört, wie Pa mich wieder gezwiebelt hat?«

Sie überquerten die Schleusenbrücke und begannen dann jenseits auf dem grünen Rasenband zu traben, bis sie zur großen Stahlbrücke kamen, unter der das braune Wasser des Flusses schäumte, der die Stadt in zwei Teile zerschnitt.

»Hast du's gehört, wie er's auf mich abgesehen hatte? Mit seinem mistigen Gedicht! Ist doch ein mistiges Gedicht, findst du nicht, Mico?«

»Ein Schweinedreck«, bestätigte Mico.

»Mensch, was für 'n verrückter Mann das sein muß in dem alten Gedicht, findst du nicht, Mico? Der mit seinen Bäumen und seiner Erde und solchem Zeug!«

Wie sich's auf der Brücke gehörte, blieben sie einen Augenblick stehen und steckten den Kopf zwischen den Stahlträgern hindurch, um auf die Granitklötze zu schauen, die wie ein Bootsbug aussahen. Wenn man die Augen halb zukniff und aufs Wasser starrte, konnte man sich einbilden, daß die Brücke mit einem davonfuhr.

Dann rissen sie sich los und rannten weiter. Bergab ging's über den betonierten Fischmarkt, dann unter dem spanischen Tor hindurch, die Häuser am Long Walk entlang, und schließlich kamen sie zu den Docks und liefen schneller. Mico sah, daß das alte Boot im kleinen Dock schon von Anglern wimmelte. Keuchend kamen sie an, und atemlos sprangen sie übers Dollbord. Mit großer Behendigkeit umgingen sie die

Lücke im morschen Deck, bahnten sich mit den Ellbogen Platz und blickten ins Wasser, in dem es vor lauter Fischbrut nur so flimmerte.

»Halt mich an den Beinen fest, Twacky!« kommandierte Mico und warf sich hin. Twacky klemmte sich Micos Beine zwischen Arm und Rippen, während Mico sich hinunterbeugte, bis er in die Flut greifen konnte. Er wartete, bis ein Strudel Fischbrut in der Nähe war, dann schöpfte er sie mit der hohlen Hand aus dem Wasser und schleuderte sie aufspritzend auf die Holzplanken. Da zappelten sie herum, und Mico zappelte auch und sprang hoch und hakte ein oder zwei geschickt auf den Haken, wo sie weiterzappelten. Er ließ die Leine ins Wasser hinunter, fühlte fast in der gleichen Sekunde, wie ein gieriger Fisch zerrte, stieß ein triumphierendes »Whoo!« aus, holte die Leine Hand vor Hand wieder ein und knallte den feisten Körper einer riesigen, grüngestreiften Tigermakrele auf die morschen Bootsplanken.

3

Es war ein sehr altes Boot. Dieser Ausschnitt in den Docks war ungefähr zehn Meter breit, und das alte Boot füllte ihn von einem Ende bis zum andern aus. Es war schon so alt, daß die See bei steigender Flut es nicht mehr zu heben vermochte. Auf der Unterseite war es nämlich morsch, so daß das Wasser eingesickert war und Lehm und Kies mitgebracht hatte, und dadurch war das alte Bootsgerippe so fest verankert, als hielte es der Anker eines großen Ozeandampfers. Man konnte sich nur schwer vorstellen, daß es einst ein stolzes, starkes Segelboot gewesen; doch war noch eine Spur zu sehen: der Stumpf des Hauptmastes splitterte und faulte weg und ließ sich mit den Fingernägeln abbröckeln. Ein Schiff war's, das einst in jede Bucht segelte und dem Kabeljau weit in die nördlichen, kalten Meere hinauf folgte. Nun lag's hier, eine altertümliche Bühne für Hunderte von Jungen, die darauf herumschwirrten, das Deck mit ihren Füßen und Schuhen und dem Köder

noch mehr ruinierten und auf die sterbenden Makrelen ein-
hieben.

Diese Schwärme von Fischbrut waren ein sehenswertes
Schauspiel. Von der Bucht draußen kamen sie hereingeströmt,
buchstäblich zu Millionen, winzige Tierchen voller Angst und
Schrecken in jeder Faser ihrer kleinen Körper – schöngeformter Körper obendrein. Sie kamen in hellen Scharen, manchmal in langen, grünen Bändern, und unter ihnen schimmerten schon ihre Verfolger, die feisten Makrelen, und stießen
hoch. Was für ein Getümmel da entstand! Hastig befohlene
Drehungen und Wendungen, wenn sie geheimnisvoll wie
Wildgänse ihren Führern folgten, wenn die auftauchenden
Makrelen große Löcher in ihre Reihen rissen, die sich wieder
schlossen, und wenn sie dann fliehend sich herumwarfen und
die ganze Wasserfläche ein einziger Strom gehämmerten Sil-
bers schien. Bis schließlich ein paar letzte geschnappte, aber
nicht verschluckte Fischlein an die Oberfläche kamen, dort
kraftlos trieben, sanken und von einem grünen Schatten verschluckt wurden.

Überall herrschte ein Getöse sondergleichen; denn das
Boot und beide Seiten des Docks quollen über von Jungen,
die dort standen, knieten, auf dem Bauch lagen oder mit bau-
melnden Füßen dasaßen. Und aus all den vielen Händen has-
pelten sich Leinen ins Wasser hinunter, braune und weiße
Leinen, Knoten- und Wurfleinen, sogar Wäscheleinen.

Fische stoben in jeder Richtung davon. Mindestens eine
halbe Stunde lang herrschte fieberhafte Geschäftigkeit. Dann
floh die Fischbrut aus dem engen Gefängnis ins offene Meer
hinaus, und es entstand eine Pause.

Mico wischte sich mit der Hand den Schweiß vom Gesicht,
schmierte sich voll Fischschuppen und verschnaufte. Seine
Angelleine pendelte über dem Wasser. Rings um ihn lag die
Jagdbeute. Er sah auf.

Es roch furchtbar nach Fisch. Mico war das gleichgültig;
denn es gehörte zu seinem Leben. Neben ihm saß ein Junge
in weißem Hemd, kurzen grauen Flanellhosen und blauwei-
ßem Gürtel. Er hatte keine Leine, sondern eine sehr gute

Forellenangel. Wenn die nicht seinem Vater gehört, dachte Mico und fragte sich grinsend, ob der Vater wohl wußte, daß sein Sprößling und Erbe ihm hier die Angelausrüstung mit Seewasser ruinierte. Die Schnur bestand aus Ölseide, wie er mit verständnisvollem Pfiff feststellte, und am liebsten hätte er zu dem Jungen gesagt: Meine Güte, mit dem Seewasser hast du dir aber die ganze Angel ruiniert, die kannst du nie wieder für Forellen nehmen! Doch dann zuckte er die Achsel und dachte: Ach, was geht's mich an.

Auf der andern Seite saß Twacky und hoch oben auf der Ufermauer thronte Tommy. Mico sah über Nimmos Pier auf die Bucht hinaus und merkte, was für ein herrlicher Tag es war. Zwar war es heiß, aber über dem Meer hing kein Dunst. Der Himmel war blau, und die Berge von Clare waren kaum zu erkennen, weil sie nur tieferes Blau waren. Der Leucht-turm blinkte so weiß wie die Federn der kreischenden Möwen.

Und dann kam die Fischbrut aufs neue herein, und wieder jagten die verfolgenden Makrelen sie vor sich her. Diesmal fing Twacky die erste.

»Jesus!« schrie er, »ich hab einen Walfisch!«

Mico lachte. Es war ihm ein bißchen unbehaglich zumute, weil er trotz aller Versprechungen ein Stück von Großvaters Leine abgeschnitten und Twacky gegeben hatte. Ach was, dachte er, ich kann sie nachher so fein aneinanderspleißen, daß von einer Schnittstelle nichts mehr zu sehen ist und er's nicht merkt. Und dann: Nein, Großvater kann ich nicht betrü-gen!

Es zuckte an seiner Leine, und er vergaß alles und holte den zappelnden Fisch herauf. Er schlug ihn aufs Bootsdeck, bis er nicht mehr zappelte. Dann nahm er sein scharfes Taschenmes-ser und schnitt sich ein Schwanzstück von dem armen, ge-quälten, stummen Tier ab, weil er es als Köder brauchte.

Der Fisch, den der fremde Junge gerade geangelt hatte, klatschte ihm ins Gesicht und fiel vom Haken, auf dem er nur lose gehangen hatte. Der leere Haken tanzte umher, und Mico verhielt sich vollkommen ruhig; denn vor herumtanzenden Angelhaken hatte er großen Respekt. Aber der Junge mit dem weißen Hemd war nicht sehr geschickt. Er hob die Angel, und der Haken bohrte sich in Micos Backe.

»Halt deine Angel ganz still!« rief Mico laut und so ruhig, daß der Junge sich nicht zu rühren wagte.

»Mein Gott«, sagte er, »ist dir der Haken in die Backe gegangen?«

»Ich fürchte«, antwortete Mico und bewegte sich nicht. »Hör jetzt gut zu: Zucke mit keinem Muskel und halt die Hände still. Ich weiß nicht, ob der Widerhaken schon im Fleisch ist. Wenn ja, krieg ich Zustände.« Dann fing er die über seinem Kopf hängende Schnur und zog sie zu sich herunter. »So, jetzt kannst du aufstehen und nachsehen, was los ist!«

Der Haken saß in der rechten Wange, und Mico fühlte schon, wie ihm das Blut den Hals hinunterrann. Dadurch wird wenigstens die Wunde ausgespült, dachte er. Dann griff er nach der Angelrute.

»Gib mir lieber auch die Angel«, sagte er. Zusammen gingen sie nach hinten, fort aus dem Gedränge, wo jeder nur angelte und gar nicht merkte, daß etwas passiert war.

Der Junge ging neben Mico her und starrte auf den Haken. Mico sah auf seinen roten Haarschopf und die blasse Haut. Der Junge war fast so groß wie Mico, aber nicht mager, sondern gut ausgefüllt. Die Augenbrauen waren auch rot und sehr schmal. Die grünen Augen hatte er vor Angst weit aufgerissen. Die Zähne standen ihm krumm und schief durcheinander.

»Er scheint ganz tief im Fleisch zu stecken«, sagte er und schaute Mico ängstlich an.

»Will mal sehen«, meinte Mico und berührte den Haken vorsichtig mit der Hand. Seine Finger glitten von der Schnur über das Metall und bis zur Backe. Dann tastete er vorsichtig nach dem Widerhaken. Seine Finger spürten nur ein kleines Spitzchen.

»Sehr tief kann es nicht sein«, sagte er und zog ihn mit einem Ruck heraus. Er zuckte zusammen; denn er riß ein Stück Fleisch mit. Dann mußte er lachen, weil er sah, wie der Junge vor Angst Schweißtröpfchen auf der Oberlippe hatte.

»Macht nichts«, rief er, »jetzt ist er wenigstens draußen!«

»Puh!« seufzte der andere erleichtert. »Ich hatte schon gedacht, er wäre dir bis in den Knochen gedrungen. Hier!« rief er und durchwühlte seine Taschen, »hier ist ein Taschentuch! Es ist ein bißchen schmutzig, aber ich glaube, es ist sauberer Schmutz.«

»Laß nur«, sagte Mico, »ich hab auch eins. Hier ist die Angel, und in Zukunft paß um Gottes willen auf, was du damit anstellst. Jetzt brauchst du nicht mal Köder, hast schon den feinsten Köder von der Welt dran!«

Er lachte, ging auf die Seite und tauchte sein Taschentuch ein, bis das Seewasser es völlig durchtränkt hatte. Dann drückte er es klitschnaß auf die Wunde. »Komm, ich will dir helfen«, rief der rothaarige Junge und tupfte so lange, bis kein Blut mehr hervorkam. »Jetzt müßtest du Jod drauftun!«

»Jod wird aus Meerwasser gewonnen«, erwiderte Mico, »und das Taschentuch ist voll Meerwasser.«

»Stimmt!« sagte der Rotkopf. »Aber es tut mir schrecklich leid. Ich war so ungeschickt. Das ist mir noch nie passiert!«

»Wem gehört denn die Angel?« fragte Mico.

»Meinem alten Herrn!«

»Weiß er, daß du sie hast?«

»Um Gottes willen! Ich bin von der Schule nach Hause gerannt, hab sie genommen und bin losgerannt.«

»Weißt du denn nicht, daß Meerwasser sehr schädlich ist für so gutes Angelzeug? Du hast sie vollkommen ruiniert, kannst's mir glauben! Dein Alter wird wütend werden, und ich kann's verstehen.«

»Ach was, laß ihn nur erst meine feinen Makrelen sehen!«

»Wenn er sonst Forellen fängt«, antwortete Mico mit weiser Miene, »dann kann er's bestimmt nicht vertragen, daß du ihm wegen Makrelen sein bestes Angelzeug verdirbst.«

Der andere Junge lachte: »Ach, man kann schon mit ihm reden. Er ist nämlich furchtbar nett.«

»Wer bist du denn?« fragte nun Mico offen heraus.

»Peter Cusack. Und du?«

»Mico«, sagte er. Der Rotkopf gefiel ihm, und er lächelte: »Wenn du deinem Vater imponieren willst, mußt du aber noch mehr Makrelen fangen.«

»Ja, hast recht! Komm!«

Sie nahmen wieder ihre alten Plätze ein und angelten. Manchmal duckte Mico sich mit übertrieben komischer Angst, wenn Peter die Leine auswarf, und sie lachten und hatten ihren Spaß, der barfüßige Mico und der Junge mit den feinen braunen Schuhen und den weißen Strümpfen.

Dann kam die Ebbe. Die Fischbrut folgte der Strömung und hinter ihr her die gefräßigen Makrelen. Das alte Boot stand nun auf dem Schlick, mit schleimig-grünem Bauch, und der letzte Rest von Daseinsberechtigung und Würde schien ihm genommen. Es war nichts als ein Wrack, das scheußlich stank, wenn die Sonne auf die nassen Bootswände brannte.

»Wo wohnt ihr denn?« fragte Mico, als er seine schwere Beute auf eine Schnur reihte.

»Och, da oben!«

»Dann können wir alle zusammen heimgehen. Kommt!« Er schwang sich das Fischbündel auf den Rücken.

»Was wird Mutter sagen, wenn du dir den ganzen Sweater voll Fischschuppen schmierst?« rief Tommy. Aber er wußte, daß Mico bei solchen Einwänden nur erstaunt die Achsel zukken würde. Also ging er mit Peter voerneweg.

»In welche Schule gehst du, Peter?«

»Mit einer Schule bin ich jetzt fertig, und nach den Ferien geh ich aufs Gymnasium.«

»Ich auch«, sagte Tommy. »Ich hab ein Stipendium.«

»Tatsächlich? Ich auch!«

Sie stellten fest, daß sie beide auf die gleiche Schule kommen würden.

»Hast du's gehört, Mico?« fragte Peter und drehte sich um. »Dein Bruder und ich gehen nach den Ferien auf die gleiche Schule. Du auch?«

»Nein«, erklärte Mico. »Ich geh fischen mit meinem Vater.«

In Peters Mienen malte sich grenzenloses Erstaunen. In den Kreisen, aus denen er stammte, ging man nach der Volksschule aufs Gymnasium, ob man nun ein Stipendium hatte oder nicht. Doch dann unterhielt er sich mit Tommy über die neue Schule.

»Ist er ein Waschlappen, Mico?« flüsterte Twacky.

»Wieso?« fragte Mico.

»Na, wie der aussieht! Mit Strümpfen wie ein Mädchen! Und ein weißes Hemd mit buntem Gürtel! Und Schuhe bei der Hitze!«

Mico mußte lachen. Er wußte nicht, war's über den verdutzten Blick aus Twackys großen blauen Augen oder die riesige Last Fische auf dem Rücken des kleinen Burschen. »Er ist eben anders«, sagte er. »Er kann sich auch im Sommer Schuhe leisten. Wahrscheinlich hat sein Vater Geld.«

»Aber Mico, selbst wenn mein Alter Geld hätte, würde ich im Sommer doch keine Schuhe anziehen. Da würden mir ja die Füße absterben!«

»Ich glaube, man gewöhnt sich dran, Twacky«, erklärte Mico. »Und überhaupt, er ist sehr nett.«

»Hm, ja, vielleicht«, meinte Twacky zweifelnd und drückte den Straßenstaub durch seine Zehen.

Sie gingen durch den Long Walk und den Fluß entlang. Der Fluß war jetzt flach. Er konnte einen kurzlebigen Erfolg über die zurückweichende Flut verzeichnen und strömte mit zischendem Triumphlaut durch das steinige Flußbett. Ein paar Felsen ragten aus dem Wasser hervor. Draußen, hinter der Bucht, stand die Sonne schon tief und schien freundlich auf die weißen Häuser jenseits des Flusses. Die schlanken Maste der Fischerboote stiegen aus einem scheinbaren Gewirr dunkleren Tauwerks in den rötlichen Abendhimmel. Ach ja, dachte Mico, wie schön das Leben ist. Aber dann wurde ihnen am spanischen Tor der Weg von einer Schar Jungen versperrt.

Es waren ungefähr zwanzig, und sie standen einer neben dem andern und wollten sie nicht vorbeilassen. Ein paar von ihnen waren Mico schon unten bei den Docks aufgefallen. Vom Sehen kannte er sie fast alle, wie man eben Leute kennt, mit denen man in der gleichen Stadt wohnt. Doch ihre

Namen kannte er nicht. Es waren Jungen aus der Stadt, das sah man sofort. Sie waren nicht wie Mico oder Tommy oder Twacky angezogen. Ihre Jacken waren zerrissen, die Hosen durchgesessen oder geflickt. Ihr Haar war entweder ganz kurz oder überhaupt nicht geschnitten, und schmutzig waren sie alle. Ihre Gesichter waren blaß; denn sie lebten ja in langen, engen Straßen mit hohen Häusern, in die kein Sonnenstrahl drang.

Zuerst hielten sie Peter und Tommy an.

»He«, sagte einer und packte Peter an der Brust, »wo willst du denn hin?«

Es war ein großer Junge, fast so groß wie Mico und ziemlich stämmig. Aus seinen Sachen war er längst herausgewachsen, und über den Schultern waren die Säume geplatzt, so daß die nackte Haut durchschimmerte. Es war ein Rundschädel mit Stupsnase und kleinen Augen.

Peter betrachtete sich die Hand und sagte ganz ruhig: »Nimm die Dreckpfote weg, du Schurke!«

Der Junge ließ zunächst überrascht die Hand sinken, dann aber packte er Peter bei der Schulter und schubste ihn weg. Peter fand sich plötzlich auf der Erde, und seine Fische lagen neben ihm im Staub.

»Was bildest du dir eigentlich ein, mit wem du sprichst?« schrie der Rundschädel. Verwundert schaute Peter zu ihm auf.

»Gib's ihm, Bartley«, rief einer seiner Kumpel. »So muß man mit denen umgehen, den Brüdern aus Claddagh!«

Mico hätte beinah über Peter gelacht, wie er da so verdutzt auf der Erde saß. Aber er wurde ärgerlich, weil er merkte, daß Peter beim Fallen die Angelrute zerbrochen hatte. Er kniff die Lippen zusammen, trat vor, schob ihm die Hand unter den Arm und zog ihn hoch.

»Soll das 'n Witz sein?« fragte er Bartley.

»Was denkt ihr euch denn eigentlich, ihr?« erwiderte Bartley. »Wer hat euch erlaubt, über den Fluß zu kommen? Bleibt ihr in eurem Nest drüben, und wir bleiben hier! Und weil ihr nicht geblieben seid, wo ihr hingehört, erklären wir die Fische für beschlagnahmt, ihr könnt sie jetzt abliefern, und wir lassen euch in Frieden gehen. Aber wenn ihr sie nicht hergebt, werden wir Kleinholz aus euch machen. Ihr habt die Wahl, entscheidet euch.«

»Mico, was soll denn das?« fragte Peter.

Aber Mico hatte jetzt keine Zeit, um Peter zu erklären, was für ein Bandenkrieg sich hier entspann. Es war ein wenig kompliziert. Der Fluß teilte die Stadt in die Claddagh-Seite mit den Fischerhäusern und Landhäuschen und in die andere Seite mit den engen Straßen. Drüben herrschte die High-Street-Gang und oder die Middle-Street-Gang, Mico war sich nicht sicher, welche, und wenn einer das Gebiet der andern Bande betrat, mußte man sich vorsehen. Als Mico noch kleiner war, hatten all diese Dinge eine sehr wichtige Rolle in seinem Leben gespielt. Jetzt hatte er sie für längst erledigt gehalten – aber anscheinend war's doch nicht so.

»Hört mal zu«, sagte er, »wir sind hier einer gegen zehn, also können wir nicht gegen euch kämpfen, und darum wollen wir die Sache friedlich regeln und euch zwei von unsern vier Fischbündeln geben, und dafür laßt ihr uns durch!« Ich werde, scheint's, ganz empfindlich auf meine alten Tage, daß ich keine Rauferei anfange. Aber schließlich ist Tommy kein großer Kämpfer, und Twacky ist viel zu klein dafür. Gar nicht daran zu denken, daß sich Peter mit seinem feinen weißen Hemd im Dreck wälzt. Außerdem war ihm der Großvater eingefallen, und darum hatte er sein Friedensangebot gemacht.

»Halt dein großes Maul, Truthahn-Fresse!« rief Bartley, und seine Kumpel kicherten über den frechen Witz. Tommy, der sich unter den Torbogen zurückgezogen hatte, blickte seinen Bruder an und sah, wie er sich veränderte. Die gesunde Gesichtshälfte wurde blaß und zuckte nervös. O Gott, dachte Tommy, wenn er bloß nicht zu kämpfen anfängt. Ich hab Angst. Und er blickte sich um, ob er sich nicht zurückziehen könne. Doch schon hatten die andern schweigend einen Ring um sie geschlossen. Hoffentlich verliert Mico jetzt nicht die Beherrschung, sonst bin ich nicht mehr zu retten.

Mico zählte bis zehn. Das tat er dem Großvater zuliebe. Mico, Mico, hatte der Großvater gesagt, nur Dummköpfe werden jähzornig. Ein richtiger Fischer nie! Hol tief Atem und zähle bis zehn und laß den Jähzorn den faulen, verdorbenen, rückgratlosen Hurensöhnen, die in der Stadt leben.

Er war schon bis acht gekommen, als Twacky vortrat, sein Fischbündel in der Hand schwenkte und, ehe ihn einer hindern konnte, Bartley damit ins Gesicht schlug und schrie: »Du dreckige Stadtratte, du! Ich bring dich um, ich bring dich um!« Und dann setzte er sich rittlings auf den mit Fischen übersäten Gegner, der lang hingefallen war, und schlug ihm wie ein Wahnsinniger mit einem Fisch ins Gesicht. Twacky hatte Mico sehr gern.

Natürlich blieb ihnen nichts weiter übrig, als sich in den Kampf zu stürzen.

Mico benutzte sein Fischbündel als Waffe und hieb damit ringsumher auf die andern ein, bis die Schnur riß und die Makrelen in alle Richtungen flogen. Da mußte er seine Fäuste gebrauchen. Aber das war nicht so einfach; denn von allen Seiten umschwärmten ihn kleine Jungen und klebten an ihm fest wie Bremsen am Kuhauge.

Peter schlug mit seinem Fischbündel los, und Mico war überrascht, wie mutig er war. Mit zusammengebissenen Zähnen hieb er drein, und als von den Fischen nichts mehr übrig war, schlug er mit der Faust und mit der Angelrute seines bedauernswerten Vaters drein, indem er sie gleichzeitig als Säbel und Dreschflegel benutzte.

Tommy hielt sich die Hände über Kopf und Gesicht und verteilte nur Fußtritte, und manchmal stieß er auch einem den Ellbogen ins Auge, doch die Hiebe prasselten von allen Seiten auf ihn nieder, so daß er unentwegt schrie: »Laßt mich in Ruhe! Laßt mich in Ruhe!« Aber wie es nun einmal bei Jungen ist, wenn sie einen Feigling entdeckt haben, sie schlugen ihn noch viel ärger auf Nase und Kopf und Augen, und dann sprang die Meute wieder gellend auf die drei andern.

Twacky kämpfte für drei. Er war so klein, daß man sich richtig bücken mußte, wollte man bei ihm einen Treffer landen. Als Verteidiger war er fürchterlich, aber er ging auch in die

Offensive, sprang sie an und würgte sie, bis sie umfielen und er ihnen die Nase blutig schlagen konnte.

Mico konnte keiner etwas anhaben. Er war so groß und stark, und jedesmal, wenn er zuschlug, schrie einer nach seiner Mammi, führte Schmerzenstänze auf und trollte sich.

Aber ein ungleicher Kampf blieb es doch, und er hätte nur mit einer schmachvollen Niederlage oder einem Sprung in den jetzt wasserarmen Fluß enden können, wenn Gott nicht einen seltsamen Retter geschickt hätte.

Es war ein kleiner Mann, der wie die Geißel Gottes erschien und mit seinem Schwarzdornstock auf alle ihm zugekehrten Hinterteile hieb. Ein kleiner Mann mit dem Spitznamen Pa, dessen Bart sich vor Zorn sträubte und der bei jedem Stockhieb schrie: »Ihr Lausebengel! Ihr Rotznasen! Ihr flohzerbissenes Stadtgesindel! Schert euch fort! Haut ab!« Mit dem Stock drosch er auf sie ein, und mit der Hand teilte er so schallende Ohrfeigen aus, daß es sich anhörte, als klatsche ein Brett aufs Straßenpflaster. Die verdutzten Jungen hielten sich ihr brennendes Ohr oder ihren schmerzenden Hintern, zogen sich zurück, wütend wegen des plötzlichen und ungerechten Ausgangs der Schlacht. In respektvoller Entfernung stellten sie sich auf und wollten eine Flut unflätig-frühreifer Schimpfwörter über ihn ausschütten, als er sie erneut in Schrecken versetzte.

»Ich kenne euch alle!« rief er ihnen zu. »Dich, Bartley Mullen, du Rotznase, und dich, Pigeon O'Flaherty, und dich, Klein-Johnson! Alle kenn ich euch. Jetzt geh ich sofort zu euren Vätern und verlange, daß ihr eure Strafe bekommt!«

Das allein saß schon, aber er setzte noch einen drauf.

»Ich weiß, daß ihr zu den Brüdern geht« – damit meinte er die Klosterschule, in der Mönche unterrichteten. »Morgen geh ich selbst zum Reverend und sorge dafür, daß er euch alle verprügelt.« (Der Reverend war ein Mann, vor dem alle zitterten, die das Unglück hatten, in seiner Klasse zu sitzen.) »Übers Pult mit euch, ihr Barbaren, und zwar so lange, bis ihr nie wieder wie räuberische Heuschrecken über anständige, friedliche Bürger auf der Straße herfallt! Schert euch weg, sonst gibt's noch mehr!«

Verlegen und eingeschüchtert verdrückten sie sich, voller Wut über den kleinen Mann, aber auch voller Angst vor dem anderen Morgen. Pa wandte sich den anständigen, friedlichen Bürgern zu, die sich aufrappelten und ihre Wunden leckten.

»Mein ganzes Leben habe ich damit zugebracht«, tadelte er sie, »euch beizubringen, daß man sich Freiheit nicht mit Kampf erkaufen kann. Dafür gibt's andere Wege: Schlauheit oder Ehrlichkeit. Twacky, du bist ein sehr hitziger junger Mann, du solltest dich besser beherrschen lernen, sonst schlägst du eines schönen Tages jemanden tot.«

Darüber mußte Mico vor Lachen losplatzen; denn Twacky blickte so eingeschüchtert auf Pa wie ein verängstigter Schwarm Fischbrut. Undenkbar, daß Twacky irgendeinen umbringen könnte.

»Und Sie hören mit Ihrem Gejammere auf, mein Herr!« fuhr er Tommy an, der unter Tränen seine Fische aufsammelte. »Lern dein Mißgeschick wie ein Mann hinzunehmen! Thomas, du hast doch genug Grips im Kopf, um dich nicht von diesen zweitklassigen Gehirnen überwältigen zu lassen. Das war eine klägliche Vorstellung von dir. Wisch dir die Augen und sei kein Weichling! – Wer ist denn das da?« fragte er und deutete auf Peter, der die verschiedenen Teile der väterlichen Angelrute zusammensuchte.

»Peter Cusack«, sagte Mico. »Er war mit uns angeln gewesen.«

»Cusack? Ach ja, Cusack!« rief Pa und strich sich durch den Bart. »Du wohnst ja ganz in meiner Nähe, nicht wahr, mein Sohn?«

»Ja, ich habe Sie schon oft gesehen.«

»Hm«, sagte Pa. »Du hast dich wacker geschlagen. Aber Mico, wie oft soll ich dir noch predigen, daß du dich nicht auf solche Schlägereien einlassen darfst! Es ist eine Schande! Überlaß diese Prügeleien und Handgreiflichkeiten den Stadtrüpeln, hörst du?«

»Diesmal konnten wir wirklich nichts dafür«, entgegnete Mico. »Sie wollten uns überfallen. Morgen werde ich sie mir einzeln vornehmen und ihnen gutes Benehmen einhämmern!«

»Ruhe«, donnerte Pa. »Und Schluß jetzt, ein für allemal! Wenn ich wieder so etwas höre, werde ich mal ein Wörtchen unter vier Augen mit dir sprechen, verstanden?«

»Ja, Sir«, sagte Mico kleinlaut.

»Also gut. Kommt jetzt. Eure Eltern werden sich nicht schlecht wundern, wo ihr steckt. Wascht euch lieber erst, ehe ihr nach Hause geht! Und schönen Dank hierfür!« Er bückte sich und hob zwei Makrelen auf und versuchte vergeblich, sie mit seinen Fingerspitzen vom Staub zu befreien. »Die werden mir gut zum Abendbrot schmecken! Und vergeßt nicht, morgen früh seid ihr mir pünktlich in der Schule, und keine Entschuldigungen wegen nicht erledigter Hausaufgaben! Schert euch jetzt fort.« Und dann ging er flotten Schrittes den Long Walk hinauf und sah sehr würdevoll und doch sehr komisch aus, weil er in der einen Hand die zwei lädierten Fische schlenkerte.

Mico schaute Peter an und merkte, wie in seinen Augen der Übermut blitzte, gemischt mit Erstaunen. Dann platzten sie beide los, und Twacky fragte wehleidig, was es wohl zu lachen gebe, er wüßte gern, was hier noch lächerlich sei. Darüber mußten sie noch viel mehr lachen, bis Mico sich angesichts seines mürrischen Bruders beruhigte, die Fische einsammelte und Tommy folgte, der schweigend davonstolzierte.

»Mensch, das war doch eine großartige Schlacht, oder«, rief Twacky und hüpfte schon wieder von einem Fuß auf den andern. »Mico, hast du gesehen, wie ich dem Brummer Bartley eins ins Zifferblatt geschlagen habe?«

»Ja, Twacky, aber warum hast du bloß angefangen?«

»Na, weil er mich verrückt gemacht hat. Da stiegen mir die Haare zu Berge. Und wenn ich größer gewesen wäre, hätte ich ihn totgeschlagen!«

»Du hast auch schon so genug Schaden angerichtet«, lachte Mico.

»Erlebt ihr öfters so nette Überraschungen?« fragte Peter und tupfte mit seiner schmutzigen Hand vorsichtig auf sein geschwollenes Auge.

»Nicht sehr oft«, antwortete Mico.

»Wo ich wohne, ist es immer so langweilig, da passiert nie was Nettes!«

Mico grinste. »Heute abend wird aber bestimmt ordentlich was los sein, wenn dein Vater nämlich seine Angelrute wiedersieht.«

»O Gott«, rief Peter und betrachtete trübselig die Überreste einer einstmals schlanken und teuren Angelrute, »das wird einen schönen Tanz geben!«

Vor der großen Brücke stiegen sie die Steinstufen zum Fluß hinunter und wuschen sich ihre Wunden und Schrammen aus und spülten den Schmutz von den schlappen Fischen. Danach gingen sie über die Brücke und blieben noch einen Augenblick stehen, ehe sie sich trennten.

»Mach's gut«, sagte Peter. »Vielleicht treffen wir uns mal wieder?«

»Ja, das wollen wir«, antwortete Mico. »Du weißt ja jetzt, wo wir wohnen. Da drüben!« Und er deutete mit der Hand auf die Häuser von Claddagh. »Du brauchst nur nach Big Micil zu fragen, dann zeigen sie dir unser Haus.«

»Ja, das tu ich. Ihr könnt ja auch zu mir kommen!«

»Ja«, sagte Mico.

»Mein Vater hat ein Zweiundzwanziger-Gewehr! Vielleicht kommt ihr, und ich nehme das Gewehr, und dann schießen wir Enten oder sogar Robben?«

»Vielleicht«, antwortete Mico. »Aber nur, wenn's dem Gewehr nicht so geht wie der Angelrute.«

Peter trennte sich nur schwer von ihnen. »Also, auf Wiedersehen.«

»Ja, auf Wiedersehen!« rief Mico und ging auf das schwarze Schleusentor zu.

Was für ein Tag, dachte Peter. Solchen Spaß haben die vielleicht dauernd. Er drehte sich noch ein paarmal um und sah den langen Mico, neben dem der kleine Twacky herhüpfte. Ja, ich muß sie wiedersehen, dachte Peter. Ganz bestimmt! Dann ging er auf sein Elternhaus zu, um dem Vater mit frohem Herzen und zerbrochener Angelrute gegenüberzutreten.

»Er ist ein netter Junge, oder, Mico, ich mein, für einen Jungen mit weißen Strümpfen?« fragte Twacky.

»Ja, Twacky. Und er hat gekämpft wie ein Held.«

»Für 'nen Jungen mit 'nem saubren Hals hat er's ihnen ordentlich gegeben«, stimmte Twacky zu. »Und wenn man ihn so ansieht, könnte man denken, er wäre ein Muttersöhnchen.«

Muttersöhnchen! Dabei mußte Mico an seinen Bruder denken. Er sah, wie Tommy immer schneller ihnen vorauseilte. Jetzt wird er alles erzählen, dachte Mico, und dann bekomme ich die ganze Schuld! Ach, meinetwegen, dachte er, ich werd schon damit fertig! Sie überquerten die Brücke zum Dorf, die Kleinen und die Großen, mit geschwollenen Augen und der Beute auf den Schultern.

4

Wenn man auf der Hauptstraße quer durch die Stadt geht und sich an der Stelle nach rechts wendet, wo ein Stück Rasen mit ein paar Blumen und Büschen hinter einem eisernen Gitter eingesperrt ist, dann kommt man am Bahnhof vorbei und gelangt auf einen schmalen Pfad, der zu einer kleinen Eisenbahnbrücke führt, die die Leute in das Herz von Connemara trägt, und weiter entlang der Gleise schließlich in die Nähe der Renmore-Kasernen auf dem Hügel.

Wer die Bahnlinie überquert, kommt ans Meer. Doch ist der Boden dort sumpfig, und bei Ebbe riecht es scheußlich. Hält man aber auf die Renmore-Kasernen zu, passiert sie und blickt auf die Schützengräben und das Gewirr von Drahtverhauen, mit denen die Soldaten sich amüsieren, dann gelangt man in eine ganz andere Gegend.

Es ist eine Wildnis, aber der Boden ist fest und trägt einen gut. Linker Hand stehen dichte Wälder, die von Schienen durchschnitten werden. Geht man immer weiter, so kommt man wieder in die Nähe des Meeres. Doch hier dehnen sich Buchten mit silbernem Sandstrand und dicken braunen Felsbrocken, und es ist so wild und einsam, daß man den ganzen Tag über keine andere Gesellschaft hat als Möwen und fremde Vögel, die sich aus den Wäldern wagen, um das Meer anzuschauen. Wenn man noch weiter wandert und die Landspitze umgeht, die die Bucht von Oranmore einschließt, dann bietet sich auf einmal ein befremdlicher Anblick. Mitten im Meer liegt eine grüne Insel, und wenn gerade Flut ist, sieht man mit Erstaunen Tiere auf der Insel weiden und wundert sich, wie in aller Welt sie dort hingekommen sein könnten. Doch wenn man wartet, bis wieder Ebbe ist, dann erblickt man einen langen, langen, von Menschen errichteten Damm, der auf die Insel hinüberführt. Folgt man diesem recht festen Weg, der nur zur Zeit der Stürme und bösen Unwetter eingerissen und hinterher wieder von fluchenden Männern ausgebessert werden muß, dann erreicht man die Insel. Man staunt über das leuchtend grüne Gras. Es ist nicht das spröde Marschgras, das gewöhnlich dicht am Meer wächst, sondern gutes, kräftiges, gesundes Gras, wie es preisgekröntes Zuchtvieh fressen soll. Überall blühen Blumen, das ganze Jahr über. Und wie groß die Insel ist! Das merkt man erst, wenn man sie abschreitet. In der Mitte steigt sie zu einem Hügel an, und das ist wohl der Grund, weshalb das Gras so gut ist, denn das Wasser kann dadurch leicht abfließen. Und die Brisen des ewigen Ozeans mögen es irgendwie düngen.

Auf dem höchsten Punkt des Hügels erhebt sich ein einzelner Dornbaum. Im Mai ist er dick übersät mit Blüten, und die Leute erzählen sich, daß die Blüten hier viel länger blühen als alle anderen Weißdornblüten in der ganzen weiten Welt. Der Stamm ist knorrig und gekrümmt, wie die eisenharten Muskeln eines starken alten Mannes. Rings im Kreise um den Baum liegen zwölf Steine, und dicht am Stamm des Baumes ist das Gras sehr kurz und weich. Es ist sehr schön, dort am Fuß des Weißdorns zu sitzen, der Schatten spendet, und sich den Seewind ins Gesicht wehen zu lassen. Doch es ist seltsam, daß die auf der Insel weidenden Schafe und Kühe dem Baum nie zu nahe kommen. Sonst lieben Rinder ja Bäume, und manche fressen sie auch an. Und den Weißdorn lieben sie sogar ganz besonders; denn er hat lange, spitze Dornen, gegen die sie ihr Fell reiben können, um sich die Millionen von unterschiedlichen Fliegen abzukratzen, von denen sie zu jeder Jahreszeit geplagt werden. Deshalb ist es seltsam, daß die Kühe diesem Weißdorn auf der Insel nicht zu nahe kommen. Aber warum kommen sie denn nicht wenigstens und holen sich das saftige, gute Gras im Schatten des Baumes? Sie tun's eben nicht, und das ist eine Tatsache.

Wieso?

Es ist ein Feenbaum. Nun gut, da kann einer die Achseln zucken und sagen, das habe er auch schon alles einmal gehört, aber seit dem sechsten Lebensmonat glaube er nicht mehr an Feen. Aber wenn er keine bessere Erklärung findet, um die Besonderheiten dieses Baumes zu beschreiben, steht's ihm frei. Aber hierzulande würde ihm doch keiner glauben. Und wenn er will, kann er ja mit ein paar alten Männern darüber reden; die werden ihm bald den letzten Zweifel nehmen. Und sie holen vielleicht noch den ältesten Mann aus der Gegend, der kann einem Dinge von der Insel erzählen, die er selbst mit angesehen hat und die kein Sterblicher für möglich hält. Also!

Die Küste der Insel besteht ringsum aus Felsen. Das Gras hört auf, der Felsen fängt an: entweder oder. Gras und Felsen und dann das tiefe, tiefe Wasser. Sogar bei Ebbe. Es ist gerade, als ob vom Grunde des Ozeans eine geheimnisvolle Macht ihre Hand nach oben streckte und auf der Fingerspitze die Insel balancierte.

Manchmal fallen die Wildenten hier ein. Wenn einer den Mut hätte, an späten Winterabenden herzukommen, so könnte er wohl auch auf Wildgänse schießen. Aber keiner kommt.

Eines frühen Augustabends wanderten vier Jungen über den langen Damm. Mico führte sie an. Seine Augen blickten hierhin und dorthin, und er hob den Kopf und schnupperte in die Luft, wie's ihm sein Großvater beigebracht hatte. Vergiß nicht, Mico, daß du eine Nase hast. Gott hat sie dir gegeben, damit du sie dir zunutze machst, wenn der Wind sich drehen will oder wenn Fische in der Nähe sind.

Hinter ihm ging Peter. Er trug die Flinte, aber nicht sehr vorsichtig. Er sprang von einer Seite des Dammes auf die andere. Und auf Peter folgte Tommy, und als Schwanzstück kam der kleine Twacky.

Es war keine Kleinigkeit gewesen, sich die Flinte zu verschaffen. Nicht etwa, daß Peters Vater sie ihm überhaupt nicht geben wollte. Soweit Mico es beurteilen konnte, würde Peter von seinem Vater den Polarstern auf einem Tablett serviert bekommen, wenn er ihm nur gehörig um den Bart ging. Der Vater war ein netter Mann, den Mico wohl leiden mochte. Ein gutmütiger Mann mit weißem Schnurrbart und sonnenbraunem Gesicht, weil er ständig in der frischen Luft lebte und jagen und fischen ging. Im Sommer fing er Forellen und Lachse und Hechte, und im Winter stand er bis zum Hals, wie er scherzend zu Mico sagte, in Sumpflöchern, um Wildgänse und Enten zu schießen. In der ganzen Grafschaft Galway gab's keine fünf Quadratzentimeter Boden, die er nicht so genau wie die Linien seiner Handfläche kannte.

Das Seltsamste aber war, dachte Mico, daß Peter eigentlich ein völlig verzogener Junge hätte sein müssen, doch er war's nicht. Er war ziemlich klug und wußte, daß er an seine Eltern denken mußte, und ehe er ihnen einen Schmerz bereitete, würde er sich lieber die rechte Hand abhacken.

Mico drehte sich um: »Wie um Himmels willen hast du ihn denn überreden können, dir die Flinte zu geben?«

»Ach, das war ganz einfach. Ich habe zuerst versucht, ob ich das große Gewehr bekommen könnte, aber da wäre er beinah aus dem Häuschen geraten. Das hat er nämlich schon, solange er lebt, und eher würde er sich, glaube ich, von mir trennen als von dem Gewehr. Ich mußte ein wenig vorsichtig sein, weil meine Mutter nicht wissen sollte, daß ich hinter einem Gewehr her war, aber nach ein bißchen Theater bot er mir als Entschädigung die Zweiundzwanziger an.«

»Mein Gott«, rief Mico, »hoffentlich passiert ihr nichts!«

»Nur keine Bange«, schrie Peter vergnügt, »ich bin der geborene Scharfschütze!«

»Aber kann man denn wirklich etwas schießen mit solch einem kleinen Teil?« wollte Twacky wissen.

»Sogar einen Elefanten kannst du mit der Flinte umlegen«, erklärte Peter, »du mußt nur die richtige Stelle treffen!«

»Pst!« rief Mico, breitete die Arme aus und zwang sie alle, stehenzubleiben. »Seht ihr, was ich sehe?«

»Wo denn?« fragte Peter.

»Schaut mal dorthin!« flüsterte Mico und zeigte auf den Hügel. »Was ist das unter dem Feenbaum?«

»Eine Fee«, flüsterte Peter.

»Ich könnt's schwören«, tuschelte Mico und starrte auf das weiße, unbewegliche Etwas.

»Mensch, redet doch nicht so«, flüsterte Twacky und drückte sich dicht an sie. »Mir läuft's eiskalt über den Rücken!«

Dann sah er genauer hin.

»Ach«, sagte er daraufhin mit klarer, lauter Stimme, »das ist doch bloß ein dummes Mädchen!«

Sie konnten ihre Umrisse dort oben erkennen, ihren Kopf hielt sie über ein Buch gesenkt. Hinter ihr ging die Sonne unter, so daß sie in ihrem weißen Kleid fast durchsichtig schimmerte. Sie hob den Kopf und blickte auf den Damm. Sie konnten sehen, wie die Sonne ihr auf eine Gesichtshälfte schien. Sollte sie durch ihr Näherkommen beunruhigt sein, so ließ sie sich das keineswegs anmerken. Sie sah sie unentwegt an, und die Jungen standen da und gafften sprachlos zurück. Mico ging über das Gras auf den Hügel zu, die andern hinterher.

Dort, wo der Schatten des Baumes begann, blieb er stehen. Sie hatte schwarzes Haar, und es war so kurz geschnitten, daß sie fast wie ein Junge aussah; doch ihr Kinn war rund und die Lippen sehr rot. Die kurzen Ärmel ihres Kleides zeigten sonnengebräunte Arme mit dunkleren Sommersprossen. Sie trug eine goldene Armbanduhr. Mit stillen braunen Augen blickte sie sie ruhig an. Ihre linke Hand hielt das Buch auf dem Schoß, die Knie hatte sie fast bis zum Kinn hochgezogen. Die feinen Finger der anderen Hand zupften Gras aus.

Mico konnte sich gut in andere versetzen. Er dachte, wie unangenehm es sein müsse, auf einer einsamen Insel im Atlantischen Ozean von vier Jungen angestarrt zu werden. Noch dazu von solchen Burschen, wie sie es waren: ärmlich angezogen, barfuß, er mit seinem Muttermal und der kleine Twacky mit seiner Sträflingsfrisur und finsterem Blick, weil er Mädchen nicht leiden konnte. In ihrer Gegenwart fühlte er sich nicht wohl.

Aber das Mädchen hatte keine Angst. Mico dachte, daß sie vielleicht nicht allein sei. Es wären jenseits des Hügels noch andere.

»Hallo!« sagte er und lächelte.

»Hallo«, antwortete sie ernst.

Dann schwiegen alle fünf. Twacky trat verlegen von einem Bein auf das andere. Was könnte ich denn jetzt noch sagen, überlegte Mico. Warum zum Kuckuck sind wir nur hergekommen?

Da trat Peter näher und fragte: »Liest du das Buch da?«

»Ja«, sagte sie.

»Wo ist deine Mutter?«

»Wahrscheinlich zu Hause«, antwortete sie.

»Ich finde es aber merkwürdig, daß sie dich zum Lesen auf diese einsame Insel läßt!«

»Gehört die Insel etwa dir?« fragte sie nun.

»Nein«, sagte Peter.

»Dann wäre es wohl am besten, du kümmerst dich um deinen eigenen Kram!«

Peters gute Laune war dahin. Sein Gesicht lief ein wenig rot an. Rothaarige Menschen werden leicht rot, und man weiß gleich, wann sie schlecht drauf sind, dachte Mico.

»Hör mal, ich wollte nur nett sein«, entgegnete Peter.

»Was machst du mit der Flinte?« fragte sie.

»Gehört die Insel dir?« gab er zurück.

»Vielleicht«, antwortete sie.

»Na, dann weißt du ja Bescheid«, rief Peter patzig. »Kommt, Jungs, wir gehen weiter!« Dann drehte er sich noch einmal um und fragte frech, den Kopf nach vorn gestreckt: »Wie heißt das Buch?«

Erstaunlicherweise beantwortete sie seine Frage. »Es ist von James Stephens.« Ihre Stimme klang so, als nähme sie an, Peter habe noch nie im Leben von ihm gehört.

»Wer erklärt es dir denn?« wollte Peter nun wissen.

»Du hast vielleicht einen Ton am Leib!« erwiderte sie, ihre Augen blitzten.

Peter, zufrieden, sie aus ihrer Ruhe aufgescheucht zu haben, wandte sich ab. »Jungs, laßt uns gehen!« sagte er und wollte zum Ufer hinunter.

»Hoffentlich schießt du nicht auf Vögel!« rief sie laut. Peter blieb stehen. »Hier schießt kein Mensch auf Vögel, deshalb haben sie auch keine Angst vor Flinten. Es wäre eine Todsünde, auf sie zu schießen!«

»Ist das so?« erwiderte Peter übertrieben höflich. »Wie interessant! Wenn du noch lange hierbleibst, kannst du einen ganzen Sack voll Todsünden zu Gesicht bekommen.« Damit drehte er sich wieder um und ging diesmal wirklich ans Ufer.

»Er meint es nicht so«, sagte Tommy zum Mädchen.

»Ist er aus Galway?«

»Ja«, sagte Tommy.

»Komisch«, antwortete sie so verwundert, als habe sie zum erstenmal in ihrem Leben einen Eskimo gesehen.

»Magst du James Stephens?« wollte Tommy nun wissen.

»Ja, ich liebe ihn über alles«, erwiderte sie so inbrünstig, wie es für Mico nur eine Fünfzehnjährige konnte.

»Ich mag ihn auch gern«, antwortete Tommy, »nur mit den Feen, das wird mir manchmal zu viel!«

Das überraschte Mico, und dann auch wieder nicht, denn Tommy verschlang Bücher geradezu. Mico hatte noch nie etwas von Stephens gehört, außer daß er der Kerl war, der die tiefschwarze Tinte in die Flasche gefüllt hatte, die Pa auf seinem Tisch stehen hatte.

»Ach, das verstehst du nicht«, sagte sie und machte eine herablassende kleine Handbewegung. Immerhin war sie überrascht, daß so ein Claddagh-Junge wußte, von wem die Rede war, und dabei hatte sie ihn doch lächerlich machen und von ihrer schönen Insel verscheuchen wollen. Hierher trug sie all die Schwermut, all die Fieber ihrer Jugendjahre; hierher kam sie, um »von allem weg zu sein«, Ruhe zu finden und zu lesen von Traumwelten, um ganz allein zu sein, allein mit den Vögeln und dem Meer, das hier nie blau war, sondern grün, so grün wie das Gras und die aufgewühlten Gefühle ihrer Jugend.

»Kommt ihr jetzt endlich oder nicht?« schrie Peter unten am trostlosen Ufer, die Hände vor den Mund.

»Ja«, brüllte Tommy, »wir kommen.« Wie erstaunlich schnell er umschalten konnte! Eben war es noch dieses Mädchen mit dem kurzen Haar, den glatten Fransen über der Stirn, den ebenmäßigen Zügen und dem entschlossenen Kinn, sie und James Stephens, und in der nächsten Sekunde schon war es Peters Flinte. Jetzt war er bei Peter, nahm die Flinte in die Hand, zog den geölten Bolzen zurück, fühlte die schlanke Patrone in seinen Fingern, führte sie in den Verschluß ein, sah den Lauf entlang, das Korn, und dann ging der Schuß los.

Das Mädchen blickte auf und sah Mico an, der immer noch lächelnd vor ihr stand.

»Peter ist sehr nett«, sagte er und wußte eigentlich nicht, warum. »Es war halt so schwierig, seinem Vater die Flinte abzuluchsen und sie dann, ohne daß seine Mutter etwas merkte, herzubringen. Er hat sie unters Hemd und in das eine Hosenbein stecken müssen. Er ist immer schrecklich höflich.«

Nun wurde sie entspannter. Ihre Stimme klang immer weniger überheblich.

»Aber laß ihn nicht auf Vögel schießen!« meinte sie ernst.

»Ach, weißt du«, sagte Mico, »ich glaube nicht, daß er auch nur einen töten kann, selbst wenn er vor seiner Nase sitzt. Er ist so ein schlechter Schütze. Und wir haben bloß zehn Patronen.«

»Gott sei Dank!« rief sie.

»Wie heißt du?« fragte er, erstaunt über sich selbst. »Verzeih mir, daß ich so neugierig bin, aber ich habe mich gewundert, daß du hier so einsam unter dem Baum auf der Insel sitzt und dich nicht fürchtest, wenn vier schurkisch aussehende Jungen ankommen. Warum kommst du hierher?«

Sie kniete sich hin und ließ das Buch fallen.

»Oh, du kannst mich ruhig fragen«, sagte sie. »Ich heiße Josephine Mulcairns. Warum ich hier bin? Um allein zu sein.«

»Da hast du dir heute einen schlechten Tag ausgesucht.«

»Ja«, sagte sie. »Glaubst du an Feen?«

»Jetzt nicht. Aber vielleicht bei Nacht.«

»Ach je, Mico, komm doch endlich!« rief Twacky wütend. Auf seinem Gesicht stand deutlich zu lesen, was er von Mädchen hielt. Viel Gutes konnte es nicht sein.

»Mico«, rief er wieder, »die andern schießen schon, und bald werden sie alle Patronen verschossen haben und wir keine, wenn du nicht kommst.« Plötzlich peitschte ein Schuß los. »Da, hörst du's? Komm doch endlich!«

»Okay, Twacky«, antwortete Mico.

»Also dann auf Wiedersehen«, sagte er zu dem Mädchen, »und es tut mir leid, daß wir dich in deiner Einsamkeit gestört haben.«

Sie lächelte. Ihre Zähne waren so klein und gleichmäßig wie die Haarfransen auf ihrer Stirn.

»Das tust du nicht«, sagte sie. »Du störst mich nicht. Aber der Rothaarige ist ein Quälgeist.«

Dann liefen Mico und Twacky zu den anderen, und eine Stunde lang dachte keiner mehr an das entschlossene Mädchen auf dem Hügel mit ihrem James Stephens. In der Nähe des Insel gab es einige Wildenten, und sie feuerten ihre Patronen auf sie. Sie legten sich in kleine Furchen und Rillen in den Hinterhalt, robbten vorsichtig von einer Seite auf die andere, gaben schnell einen Schuß ab auf flinke Stockenten oder kleine wachsame Krickenten. Es war zwar vergebene Liebesmühe, aber Spaß machte es doch. Wirklich in Gefahr waren nur drei Geschöpfe, nämlich die drei Freunde, die sich jeweils um den Flintenträger drängten. Im Nu hatte jeder zwei Kugeln verschossen. Mit der neunten zielte Peter auf einen schwarzen Kormoran, der gerade einen großen Fisch verschlang. Danach zogen sie auf die Ostseite der Insel, wo sie weit draußen auf den flachen, schwarzen Klippen drei Robben sahen.

Mico erblickte sie zuerst. Er warf sich ins Gras, und die anderen mußten es ihm gleichtun.

»Ganz still, hört ihr!« zischte er. »Erst hinlegen, dann dürft ihr vorsichtig den Kopf heben!«

Bewegungslos lagen sie da und fühlten, wie ihr Herz hämmerte.

Die Robben mußten eben erst gekommen sein, sonst hätte sie der Schuß vorhin verscheucht. Hinter den Aran Islands sank die Sonne in ein Nest dunkler Wolken, die drohend von Westen heranzogen. Die See war sehr ruhig und hob sich nur sanft mit der steigenden Flut. Die Luft war sehr klar. Es war einer jener Abende, an denen man Geräusche von weither vernehmen kann. Sie hörten das Summen der sie plagenden Mücken und das Ticken der im Gras versteckten Heuhüpfer. Die Berge von Clare schienen ganz nahe. Das bedeutet Regen, dachte Mico. Man konnte erkennen, wie die Steine oben auf dem Felsenkamm übereinandergetürmt waren, häßliche Brocken, als hätten Engel Säcke unbrauchbaren Granits verächtlich aus dem Himmel geschüttet.

Und dort lagen die Robben, so glatt wie die blankpolierten Steine am Strand, die Gottes Mühlen zu wunderschöner Rundung abgeschliffen hatten. Zwei Robben räkelten sich auf der Klippe, Hals und Körper lang ausgestreckt. Ein wenig entfernt von ihnen spielte das dritte Tier. Es tauchte den Kopf ins Wasser, bis nur noch sein Hinterteil zu sehen war. Dann glitt es ins Meer, verschwand und kam mit unglaublicher Geschwindigkeit wieder zum Vorschein und landete naß und triumphierend neben den beiden anderen auf der Klippe. Eins richtete sich auf und stützte sich auf die Vorderflossen. Dazu trompetete es so unmusikalisch wie eine altmodische Autohupe. Dann stießen sie mit den Schnauzen gegeneinander, und es sah aus, als ob sie sich bissen, und das eine drängte das andere immer weiter zurück, bis es torkelte und tolpatschig ins hochaufspritzende Wasser fiel. Es war ein wunderbares Schauspiel. Warum wiederholten sie es nur ständig? Eine der beiden Robben lag lässig da und ließ die dritte gegen die andere auftreten. Ob das faule Tier das Männchen war? Oder das Weibchen? Kämpften zwei Männchen um das Weibchen? Oder umgekehrt?

Es war wirklich das reinste Theater. Twacky mußte jedesmal laut loslachen und klatschte in die Hände, wenn die Robbe wieder zurückgedrängt wurde und ins Wasser plumpste. Mico hielt ihm schließlich den Mund zu.

Plötzlich stand Peter auf und brachte die Flinte in Anschlag.

»Jetzt schieße ich!« flüsterte er mit funkelnden Augen, aus denen die ganze mörderische Jagdlust seines Vaters sprach. Mico wollte es nicht zulassen. Wie entsetzlich wäre es, dachte er, wenn Peter einen dieser Kerle träfe! In ihrer Verspieltheit wirkten sie fast wie Menschen. Aber es wurde schon dämmerig, dachte er dann, Peter würde sie ja doch nicht treffen. Höchstens verscheuchen konnte er sie. Die beiden auf der Klippe waren trocken geworden, und obwohl ihr Fell noch glänzte, konnte man jetzt die graubraune Farbe erkennen.

»Meinetwegen«, sagte Mico, »schieß los, wenn du's nicht lassen kannst!«

»Wenn du's wagst, auf die Robben zu schießen, dann zeige ich dich an!« rief eine zornige Stimme hinter ihnen.

Alle vier sahen sich erschrocken um.

»Mein Gott«, sagte Peter, »da ist sie schon wieder!«

Er legte seine linke Hand unter die Flinte, lehnte den Lauf auf einen kleinen Erdhügel vor seiner Nase und berührte den Abzug.

»Laß ihn nicht schießen«, flehte das Mädchen Mico an. Dann schrie sie laut: »Schu! Schu!«, und die Robben hoben die Köpfe und glitten blitzschnell vom Felsen ins Wasser. Im selben Augenblick krachte der Schuß. Zehn Meter links von der Klippe spritzte das Wasser auf.

»Wenn ich das gewußt hätte«, rief das Mädchen verächtlich, »daß du so schlecht schießen kannst, hätte ich mich nicht so aufgeregt.« Sie machte auf dem Hacken kehrt und ging fort.

»Nicht die Bohne!« rief Peter wütend.

»Laß nur, Peter«, sagte Mico und hielt ihn am Arm, »ärgere dich nicht über sie!«

Tommy meinte nachdenklich: »Es wird schon so dunkel! Wann steigt eigentlich die Flut über den Damm?«

Das brachte sie alle auf die Beine. Sie blickten sich eine Sekunde lang an, und dann, als zöge sie jemand gemeinsam an einer Schnur, liefen und liefen und liefen sie, bis sie auf die Spitze des Hügels gelangten. Ohne sich zu besinnen, rannten sie bergab und hörten erst auf zu rennen, als sie vor dem Damm standen und sahen, wie die Flut wie ein reißender Strom über ihn hinwegbrauste.

Nun bemerkten sie auch das Mädchen.

Sie stellte sich vor sie hin. »Es ist alles deine Schuld! Du mit deiner albernen Schießerei«, sagte sie zu Peter. »Ich wäre längst weggegangen, aber es ist meine Pflicht, aufzupassen, daß du keinen Schaden anrichtest. Und dann war es auch so schön, den Robben zuzuschauen, daß ich alles darüber vergaß. Was machen wir jetzt bloß?«

»Durchwaten!« schlug Peter vor. »So tief kann's nicht sein!«

»Du bist verrückt, Peter«, rief Mico. »Schau dir mal die Strömung an! Die reißt einen Elefanten um!«

»Dann schwimmen wir eben«, meinte Peter.

»Stell dich nicht dümmer an, als du aussiehst«, erwiderte das Mädchen. »Der Damm ist fast eine halbe Meile lang. Du würdest höchstens in Amerika landen.«

»Meiner Ansicht nach sind die Chinesen das vernünftigste Volk der Welt«, verkündete Peter in den Abendhimmel hinein, »weil sie alle Mädchen ertränken.«

»Vielleicht sollten wir's doch mit Schwimmen versuchen?« wandte Mico ein.

»Aber Mico«, rief Twacky verzweifelt, »ich kann doch nicht schwimmen!«

»Das hab ich ganz vergessen«, erwiderte Mico.

»Ich auch nicht«, rief Tommy vorwurfsvoll, »aber an mich denkst du sowieso nicht.«

»Dann müssen wir uns eben damit abfinden«, meinte Mico. »Jetzt ist es ungefähr zehn Uhr. In drei Stunden sollte es möglich sein, über den Damm zu gehen.«

»Heiliger Strohsack«, jammerte Twacky, »das wäre ja nachts um eins? Mein Alter bringt mich auf der Stelle um!«

»Was können wir sonst tun?« entgegnete Mico.

»Nichts«, sagte das Mädchen. »Du hast recht, wir müssen hierbleiben und warten. Was meine Eltern wohl denken mögen?«

»Die denken sicherlich: Gott sei Dank, endlich scheint sie tot zu sein!« rief Peter.

Sie preßte die Lippen zusammen und ging auf die Spitze des Hügels. Es war schon ganz dunkel geworden; der Mond ging auf, eine halbe Schnitte; riesig und rot stieg er über den Damm. Mico aber sah, daß er wohl bald von schwarzen Wolken verschluckt werden würde, die sich nun rings am Horizont eingefunden hatten.

Das gibt keinen Schauer, dachte er, sondern einen richtigen, heftigen, unbarmherzigen Guß.

»Ich glaube, wir gehen am besten unter den Baum und machen ein Feuer an. Da sind wir ein bißchen geschützt; denn es wird bald zu regnen anfangen. Wollt ihr am Strand entlanggehen und alles Treibholz bringen, das ihr nur findet? Wir brauchen jedes kleinste Stückchen. Außer dem Feenbaum steht kein einziger Baum auf der ganzen Insel. Peter, geh du mit Tommy links herum, und Twacky und ich streifen die andere Seite ab, bis wir uns treffen.«

Mißmutig zogen die zwei Jungen los. Mico nahm an, daß ihre Suche nicht sehr ertragreich sein würde. Immer hatten sie Interessanteres zu besprechen und vergaßen so materielle Sorgen wie Arbeit und Holzsammeln.

Die Stille der Nacht wurde nur durch das sanfte Aufschlagen der Flut gegen das Ufer unterbrochen. Wie ein Tiger, der vor dem Sprung mit dem Schweif auf den Boden schlägt.

Twacky hielt sich dicht hinter Mico. Beide hatten die Augen auf den Boden geheftet. Twacky war froh, in all der Schwärze Micos dunkle Umrisse vor sich zu sehen. Er hatte, ehrlich gesagt, nicht viel übrig für die Finsternis. Es war eine unbestimmte Angst. Sie rührte von den Märchen seiner Großmutter her, die ihm bis zu ihrem Lebensende Geschichten erzählt hatte. Es war eine uralte Frau gewesen, und sie schien geradezu verwachsen mit dem Schemel vor der offenen Feuerstelle, deren Flammenschein sich in ihrem roten Rock fing. Auf dem Kopf trug sie ein kariertes Tuch, und sie besaß eine alte Tonpfeife, die sie heimlich rauchte, wenn sie dachte, die Kinder merkten es nicht. Es war furchtbar komisch, wie schnell die Pfeife im roten Rock verschwand, wenn jemand über die Halbtür hereinblickte oder wenn eines der Kinder des Morgens vorzeitig aufstand, um draußen ein gewisses Häuschen aufzusuchen. Wenn sie ihre Gruselgeschichten erzählte, konnten einem die Haare zu Berge stehen. Und wenn man mal hinaus mußte, dann fielen einem all diese Dinge ein, die nachts passieren konnten, und ein Schauder lief einem über den Rücken, daß man nur so zurückraste in die hell erleuchtete Küche. Aber die Hälfte des Spuks, den man hatte draußen lassen wollen, schlich einem nach und ins Bett hinein, und man konnte nicht einschlafen, weil die Blase drückte und man in einer Minute wieder aufstehen und einen der Brüder schlagen oder bestechen mußte, um einen zu begleiten.

»O je, Mico, wie dunkel es ist«, sagte Twacky mit gedämpfter Stimme in der Stille der Nacht.

»Ja, Twacky. Ich kann nichts mehr entdecken, und dabei haben wir erst sehr wenig Holz beisammen. Und da oben sitzt das Mädchen ganz allein. Könntest du nicht zu ihr gehen und ihr Gesellschaft leisten, und ich suche Holz, bis ich die anderen treffe?«

»Oh, Mico, soll ich wirklich zu der alten Schnalle gehen?«

»Na, sie wird dich schon nicht fressen!«

»Och«, Twacky scheuerte sich selbst mit dem Ellbogen, »sie bringen mich wirklich in Verlegenheit.«

»Wieso denn das?« fragte Mico erstaunt.

»Weiß ich selber nicht. In Verlegenheit eben. Dann fang ich an zu schwitzen und weiß nicht, was ich sagen soll.«

Mico lachte: »Okay, Twacky. Dann leiste ich ihr Gesellschaft, und du gehst hier den Strand entlang und suchst Holz.«

»Och, Mico.«

»Ja, was denn nun noch?«

Twacky zauderte. Er konnte Mico doch nicht gestehen, daß er sich im Dunkeln fürchtete. Er starrte in die Finsternis, die sich wie ein schwarzes Tuch um die Insel gelegt hatte. Man sah nur den weißen Streifen der Brandung. Und in diesen dunklen Schlund sollte er hineinspazieren? Er schluckte. »Okay, Mico, ich mach das.«

»Gut, Twacky, und ich werde indessen versuchen, ob ich ein Feuer in Gang bringe.« Er schritt auf die Silhouette des Baumes zu.

Twacky blieb so lange stehen, bis er Micos Schritte im Gras nicht mehr hören konnte. Dann sagte er sich: Was soll ich mich hier ängstigen? Der Nachtwächter muß ja auch die ganze Nacht aufbleiben, und nie passiert ihm etwas, obwohl er ganz mutterseelenallein ist! Also trottete er los und war heilfroh, als er vor sich zwei Stimmen hörte. Da verlangsamte er den Schritt und tat so, als ob es die natürlichste Sache der Welt sei, zu dieser Nachtzeit auf der Insel herumzuschlendern.

Mico fand das Mädchen, weil ihr weißes Kleid durch die Dunkelheit schimmerte. Er warf das Bündel Treibholz auf den Rasen.

»Hoffentlich war's dir nicht zu einsam?« fragte er.

»Doch, ein bißchen«, gestand sie, und ihre Stimme klang erleichtert. »Ich hatte schon geglaubt, daß ihr alle fortgegangen wäret und mich allein gelassen hättet!«

»Aber hör doch, das hätten wir bestimmt nicht getan!«

»Der Rothaarige hätte es fertiggebracht.«

»Jetzt mußt du ein kleines Opfer bringen«, sagte er.

»Ich? Was denn?« Ihre Stimme ging hoch.

»Damit ich ein Feuer anzünden kann, mußt du ein oder zwei Seiten von James Stephens opfern. Wir haben sonst kein

Papier. Es gibt hier noch etwas dürres Gras dicht am Stamm, und ein paar trockne Ästchen kann ich wohl abbrechen.« Er stand auf und zog einen großen Zweig herunter.

»Nein, nicht!« flehte sie ihn an. »Den Baum darfst du nicht anrühren.«

»Warum denn nicht?«

»Es ist ein besonderer Baum.«

»Meinst du, wegen der Feen?« fragte er enttäuscht.

»Nein, aber die Leute sagen, es bringt Unglück, wenn man dem Baum etwas antut.«

»Sie werden wohl nichts dagegen haben, wenn wir ein paar Ästchen abbrechen!«

»Nein, faß ihn nicht an! Hier in dem Buch sind ein paar leere Blätter, die kannst du gerne haben.« Sie tastete nach den Buchseiten.

Er kniete nieder und streckte die Hand aus. Ihre Finger berührten sich, und er nahm die zerknüllten Seiten.

Als die anderen kamen, war das Feuer schon angezündet. Mico war in solchen Dingen sehr geschickt. Immer hatte er ein paar Zündhölzer in der Tasche, neben einem Wirrwarr von Fischergarn, Kupfermünzen und dem anderen Krimskrams.

Der Beitrag der anderen war geradezu dürftig.

»Es ist verdammt dunkel«, erklärte Peter ungerührt. »Bei solcher Beleuchtung müßte man schon Millionen von Fazettenaugen haben wie die Fliegen!«

»Ein Glück, daß deine Augen keinen Schaden genommen haben«, spottete Mico. »Was um alles in der Welt würde passieren, wenn du nicht mehr sehen könntest. Das, was wir an Feuerholz haben, reicht gerade mal zehn Minuten.«

»Hier, mein Lieber«, sagte Peter und steckte die Hand in die Tasche und holte das Fischmesser seines Vaters hervor. Mit dem Messer konnte man alles anstellen, nur nicht reden. Einen Fisch ausnehmen, jemanden auf den Kopf hauen, es im Notfall ziehen oder auch eine Limonaden- oder – noch wichtiger – eine Guinness-Flasche öffnen, ein unerläßlicher Begleiter bei allen Fischzügen. »Hier ist ein Messer, und da ist ein

Baum!«, und er griff in die Zweige und zog einen mit seinem ganzen Gewicht herunter.

»Nein! Nicht!« rief das Mädchen und sprang auf. »Laß das! Du weißt nicht, was passiert!«

»Was soll denn das heißen?« rief Peter, und im gleichen Augenblick brach der Zweig ab, und es klang wie eine Art schluchzendes Schreien.

»Jetzt hast du aber was angestellt!« sagte das Mädchen.

»Was denn?« fragte Peter.

»Etwas Schreckliches. Das bringt dir Unglück!«

»Hört mal«, sagte Peter, »die ist wohl verrückt geworden.«

»Wart's nur ab!« rief sie und riß die Augen auf. Sie blickte ihn so entsetzt an, als erwarte sie jeden Augenblick, daß ein Donnerkeil aus dem Himmel (oder aus der Hölle) niederführe und ihn erschlüge.

»Ach, jetzt begreif ich's«, rief Peter und setzte den Fuß auf den Ast. »Die Feen sind wieder mal unter uns!«

»Ja«, flüsterte Twacky, »du hättest es lieber nicht tun sollen!«

»Pipi«, entgegnete Peter und brach gekonnt den Ast in kleine Stückchen. »Ein Feuer müssen wir haben. Da steht der Baum! Und außerdem hat St. Patrick nicht nur alle Schlangen, sondern auch alle Feen aus Irland vertrieben.«

Er warf das Holz aufs Feuer, und es loderte auf. Die Flammen leckten gierig an den dünnen Zweigen und rötlichen Beeren.

»Siehst du«, sagte Mico leise zu dem Mädchen, »es passiert nichts Schlimmes.«

Peter, der auf einem Stein saß, meinte: »Ich weiß, was ihr im Kopf herumspukt: die keltische Götterdämmerung. Noch vor ihrem siebzehnten Geburtstag wird sie ganz benebelt sein vor lauter keltischer Götterdämmerung. Wie alt bist du jetzt?« fragte er unvermittelt.

»Kümmere dich um dich selbst!« antwortete sie.

»Und was machen wir jetzt?« fragte Tommy. »Womit könnten wir uns die Zeit vertreiben? Mit Gespenstergeschichten?«

»Ach, bloß das nicht!« rief Twacky und setzte sich ganz dicht neben Mico. »Davon hab ich schon mehr als genug von meiner alten Momo gehört.«

»Lies uns aus dem Buch vor!« meinte Tommy. »Da vergeht uns die Zeit schnell, und wir denken wenigstens nicht dran, was uns zu Hause blüht!«

»Wenn der Rothaarige den Mund hält, will ich's gern tun«, sagte sie.

»Dafür garantiere ich«, rief Mico und streckte seine große Faust übers Feuer und hielt sie Peter unter die Nase. »Damit werde ich ihn einschläfern, wenn er's wagt, den Mund aufzureißen.«

Peter lachte: »Okay. Ich schwöre, daß ich still bin.«

Sie las ihnen aus dem Buch vor. Es hieß »Im Lande der Ewigjungen«, und sie war noch nicht weit gekommen, als ihre Zuhörer schon seltsam still geworden waren, und schließlich begann auch die Stimme des Mädchens zu stocken. Sie hielt inne, und es entstand eine sehr tiefe Stille, die nur von dem unheimlichen Wind unterbrochen wurde. Die Wogen schwollen an, die Brandung dröhnte lauter, und in ihren Ohren klang die Geschichte von dem Mann nach, der oben auf einem Hügel am Galgen hing und vor dessen Augen sich plötzlich eine Steintür am Abhang auftat, durch die er eintreten konnte. So kam er in das Land der Ewigjungen zu einem seltsamen Völkchen, das sich nachts in die wirkliche Welt schlich, um sie zu berauben.

Alle zitterten sie. Eine unpassendere Geschichte hätte sie für diese Nachtstunde an diesem Ort kaum wählen können. Selbst Micos Gleichmut geriet etwas ins Wanken. Der Mann in der Geschichte nahm all seine Erlebnisse für bare Münze, und im ungewissen Schein ihres Feuers und der huschenden Schatten kam es auch ihnen fast wie Wirklichkeit vor.

Tommy brach das Schweigen. »Nein«, sagte er, »persönlich interessieren mich diese keltische Götterdämmerungen nicht. Wißt ihr, was ich glaube? All diese Vögel, Yeats und wie sie alle heißen, die über Feen und Butzemänner und Fionn Mac Cumhail und Ossian und die Fenians und Diarmud und

Grainne und Deirdre und Dervorgilla schreiben, wißt ihr, was mit denen los ist?«

»Nein«, sagte Peter. »Aber du bist alt genug, um das zu erklären.«

»Die sind doch alle geflohen«, lautete Tommys Urteil. »Für unser Land haben sie überhaupt nichts getan. Sie waren eine Bande von Parasiten, die sich für Genies hielten, weil sie mit dem Kopf immer in den Wolken steckten. Darum retteten sie sich in die Vergangenheit und rissen andere unglückliche Leute noch mit. Das heißt, so stell ich's mir vor«, erklärte er, den Kopf schräg haltend, und biß auf einen Grashalm.

»Wer hat dir das denn erzählt«, wollte Peter wissen.

Die Stille, die nun folgte, war einfacher zu ertragen als die zuvor.

Bis die Ratten kamen.

Woher sie kamen und wohin sie wollten, das wird keiner je herausfinden. Aber offenbar mußten sie schon längere Zeit auf dieses Lichtpünktchen auf der Insel im Atlantik zugeschwommen sein, das mit dem angestrahlten Baum wie ein Leuchtfeuer auszusehen schien. Und wie sie kamen: Tausende und Abertausende von Ratten, Legionen von Ratten, große, braune Tiere, das Fell glatt an den langen, dünnen Körpern anliegend. In Legionen gingen sie ringsum auf der Insel an Land und huschten stumm auf den Lichtschein zu. Wäre es hell gewesen, es hätte ein erstaunlicher Anblick sein müssen, all diese Scharen gleich dunklen Wolken im Wasser. Und was wohl die Fische gedacht hatten, als diese Wolken über sie hinwegzogen? Und die Robben? Stürzten sie sich etwa auf die schwimmenden Schwärme, oder waren sie vorsichtig und hüteten sich vor der seltsamen Mahlzeit? Keiner weiß es. Sie schwammen auf die Insel zu, sie gingen an Land und liefen von allen Seiten den Hügel hinauf und zum Feuer. Warum kamen sie? Waren sie auch früher schon gekommen, als kein Mensch auf der Insel war?

Mico sah sie zuerst.

Als er dicht über dem Erdboden so viele funkelnde kleine Diamanten sah, dachte er, seine Augen spielten ihm einen

Streich. Er schloß sie und öffnete sie wieder – und die Diamanten waren noch immer da, funkelten, bewegten sich, waren bald hier und bald da. Und dann quiekte es leise, und eine Ratte lief dicht am Feuer vorbei auf die andere Seite.

»Was war das?« fragte Peter.

Mico sprang auf.

»Ich weiß es nicht ganz genau«, flüsterte er, »aber seht ihr das gleiche wie ich?«

Die anderen spürten den Ernst in seiner Stimme und standen ebenfalls auf. Mico fühlte, wie ihm die Haare zu Berge stiegen. Das Feuer schien nicht nur auf die Diamanten, sondern auch auf die nassen Felle der näher kommenden Ratten.

Er bückte sich hastig, zog einen brennenden Ast aus der Glut und warf ihn auf das Gewimmel. Unter Quietschen und Schreien stoben sie auseinander.

»O je, Mico!« rief Twacky mit bebender Stimme.

»Ratten«, sagte Mico. »Seht bloß hin! Hunderte, Millionen von Ratten.«

Er hörte es hinter sich rascheln und blickte sich um. Auch von dort kamen die Scharen und bedeckten den Boden wie ein braune Woge. Er bückte sich wieder, griff nach einem Zweig, einen kleineren, verbrannte sich aber dabei und hätte vor Schmerzen schreien können. Er schleuderte ihn in ihre Richtung und wich zurück.

»Schnell auf den Baum, Josephine!« schrie er. »Peter, um Himmels willen, hilf ihr auf den Baum steigen! Ich weiß nicht, was los ist, aber die ganze Insel ist ein Rattenmeer! Tommy, reiß Zweige ab, los! Viele! Alle aufs Feuer! Twacky, du brichst auch Zweige ab!«

Sie gehorchten ihm auf der Stelle. Peter legte seine Hand auf die Schulter des Mädchens. Er spürte ihr Zittern. »Wir schaffen's schon«, sagte er. »Streck deine Arme aus.« Sie fand einen Ast, und er bückte sich, stemmte seine Schulter unter ihre Beine und hievte sie hoch. Für einen Moment saß sie da, dann zog sie sich selbst hoch. Tommy rührte sich nicht. Mit einem Funkeln in den Augen hockte er da und ließ den Kopf hängen. Twacky sprang hoch und erwischte einen tieferhängenden Ast. Die Dornen drangen ihm ins Fleisch, trotzdem zerrte er mit seinem leichten Gewicht daran, aber der Ast schnellte immer wieder zurück. »Ich schaff es nicht«, rief er. »Ich krieg ihn nicht runter.« Mico warf einen neuen brennenden Ast auf die Ratten dicht vor seinen Füßen und spritzte zerstiebende Glut auf die Ratten hinter sich. Anschließend hängte er sich mit seinem ganzen Gewicht an Twackys Ast, zog mit aller Kraft, bis er krachend abbrach. Er zerkleinerte ihn über seinem Knie, ohne auf die Dornen zu achten, die sich in ihn bohrten, und warf das Holz in das auflodernde Feuer. Nun wollte er einen anderen tieferhängenden Zweig auf der gegenüberliegenden Seite des Feuers abreißen. Zunächst zögerte er, lief dann aber los. Unter seinen nackten Füßen fühlte er etwas Schlüpfriges. Schreie wurden laut. Ihm wurde übel. Schnell griff er einen der zwölf wohlgeformten Steine und schlug damit zu. Noch mehr Quieken und Quatschen. Er gelangte zum Ast, zerrte an ihm, bis er abknackte. Und zurück, alles ins Feuer. Peter und Twacky waren wie Besessene. Sie rissen an allem, was sie greifen konnten. Als Peter einen besonders großen Ast erwischt hatte, schlug er nach allen Seiten um sich. Er konnte das ganze Gehusche und Geschrei, das damit verbunden war, kaum ertragen. Und Tommy stand die ganze Zeit wie versteinert daneben.

»Mein Gott«, rief Mico, »klettere doch wenigstens auf den Baum.« Er nahm ihn auf die Schultern, steif wie er war, hob ihn hoch, und endlich löste sich Tommys Starre ein wenig, so daß er die Hände ausstrecken und sich hochziehen konnte. Das Mädchen war in seiner Nähe, ihre Hände trafen sich, und sie faßten einander an. Ihre Hand war eiskalt, die seine glühte.

Die anderen drei rissen noch mehr Zweige ab, und das Feuer flammte hoch auf. Schließlich packte Mico den kleinen Twacky und warf ihn fast in den Baum. »Und jetzt bist du dran, Peter, hoch mit dir«, befahl er. Peter gehorchte. Mico fing nun an, sich mit den verbliebenen Steinen zu verteidigen. Wie ein Irrer schmiß er sie um sich. Ein einziges Gehusche und Geschrei. Elf Steine schleuderte er fort, bis er dachte, es würde ihm das Herz zerreißen. Da wandte er sich um und stieg in den Baum. Die anderen streckten ihre Arme nach ihm und hielten ihn.

Als er oben war, blickte er nach unten.

Das hell lodernde Feuer war umringt von Ratten. Mico wollte seinen Augen nicht länger trauen. Oder seinen Sinnen. Jeden Augenblick, glaubte er, müsse seine Mutter ihn wekken: »Komm, Junge, steh auf, was für eine Schlafmütze bist du eigentlich? Du mußt zur Schule, sonst wird Pa dir eine mit dem Stock überziehen.«

Wohin das Feuer Licht warf, konnten sie die wogende Masse brauner Körper sehen, und hin und wieder blitzten weiße Zähne auf, wo sich einer gegen seinen Nachbarn wehrte.

O Gott, das ist der längste Tag in meinem Leben, sagte Mico zu sich selbst, ich werde nie glauben, was passiert ist.

Peter beugte sich zu dem Mädchen, das auf einem Ast über ihm saß, und drückte ihr Bein. »Es tut mir leid«, flüsterte er. »Du hattest recht. Ich hätte den Baum nicht anrühren sollen!«

»Nein, nein!« antwortete sie entsetzt, die Hand vor dem Mund, mit aufgerissenen Augen und aschbleichem Gesicht. »Das hier hat damit nichts zu tun! Bestimmt nicht, das sage ich dir.«

Mico hielt von oben das Feuer in Gang, genauso Peter und Twacky. Tommy erholte sich von seinem schrecklichen, sprachlosen Zittern zumindest soweit, daß er ebenfalls Äste ins Feuer werfen konnte. Mico sammelte die kräftigsten Zweige, die er erreichen konnte, befreite sie mit Peters Messer von Geäst und spitzte sie an. Mit diesen Stöcken wehrten sie sich gegen die wenigen Ratten, die trotz des Feuers versuchten, den Stamm hinaufzuklettern.

Stunden vergingen, und dann kam der Regen.

Zuerst fiel er ganz leise, als wenn eine Papiertüte raschelt, und dann in dicken Tropfen.

Im Frühling ist ein Weißdorn sehr schön, wenn er in voller Blüte steht. Aber gegen Wind und Wetter bietet er mit seinem schütteren Laubwerk wenig Schutz. Bald waren sie alle bis auf die Haut durchnäßt, die Tropfen liefen ihnen von den Haaren in den Kragen.

Aber eines passierte.

Das Feuer drohte auszugehen.

Nun sind wir verloren, dachte Mico und umklammerte seinen Knüppel noch fester. Wenn das Feuer ausgeht, sitzen wir im Dunkeln.

Und das Feuer erlosch.

Und die Ratten, so still, wie sie gekommen waren, verschwanden sie wieder. Eben waren sie noch da, jetzt waren sie fort.

Mico wollte es kaum glauben. Er spitzte seine Ohren und vernahm kein Rascheln mehr. Die andern lauschten auch. Nichts.

Trotzdem erforderte es eine gehörige Portion Mut, um den Baum zu verlassen. Mico stieg hinunter, gefaßt darauf, daß die ekelhaften weißen Zähne sich in seine nackten Füße graben würden. Doch er spürte nur Gras unter seinen Füßen, machte ein, zwei Schritte und spürte erneut nur Gras. Die vier, die noch im Baum hingen, wagten kaum zu atmen und verfolgten jede Bewegung. Mico schritt den Boden unter dem Baum im weiteren Umkreis ab, und plötzlich spürte er nicht nur seine Füße auf dem Boden, sondern auch die brennenden Sehnen seiner Hand, so fest hielt er den Stock umklammert. Er ging weiter und lauschte. Kein Trippeln. Nichts als rauschende Wellen und das Tropfen des Regens im Gras.

Langsam ging er ans Ufer und kam wieder zurück. Um ganz sicher zu sein, ging er auch auf die andere Seite hinüber. Er war allein.

Da stiegen auch die anderen aus dem Baum. Sie zogen zusammen zum Damm hinunter.

Mit Mühe konnten sie knapp einen Meter vor sich die nassen Steine glitzern sehen. Peter ließ die Hand des Mädchens nicht mehr los. Sie klammerten sich so aneinander, als seien sie Siamesische Zwillinge. Mico ging voran. Twacky hielt sich an seinem Sweater fest. Tommy packte Twacky. Das Mädchen griff sich Tommy, und sie zog Peter hinter sich her. So kamen sie ans andere Ufer.

Als sie drüben waren, setzten sie sich ins nasse Gras und vergruben ihre Köpfe in den Händen. Und jemand weinte. Es war Tommy. Dicke Tränen. »O mein Gott«, schluchzte er, »es war schrecklich, so schrecklich! Das werde ich nie vergessen.«

Mico setzte sich neben ihn, legte ihm den Arm um die Schulter und klopfte ihn: »Aber Tommy, jetzt ist es ja vorbei! Gleich sind wir wieder zu Hause!«

Sie machten sich auf Richtung Westen und ließen die Insel hinter sich, die keiner von ihnen je wieder betreten noch vergessen sollte. Hinter der Insel dämmerte es bereits schwach, und die gekrümmten Umrisse eines zerschundenen Baumes zeichneten sich scharf gegen das nasse Frühlicht ab, und es schien, als schüttle der Weißdorn ihnen drohend die Faust nach.

5

Es war früher Morgen, als sie auf der großen Brücke in der Stadt standen, wo sich ihre Wege trennten.

Die Straßenlaternen brannten noch; der Regen wurde vom Wind auf die Seite gepeitscht. Im ersten Morgengrauen sahen sie sehr durchnäßt und trübselig aus. Dem Mädchen klebte das Haar um den Kopf. Dadurch sahen ihre Augen ganz lebhaft und ihre Wangenknochen hoch aus, und ihr müdes Gesicht war wie mattes Elfenbein. Mit ihren großen Augen, fand Mico, und wie sie ihren Kopf auf die Seite hält, gleicht sie dem Bild von der Madonna, die bei ihm zu Hause über dem Kamin hing.

Peters Haar war vor Nässe ganz dunkel geworden, und er hatte rote Backen. Offenbar hatte es ihm Spaß gemacht. Mico dachte, eigentlich genießt Peter fast alles, was ihm widerfährt, und darum haben ihn die Leute auch alle so gern. Der kleine Twacky stand da wie eine ersäufte Ratte oder wie ein Hündchen, das seinen Herrn verloren hat.

»Laßt uns jetzt lieber gehen«, sagte er. »Was werden sie zu Hause bloß denken?«

Das gab ihnen allen zu denken.

»Von den Ratten dürfen wir ihnen sowieso nichts erzählen«, meinte Peter. »Das klingt zu phantastisch. Ich habe in der Schule schon oft Schläge für bessere Entschuldigungen als diese bekommen.«

»Hoffentlich geht bei dir alles glatt«, sagte Mico zum Mädchen.

»Ach ja«, erwiderte sie matt. »Meine Eltern sorgen sich nicht. Sie werden denken, daß ich bei Tante Julia bin. Sie wohnt in der Nähe der Insel. Ich habe am Nachmittag Tee bei ihr getrunken. Vielleicht denken sie, ich sei wegen des Regens über Nacht geblieben.«

»Dann gute Nacht, und alles Gute!« sagte Mico.

»Gute Nacht und vielen Dank! Du bist so tapfer gewesen!«

Das Mädchen und Peter sahen den anderen nach, bis sie um die Straßenecke verschwunden waren. Dann machten sie sich zusammen auf. Er mußte einen kleinen Umweg machen, um sie nach Hause zu begleiten, aber das war ihm gleich. Sie sprachen nicht miteinander. Was sollten sie auch jetzt noch viel sagen? War denn nicht alles viel zu seltsam gewesen? Als sie am Gartentor ihres Hauses stehenblieb, streckte sie ihre nasse Hand aus. Er nahm sie, und sie fühlte sich weich an.

»Es . . . es . . . es tut mir leid, daß ich am Anfang ein bißchen frech gewesen bin«, sagte er.

»Ach, das macht nichts«, antwortete sie. »Ich kann mir vorstellen, wie dir zumute war, als du merktest, daß auf der Insel ein Mädchen war. Mir ging's ja so ähnlich!«

»Also, gute Nacht dann! Hoffentlich glauben deine Eltern alles.«

»Sicher«, sagte sie und warf den Kopf in den Nacken. »Sie sind sehr vernünftig.«

»Schön. Also, auf Wiedersehen! Vielleicht sehen wir uns ja wieder, oder?«

»Warum nicht?« meinte sie. »Ich bin oft unterwegs. Gute Nacht.«

Und sie ging durchs Gartentor und über den zementierten Weg ihres Vorgärtchens – ein nettes Gärtchen, die Blumen dufteten – und blieb an der Haustür stehen, steckte die Hand durch den breiten Briefkastenschlitz und zog an einer Schnur, die auf der Innenseite an der Türklinke befestigt war. Die Tür öffnete sich, und sie ging in ein dunkles Treppenhaus. Die Tür fiel ins Schloß, und Peter war allein.

Er begann zu pfeifen, hob das Gewehr und zielte auf die ersten Vögel, die in den nassen Bäumen längs des Weges einen Unterschlupf gesucht hatten.

In vielen Häusern war an diesem Tag die morgendliche Routine, vorsichtig formuliert, leicht durcheinander geraten. Schließlich gab es vier Familien, in denen fünf Kinder fehlten, spurlos verschwunden, nicht ein Haar von ihnen zu finden. Was für Sorgen, als es zehn Uhr wurde, elf Uhr, Mitternacht. Was für eine Unruhe es deswegen gab, ein Gerenne von Haus zu Haus, zu Verwandten und Freunden, so daß Angst und Verzweiflung sich verbreiteten, so wie das Wasser sich kräuselt, wenn in einen Teich ein Stein geworfen wird. Es wäre nicht übertrieben, zu sagen, daß an diesem Morgen mindestens hundert Menschen zutiefst beunruhigt waren durch das plötzliche Verschwinden von fünf Kindern.

Bei Josephine war es noch am einfachsten, wegen der Tante.

»Glaub mir nur, Frau, es ist nichts passiert«, wiederholte ihr Vater tausendmal, als hätte er es noch nie gesagt. »Sie schläft wieder bei Tante Julia, das hat sie ja schon oft getan.«

»Nein«, wandte Mrs. Mulcairns ein, »aber. . .«

»Aber was?« fragte er so geduldig wie möglich.

»Ja, nun«, sagte sie zögernd, »der Weg. Er ist ein wenig einsam. Und sie liebt die Einsamkeit, aber falls. . .«

»Um Gottes willen«, rief der ärgerliche George und feuerte seine Abendzeitung weg, die er nicht in Ruhe lesen konnte, und sie landete am Kamin, fing Feuer und mußte unter viel Qualm und Fluchen und Husten gerettet werden. »Da siehst du, was du mit mir angestellt hast! Diese Frauen! Herr im Himmel, ich frage mich, wie viele Stunden ihres Lebens verschwenden sie damit, daß sie sich einbilden, sie könnten auf einsamen Wegen überfallen werden, oder ihre Schwestern könnten überfallen werden oder ihre Töchter. Den halben Tag verbringen sie damit. Wir leben doch, verdammt noch mal, in einem christlichen Land, das sage dir, meine Liebe! Gute, ehrliche Katholiken laufen in Galway doch nicht Tag und Nacht herum und lauern jungen Mädchen auf.«

»Das vielleicht nicht«, antwortete Mrs. Mulcairns, gereizt ob dieses typisch männlichen Einwandes, »aber es gibt hier eine Menge seltsamer Gestalten, ob sie nun Katholiken sind oder nicht.«

»Jetzt hör mal zu: Ich möchte gern meine Zeitung lesen. Jo ist bei ihrer Tante Julia, da bin ich ganz sicher. Es gießt doch in Strömen. Nie würde die Tante sie bei einem solchen Wetter rauslassen. So ist es doch! Nun laß mich lesen, und du machst da weiter, womit du aufgehört hast.«

Also fing er an, Zeitung zu lesen, aber nicht sehr konzentriert. »Ach, zum Kuckuck«, sagte er dann, »laß uns lieber ins Bett gehen!«

Sie zog sich aus und kletterte zu ihm ins Bett, umklammerte ihren Rosenkranz und betete. »George«, sagte sie dann und setzte sich im Bett hoch, machte das Licht wieder an und schüttelte ihren Mann wach: »Wenn sie nun hingefallen ist und sich ein Bein gebrochen hat und irgendwo verlassen im Sterben liegt?«

»Wie spät ist es eigentlich?« antwortete George. »Wann willst du endlich einschlafen? Um Gottes willen, leg dich hin.«

Aber sie konnte natürlich nicht einschlafen. Sie blieb wach, ihre Augen waren müde und brannten, bis das erste fahle Frühlicht das Gelb der Gardinen erhellte, und auf einmal hörte sie unten Stimmen vor dem Tor und jemand das Tor öffen (George sollte es längst ölen). Schreiend schüttelte sie ihren Mann wach: »George, sie kommt! Sie ist kommt heim!« Und im Nu sprang sie aus dem Bett und schoß wie eine Rakete über den Flur und die Treppe hinunter, so daß sich ihr weißes Nachthemd wie ein Segel bauschte. Ihr langes schwarzes Haar hing ihr über den Rücken, und das Weiß an den Schläfen ließ sie von Sorgen gezeichnet und zugleich sehr schön erscheinen. Unten im Flur sah sie ihre Tochter wie ein begossener Pudel dastehen, und sie stürzte auf sie zu und umarmte sie und drückte sie so sehr, daß auch sie ganz naß wurde. »O mein Liebling, wo warst du denn nur? Was ist passiert? Gott sei Dank, daß Er dich wieder nach Hause geführt hat!« Und oben auf der Treppe erschien der Vater, sein schütteres Haar zerzaust, mit blinzelnden Augen, zog den Gürtel des Schlafrocks zusammen und kam herunter. »Was ist denn nur? Was ist denn bloß passiert?« (Warum, um alles in der Welt, sagt man solche schrecklichen Platitüden in Ernstfällen?) Und bei lauter Umarmungen und Küssen und Flüchen hörten sie ihren Erklärungen kaum zu. Sie rissen ihr die Kleider vom Leib, setzten sie vor den elektrischen Radiator im Wohnzimmer, und ihre Mutter wickelte sie in Wolltücher ein.

»Das ist doch wirklich die Höhe!« pflegte George zu sagen. Und Mrs. Mulcairns: »Nie, nie, nie mehr lasse ich dich allein fort. Als ich in deinem Alter war, durfte ich das auch nicht.« Viele »Na, na, na« und Liebesbezeugungen und böses Brummen, und die ruhigste Person, die es bei allem gab, war Josephine, und sie erklärte alles, als sei's nur eine schöne Landpartie gewesen.

Peters Vater, der Große Peadar, stand schon in der Haustür und sah düster in den Regen hinaus. Er hatte nichts weiter an als sein gestreiftes Hemd, das sich um den mageren Leib plusterte, roter Kopf, Hosenträger, Hosen und warme Pantoffeln. Plötzlich sah er seinen Sohn die Straße entlangkommen, ganz gemächlich dahintrödelnd, hin und wieder auf Vögel zielend – »Bäng! Bäng!« – so, als ob nichts geschehen sei. Er machte auf dem Treppenabsatz kehrt und schrie nach oben: »Mary, Mary, er kommt!« Und ein dankbares, tränenersticktes »Gott sei Dank!« antwortete ihm, worauf er wieder nach draußen eilte, um seinen Sohn am Tor in Empfang zu nehmen. »Wo warst du nur? Junge, wo bist du bloß gewesen?« brüllte er. Peadar mußte immer brüllen, wenn er sich Sorgen machte

wegen eines verlorenen Entchens oder eines verschwunde-
nen Fisches oder eines Sohnes, der nachts ganz offensichtlich
tot auf einem einsamen Hügel lag, erschossen mit der Flinte
seines eigenen Vaters. Er packte ihn an den Schultern und
fragte ihn inständig: »Mein Gott, Peter, wo warst du nur? Gott
sei Dank, du lebst und bist nicht tot, gib mir ja schnell die
Flinte her!« Und er nimmt sie und atmet erleichtert auf, als er
sieht, daß alles in Ordnung ist. Und dann tut er etwas ganz
Seltsames: Er steckt sie in sein Hosenbein und hält sie, die
Hand in der Hosentasche, fest. »Deine Mutter darf's nie erfahren, hörst du? Sie darf's nicht wissen, daß ich dir die Flinte
gegeben habe!« Und schon fing er wieder zu brüllen an.

Mary, seine Frau, umarmte ihren Sohn und brachte ihn in
die warme Küche, wo der Herd rot vor Glut war und der Dek-
kel auf dem Teekessel tanzte. Sie setzte sich auf den Stuhl und
schaukelte mit ihrem Sohn, oder vielmehr, der Sohn schaukelte mit ihr und sagte: »Komm, Mutter, weine doch nicht
länger, ich bin ja hier, komm, trockne dir die Tränen!«, wohl
wissend, daß sein Vater sich ins andere Zimmer geschlichen
hatte, um die Flinte zu verstauen, und er dachte, wie sehr er
seine Eltern liebt, obwohl sie beide so ganz verschieden sind,
und wie schön es ist, daß sie ihn so lieb haben, und praktisch
im selben Moment, daß es nicht seine Schuld war, daß sie sich
um ihn Sorgen gemacht hatten, sondern daß letztlich alles
höhere Gewalt war.

Also brachte Peter seine Eltern zu Bett und tröstete sie und
küßte seine Mutter und ging wieder in die Küche und kochte
sich Tee und saß vor dem Herd und dachte über alles nach und
sah das Mädchen mit den am Kopf klebenden, nassen Haaren
vor sich und sagte: »Du weißt, das Mädchen gefällt mir!«

Aber niemand außer ihm selbst konnte es hören.

In Twackys Haus waren sie quasi schon mitten in der Toten-
wache, als er wie eine ertrunkene Ratte hereinschlich. Die
Nachbarn saßen alle im Kreis vor dem offenen Kaminfeuer,
und seine Mutter hatte sich vor Kummer die Augen ausge-
weint. Padneen O'Mearas Mutter und zwei andere Frauen

waren noch da, weil es letzten Endes nichts Besseres geben kann als Menschen, die teilnehmen an unserem Leid.

Also war ganz Claddagh bis zum ersten Morgengrauen ein Ort der Trauer. Keine Seele im Dorf, die nicht glaubte, daß der arme Twacky tot oder ertrunken oder entführt worden sei, obwohl es ein paar ungläubige Thomasse gab, die sich wunderten, wieso man einen solchen kleinen Taugenichts wie Twacky wohl entführen könne.

Als nun der arme kleine Totgeglaubte sich zur Tür hereinstahl, fiel eine Lawine rotberockter Frauensleute über ihn her. Sie erstickten ihn fast mit Küssen und redeten auf ihn ein und schrien vor Freude und Wut, »Oohs« und »Aahs«, als sie merkten, wie naß er war. Und um ehrlich zu sein, er wünschte sie alle zum Teufel. Viel lieber wäre er mit seinem Vater allein gewesen, um ihm mit aufgerissenen Augen zu erzählen, was er durchgemacht hatte. Aber es sollte nicht so sein. Also wehrte er sich, so gut er konnte, gegen all das Gesabber und die Ergüsse und die Theatralik. Vor der ganzen Versammlung mußte er seine Geschichte erzählen, die sich in weniger als einer Stunde wie ein Lauffeuer in ganz Claddagh ausbreiten würde. Er war verlegen und schmollte ein wenig, und sie mußten es ihm alles aus der Nase ziehen. Noch mehr »Oohs« und »Aahs«, »Nein, hört nur!« und »Hab ich's nicht gleich gesagt?«, »Um Himmels willen« und dieses ganze andere Zeug. Schließlich ließen sie ihn in Ruhe und verschwanden, und er blieb allein zurück mit seiner Mutter und seinem Vater. Endlich konnte sie ihn küssen und an ihm herumpusseln, und sein Vater schaute ihn mit leuchtenden Augen an, als habe ihm einer einen Hochseetrawler und noch tausend Pfund obendrein geschenkt. Da erzählte er ihnen lieber alles, und seine Mutter sprang auf und tobte: »Dieser Mico!«. Mit der Faust drohte sie in Richtung des anderen Hauses.

Twacky ging ins Bett, und die Körper seiner schlafenden Brüder wärmten ihn.

Und endlich kam auch Mico nach Hause. Er war alles andere als quietschvergnügt, als er neben dem hustenden, niesenden, schniefenden Tommy ging, der eine rote Nase hatte und wie ein Häufchen Unglück aussah. Daß er sich erkältet, hat mir gerade noch gefehlt, dachte Mico, und er wappnete sich erneut dagegen, daß die ganze Schuld auf ihn fiel. Vielleicht stimmte es sogar. Er hatte von den Robben auf der Insel gesprochen und sie den anderen zeigen wollen, und als sie müde geworden waren, hatte er ihnen zugeredet und sie vorangetrieben, sogar noch, als keiner mehr Lust hatte, sich die Insel und die Robben anzusehen, sondern nur noch ein, zwei Schüsse auf Möwen auffeuern wollte. Mein Gott, dachte er, hätte ich ihnen doch ihren Willen gelassen.

Kaum hatte er die Tür geöffnet, da sah er schon, daß die Mutter auf sie gewartet hatte.

Ihre Miene war geradezu tragisch, verhärmt und verzweifelt, und die Augen lagen tief in den Höhlen. Sie sprang vom Schemel auf und starrte Tommy an, dann kam sie näher und zog ihn an die Brust, neigte ihren Kopf mit geschlossenen Augen über seinen nassen Schopf. Oben ging die Tür auf, und Micil kam die Treppe herunter, nur in Hemd und Hose und barfuß, und man konnte einen strahlendweißen Streifen an seinem Nacken erkennen, wo sein Jersey endete. Es sah aus wie ein vergessener Bezug auf einer Mohagonitruhe.

»Seid ihr wieder da?« sagte er und seufzte sichtlich erleichtert.

Delia legte Tommy die Hand auf die Stirn. Sie erschrak und hielt ihn auf Armeslänge von sich, um ihn prüfend anzusehen.

»Du bist ja ganz heiß!« rief sie. »Deine Stirn ist heiß! Was ist dir passiert? Wo warst du?«

Tommy gab keine Antwort. Dafür antwortete Mico. Er stand noch immer an der Tür, und das Wasser tropfte ihm von den Kleidern, und auf dem Zementboden bildeten sich kleine Pfützen. Er berichtete kurz und knapp in wenigen Sätzen, die Ratten erwähnte er nicht. Delia ging mit funkelnden Augen auf ihn zu. Sie hob die rechte Hand, holte mit voller Wucht aus und schlug Mico schallend ins Gesicht, auf die gute Seite. Er hatte das erwartet und zuckte nicht mit der Wimper und wich auch keinen Schritt zurück. Wieder schlug sie zu, und noch ein drittes Mal hob sie die Hand, aber da packte Micil sie und schleuderte ihr den Arm grob nach unten.

»Das genügt«, rief er. »Schluß damit!«

»Vom Tage deiner Geburt an«, sagte sie mit zusammengebissenen Zähnen, »hast du mir nichts als Kummer und Sorgen bereitet. Du kannst dir einiges erlauben, aber nein, du ziehst das Übel geradezu an, wo auch immer du bist. Irgendwas Böses.«

»Halt den Mund«, rief Micil.

»Tut mir leid, daß du mein Sohn bist«, sagte sie, »tut mir leid . . . «

»Hör auf!« Micil wurde vor Zorn glühend rot. »Oder ich bring dich zur Ruhe. Hast du verstanden?«

Da ging sie zu Tommy, der zusammengesunken auf einem Schemel vor dem Feuer saß. Sie zog ihm den Sweater über den Kopf.

»Geh jetzt, Mico«, sagte sein Vater, und seine Augen blickten ihn freundlich an. »Geh zu Bett. Morgen kannst du mir alles erzählen.«

»Ja, Vater«, antwortete Mico und machte leise die Tür neben der Anrichte auf. Im Haus gab es zwei Schlafkammern: eine oben unter dem Dach, wo Micil mit seiner Frau schlief, und eine neben der Küche, wo in dem einen Bett der Großvater und im anderen Tommy und Mico schliefen. Es war dort recht eng, gerade Platz genug, um sich noch zwischen den Betten hindurchzuzwängen. In die weißgetünchten Wände waren Haken eingeschlagen, an denen ihre Sachen hingen. Über dem Bett waren Holzbretter, die Mico für Tommys wachsenden Büchervorrat angebracht hatte.

Mico trat vorsichtig ein, um den Großvater nicht aufzuwecken. Den Großvater bekümmerte es weiter nicht, daß seine beiden Enkel nicht heimgekommen waren. »Ach was«, hatte er gesagt, »Mico ist doch dabei. Da passiert's nichts, das sage ich euch.«

Das Fenster war nur klein, hatte aber ein breites Blumenbrett, auf dem ein Geranientopf stand. Die roten Blüten und die bunten Steppdecken auf den Betten waren fröhliche Farbflecke in dem kleinen Raum. Mico ließ die nassen Sachen auf den Boden gleiten und nahm vom Bettende ein Handtuch und rubbelte Kopf und Körper trocken.

Der Großvater schlief unter dem dicken Federbett, und nur sein weißes Haar war sichtbar, und sein Bart lugte hervor. Mico trocknete sich ab, so gut es ging, und fühlte langsam ein Kribbeln im Körper. Das Gesicht schmerzte noch von den Schlägen der Mutter, und nun spürte er auch, wie weh ihm die Hände taten, die von den Dornen des Baumes aufgerissen worden waren. Mit einem Achselzucken tat er es ab. Seine Haut heilte schnell.

»Nun schieß mal los«, sagte der Großvater, »und erzähl mir die ganze Geschichte!«

Mico fuhr überrascht herum. »Ich dachte, du schläfst, Großvater?«

»Wie zum Teufel soll ich denn schlafen bei dem Höllenlärm? Sie hat dich wohl geschlagen?«

Mico antwortete nicht. Er stieg ins Bett und zog sich die Decken bis an den Hals hinauf. Sie waren warm und angenehm zu berühren. Er sprach leise, damit man es nicht durch die Tür hören konnte. »Hm!« sagte der Großvater und drehte sich auf die Seite.

»Großvater«, fragte Mico, »wo kamen denn die Ratten her? Hat der Baum sie angezogen?«

»O Gott«, sagte der Alte, »warum quälst du mich mit solchen Fragen. Ratten schwimmen oft in Scharen. Ich hab's auch mal beobachtet. Sie schwammen über die Bucht und ruhten sich auf der Insel aus, mehr nicht. Alle Nagetiere können große Strecken weit schwimmen. Denk nur mal an die kleinen Lemminge in Norwegen, die schwimmen zu Millionen aufs offene Meer hinaus und gehen alle unter. Die schlauen alten Ratten tun so etwas natürlich nicht. Aber was für Schafsköpfe ihr wart, auf die Insel zu gehen. Wißt ihr denn nicht, wann die Flut kommt? Hab ich mir denn ganz umsonst den Mund fusselig geredet, um dir alles beizubringen, und du hast bei den einfachsten Sachen nicht aufgepaßt. Wie willst du in Gottes Namen denn je ein Fischer werden, wenn du eine solche Binsenwahrheit nicht beachtest? Weißt noch nicht mal, wann die Flut kommt und wann Ebbe ist.«

»Vielleicht waren wir verzaubert, Großvater?«

»Oh, verzaubere mich auch«, erwiderte der Großvater derb. »Lerne du alles über Ebbe und Flut, und halte Augen und Nase offen, sonst merkst du eines Tages auf hoher See, daß du am Ertrinken bist, weil du nicht genug gelernt hast. Gott sei Dank hast du die Schule bald hinter dir, dann kannst du jeden Tag mit uns ausfahren. Dann wirst du nicht mehr in Schwierigkeiten kommen.«

»Oh, Großvater, darf ich wirklich mit dir? Darf ich wirklich mit?« Mico richtete sich auf.

»Pst, beruhige dich. Und schlaf endlich! Ich muß noch deinen Vater überzeugen. Er will, daß du noch ein Jahr wartest, aber ich werde ihn schon rumkriegen.«

Die Tür ging auf, und seine Mutter stand da.

»Du gehst mir aus dem Haus«, sagte sie. »Du gehst mir aus dem Haus, verstanden? Morgen bringt dich dein Vater zum Bus, dann kannst du bei Onkel James leben. Er wird dir Faulpelz schon zu tun geben, und ich muß dich nicht länger ertragen. Hörst du? Nicht länger ertragen. Wegen dir hat dein Bruder jetzt hohes Fieber. Er kann froh sein, wenn er keine Lungenentzündung bekommt, und es ist alles deine Schuld. Deine Schuld! Verschwinde aus Claddagh, damit ich und jede andere Mutter verschont bleiben von deinem sträflichen Treiben und du ihre Kinder nicht mehr zu Missetaten anstiften kannst. Dann finde ich eine Weile Ruhe, und keiner zeigt mehr mit dem Finger auf mich.«

Als sie ging, schlug sie die Tür hinter sich zu.

»Nun, Mico«, sagte der Großvater nach einer Pause. »Es hat nicht gerade den Anschein, als ob du mit uns ausfahren kannst, Mico!«

»Großvater, wie ist es denn bei Onkel James?«

»Weiß ich nicht«, antwortete der Alte. »Es wird armselig genug dort zugehen, ist er doch Delias Bruder. Claddagh, das hat mir immer gereicht. Ich bin hier geboren und werde hier sterben und schulde niemandem Dank. Vielleicht wird's dir guttun, Mico, wenn du zu den Fremden nach Connemara zurückgehst. James hat immerhin ein Boot, falls man diese Teile überhaupt ein Boot nennen kann. Du kannst dich dort umschauen und etwas lernen und dann wiederkommen. Dann mache ich einen richtigen Fischer aus dir!«

»Aber Großvater«, sagte Mico, »ich will ja gar nicht weg. Warum schickt sie mich denn fort? Ich habe nie jemandem auch nur das Geringste angetan. Es passieren mir halt Sachen, die anderen nicht passieren, und weil ich so groß bin, bekomm ich jedesmal die Schuld.«

»Hör zu, Mico«, erwiderte der Alte. »Du kennst doch deine Mutter. Wenn sie etwas sagt, dann bleibt's auch dabei. Gott verzeih deinem Vater, er hätte ihr schon längst mal den Kochlöffel geben sollen. Was kann ich denn machen, ein alter Mann, der mit einem Fuß im Grabe steht? Warum soll ich mich noch um eure Probleme kümmern? Du mußt sehen, wie du allein fertig wirst. Ich wünschte bei Gott, es wäre Morgen und ich könnt wieder ausfahren und hätte keine anderen Sorgen als den Westwind und die starke Strömung in der Bucht. Schlaf, Junge, um Gottes willen schlaf dich aus. Vielleicht sieht morgen alles anders aus!«

Er drehte sich geräuschvoll auf die andere Seite und vergrub sein Gesicht im Federkissen.

Mico lag still und hätte sich gern selbst bedauert. Aber das tat er denn doch nicht. Zu was ist ein Kerl wie ich denn zu gebrauchen, fragte er sich selbst. Mache ich alles falsch? Gott hat mich schon mit gutem Recht gezeichnet. Aber danach hätte Er mich in Ruhe lassen können. Und Er hätte mir nicht noch solch einen hübschen Bruder wie Tommy geben brauchen, der so gescheit ist, während sich in meinem Hirn nur Watte befindet. Ich wollte ja nie etwas anderes, als ein Fischer zu werden und friedlich und ruhig zu leben, so wie Großvater. Und jetzt läßt der mich sogar im Stich. Er hätte doch wenigstens... Ach, was nützt das alles? Ich geh zu Onkel James zurück und bin sein Sklave, und vielleicht sterbe ich, dann tut's ihr vielleicht doch leid, und sie merkt, daß ich nicht so schlecht bin, wie ich aussehe. Und zu guter Letzt dachte er noch: Hoffentlich hat die Sache mit der Insel nichts zu bedeuten. Hoffentlich ist das nun alles vorbei, wenn ich in die Verbannung geschickt werde. Hoffentlich kommt es nie wieder zurück, was immer es sein mag, was mich so beunruhigt.

Da er jung war, fiel er bald in Schlaf, und er kam nicht einmal darauf, schlecht zu träumen.

Und der Regen kam von Westen und überfiel die Erde und die See.

6

»Mico! (schrieb Peter)

Die Nachricht Deiner baldigen Heimkehr aus der Verbannung, wo Du ein Jahr in der Einöde hast hausen müssen, hat sich in der ganzen Stadt flugs herumgesprochen. Da ich Deine Bescheidenheit kenne, konnte ich noch rechtzeitig, wenn auch nur mit Mühe verhindern, daß Dir der Bürgermeister einen öffentlichen Empfang bereitet. Vier Musikkapellen waren schon bestellt, dazu Heer und Flotte, Professoren und Studenten der Universität. Claddagh, womit ich vor allem Twacky meine, ist jedenfalls halb verrückt vor Freude wegen Deiner Rückkehr. Er geht umher und fragt jeden, ob sie schon das Neueste gehört hätten. Du kennst Twacky mit seinen weit aufgerissenen Augen, wie er nach Atem ringend auf einem Bein herumhopst, und Du glaubst, er wird Dir die beste Nachricht seit der Ermordung des Zaren berichten. Die letzte Nacht vor Deiner Ankunft wird er wohl kein Auge mehr zutun. Wir freuen uns eben alle.

Dein Brief war äußerst aufschlußreich, weil er ganze sieben Zeilen lang war. Ein- oder zweimal habe ich Pa getroffen, und er fragte mich nach Dir. ›Hat er denn irgendwelche Pläne, Cusack?‹ Sein Stock hüpfte dabei auf dem Boden. ›Selbstverständlich‹, antwortete ich ihm. Für eine gute Sache kann ich gut lügen. ›Richte ihm aus, wenn er keine hat, wird es höchste Zeit‹, meinte er. ›Was treibt er denn überhaupt am Ende der Welt? Schreib ihm, er soll nach Hause kommen und Kapitän eines Seeschiffes werden!‹ Und dann verschwand er. Also, vergessen hat dich hier keiner.

Mulcairns Zitadelle belagere ich unentwegt. Ich verstehe jetzt erst, wie schwer es im Mittelalter für die alten Füchse gewesen sein muß, eine befestigte Stadt einzunehmen. Eines Abends versuchte ich ihre Hand zu halten, als ich sie zu einem Spaziergang zum Newcastle manövriert hatte. Hab sie in einen Torweg gelockt, um nach dem Mond zu schauen. ›Jetzt‹, sagte sie, ›sollen wir wohl sentimental werden und Händchen halten!‹ Stell dir das vor! Ich hätte sie erwürgen können. Statt dessen haben wir weiter über den Lehrsatz des Pythagoras in all seinen Einzelheiten diskutiert. Die Vorliebe für die keltische Dichtung hat sie zum Glück überwunden. (Wirst Du je die Nacht auf der Ratten- und Feeninsel vergessen?) Das hat sie alles hinter sich gelassen – als ›Kinderkram‹. Der ehrwürdige Yeats und Campbell und alle anderen sind im Ascheimer gelandet. T. S. Eliot ist jetzt angesagt. Ich wagte George Bernard zu erwähnen, aber sie wischte das mit der Bemerkung von Tisch, schon im Alter von elf habe sie von ihm genug gehabt. Deshalb muß ich mich anstrengen, um mit ihr mithalten zu können, und abends bei Kerzenlicht mir die neuesten literarischen Ergüsse reinziehen. Sie ist schon ein merkwürdiges Mädchen, und es tut mir schon leid, ihr begegnet zu sein, weil ich nie weiß, woran ich bei ihr bin. Aber leider ist sie wirklich sehr nett, und ich würde lieber von ihr in den Arm genommen werden, als in Galway einen Pub, mit dem man reichlich Zaster machen kann, zu besitzen. Sie hat mir erlaubt, sie ›Jo‹ zu nennen. Mehr habe ich nach einem Jahr harter Arbeit nicht zustande gebracht. Im Vergleich dazu war Herkules ein Waisenknabe.

Nächsten Monat fängt die Schule wieder an, und alle ärgern sich, daß die Ferien vorbei sind, bloß dein Bruder Tommy nicht. Ja, den traf ich neulich. Nach Eliot und Jo war es etwas schwierig, Tommy und Trigonometrie zu ertragen. Er ist ganz wild darauf. Man könnte meinen, sie sei eine Cousine von Kleopatra. Algebra ist für ihn Kinderkram. Er will alles im Griff haben, Permutationen und Axiome und die ebene Geometrie. Das sei Herausforderung für ihn, glaubt er, aber es wird Zeit, daß ihn andere einmal herausfordern. Bruder Benedikt kann ihn nicht leiden. Einmal hat er uns nämlich eine Aufgabe an der Tafel vorgerechnet und ist dabei furchtbar ins Schleudern gekommen, da stand Tommy auf und sagte: ›Sir, das ist falsch!‹ Und Bruder Benedikt drehte sich um und sagte: ›Na, Mr. Tommy, wenn Sie solch ein Genie sind, dann kommen Sie mal nach vorne und erklären es uns.‹ Und das Schlimmste war, daß Tommy es richtig machte, und seitdem kann Bruder Benedikt ihn nicht mehr riechen. Ich weiß, er möchte am liebsten Hand an ihn legen, aber wie soll er ihn packen? Tommy hat immer alle Aufgaben gemacht, und zwar brillant. Er weiß jede Antwort. Immer hat er recht, und Du kannst Dir wohl denken, daß man verrückt wird, auf so jemanden zu treffen. Aber er hat auch gute Seiten, wie Du weißt, und es ist nicht übel, jemanden zu kennen, der wirklich Grips im Kopf hat. Deine Mutter glaubt immer noch, Sonne, Mond und Sterne erleuchteten ihn. Das sehe ich ihr an der Nasenspitze an, wenn ich mal bei Euch zu Hause bin und Tommy mir klarmacht, wie schlecht Chestertons Stil sei oder daß H. G. Wells nicht Romane schreiben könne. Dein Großvater steht dann immer auf und geht weg. Wenn er wieder heimkehrt, hat er eine schöne Porter-Fahne. Nichts wünscht er sich mehr, als daß Du zurückkommst.

Aber das tun wir alle, Mico, alter Kerl. Komm bald und führe uns in Versuchung. Twacky ist schon zu allen Schandtaten der Welt bereit und ich auch. Wenn man bedenkt, was für ein ruhiger, stiller Bursche Du bist, Mico, und wie sehr Du das Leben um Dich herum interessant machen kannst. Also, bis wir uns wiedersehen, alles Gute. Antworten brauchst Du nicht; denn ich weiß, wie sehr Du Briefe liebst. Und damit habe ich meine Pflicht getan; denn du bekommst hier einen schönen langen Brief mit allen Neuigkeiten aus Claddagh. Ich will jetzt zu Jo! Voller Hoffnung. Aber ich weiß schon, es wird wohl doch bloß wieder T. S. Eliot sein.«

Mico mußte laut auflachen, als er am Abend an Peters Brief dachte. Er wunderte sich, warum Peter ihm all das Zeug geschrieben hatte. Die meisten Namen hatte er noch nie gehört. Aber er konnte sich alles vorstellen, und lustig war es auch. Peter war warmherzig. Es war großartig, mal von ihm zu hören. Natürlich wollte er nach Hause, aber jetzt, da die Zeit gekommen war, heimzukehren, zog es ihn gar nicht mehr so sehr zurück, wie er es bei seiner Ankunft in Connemara gedacht hatte.

Mitten auf der Straße blieb er stehen und sah sich um. Dort lag das Haus seines Onkels. Es war ein herrlicher Herbstabend, keine Wolke am Himmel, und die Sterne kamen schon hervor. Das Haus seines Onkels war das letzte von Aughris, und es schaute über den Atlantik, der jetzt sanft und still dalag und sich kaum kräuselte. Es war das letzte oben auf der Steilküste. Linker Hand hatte sich das Meer ins Land gefressen und die Steine am langen gelben Strand von Omey zernagt und die Insel Omey vom Festland losgerissen. Und rechter Hand hatte die See auch ein Stück Land herausgesägt und die Insel Inisboffin gebildet. Die Landspitze, auf der er jetzt stand, zeigte also wie ein langer, spitzer Zeigefinger nach Amerika hinüber. Als er vor über einem Jahr das erste Mal hierhergekommen war und die hohen Berge von Connemara und das Land hier am Ende der Welt gesehen hatte, da war ihm das Herz bei jedem Schritt in die neuen Stiefel gerutscht.

Ödland war es! Sumpfiges, steiniges Ödland, hier und da ein einzelnes Haus, hin und wieder mal ein Mensch auf der Landstraße. Ja, da war ihm tatsächlich das Herz in die Hose gerutscht, und er fühlte sich wie ein Verbannter. Dann hatte er sich den Weg zu dem Haus seines Onkels zeigen lassen, ein langer Weg mit gelben Flintsteinen. Über Berg und Tal ging es, und er konnte an den Fingern einer Hand abzählen, an wieviel Häusern er auf einer Meile vorbeikam. Seltsame Gerüche hingen in der Luft, von Heidekraut und Schafherden, und der Wind roch unbeschreiblich. Und er dachte an Claddagh, an brüllende Kinder und schnatternde Gänse, Stadtgänse, schrille Frauenstimmen bei gelegentlichen Strei-

tereien, das Knarren der Segel an den Masten und das Hunde-
gebell. Hier, in der großen Stille, konnte er alles hören und
sich bewußt machen.

Onkel James war erstaunt, ihn zu sehen. Er hatte sich mit
der Ankunftszeit verkalkuliert. Das tat ihm sehr leid, aber er
machte sich große Umstände mit ihm. Mico taute etwas auf.
James hing den Kessel übers Feuer und machte Tee und
kochte zwei braune Eier in einer alten Konservenbüchse, die
er als Kochtopf benutzte. Und Micos Stimmung stieg, als die
Petroleumlampe brannte und die Küche so heimelig erhellte
und das Feuer flackerte und er aß, und sein Onkel fragte ihn
langsam und bedächtig aus, wie das so seine Art war. Er war
kein schweigsamer Mensch. Er lebte allein. Nein, verheiratet
war er nicht, warum auch? »In dieser bösen Welt gibt es nur
zwei Übel, Mico, weißt du das? Das eine sind Frauen, das
andere ist ein kräftiger Schluck aus der Flasche. Beides kann
man nicht haben. Wenn du dich für das eine entscheidest, laß
die Finger von dem anderen. Beides zusammen ist schlimmer
als Dynamit.«

Er brachte Mico ein wenig zum Lachen. Und sein Haus war
wie aus dem Ei gepellt, so sauber war es. Wie daheim in Claddagh, eine Küche und zwei Kammern. Mico hatte eine Kammer für sich allein, und das gefiel ihm sehr. Und als er mit
dem Tee fertig war, nahm ihn Onkel James zu den Nachbarn
mit, und dort setzten sie sich ans Feuer und erzählten, und
Onkel James rauchte Pfeife und spuckte Tabakkrümel über
den armen Fußboden der Frau des Hauses.

Es war das Haus am anderen Ende des Weges, wo er nun
Coimín Connollys treffen wollte. Eine Menge Connollys gab
es: Vater und Mutter und, wie's Mico damals schien, ungefähr fünfzig Kinder, obwohl es in Wirklichkeit nur zwölf
waren, und er machte sich Gedanken, wo sie wohl alle schliefen. Sie interessierten sich für ihn und stellten ihm Fragen.
An seine Mutter konnten sie sich noch gut erinnern, wie sie
als kleines Mädchen mit Mrs. Connolly zur Schule gegangen
war. Und sie kannten Big Micil und nannten ihn Big Micils
Mico. Und als noch mehr Nachbarn kamen, fragten sie sie, ob

sie wüßten, wer er sei: Big Micils Delias Mico. Alles war sehr nett, und er konnte gut schlafen, als er ins Bett gegangen war.

Danach lebte er sich schnell ein, und das Jahr war rum, ehe er sich versah. Er mußte schwer arbeiten und vieles Neues lernen: Torfstechen im öden Moor, wo der Wind ihm bis auf die Knochen blies, Torf stapeln, lagern, vorrätig halten, in Tragkörben mit dem kleinen Esel nach Hause transportieren. Mit dem Esel mußte auch Seegras vom Strand geholt werden, denn damit wurden die Stellen zwischen den Klippen gedüngt, die sie Ackerland nannten und wo sie ein paar spärliche Kartoffeln und etwas Hafer und Mangold und Rüben anbauten.

Ach ja, das Leben war immer schwer, und die See war unbarmherzig. Onkel James hatte einen Currach. Mico ängstigte sich zu Tode, bis er sich an das komische Gefühl in solch einem Boot gewöhnt hatte. Denn schließlich war zwischen ihm und der wilden See nur ein bißchen geteerte Leinwand. Doch seine Leichtigkeit hatte auch etwas Gutes, wenn man erst mal mit ihm umzugehen verstand. Natürlich konnte man sich nur an windstillen Tagen sehr weit vom Land entfernen, und die großen Fische kamen ja nie in die Nähe der Küste, also mußte man zufrieden sein mit dem, was man bekam.

Andere Leute hatten Ruderboote. Schwere mit Doppelrudern, mit denen sie bis zur Insel Inisboffin und noch weiter hinaus aufs offene Meer fuhren. Aber was für eine Arbeit, dauernd die schweren Ruder zu stemmen! Warum hatten sie denn keine Segelboote wie in Claddagh? »Um Himmels willen, Junge, du weißt wohl nicht, was diese Dinger kosten? Vielleicht kauft uns die Regierung welche.«

Und das sollte er nun alles verlassen.

Schweren Herzens, dachte er. Er blickte auf das Haus des Onkels und auf das Meer und ging dann zum Haus am Fuße des nächsten Hügels.

Der Tag war fast vorüber, und hinter dem Vorsprung der fernen Berge sah er den Saum des aufgehenden Mondes. Heute nacht wird es schön, dachte er und beeilte sich. Und dann sagte er sich: Warum beeile ich mich? Morgen früh muß ich ja eh weg. Das heißt...

Es war nicht so einfach, sich klarzumachen, was das alles für ihn bedeutete, das hinter sich zu lassen, was er gefunden hatte. Wenn er so hätte schreiben können wie Peter, dann hätte er ihm geantwortet und gesagt: Haha, mein lieber Peter, du bist nicht der einzige, der von einer Jo erzählen kann. Ich habe auch eine Jo. Sie ist in meinem Kopf, in mir drin, aber es ist zu peinlich, darüber zu sprechen oder auch nur daran zu denken. Obwohl ich bald fünfzehn bin und so groß wie ein Mann. Was könnte Peter damit anfangen? Kaum etwas, dachte Mico, und er mußte lachen und sprang über die Straße, daß die nagelbeschlagenen Schuhe Funken aus dem Flintstein schlugen. Er hatte lange, handgestrickte Wollhosen an, ganz lange, seine ersten. Der Onkel hatte sie ihm geschenkt. Es war Klasse. Der Fischer, der sie genäht hatte, war gleichzeitig auch Schneider, und er trug eine Brille aus Fensterglas, die er eigentlich nicht brauchte, und sein langer Schnauzbart war immer voll Schaum vom Bier...

Sie hieß Maeve. Nun hatte er sich's doch eingestanden.

Es hing alles mit seinem Muttermal zusammen.

Nun konnte er ruhig zugeben, daß er wegen seines Muttermals immer sehr zurückhaltend gewesen war. Bis er hierherkam. Leute in einsamen Gegenden waren an Zeichen und Male gewöhnt. Sie waren selbst gezeichnet. Viele von ihnen trugen Spuren ihres harten Daseins: zerbrochene Gliedmaßen, die schlecht geheilt waren, und Wunden, die sichtbare Narben zurückgelassen hatten. Sie waren daran gewöhnt, daß ihre Kinder mit einem Mal gezeichnet waren. Kein Gedanke daran, sie in phantastischen Orten wie Krankenhäusern in entfernten und unglaublichen Städten sterben zu lassen.

Micos Liebling in der ganzen Gegend war Michael Toms Bridget.

Im Frühling war er mit dem Onkel zu Michael Tom gegangen, um ihm beim Torf zu helfen. Danach gingen sie in die Küche und aßen Kohl mit Speck, und die Kartoffeln platzten schön mehlig aus ihrer Haut. Auf dem Fußboden saß das niedlichste Lockenköpfchen von einem Mädchen, das er je gesehen hatte. Rotes krauses Haar und blaue Augen. Sie hatte feine Glieder und trug ein blaues Kleid. Sie saß ganz still da und sagte kein Wort, und als Mico sich hinkniete und ihr in die Augen sah, erblickte er dort nichts als eine große Leere.

»Ach, das arme Kind ist blind«, sagten die anderen, und Mico schloß sie sofort ins Herz.

Dann sahen sie ihn an und das schreckliche entstellende Muttermal, und sie fragten: »Wie ist das denn gekommen, Mico? Du solltest stolz drauf sein, denn die Leute gucken dich zweimal an, wenn sie dich noch nie gesehen haben!« Und als sein Blick auf die kleine Bridget fiel, dachte er, Gott hätte ihm Schlimmeres antun können. Zu Hause war es leichter gewesen, ihn zu verletzen. Jungen können oft so grausam sein, und er hörte noch, wie sie ihn als »Truthahn-Fresse« verspottet hatten. Doch jetzt war es wieder anders. Es wühlte ihn auf, einen Jungen und ein Mädchen zu sehen, die unter einem Weißdorn oder einem Giebeldach im Schatten oder auf einem Hügel standen und sich umarmt hielten, wenn sie nachts vom Tanz nach Hause kamen und . . .

Eines Tages war er allein im Moor und dachte an diese und viele andere Dinge, während er sein Mittagbrot aß. Vor ihm lag das stille Moorwasser, und er beugte sich darüber und sah zum erstenmal im Leben sein Gesicht etwas genauer an. Er stellte sich vor, ein Mädchen zu sein, das ihn noch nie gesehen hatte und ihn ganz kühl und prüfend anblickte. Und es kam ihm sehr häßlich vor. Die Sonne beleuchtete es grell, und das Wasser, das manchmal so schmeicheln kann, verbarg ihm nichts. Er verzerrte sein ganzes Gesicht zu einem phantastischen Spuk. Mico stützte sich auf die Ellbogen, starrte sein Spiegelbild an, und bei seinem Anblick verließ ihn der Mut, und er dachte: Ach je, es ist wirklich scheußlich! Wenn ich ein Mädchen wäre und sähe das Mal auch nur bei Zwielicht, dann würde ich nach Hause laufen und schreien: »O Mutter, ich habe gerade etwas furchtbar Häßliches gesehen! Ich glaubte, einen Alptraum zu haben.«

Er hob die Hand und fühlte die Stelle und zerrte an ihr herum.

»Auf das Mal kommt es überhaupt nicht an!« sagte plötzlich eine Stimme neben ihm.

Er hob nicht den Kopf, sah ins Moorwasser und erblickte darin noch ein Gesicht, ein braungebranntes Gesicht, das von herunterhängenden Haaren eingerahmt war, weil es sich über das Wasser beugte. Das Gesicht schien seinem ganz nahe zu sein. Braunes Haar – oder rührte die Farbe vom Moorwasser her? – und eine schmale Stirn, braun und glänzend im Sonnenlicht, das vom Wasser reflektiert wurde. Zarte Augenbrauen über tiefen Augen, deren Farbe er nicht erkennen konnte, nur ihr Zwinkern und das Weiße in ihnen, so klar wie das Wasser eines sauberen Sees über silbernem Sand. Die Nase teilte das Gesicht und sah etwas platt aus, wie auf einem Bild in Tommys Griechisch-Buch. Und ihre Lippen waren rot, selbst im Wasser konnte man das erkennen, und lächelten, und die Zähne leuchteten weiß. Mitten im Kinn saß ein Grübchen.

Er blickte auf.

Sie stützte die Hände auf die Knie und beugte sich zu ihm herunter, so daß er unter der braungebrannten Haut einen weißen Streifen am oberen Saum ihres Kleides sehen konnte. Und sie lächelte immer noch. Es war seltsam, aber er war gar kein bißchen verlegen, was ihm sonst so leicht passierte. Er legte eine Hand auf den weichen Moorboden, setzte sich wieder hin und fragte lächelnd: »Warum kommt es nicht darauf an?«

Sie hockte sich so hin, daß ihre Augen auf gleicher Höhe waren. Zwischen den nackten Zehen quoll der trockne Torfmull hervor. Hinter ihr stand ein kleiner Esel mit Sattelkörben und rupfte sich derbes Sumpfgras ab. Sie zupfte sich auch ein wenig Gras aus, steckte es zwischen die Zähne und biß hörbar ein Stück ab. Dann schmiß sie das übrige Gras weg und legte das abgebissene Stück auf ihre Finger.

»Nun«, sagte sie. »es ist doch klar, daß es auf die Haut nie ankommt. Wichtig ist einzig und allein, was in der Haut steckt. Manche Kartoffeln haben eine sehr schöne Haut, und in der Mitte sind sie völlig verfault, und manche haben eine so schlechte Haut, daß man sie am liebsten wegwerfen würde, aber die sind gerade am mehligsten und haben ein gutes Herz.«

»Mädchen!« rief Mico ziemlich unangebracht, doch sie lachte nur und ließ sich auf einen Büschel des harten Sumpfgrases fallen.

»Du bist Mico, nicht wahr?«

»Stimmt«, sagte er, »und du?«

»Ich bin Maeve«, antwortete sie. »Das Torfmoor drüben hinter dem Hügel gehört uns. – Warum hast du dein Gesicht betrachtet?«

»Ich weiß nicht«, entgegnete Mico. »Bloß ein dummer Einfall.« Er wollte ihr nicht erzählen, daß er sich wie ein Mädchen angeschaut hatte. So unverblümt mochte er nicht sein.

»Bleibst du länger hier?« fragte sie.

»Ich weiß nicht. Vielleicht ein Jahr oder länger. Dann gehe ich wieder heim, um auf dem Boot meines Vaters zu arbeiten.«

»Machst du's gern?«

»Sehr gern«, sagte Mico.

»Hast du Heimweh?« fragte sie daraufhin.

Im Augenblick nicht, wollte Mico antworten, doch zu seiner eigenen Überraschung sagte er: »O ja, hier ist alles so anders.«

»Was ist anders?« fragte sie ihn beharrlich weiter.

»Ach, das Meer und so ... «

Sie lachte, zog die Knie an und faltete die Arme darüber, so daß die Knie sich in ihre Brust bohrten. »Ach, das ist aber komisch! Ist es denn nicht das gleiche Meer, hier und in Galway?«

»Das schon. Aber am Ufer sieht's anders aus. Gerade gegenüber von unserm Haus ist keine See, die ist weiter weg. Statt dessen ist da eine alte Grube, in die Abfall und alle möglichen Sachen geschüttet werden.«

»Warum?«

»Sie wollen dort einen Sportplatz bauen, und deshalb kippen sie dort den ganzen Dreck aus der Stadt ab.«

»Das muß aber scheußlich stinken?«

»Ja«, lachte Mico, »nach allem möglichen Zeugs! Nach nassen Klamotten und Kohlstrunken und Konservenbüchsen und rotem Pulver, das darüber gestreut wird, damit alles Schlechte kaputtgeht, auch das Unkraut. Aber es gehört eben dazu, verstehst du, und es fehlt einem.«

»Das ist das erste Mal, daß mir einer erzählt, er vermisse den Gestank«, sagte sie, und beide lachten.

»Ja, wenn man's so darstellt, hört's sich komisch an«, meinte Mico. »Aber da gibt auch noch anderes, den Fluß und die Boote am Hafen und der Fischgeruch und all die alten Männer mit weißen Bärten, die herumlungern und Forellen angeln, und dann der Kirchturm und lauter solche Sachen.«

»Haben wir etwa all das nicht auch hier?« erwiderte sie. »Flüsse und Boote am Hafen und Fischgeruch und alte Männer mit weißen Bärten und Kirchtürme. Und sieh doch mal dorthin«, fuhr sie fort und winkte mit der Hand. »Ich möchte wetten, daß ihr so etwas nicht habt!«

Mico blickte vom Abhang des Hügels, auf dem sie saßen, ins Tal hinunter, auf den langen Zeigefinger von Aughris, den das Meer von beiden Seiten einschloß, auf die endlose Weite der Bucht von Omey, auf die Insel Inisboffin, die sich auf der anderen Seite aus den Hitzeschleiern hob, und dann auf die einzelnen Felder und die gelben Wege, die sich ins Tal schnitten, und die Sonne, die auf die weißgetünchten Häuser mit den Strohdächern schien, so daß sie alle wie aus dem Erdboden hochgeschossene Pilze aussahen, und in der Luft die segelnden Möwen, und tief unten das funkelnde, blaue Meer, und darauf winzig klein die einsame Gestalt eines Fischers, der lässig die Angel hielt. Ja, das war alles schön, wirklich sehr schön.

»Nein«, antwortete er, »so etwas haben wir nicht. Aber du kennst den Corrib nicht! Oh, der Corrib-See ist wirklich sehenswert!«

Wieder lachte sie hell und lange, und er konnte die kleinen Muskeln in ihrer Kehle arbeiten sehen.

»Ach, das hat ja alles keinen Sinn. So könnten wir noch jahrelang weiterreden und würden nie fertig. Vielleicht lassen wir's dabei, daß wir jeder unsere Heimat liebhaben?«

»Ja, das wäre sicher das beste«, meinte Mico.

Dann standen sie auf, holten ihren Esel und gingen in den Torfstich. Sie trug ein blaues Kleid mit weißen Punkten. Es war kurz, und er konnte ihre Knie sehen, spitze, sonnenverbrannte Knie, und ihre Beine waren sehr schön, obwohl sie nackt waren. Das Kleid hatte weiter keinen Schnitt, es hing ihr so um den Körper, aber er sah trotzdem, wie schön sie gewachsen war. Sie reichte ihm bis an die Schulter und mußte ungefähr fünfzehn oder sechzehn Jahre alt sein.

»Wie groß du bist!« sagte sie und sah zu ihm auf, ihre Hand ruhte auf dem Rücken des Esels, und sie paßte ihren Schritt seinem anmutigen, ausholenden Gang an. »Wie alt bist du denn?«

»Über vierzehn«, sagte Mico, nachdem er zuerst geschwankt hatte, ob er nicht etwas dazuschwindeln sollte.

»Du siehst wie neunzehn aus«, sagte sie, und das gefiel ihm. Es stimmte auch. Er hatte mächtig breite Schultern, und der Sweater war viel zu eng für den breiten Brustkorb. Er war froh, daß er lange Hosen trug.

Oberhalb des Moorwassers trennten sie sich. (Immer würde er sich an diesen Ort und an diesen Tag erinnern, ganz gleich, was später passieren sollte.) Sie stand da und blickte ihn mit ihren offenen Augen an, legte den Kopf ein wenig auf die Seite und lächelte. »Und mach dir nie wieder Sorgen wegen des Muttermals«, sagte sie und tat etwas sehr Merkwürdiges. Sie hob die Hand und berührte das Mal. Genau in der Mitte. Er konnte jeden einzelnen Finger fühlen, wie sie sanft auf seine Wange drückte. Noch nie in seinem Leben hatte er eine andere Hand außer der eigenen darauf verspürt. »Zählen tut nur, was unter der Haut steckt!«

»Wie bei den Kartoffeln mit der schlechten Schale?« fragte er.

»Genau«, sagte sie, »wie bei den Kartoffeln mit der schlechten Schale«, und streichelte ihm über die Wange. Dann nahm sie die Hand fort und ging weiter den Weg hinauf und winkte noch einmal und war entschwunden – aus den Augen, aber nicht aus dem Sinn. Nicht aus dem Sinn, dachte Mico jetzt, solange Sonne und Mond sich am Himmelszelt folgen, solange Fische im Meer und Möwen in den Lüften sind.

Er hatte sie seitdem noch ein paarmal gesehen, aber viel miteinander gesprochen hatten sie nicht. Es waren immer andere Leute dabeigewesen, und er war beinahe froh darüber. Denn seit der ersten Begegnung war all sein Denken so erfüllt von ihr, daß er fürchtete, seine Augen könnten es ihr verraten und sie erschrecken, weil er ja erst vierzehn Jahre alt war. Wie kann sie denn wissen, dachte Mico, daß ich eigentlich viel älter bin, weil ich solch ein Leben hinter mir habe. Wenn sie nur wüßte, daß ich ein erwachsener Mensch bin. Zum Glück seh ich sie heute abend, wenn ich mit Coimín an den Strand gehe, um Sandaale zu fangen.

Als er den gelblichen Lichtschimmer des Fensters sah, um das sich purpurne Klematis rankte und über die weiße Wand aufs Strohdach kletterte, bog er von der Landstraße ab.

7

Es dauerte einige Zeit, ehe er und Coimín endlich aufbrechen konnten.

Er mußte zuerst auf einem kleinen Schemel vor dem Feuer Platz nehmen, den Mrs. Connolly schnell mit ihrer Leinenschürze abgewischt hatte, und obwohl er gerade bei Onkel James gegessen hatte, mußte er eine Tasse Tee trinken und einen Pfannkuchen nehmen, der so heiß war, daß er ihn kaum anfassen konnte, die schmelzende gelbe Butter tropfte an ihm herunter. Es kostete ihm einiges, daß er nicht auch noch das braune Ei essen mußte, das nestwarm von der Henne kam und das sie ihm unbedingt aufzwingen wollten.

Es war das reinste Irrenhaus, aber ein sehr fröhliches. Coimín war der Älteste. Er war achtzehn Jahre alt, und die anderen zwölf Geschwister waren immer ein Jahr jünger, wie die Orgelpfeifen. Coimíns Vater Tadhg saß auf der anderen Seite des Kamins; die beiden Kleinsten krabbelten auf ihm herum, und das Allerjüngste, ein rundliches Kindchen mit einem Gummischnuller im Mund, lag ihm im Schoß und nuckelte und gurgelte stillvergnügt vor sich hin.

Tadhg war ein großer, schlanker Mann mit einem Schnurrbart, der langsam grau wurde. Seine Augen zwinkerten immer lustig, und er galt als der größte Lügner in ganz West Connemara, aber er schwindelte nur aus Spaß, und alle wußten das, zumal seine Art, Geschichten zu erzählen, ihn verriet. Sein Mund blieb vollkommen ernst, während seine Augen vor Lachen ob der Leichtgläubigkeit seiner Zuhörer tanzten.

»Still jetzt!« sagte er und packte das kleine blondhaarige Mädchen, das ihm über die Schulter hing, so daß sich ihr Kleid verfing und er ihr eins auf den dicken nackten Hintern gab. »Hör auf, du Teufelsbrut, laß mich mit Mico reden. Hast du gehört, was Coimín heute gemacht hat, Mico?«

»Nein«, brüllte Mico, denn Mrs. Connolly spülte mit sehr viel Getöse das Geschirr auf dem Tisch ab, über dem auf Holzhaken das Geschirr des Pferdes hing. Von draußen war zu hören, wie Coimín ein störrisches Borstenvieh in den Stall zu treiben versuchte. – Hopp, du dumme Sau, rein da, los, der Teufel soll dich holen! – Und zwei kleinere Jungen wälzten sich auf dem Fußboden und schlugen sich wegen einer alten Tonpfeife fast tot.

»Nun«, begann Tadhg, »Coimín zog mit unserem alten Esel ins Moor hinaus und wollte ein paar Körbe Torf holen – hört endlich auf, Pegeen, ich warne euch, ich prügel euch grün und blau –, du kennst ja die sumpfige Stelle neben dem Fluß, wo der Schneider seinen Torf hat. Da geht doch mein Esel hin und versinkt bis zum Bauch im Morast. Das hat mir gerade noch gefehlt, sagt Coimín, verdammt noch mal. Und weißt du, was dann passierte? Du willst mir's wohl nicht glauben, he?«

»Doch, ich geb mir die größte Mühe«, versicherte Mico.

»Also, Coimín zieht ihn am Schwanz, so sehr er kann, und als das nichts nützt, zieht er ihn am Kopf, aber glaubst du, mein alter Esel rührt sich? Kein Stück rührt er sich. Er sitzt so fest im

Sumpf, daß er immer noch drin steckt, und er wird zum Skelett werden, bis am Tag des jüngsten Gerichts die Posaunen von Jericho erklingen. Und Coimín hat natürlich eine Heidenangst, nach Hause zu kommen und mir die Geschichte zu erzählen, weil er ganz genau weiß, was für ein zorniger Mensch ich bin und daß ich ihn windelweich prügeln werde.«

»Windelweich?« murmelte Mico.

»Ja«, sagte Tadhg sichtbar vergnügt, daß er mal wieder jemand einen Bären aufbinden konnte. Aber seine Freude war verfrüht; denn Coimín kam zur Tür hereinkam, nachdem er die alte Sau gut verstaut hatte, stolperte über die sich auf dem Boden raufenden Kleinen, stieß ihre Köpfe zusammen und lachte: »Los jetzt, Mico, sonst kommen wir noch zu spät.« Und Mico stand unter allgemeinem Protestgeschrei auf, und erst nachdem er versprochen hatte, noch einmal hereinzuschauen, bevor er sich nach Hause aufmachen würde, und er seine Mutter von den Connollys grüßen sollte, und dies noch und das noch, mit den Füßen scharren, waren sie endlich auf dem Weg, und der aufgehende Mond blinzelte ihnen mit seinem dicken, fetten Mondgesicht zu.

Coimín war groß. Er reichte Mico bis über die Schulter. Seine Haut war rein und die Zähne sehr weiß, groß und gleichmäßig. Mico konnte Coimín sehr gut leiden. Er war ihm in vielem sehr ähnlich. Reden tat er nicht viel. (Das überlasse ich meinem Alten, der redet für zwei.) Aber er dachte viel nach, wenn auch auf seine eigene, langsame Art. Wie ich auch, dachte Mico. Immer trug Coimín eine Mütze, und der Schirm fiel ihm fast auf die Nase, was seinem Gesicht einen verwegenen Ausdruck gab, der aber vollkommen unbegründet war.

Sie waren mit Eimer und Spaten bewaffnet und hatten ein eigenartiges Messer, das am Ende eingekerbt war. »Damit werden sie festgeklemmt«, erklärte Coimín. »Warte nur, bis ich's dir zeige.«

Es war eine wunderbare Nacht.

Das Mondlicht milderte die harte Farbe des Flintsteins auf der Landstraße, und das Moor beiderseits der Straße sah silbergrau und gar nicht mehr so öde aus. Sie gingen am Moor und am See vorbei, und bei der Kirche bogen sie ab und gingen zum Meer hinunter. Wie anders das Meer hier war. Wenn er die Augen schloß, konnte er es sogar riechen, daß das Meer hier anders war. Es war der Geruch frisch gewaschenen Sandes, nachdem die Ebbe eingesetzt hatte, und all der tausend kleinen Dinge, die die Flut angeschwemmt hatte. Nicht etwa der Geruch von großen, algenüberzogenen Klippen und Sachen, die in ihrem Windschatten verrotteten, sondern von gestrandeten Quallen und weißen Herzmuscheln und den geheimnisvollen Sandaalen.

»Wie sehen die Teile von Sandaalen eigentlich aus?« fragte er.

»Ach, das sind so Teile, du wirst schon sehen«, antwortete Coimín.

»Hm, nun weiß ich's ganz genau«, lachte Mico.

»Aber so sehen sie wirklich aus, schwer zu beschreiben. Du wirst schon sehen.«

»Sag mal, was ist dir eigentlich mit dem Esel im Sumpf passiert?«

»Wie?« fragte Coimín. Seine Stimme war tief und angenehm.

»Dein Vater hat angefangen, mir eine schöne Geschichte zu erzählen, wie der Esel im Sumpf steckenblieb, aber dann kamst du, und er hat es nicht zu Ende erzählt.«

»Ach, das ist Seemannsgarn. Das mußt du nicht alles glauben. Er will sich nur auf meine Kosten einen Spaß machen. Seit neuestem erzählt er allen Leuten, ich sei ein schrecklich starker Mann. Wißt ihr, was Coimín heute gemacht hat, fragt er sie. Nein, was denn? Ach, wir wollten ein Fuder Heu nach Hause bringen, da verliert der alte Wagen doch ein Rad. Ach, das ist nicht weiter schlimm, ich mach das schon, sagt Coimín, und – ihr werdet es mir nicht glauben – Coimín lädt das Fuder Heu ab und bindet's sich auf den Rücken und trägt's heim, ohne nur einen Halm zu verlieren.«

Mico lachte: »Bei euch ist immer was los.«

»Ja, aber er soll mit mir aufhören. Für ihn bin ich doch bloß eine Witzfigur.«

»Laß ihn doch, er ist nett. Jeder mag ihn gern.«

»Ja, das stimmt«, antwortete Coimín. »Und hier sind wir schon. Sie hat gesagt, sie ist heute abend bei Mary Cavanagh.«

Mico bekam plötzlich gewaltiges Herzklopfen. Dies war der Glanzpunkt des Abends und einer der Gründe, warum er noch nicht in Claddagh war. Neulich abend, als sie von der Kirche heimgingen, hatten sie sie getroffen. Mico hatte bewundernd zugehört, wie leicht es Coimín fiel, mit ihr zu reden. Er hatte gescherzt und gelacht, als ob sie seine Schwester wäre.

»Und jetzt willst du uns also verlassen, Mico?« hatte sie gefragt.

»Ja, ich gehe wieder heim«, antwortete Mico.

»Da wirst du aber froh sein, nicht? Danach hast du dich ja immer gesehnt. Du mit deinem alten Claddagh.«

»Ach«, sagte Mico, »wenn ich nicht bald gehe, geh ich vielleicht nie.«

»Hast uns wohl so ins Herz geschlossen?«

»Natürlich, warum auch nicht?« Als er das sagte, wurde er rot und hoffte, sie würden das in der Dunkelheit nicht merken.

»O Coimín«, rief sie daraufhin, »und dabei hat er noch nicht mal Jagd auf Sandaale bei Herbstmond gemacht! Nein, Mico, hör zu, wenigstens so lange mußt du noch bleiben!«

»Was ist denn das, Sandaale?« fragte Mico.

»Meine Güte«, sagte sie, »Du willst ein Fischer sein und kennst noch nicht mal Sandaale? In Galway gibt's wohl keine?«

»Doch, soviel ich weiß«, antwortete Mico. »Einmal war ich mit zum Aalfang, da fangen sie die Aale und stecken sie in große Holzbottiche, damit sie leben bleiben, und Tausende und Tausende schwammen nachher in einem großen Becken herum.

»Waren sie sehr groß?« fragte sie.

»Ja, riesige braune und schwarze Teile«, erwiderte Mico. »Die werden nach England geschickt. Ich mag sie nicht leiden.

Ich hab das Gefühl, sie bewegen sich noch in meinem Magen, wenn ich sie esse.«

»Um Himmels willen«, rief sie, »wie scheußlich! Aber das sind nur ganz gewöhnliche Aale. Sandaale, das ist etwas ganz anderes. Sandaale können nur im Spätsommer bei Vollmond am Strand von Omey gefangen werden. Es ist sehr romantisch, nicht wahr, Coimín?«

Coimín stieß Mico in die Seite: »Romantisch, was für ein Wort. Das wirst du doch nur, weil du zu viele alte Bücher gelesen hast.«

Da lachte sie so hell und laut in die dunkle Nacht, daß es Mico fast mit der Angst bekam. »Ach, Coimín ist einfach eine alte Drecksau. Coimín weiß nichts mit einem Mädchen anzustellen, wenn er bei Vollmond mit ihr Sandaale fangen geht!«

»Laß uns nach Hause gehen«, sagte Coimín und brach auf, sehr zum Leidwesen von Mico.

Coimín war schüchtern und still. Manche stille Menschen sind schüchtern, und manche von ihnen sind verkappte Weiberhelden. Doch Coimín war wirklich still und schüchtern. Andere Kerle sind still und verschlagen, das ist der Unterschied.

»Bring Mico mit!« rief sie ihm nach. »Ich erwarte euch beide. In der Vollmondnacht könnt ihr mich in Marys Haus abholen!«

Und nun waren sie da.

Als sie zur Mündung des Weges kamen, blieben sie für eine Weile stehen und schauten. Es war ein wunderbarer Anblick. Die Flut war gerade vom Strand zurückgewichen und kam jetzt nur noch schüchtern rechts und links von der Insel hervor. Wenn man zur Insel hinübergewatet wäre, hätte einem das Meer nur bis zum Gürtel gereicht. Der Mond stand schon hoch am Himmel und schien auf den glitzernd nassen Strand. In der Ferne waren die feinen Umrisse der Insel zu sehen, und es schien, als schwebe sie über dem Silbermeer in der Luft. Ihre Füsse fühlten das sanfte Gras am Ufer, es war wie ein dicker Teppich, vor ihnen eine große Weite mit einsamen

Pfützen, die sich durch die Ebbe gebildet hatten, aus denen ein Gluckern und ein gelegentliches Plätschern kam.

»Wie schön!« rief Mico.

»Ja«, sagte Coimín langsam, »es ist schön, ja, schön und einsam.«

»Ja«, sagte Mico seufzend.

»Komm, jetzt gehen wir zu Cavanaghs!«

Spaten und Eimer ließen sie neben einem Mäuerchen liegen, sprangen von Grasschopf zu Grasschopf über stehengebliebene Wasserlachen und schreckten dabei ein paar arme Vögel hoch, die sich schon zur Nachtruhe begeben hatten. Als sie zur versteckten Mündung des schmalen Weges kamen, bogen sie ein und gingen hinauf, bis ein weißes Haus mit erleuchtetem Fenster vor ihnen lag. In der Türöffnung stand ein Mädchen, das Licht im Rücken, so daß ihre Kleidung fast durchsichtig erschien. Die beiden hielten kurz inne.

»Ihr habt aber lange gebraucht«, sagte sie. »Ich wollte schon wieder nach Hause gehen, weil ich dachte, ihr kommt nicht mehr.«

»Sie ist es«, sagte Mico.

»Wir hatten noch zu tun«, antwortete Coimín, »und wer hat gesagt, daß du warten sollst? Du hättest ruhig gehen können. Du wolltest doch hinter den Sandaalen her, nicht wir.«

»Oh, hör dir den unverschämten Coimín an«, sagte sie abfällig. »Haben sie dir das in der Schule beigebracht? So spricht man nicht zu einer Dame!«

»Wer weiß«, erwiderte Coimín, »wie ich mit einer Dame spreche. Ich bin noch keiner begegnet.«

»Hoho«, lachte sie, »nun kommt aber lieber rein und sagt Mary guten Abend.«

Sie trat ein wenig zurück, und sie kamen in die erleuchtete Küche.

»Gott segne die Hausfrau, den Hausherrn und den kleinen Schlingel in der Wiege«, sagte Coimín und ging zur Wiege am Kamin. Sie war selbstgezimmert, und auf die gebogenen Querhölzer konnte man den Fuß setzen und das Kindchen in den Schlaf schaukeln und ein Lied dazu singen. Coimín ging also zu dem kleinen Wicht in der Wiege, steckte seine große Hand hinein und streichelte ihm die Bäckchen.

Der junge Mann, der auf der Holzbank gesessen und leise gesungen hatte, richtete sich auf und rief: »Verflucht seiest du, Coimín Connolly, ich hatte es schon fast zum Schlafen gebracht.«

»Was du nicht sagst«, entgegnete Coimín, »ein erwachsener Mann mit einer Stimme wie ein Reibeisen bildet sich ein, er könnte ein Baby in den Schlaf singen. Das arme Ding dachte gar nicht dran, einzuschlafen. Es ist höchstens bewußtlos geworden von dem ganzen Geschaukel. – Wie geht's denn meinem kleinen Nuala?« Das Kind hob einen Wurstfinger, packte Coimíns Daumen und gurgelte vergnügt.

»Sei gegrüßt, Mico«, sagte der Hausherr. Der junge Mann mit dem roten Haar erinnerte Mico an Peter. Er hatte leuchtende Augen, war schlank und sah gelenkig aus.

»Mary backt gerade einen Kuchen für euch«, sagte er. »Wenn ihr mit den Sandaalen zurückkommt, wollen wir ein bißchen futtern.«

»Oh, das ist schön!« rief Mico und blickte Maeve an; aber die stand mitten in der Küche und hatte, so schien es Mico, nur Augen für Coimín, der sich über das Baby beugte. Heute war sie anders angezogen als damals: ein roter Pullover, ein weiter Rock und Schuhe mit etwas höheren Absätzen. Um den Kopf trug sie ein rotes Band, das ihr das Haar aus der Stirn hielt. Sie sah ganz verändert aus, fand Mico. So strahlend, als ob sie einen König erwartete. So schrecklich wunderschön.

Mary lachte: »Aber Coimín! Hast du denn noch nicht genug kleine Kinder bei euch zu Hause?«

»Er ist ein Kindernarr, der gute Coimín«, spottete Maeve. »Schaut ihn doch nur an!«

Aber Coimín ließ sich nicht stören und erzählte dem Kerlchen allerhand verrückten Quatsch.

»Kommst du denn nicht mit zu den Sandaalen, Peadar?« wollte Mico wissen.

»Gott bewahre.« Peadar stand auf und ging zum Fenster, wo er sich eine große, braune Pfeife holte, die er mit dem Messer auszukratzen begann. »Meine Sandaalzeit ist vorüber! Es ist gerade ein Jahr her, daß ich mit einem Mädchen bei Vollmond Sandaale fangen ging, und das kam dabei heraus.« Er deutete mit der Pfeife auf die Wiege.

»Paß auf, du Schurke«, rief seine Frau und schleuderte ihm ein Handvoll Mehl ins Gesicht. Bedächtig rieb er sich's wieder ab und lächelte sie verliebt an. Mico saß auf einem Stuhl an der Kommode und betrachtete sie. Das sind zwei glückliche Menschen, dachte er.

Mary Cavanagh war klein und zierlich. Das Lockenhaar stand ihr wirr um den Kopf. Kinn und Nase waren ein bißchen zu lang geraten, aber deshalb sah sie doch sehr hübsch aus. In den blauen Augen stand immer ein Lachen. Selbst ein Blinder hätte merken müssen, wie lieb sich die beiden hatten.

»Falls wir überhaupt gehen wollen«, warf Maeve nun ein, »wäre es vielleicht eine gute Idee, Mr. Connolly ließe das arme Kind endlich in Ruhe, damit es einschlafen kann.«

»Jawohl«, sagte Peadar, »wenn er mit einem Kind spielen will, soll er sich selbst eins anschaffen.«

»Wenn ich nur die Mutter dazu hätte«, sagte Coimín und richtete sich auf. »Du hast mir ja die einzige Frau weggenommen, die ich haben wollte.«

»Oh, du Schmeichler!« lachte Mary.

»Ich wußte schon immer, daß ich tagtäglich ein besserer Mann bin als ein Connolly«, neckte ihn Peadar, »auch wenn er stärker als der Riese Finn McCool wäre.«

»Ach du liebe Güte«, rief Coimín, »mein Vater hat dir das wohl auch erzählt.«

»Natürlich«, lachte Peadar. »Wenn wir alle tot sind, Coimín, wirst du der berühmteste Mann sein, und die Leute werden von dir sagen: Wenn der starke Coimín wütend war, biß er einfach ein Stück aus der Bucht, und so ist der Strand von Omey entstanden.«

Coimín hakte sich bei Maeve ein und schob sie aus der Tür: »Jetzt gehen wir an den Strand zum Aalefangen, und wenn wir wiederkommen, und ihr habt für uns weder was zu beißen noch zu schlucken, dann zeige ich's euch.«

Peadars Lachen klang hinter ihnen her, als sie schon unter dem schönen Nachthimmel standen.

Mico fühlte sich gut, Maeve hatte ihre Hand auf seine Schulter gelegt. Er spürte ihre Wärme auf der ganzen Seite seines Körpers, der ihr nahe war. Ihre Hand schien sich in seine Schulter einzubrennen. Er ging sehr vorsichtig den Weg entlang.

»Und Mico will uns nun wirklich verlassen, Coimín?« fragte sie.

»Ja, zum Kuckuck!« rief Coimín. »Es ist zu dumm. Gerade hat er sich etwas an uns gewöhnt und angefangen, auch mal ein bißchen für uns zu arbeiten.«

»Wirst du uns manchmal vermissen, Mico?« fragte Maeve.

»Ich fürchte, ja.«

»Uns wirst du auch fehlen«, sagte Maeve und drückte seinen Arm. »Aber wenn Gott will, kommst du doch irgendwann wieder?«

»Das wird schwer«, antwortete Mico. »Wenn ich jetzt wieder zu Hause bin, muß ich tüchtig arbeiten. Mein Vater braucht mich beim Fischen. Großvater ist auch ein sehr guter Fischer, aber er wird schon ein bißchen alt. Ich kann mir nicht denken, daß er noch soviel arbeiten kann wie früher. Da sind sie froh, wenn ich helfe. Deshalb weiß ich nicht, ob ich je zurückkommen werde.«

»Ach, du wirst schon«, sagte Maeve zuversichtlich. »Gott richtet das immer so ein: Wenn nette Menschen sich einmal begegnet sind, dann schenkt er ihnen auch ein Wiedersehen! Stimmt's, Coimín?«

»Hört sich ziemlich vernünftig an.«

»Darum sind wir auch nicht traurig, weil Mico jetzt weggeht. Wir fangen Sandaale und lachen und ziehen umher und genießen die schöne Nacht, und dann bleibt alles unvergeßlich schön. Und wenn wir uns später mal wieder treffen, können wir sagen: Wißt ihr noch, die schöne Nacht, als wir bei Vollmond auf dem Strand von Omey Sandaale fingen? – Seht euch das an!« Sie blieb am Rand des Strandes stehen und zog Coimín mit der anderen Hand zu sich. Eng standen sie zusammen und schauten.

Sie hörten nun Stimmen vom Strand. Lachen erklang, und man konnte sogar einzelne dunkle Gestalten unterscheiden, die sich bückten und im Sand herumsuchten. In der Ferne im vollen Mondlicht, sich dessen aber nicht bewußt seiend, waren ein Junge und ein Mädchen zu sehen, ganz klar, sie guckten einander an und hielten sich eng umschlungen. Ihre schwarze Silhouette zeichnete sich so deutlich ab wie ein Scherenschnitt. Man konnte die Kappe auf seinem nach unten geneigten Kopf erkennen und ihren wilden Wuschelkopf.

Maeve seufzte. Mico fühlte sein Herz klopfen.

»So kann man auch nach Sandaalen suchen«, sagte Coimín nüchtern. »Kommt jetzt!«, und er sprang von der Anhöhe auf den weichen Sand herunter. »Hol den Eimer und den Spaten, Mico, los geht's.«

»Okay«, antwortete Mico und ging zu der Stelle an der Mauer, wo sie ihre Sachen deponiert hatten.

Maeve hob den Fuß und zog erst den einen, dann den anderen hochhackigen Schuh aus. Sie stellte sie säuberlich nebeneinander auf die Mauer, wo sie sehr komisch wirkten. »Ich hol sie mir wieder, wenn wir zurückkommen«, erklärte sie. Dann sprang sie an den Strand und rannte dem Mond entgegen, ihr offenes Haar wehte nach hinten, und ihr dünner Rock rutschte die Schenkel hoch.

»Mondsüchtig«, meinte Coimín, der mit Mico hinter ihr her schlenderte.

»Ach, ich finde sie wunderbar!« sagte Mico.

»Hast sie wohl gern?« fragte Coimín beiläufig.

»Ach ja.« Mico bemühte sich, seine Leidenschaft nicht durchklingen zu lassen.

»Ich auch«, sagte Coimín.

»Das merkt man dir aber nicht an«, meinte Mico ein wenig forsch. Wie der mit ihr redet. Wie er ihr antwortet. Als ob er ihr Vater wäre.

»Ja nun, so muß man's eben machen«, meinte Coimín trocken.

Sie blieb stehen, drehte sich nach ihnen um und lehnte ihre Hände auf die Knie.

»Beeilt euch doch!« rief sie. »Man könnte meinen, ihr geht hinter einem Sarg her, so langsam seid ihr!«

Sie holten sie ein. In der Nähe waren Menschen, die sich bückten und Sandhügel aufhäuften. Sie lachten. Einige waren ernst. Vor allem die Männer waren ernst, wenn sie unter sich waren. Wenn ein Mädchen dabei war, gab's Gelächter und Geschrei und Gezeter. »Tommeen Taddy, was machst du denn nur mit deinen Fingern?« – »Ich doch nicht!« – »Huh, jetzt hast du mich aber erschreckt!« – »Was treiben denn Sandaale im Schutze eines großen Felsens?« Sie klatschte ihm dermaßen eine, daß es sich wie eine Gewehrsalve anhörte, und Tommeen Taddy fiel hinten über und rieb sich das Gesicht. Alles lachte. Tommeen Tady mimte, sein Kiefer sei gebrochen, und torkelte im Kreis herum. Seid gegrüßt. »Ach, du bist's, Coimín?« Was hast du denn da für ein gefährliches Ding dabei? Was, das ist ein Spaten? Nein, unglaublich, das ist Maeve. Wen hast du denn aus der Wiege gerissen, Maeve, den kleinen Mico hast du mitgebracht. Der kleine Mico, oder? Gut, er ist ja größer als mein eigener Vater. Es war nicht bös gemeint, sie waren ausgelassen, und es herrschte eine herrliche Atmosphäre. Selbst rauhe Stimmen erschienen hier auf dem langen Sandstrand melodisch, und das seltsame Mondlicht nahm allen groben Dingen ihre harten Ecken und Kanten, so daß selbst die großen, braunen Felsbrocken mit ihrem Seegras in blaugrünes Licht getaucht waren. Und alles war still. Kein Schritt war zu hören, kein Werkzeug schlug auf Felsen auf. Nur manchmal gab es einen merkwürdig saugenden Laut, wenn ein im nassen Sand eingesunkener Stiefel mit einem »Clop-plop« herausgezogen wurde.

»Hier ist's gut«, sagte Coimín, der sich eine Stelle ausgesucht hatte. Er beugte sich nach vorn und klappte sein Messer auf. »Komm jetzt her, Mico, und paß auf!«

Mico kauerte sich neben ihn. Coimín grub ein wenig im Sand, wartete und stach dann zu. Er hob das Messer hoch, und in der Kerbe hing etwas Zappelndes, Blitzendes. »Da, siehst du? Das ist ein Sandaal!«

Mico nahm ihn in die Hand und hielt ihn so, daß das Mondlicht drauffiel. Es war ein schöngeformter, etwa zehn Zentimeter langer Fisch, der nicht dicker als ein Taschenmesser war. Genau wie ein großer Fisch sah er aus, mit dem langen, spitzen Kopf und den Kiemen und den Augen und dem Schwanz. Wahrhaftig, es war kaum ein Unterschied zu entdecken, höchstens, daß er so klein war und dabei eine solch schöne Stromlinienform hatte.

Mico bemerkte nicht, daß alle mit dem Suchen aufgehört hatten und ihm zusahen, wie er den Sandaal untersuchte. Er blickte zu Coimín auf. »Das ist eindeutig kein Aal! Es ist ein stinknormaler Scheißfisch!«

Nun, das folgende Gelächter hätte man in drüben in Neufundland hören können. Sogar Coimín grinste.

»Was ist denn daran so komisch?« wollte Mico wissen, leicht entrüstet.

»Nichts ist komisch«, antwortete Maeve, »höchstens du bist komisch, wie du über den armen Sandaal schimpfst.«

»Aber warum nennt ihr das Vieh einen Aal, wenn es doch ein Fisch ist?« fragte Mico, der sich von seiner Logik nicht abbringen ließ.

»Als ob ein Aal kein Fisch wäre!« wandte Maeve ein.

Mico wollte schon antworten, aber dann besann er sich. Nein, es hätte wirklich keinen Sinn gehabt. Also hob er seinen Kopf und lachte ebenfalls. »Meinetwegen«, rief er, »aber verrückt ist es schon.« Und dann fing er an, nach Sandaalen zu graben.

Warum sie sich da im Sand verstecken, ist unerklärlich. Sie kommen nur zu einer ganz bestimmten Zeit hoch. Und sie suchen sich besondere Stellen am Strand aus, und das nur bei Vollmond. Das ist alles, was man von ihnen weiß. Ob sie auch zu anderen Zeiten da sind, das hat sich noch keiner gefragt, aber wahrscheinlich nicht. Und sie haben sich ja wirklich eine schöne Zeit ausgesucht. Wie herrlich ist's im Spätsommer bei Vollmond am Meer! Da gräbt man die Hände in den feuchten Strand, und wenn man mit den Fingern ein zappelndes Etwas fühlt, zieht man die Hände hoch, voller Sand und einem kleinen Fisch. Beim ersten Mal ist es ein ganz seltsames Gefühl; zappelnde, sandbedeckte Körper kribbeln einem in der Hand, daß man eine Gänsehaut bekommt. Und im Sand sind die Tierchen so flink wie im Wasser. Ist es nicht erstaunlich? Warum denn im Sand, wo sie doch ganz wie dazu erschaffen sind, im Wasser zu leben? Ob sie dauernd im Sand leben oder nur zur Laichzeit? Wer weiß? Und keinen scheint es zu interessieren, sie graben sie nur aus, werfen sie in Dosen, in Eimer, schaufelweise, einen ganzen Eselskarren voll, wenn sie wollen, und wenn sie vom Buddeln müde werden, ist ein Mädchen an ihrer Seite, und manchmal reibt sie ihre Hüfte an deiner oder eine Strähne ihres Haares fällt dir auf die Wange, oder ihre Hände treffen sich beim Graben zufällig im Sand mit deinen, heiße Hände greifen einander im kalten Sand, und dein Herz steht einen Moment still und klopft plötzlich um so stärker, dein Mund ist ausgetrocknet, und du denkst, Gott sei Dank, daß die Nacht so schön ist, und du stellst dir all die Plätze auf dem Heimweg vor, wo man sich ein wenig zurückziehen und die Zeit verstreichen lassen kann. Es ist alles andere als ein Wunder, daß Sandaale zu so vielen Hochzeiten führen.

Mico war müde, als sich die drei aufmachten. Mit Coimín zusammen trug er den Eimer, der voll und schwer war, und er sagte zu sich selbst, er sei es wirklich leid zu glauben, daß es zwischen Maeve und Coimín etwas knisterte. Sie schwieg, und das kam selten vor. Den Kopf ließ sie vornüberhängen, so daß ihr das lange Haar ins Gesicht fiel, so wie einst, als er ihr das erste Mal begegnet war. Sie hielt die Arme auf dem Rükken verschränkt und verirrte sich mit ihren nackten Füßen in Pfützen. Und Coimín sah in den Sternenhimmel und schnaufte, als ob ihm das Atmen schwerfiele. Das war bei einem so großen Menschen, der keine Spur überschüssiges Fett am Leibe hatte, wirklich sonderbar, fand Mico.

Ich frage mich, dachte Mico dann, ob jemals schon ein Junge im Alter von fünfzehn Jahren geheiratet hat. Maeve ist ungefähr zwei Jahre älter als ich, da bin ich mir sicher, das spielt keine Rolle. Angenommen, ich hielte sie an und sagte, ich weiß, du denkst, ich bin sehr jung, aber, ehrlich, ich bin schon lange nicht mehr so jung. Und jedesmal, wenn ich dich sehe, dann rast mein Herz, und die Knie zittern mir ein wenig, und wenn ich zu Bett gehe, sehe ich, wie du mich anlachst, mit dem Grübchen in deinem Kinn, und schon fange ich wieder zu zittern an. Wenn ich dir das erzähle, dann weißt du wohl, was das zu bedeuten hat? Und wenn's dir genauso geht, kannst du dich damit abfinden, zu warten, bis ich ein Mann bin, sagen wir ein, zwei Jahre, höchstens, bis ich so alt bin wie Coimín jetzt, und dann komme ich eines Tages, darauf kannst du dich verlassen, mit Vaters Boot zurück, und wir holen dich im Hafen von Cleggan ab, und ich bringe dich zu mir nach Hause, wie ein Mann es mit einer Königin machen würde, die ganze Küste entlang, an Omey und Clifden und Costello und Rosmuc und Spiddal und Furbo und Barna vorbei, bis wir endlich zur Bucht von Claddagh kommen, und dort werde ich dich im Hafen präsentieren. Alle Leute werden auf uns warten, und wir werden in der Kirche getraut, und du wirst zur Königin von Claddagh gekrönt, und wir werden für immer glücklich sein.

Er seufzte.

Verwundert sahen sie ihn an.

»Was ist denn, Mico?« fragte Coimín.

»Wie?« antwortete Mico.

»Du stöhnst ja wie der Wind im Geäst«, sagte Maeve.

»Ach«, entgegnete Mico, »ich freue mich ja auf mein Zuhause, aber ich habe mich so daran gewöhnt, hier zu sein, daß ich schon nicht mehr weiß, ob ich komme oder gehe.«

»Das ist doch klar, so oder so«, meinte Coimín weise.

Alle lachten, und Coimín klopfte Mico auf den Rücken, und Maeve nahm seinen Arm. So gingen sie zu Cavanaghs.

Sandaale sind eine große Schweinerei. Muß man sie putzen, jeden einzelnen, genauso wie man einen großen Fisch putzt. Man reißt ihnen den Kopf ab, und wenn man das bei hundert von ihnen gemacht hat, wirft man sie in einen Topf mit siedendem Wasser, und kaum sind sie drin, da läuft der Topf schon über, und sie sind gar. Sie werden abgegossen und auf einen heißen Teller geschüttet. Darauf kommen Butterflocken, die sofort zu schmelzen anfangen. Dazu ein Teller mit knusprigen Pfannkuchen und brühheißem Tee, und man kann lange suchen, bis man etwas Besseres zu essen findet. Sie aßen und lachten, Coimín weckte das Baby wieder auf, Peadar verfluchte ihn, und sie hatten reichlich Spaß und redeten viel beim Schein der hellen Petroleumlampe, ehe die drei sich auf den Heimweg machten.

Und dann passierte etwas, das Mico das Herz brach.

»Sollen wir's ihm zeigen, Coimín?« fragte Maeve.

»Meinetwegen«, antwortete er.

»Los, Mico«, sagte Maeve, nahm ihn an die Hand und sprang über ein Mäuerchen. Sie rannte vorneweg, er hinter ihr her, Coimín, langsam wie er war, am Ende. Wieder hüpften sie über eine Mauer, liefen durch raschelndes Strandgras, jagten eine entrüstete Schnepfenfamilie hoch, über die nächste Mauer, und schließlich standen sie auf einem kleinen Feld, das sich an einem Hügel hinzog. Es war ein hübsches Stück Land, und ringsherum stand Weißdorn in komisch verkrüppelten Gestalten, wie krumme alte Männer, und die Büsche waren nach der vorherrschenden Windrichtung gewachsen. Es war ein geschütztes Fleckchen, und das Land senkte sich langsam zum Meer hin. Dazwischen lagen drei Felder. Man konnte den kleinen Hafen sehen und an Omey vorbei weit auf den dunstigen Ozean hinaus.

»Ist es nicht schön hier?« wollte sie wissen.

»Doch, ja«, antwortete Mico erstaunt.

»Hier wollen Coimín und ich uns ein Haus bauen.« Coimín hatte sie unterdessen eingeholt, und sie stellte sich neben ihn, hakte sich bei ihm ein und drückte seinen Arm gegen ihre Brust. Sie sah zu Coimín auf und sagte seufzend: »Wenn wir heiraten.«

Es dauerte lange, ehe Mico die volle Bedeutung ihrer Worte begriffen hatte. Endlich hatte er es erfaßt, und er war froh, daß der Mond schien. So konnte man gewiß nicht sehen, wie rot er wurde; denn er fühlte, wie ihm die Glut ins Gesicht stieg.

Was für ein Dummkopf bin ich, dachte er, daß ich's nicht gemerkt habe. All das Wortgeplänkel zwischen den beiden! Wie sie ihn ansah, als er mit Peadars Baby spielte! Über Coimín lästern, er wüßte nichts mit einem Mädchen bei Mondschein anzustellen. All diese Sachen. Und Coimín, sie hatten sie einst zusammen getroffen, er war doch nur so rüde, um seine Liebe zu verstecken, das ist doch ganz klar, wenn man Augen in Kopf hat.

»Du und Coimín«, sagte Mico heiser. »Das ist aber schön!«

»Ja«, sagte Coimín, »aber es dauert noch sehr lange. Es geht nicht so schnell, sich ein Haus zu bauen. Ich muß es in meiner Freizeit tun. Vielleicht fangen wir schon diesen Winter mit Bauen an, bestimmt aber im nächsten Winter. Und wenn die Mauern stehen und das Dach drauf ist, dann muß es noch eingerichtet werden, und wir müssen wie verrückt arbeiten, Mico, denn es ist alles andere als leicht, in Connemara zu heiraten.«

»Dafür ist es aber auch der Mühe wert«, meinte Mico.

»Wir haben es noch keinem Menschen erzählt«, sagte Maeve. »Keiner weiß es. Sie würden doch nur sagen, wir seien zu jung. Hier in Connemara heiratet keiner, bevor er dreißig oder vierzig ist. Wir aber nicht. Wir lassen uns nicht aus Connemara vertreiben, weil wir jung und arm sind wie die anderen. Wir werden unser Haus bauen, und wir werden heiraten, und Coimín wird sein eigenes Boot haben, das muß er auch noch bauen, und mein Vater und sein Vater werden uns ein Stück Land geben, und wir pflanzen Kartoffeln an, und Coimín fängt Fische, und wir werden nicht hungern.«

»Ja«, sagte Coimín und legte seine Hand in die ihre.

»Wir wollten es dir erzählen, Mico, damit, wenn du an uns denken solltest, du dir vorstellen kannst, daß wir an diesem Fleck Stein für Stein unser Haus errichten, und wenn wir heiraten, lassen wir es dich wissen, damit du, falls du uns noch nicht vergessen hast, die Augen schließen kannst und siehst, wie Coimín und Maeve über die drei Felder aufs Meer blikken und sehr glücklich sind.«

»Ich werde immer an euch denken«, antwortete Mico ruhig.

»Ist das nicht schön?« fragte sie Mico und faßte seinen Arm.

Mico hatte sein Gesicht zur See gewandt.

Coimín brachte Maeve nach Hause, und Mico bog bei der Kirche ab. Er sah ihnen noch lange Zeit nach. Sie gingen sehr langsam, und bis sie an der Wegbiegung waren, dauerte es eine Ewigkeit. Sie gingen eng aneinandergeschmiegt.

Coimín ist so nett, dachte Mico. Wenn's überhaupt jemand anders sein muß, dann Coimín. Coimín ist ein verdammt guter Kerl, und er wird furchtbar nett zu ihr sein. Wäre ich doch schon fünfzehn, sagte er zu sich, drehte sich um und bohrte die Hände in die Taschen. Und er redete sich allerhand ein, doch die Schönheit und das Strahlen dieser Nacht waren aus ihm gewichen.

Aus Connemara auch.

Onkel James saß auf dem Schemel vor dem Feuer und wartete auf ihn. Auf der roten Nase saß die Stahlbrille, und er las den *Connacht Tribune* und fuhr mit dem Finger die Zeilen der »Nachrichten aus Connemara« entlang.

»Bist du da, Mico?«

»Ja, Onkel James«, antwortete Mico und setzte sich auf den anderen Schemel.

»Der Kessel kocht, falls du noch einen Schluck Tee willst.«

»Danke, ich hab schon bei Peadar Cavanagh Tee bekommen. Wir haben Sandaale gegessen. Sie schmecken großartig.«

»Die dummen Sandaale sind bloß schuld daran, daß mancher unglückliche, arme Teufel einem Mädchen ins Netz geht«, verkündete Onkel James. »Hoffentlich hast du dich nicht auch von einem Schätzchen einwickeln lassen, Mico?«

»Nein«, antwortete Mico schwerfällig, »ich doch nicht, Onkel James. So einen wie mich will kein Mädchen haben.«

»Hm«, machte Onkel James. »Aber mir tut's sehr leid, wenn du weggehst. Mir wirst du überall fehlen.«

Mico hob seinen Kopf und blickte zu ihm hinüber. Er war immer gut zu mir, der Onkel James, dachte er. So ein Spaßvogel! Und auf dem Meer, war's nicht herrlich, mit ihm in dem kleinen Boot auf dem Wasser zu sein. Was er alles wußte, fast soviel wie Großvater. Ach, was konnte man nicht alles über Onkel James sagen, hätte man genügend Zeit, darüber nachzudenken.

»Du warst immer so gut zu mir, Onkel James«, sagte er. »Und dabei hatte ich zuerst eine Heidenangst vor dir! Jetzt tut's mir leid, dich zu verlassen.« Unwillkürlich hatte er das »dich« betont.

»Hat dir am Strand einer was getan, Mico?« wollte Onkel James wissen.

»Wie kommst du darauf«, entgegnete Mico, »'s ist nur, ach, ich bin eben müde, und das ist alles.«

»So, so. Dann gehen wir am besten zu Bett, und du schläfst dich ordentlich aus. Im Schlaf wird man mit manchem fertig. Auch mit Sandaalen im Herbst. Geh ins Bett, Junge.«

»Gut«, sagte Mico und ging.

Im Schlaf wird man mit manchem fertig, falls man schlafen kann. Doch Mico schlief nicht. Nicht viel. Er wälzte sich im Bett umher. Und Onkel James hörte es und machte sich Sorgen um ihn, und da er weise war, wußte er, was mit ihm los war. Diese verfluchten Mädchen, murmelte er ins Kopfkissen. Nicht mal die Kinder können sie in Ruhe lassen.

Der Mond wurde kleiner, je weiter er über den Himmel segelte, und dann wurde er wieder größer und versank.

Mico wünschte sich sehnlichst, bald zu Hause zu sein, und Maeve saß schlaftrunken Arm in Arm mit Coimín in der Heide hoch über dem Meer, während langsam der Morgen nahte.

8

»Das Schlimme ist«, sagte Peter und trommelte mit der Hand auf den Boden, »daß wir zu einer aussichtslosen Generation zählen.«

»Wie kommst du denn da drauf?« fragte Jo.

»Ich will's euch erklären«, sagte Peter, setzte sich hoch und trommelte nun auf seinen Knien weiter.

Sie drei lagen auf einer Insel im Corrib. Es war so friedlich auf der kleinen Insel. Sie lagen auf einer grünen Lichtung dicht am leise plätschernden Wasser. Das Ruderboot hatten sie etwas aufs Ufer hinaufgezogen, so daß die Wellen, die vom anderen Ufer des Sees kamen, es sanft wiegten. Sie waren ganz allein. Hin und wieder schoß eine Seeschwalbe nieder, und auf einem weit entfernten Felsen stand häßlich wie eine schwarze Wache ein Kormoran.

Jo lag in der Mitte und hatte die Hände unter dem Kopf verschlungen. Peter war verlegen, wenn er sie ansah, weil das dünne Sommerkleid sich an ihren flachen Bauch schmiegte und die Form ihrer Brust deutlich abzeichnete. Das Haar trug die Zwanzigjährige noch so kurz wie früher, aber sie war gewachsen. Ihre Nase war etwas zu groß, das Kinn zu energisch, die Augen zu gescheit.

Mico lag neben ihr auf dem Bauch und kaute an einem Grashalm. Er war sehr groß. Hinter seinem Rücken hätten sich Jo und Peter zusammen verstecken können. Er trug den blauen Sweater und blaue Hosen aus derbem Stoff. Aber Strümpfe hatte er nicht an, und von Zeit zu Zeit hob er die nackten Füße und schwenkte sie hin und her. Seine Schultern beulten den Sweater aus, und das Haar kräuselte sich im Nacken. Von dem ständigen Leben in Wind und Wetter war das Braun an manchen Stellen verblichen zu einem strähnigen Gold.

Peter war kräftig gebaut, aber er hatte die empfindliche Haut der Rothaarigen. Sein Haarschopf war wild, und das offene weiße Hemd enthüllte seine rotbehaarte, mit Sommersprossen gesprenkelte Brust. Die Flanellhose hatte er sich mit einem rotweißen Band gegürtelt.

»Los«, rief Jo. »Wir sind gespannt.«

Peter dachte angestrengt nach, wie er es erklären sollte, kniff die Augen zusammen, riß sie wieder auf und begann: »In den Tagen, als wir geboren wurden, da war's um die Freiheit in Irland wirklich schlecht bestellt. Wir wuchsen heran und sangen ›Irlands grüne Fahne‹ und andere schöne Freiheitslieder, aber um was es eigentlich ging, davon hatten wir keine Ahnung. Da waren Helden, die für uns die Freiheit erkämpften, aber wir kannten sie nicht. Wir sahen nur, daß die englischen Bobbies abziehen mußten, und statt dessen erschien unsere Heimatgarde. Das war für uns der Inbegriff der Freiheit. Dann wurden wir älter und fingen an, nachzudenken, und was sahen wir?«

»Das willst du uns doch erzählen«, sagte Jo.

»Nichts sahen wir, zum Teufel noch mal! Die Helden von gestern wurden die Politiker von heute!« Peter redete sich allmählich in Rage, so daß die Schlagader an seinem Hals hervorzutreten begann. »Sie verloren ihren Abenteuergeist. Männer, die gekämpft und mit dem Tode gespielt hatten, der ihnen oft genug über die Schulter sah, vergaßen das große Abenteuer, das sie hatten durchmachen müssen, in dem Augenblick, als sie ihre Schnauze in die Fleischtöpfe steckten. Was für Chancen sich ihnen boten, aber wie kläglich versagten sie! Sie hätten die Leute wahrhaft freimachen können. Alle Iren hatten sie im Sack, und anstatt den Sack umzustülpen und den Menschen die Freiheit zu geben, verschnürten sie ihn noch viel fester: mit grünem Band und langfristigen Versprechungen. Wen wundert's, daß wir eine aussichtslose Generation sind? Eine Generation der Zyniker, die aufgewachsen ist, um zu sehen, wie die Bäuche unserer Helden immer fetter werden. Was meinst du, Mico?«

»Ach, Peter, denken ist nicht meine starke Seite.«

»So ein Quatsch! Du bist bloß so verdammt faul und willst nicht denken.«

»Ist ja gar nicht wahr!« rief Jo entrüstet. »Mico ist nicht faul. Daß du uns über den See gerudert hast, ist mir nicht aufgefallen. Die ganzen fünf Meilen hat Mico gerudert, und es hat ihm nicht mal was ausgemacht.«

»Ich rede hier«, sagte Peter barsch, »über geistige Trägheit.«

»Schön, Peter«, gab Mico zu, »du hast ja zum Teil recht; aber so ist die Welt eben, wir können's nicht ändern.«

»Mein Gott, sag doch das nicht! Natürlich können wir's ändern. Wir müssen dagegen angehen und kämpfen.«

»Wie denn?« fragte Jo.

»Wir... Ach, so einfach ist es nicht. Erst müssen wir alle darüber nachdenken, darüber reden, und dann müssen alle Menschen zu einem Sturm der Revolution aufgerüttelt werden. Das wird sich schon ergeben.«

»Da hast du dir ja richtig was vorgenommen!« sagte Jo.

»Ich weiß«, antwortete Peter und ließ sich wieder ins Gras fallen. »Geradezu hoffnungslos, denn mit wem kann man reden? Deshalb will ich ein Wissenschaftler werden.«

»Was hat das damit zu tun?« staunte Jo.

»Wenn ich den Menschen nicht so helfen kann, wie ich möchte, nämlich mit Revolutionen, denn dafür fehlt mir das Durchhaltevermögen, ich bin zu sprunghaft, dann muß ich eben eine andere Möglichkeit finden, um ihnen zu helfen. Ich will die Geheimnisse des Lebens ergründen, wie man lebensnotwendige Dinge aus der Luft und dem Wasser und dem Boden herstellen kann, so daß alles billiger wird und man den Menschen bessere Lebensbedingungen verschaffen kann. Aber ich weiß noch nicht wie... Es ist alles so kompliziert.«

»Was du nicht sagst!« schoß es aus Jo heraus.

»Was hältst du von deinem eigenen Leben, Mico?« wollte Peter nun wissen. »Was bewegt dich? Was machst du draus?«

»Oh, es gefällt mir.«

»Na gut, meinetwegen. Aber warum?« bohrte Peter weiter.

»Ach, hör mal, ich kann nicht so reden wie du. Wie soll ich das erklären.«

»Verdammt, du kannst es versuchen!«

»Dir fällt's leicht«, erwiderte Mico. »Du hast einen Abschluß. Ich versteh davon nichts.«

»Doch, Mico, du weißt sogar mehr als ich. Du verfügst über Kenntnisse, während ich nur Bildung genossen habe.«

»Paß auf, daß ich nicht die Nerven verliere. Ich habe von Anfang an gewußt, daß ich Fischer werden will, wie mein Vater. Das ist doch klar, oder?«

»Aber warum?« Peter stützte sich auf den Ellbogen. »Warum Fischer? Nur, weil dein Vater einer ist? Und damit gibst du dich zufrieden?«

»Nein, das glaube ich nicht. Ich habe gar nicht darüber nachgedacht. Ich wollte nie etwas anderes werden. Und wenn ich mich jetzt hinsetze und darüber nachdenke, was ich sein möchte, wenn nicht Fischer, dann könnt ich's dir nicht sagen. Erst konnte ich's gar nicht abwarten, endlich anzufangen, und als es dann soweit war, da war's doch nicht ganz das, was ich sein wollte.«

»Aha!« schrie Peter.

Jo stieß ihn mit der Hand in die Seite: »Laß ihn doch ausreden.«

»Nun«, sagte Mico, »es ist nicht einfach. Es ist ein sehr hartes Leben. Das habe ich schon nach der allerersten Fahrt gemerkt. Aber nicht etwa, daß mir die Arbeit zu schwer ist. Wer solche Kraft hat wie ich, der arbeitet gern und muß auch schwer arbeiten. Doch nun konnte ich auf einmal begreifen, warum die Burschen aus Claddagh lieber alles andere werden, sogar Straßenkehrer, ehe sie ›Galeerensklaven‹ werden, wie sie immer sagen.«

Er dachte einen Moment darüber nach, wie sich seine romantischen Vorstellungen vor lauter harter Arbeit verflüchtigt hatten. Früh am Morgen war's herrlich. Wie stolz man da an den Bootshafen hinunterging, pfeifend Netz und Essen und Angelschnüre trug und sich umschaute, ob auch alle Leute einen sähen: einen jungen Mann, der mit seinem Vater auf See fährt. Das Knarren der Segel, das Rauschen des Wassers um den breiten Bug. All das war am Anfang herrlich gewesen. Aber nachher allein auf dem Meer, wo die Regengüsse niederprasselten und einen fast ertränkten, und wo die Wellen höher stiegen und das Boot herumwarfen und man lernen mußte, sich gegen den Sturm zu behaupten, oder wenn's einen draußen auf hoher See erwischte und man Schutz suchen mußte in einem kleinen Nest irgendwo an der Küste. Oder wenn man in der winzigen Luke kauerte, zwei so große Menschen wie er und sein Vater, und der Großvater noch dazu, alle übers Torffeuer geduckt, um zu kochen, zu essen, sich zu trocknen und zu wärmen – zwölf Stunden lang, ja, manchmal tagelang. War's da ein Wunder, wenn die Burschen im Dorf nichts von alledem hielten? Gib uns ein gedecktes, schnelles Motorboot, sagten sie, und wir fangen eine Menge Fisch und sind abends rechtzeitig fürs Kino zurück – ja, dann sind wir dabei. Aber so? Wie eine Ente die ganze Nacht auf dem Wasser liegen? Nein, danke! Du kannst die Ärmel aufkrempeln. Du fährst aus und rackerst dich zu Tode und quälst dich schlimmer als in der Hölle – für wen? Für irgendwelche Klugscheißer, die nicht wissen, wo beim Boot vorn und hinten ist? Für solche Kerle, die ankommen und dir den Fisch abnehmen und ihn dreimal so teuer weiterverkaufen? Das lohnt sich doch nicht. Wer macht denn den Profit?

Sie haben recht, dachte Mico. Verdammt recht. Doch man könnte es ändern. Und schließlich gibt es Leute, denen es noch schlechter geht.

»Die Männer in Connemara« sagte Mico laut, »die kann man wirklich arm nennen. Dabei jammern sie nicht etwa. Aber die müssen von schweren Ruderbooten aus fischen. Ein Segelboot können sie sich nicht leisten. Und wißt ihr, was sie für ihre Netze bezahlen müssen?«

»Wieviel?«

»Vier Pfund!«

»Das ist ja nicht die Welt«, meinte Jo.

»Ach Gott«, rief Mico, »das versteht ihr eben nicht. Wenn ein Riesenhai ihnen das Netz zerreißt, oder wenn sie es bei Sturm wegschneiden müssen, dann sind sie erledigt. Das könnt ihr mir glauben, weil es fast ein Jahr dauert, bis sie die vier Pfund für ein neues Netz zusammenhaben. Es ist tatsächlich so.«

»Das klingt nicht gut«, sagte Jo.

»Kein Wunder«, rief Peter. »Wir brauchen eben eine Revolution. In unserem Land gibt es mehr Armut als Wohlstand. Es ist eben alles verkehrt, sag ich euch, denn was nützt es schon, wenn wir hier an einem Sonntagabend auf einer Insel im Corrib liegen und sagen, daß alles verkehrt ist? Wir sollten uns aufmachen und etwas dagegen unternehmen.«

»Ach«, rief Jo, »was willst du denn unternehmen? Du machst nichts anderes als alle anderen Intellektuellen auch, du redest und redest, bis es einem aus den Ohren wieder rauskommt, und schließlich kehrst du doch zu Cowper oder Shelley oder wen auch immer ihr gerade im Seminar behandelt, zurück und bereitest dich auf das Examen vor, mehr nicht, weil mehr kannst du auch nicht machen. Du kannst einen Leserbrief an die Zeitung schreiben oder Mico und mir einen Vortrag halten, aber es ist doch sinnlos, dein Herz bei den Bekehrten auszuschütten? So ist es nun mal, und so ist es schon immer gewesen.«

»Ach«, entgegnete Peter, »alles bleibt beim alten, solange nicht die verdammten armen Helden tot und begraben sind, die alten Kameraden Salut feuern und das Horn geblasen wird, wenn diese alten, verbrauchten Herrschaften unter der Erde liegen und ihren Platz in den Geschichtsbüchern einnehmen als aufrechte, starke junge Männer, die mit leuchtenden Augen und Gewehren in der Hand auf das Abenteuer brannten, bevor sie frei und seriös und angepaßt wurden. *Ruhet in Frieden.* Nun, vielleicht werde ich etwas unternehmen, vielleicht wenn ich meinen Abschluß habe, meinen Doktor, vielleicht fange ich dann an, steige auf Podeste und halte auf Plätzen Reden. Nicht über Dinge, die sie kennen, Platitüden, die selbst ihnen gegen den Strich gehen, oder die üblichen Klischees, die sie benutzen, seit sie Politiker geworden sind. Mir ist es egal, ob sie mich einsperren. Ich werde Dinge ansprechen, die noch keiner vor mir zur Sprache gebracht hat. Ich werde aufstehen und sie sagen. Selbst wenn am Anfang nur zwei Jungen und ein Köter zuhören, das macht nichts. Ich werde es sagen, und ich werde es wieder und wieder sagen, bis der Platz vollgestopft mit Menschen ist, und dann werde ich ihnen zurufen: ›Wer von euch steht auf meiner Seite?‹ Daraufhin werden sie aus jungen Kehlen mit Donnerstimme brüllen. Und wir werden eine neue Flagge haben, eine, die noch nie in einer Schlacht war, und wir werden mit ihr aufmarschieren und das Land säubern, so sauber wie die Flagge.«

»So«, meinte Jo nüchtern, »werden neue politische Parteien gegründet.«

»Wer weiß«, sagte Mico, »vielleicht hat Peter das Zeug dazu.«

»Vielleicht, vielleicht.« Peter sank ins Gras. »Was für eine Aussicht! Ich würde es sofort machen. Wenn ich in drei Jahren mit allen Examen fertig bin, dann könnte ich etwas unternehmen. Vielleicht tatsächlich.«

»Und ich? Was soll ich dann machen?« fragte Jo so unvermittelt, daß er sich überrascht aufstützte und sie ansah. Sie blickte ihn aus großen Augen an und hatte einen ganz seltsamen Ausdruck im Gesicht. Peter spürte, wie sein Herz plötzlich losraste und ihm mit seinem Hämmern fast den Atem nahm. Und er sah, wie auch ihre Brust sich heftiger hob und senkte.

Eine merkwürdige Stille entstand, und auf einmal verschwanden grünes Gras und tanzende Wellen, und Mico rückte ihnen ferner und ferner, als säße er auf einem Zauberteppich, der ihn ins Blaue entrückte. Nur grüne Augen und das Auf und Ab der Brust, bedeckt von einem leichten Kleid, das die plötzliche Spannung kaum verbergen konnte.

Genau wie damals, dachte Mico, und er stand auf und ging fort. Damals war es auch so gewesen. Ein Stückchen Strand im Mondlicht, ein Junge und ein Mädchen, die sich in die Augen sahen und von einem Haus am Berghang sprachen, und wie sie es Stein um Stein errichten wollten. Nicht mit mir, bei drei ist einer zuviel, dachte er. Er ging durch die Bäume, bahnte sich einen Weg durch Brombeersträucher, kletterte über eine niedrige Steinmauer und scheuchte zwei Ziegen und einen großen Hasen auf, die davonliefen, als ob sie einander jagen wollten. Er gelangte ans andere Ende der Insel. Der Wind kam von Westen, und er blickte dorthin, wo sich der See in ganzer Länge bis zum Gebirge hinzieht. Er sah die blasse blaue Linie der Berge, sah das schön geschwungene Maam Valley und die himmelhohen Maamturc Mountains, die es drohend umstellten, sah die vielen Kehren der Straße diesseits des Tales und wie sie sich in der Ferne verlief, vorbei an Seen mit einsamen Kähnen, vorbei an Mooren und kleinen Städten und Dörfern und Hütten, die hoch oben nisteten, bis dann wieder das Meer da war. Und am Meer war sie.

Er setzte sich auf einen Felsblock, ließ die Bergkette nicht aus den Augen und dachte an ihren Brief. Es war töricht, wenn ein erwachsener Mensch noch so an einem Mädchen hing, dem er als Vierzehn- oder Fünfzehnjähriger begegnet war. Wie lange war es jetzt her? Sechs Jahre? Ja, sechs Jahre. Was für ein sengender Schmerz, den Brief zu lesen. Endlich war es soweit mit dem Haus. Sie beschrieb, wie sie sich abgeplagt und abgerackert hatten, wie sehnsüchtig sie die kleinen Brüder und Schwestern heranwachsen sahen, damit sie endlich frei wurden und heiraten konnten. Und nun waren sie frei. Konnte Mico nicht zu ihnen kommen? Nein, er konnte nicht. Fische mußten gefangen, hart ums Überleben gekämpft werden. Er brauchte sich nicht aufmachen. Er sah es alles vor sich: das Haus und wie es über die Bucht schaute. Und er sah sie vor dem Altar stehen, purpurnes Licht fiel durch das bunte Fenster auf sie herab. Coimín trug wahrscheinlich einen blauen Anzug und zur Feier des Tages einen Kragen und einen Schlips, und sein rundes Gesicht würde vor Frische und Sauberkeit glänzen und strahlen. Und sie in einem blauen Kleid mit rosa Punkten (immer stellte er sie sich so vor), und selbst bei der Hochzeit barfuß. Barfuß? Ach, warum nicht, er dachte sich's ja nur aus und konnte denken, was er wollte. Und sie würde Coimín anlächeln, und vielleicht würde Coimín sogar in der Kirche noch so tun, als ob er sich nichts aus ihr mache und nicht in Eile sei, träge, aber seine Augen würden sie umarmen und einhüllen. Und das ganze Dorf würde da sein: Onkel James würde Coimín herzlichst bedauern und alle zum Lachen bringen, Peadar und Mary Cavanagh mit der kleinen Nuala, die schon gar nicht mehr so klein war, und Mrs. Coimín Mutter weinte sich die Augen aus, und Coimíns Vater Tadhg gab unglaubliche Geschichten von Coimíns Bärenkräften zum besten, falls er sich nicht inzwischen etwas Neues ausgedacht hatte, und Táilliúr, der Schneider, und Tommeen Tady und alle anderen lachten und scherzten mit ihm und zwinkerten ihn an, als habe er sie erst gestern verlassen. Und in Maeves Haus würde es hoch hergehen. Den ganzen Tag über und bis spät in die Nacht hinein. Und wie sie alle tanzten! Was da für Bier getrunken, was da für Essen verspeist wurde! Bezahlen würden sie's übermorgen oder überübermorgen oder überüberübermorgen, nach einem guten Fang oder zweien oder sogar dreien. Und dann würden Maeve und Coimín Arm in Arm den Weg zum Strand hinuntergehen und wieder bergauf, einen neuen, kleinen Weg hinauf, den Coimín selbst angelegt hatte, und sie würden ihr Haus betrachten, das sie mit ihrer Hände Arbeit errichtet hatten. Und dann würden sie sich bücken und den Schlüssel unter dem Stein neben der Türschwelle hervorholen und aufschließen und eintreten.

Aber Mico trat nicht mit ihnen ein. Er hob einen flachen Kieselstein auf und ließ ihn über das Wasser hüpfen, drei-, viermal, bis er sank.

»Ehrlich, Peter«, sagte Jo auf seine erstaunte Frage, und er legte seinen Arm um sie und beugte sich über ihr Gesicht. Sie verdrehte nicht nur die Augen und ließ sich küssen, als würde ihr eine Dosis Rizinusöl verabreicht werden, oder stieß ihn zurück und sagte: »Das reicht jetzt, denk an unseren Glauben.« Sie ließ ihn auch nicht allein in der Stube sitzen, wo das Feuer verlosch, sie redete über das, was ihrer Meinung nach der Professor über den »Playboy in der westlichen Welt« zu sagen hatte und daß sie dem nicht zustimmte und dies und das und anderes mehr, als ihre Mutter die Treppe herunterkam, mit Lockenwicklern im Haar, und zur Tür hineinschaute: »Liebstes, es sehr spät. Mußt du nicht los, Peter? Deine Mutter wird sich Sorgen um dich machen.« Peter stand auf und sagte: »Ehrlich, Mrs. Mulcairns, ich werde sie schon nicht seduzieren. Ich bin doch kein Shakespeare.« Mrs. Mulcairns hob ihren ausgestreckten Zeigefinger vor den Mund, und Peter machte sich auf, müde vom Vortrag, müde vom literarischen Disput über die Liebe. Furchtbar, welchen Lauf alles genommen hat, also auf Wiedersehen. Wir werden uns niemals wiedersehen. Niemals wieder miteinander reden. Schrecklich, meine Mutter. Sie kennt nicht einmal die Bedeutung des Wortes seduzieren. Sie hat keine Ahnung, wie hat sie das bei dir erreicht? Einen Monat, sechs Monate, ein Jahr, anderthalb Jahre, zwei Jahre. Stell dir das vor. Aber wir kamen zurück. Du und ich wurden geboren, um uns zu streiten, Jo, und um uns zu lieben, für immer und immer und immer. Es wird keine andere außer dich geben. Du bist mein ein und alles. Und was ist mit dieser Norah und jener Jane und der Patty, die nach dem Ingenieursball zu Hause auszog? Das hat nichts zu bedeuten. Ich war nur wütend auf dich, und du warst wütend auf mich, und was ist mit diesem Paddy und jenem Tom und dem Declan und wie sie alle heißen losgewesen. Du hast sie doch nicht, da könnt ich wetten, auf Abstand gehalten. Ach so! Genau so! Wie du meinst. Und tschüß, ich will dich nie wiedersehen. Es war natürlich sinnlos. Das Band zwischen ihnen konnte nicht zerschnitten werden. Manche brauchen das. Der Keim war gelegt, aus dem sich ihre Liebe entwickelte.

Die herrliche Trägheit der Liebe erfüllte sie. Seine Hände zitterten.

Draußen am See tauchte träge ein Fisch auf, plumps, und Micos Stein versank.

9

Sie spielten Hurley auf Claddaghs neuem Sportplatz South Park. Die Leute nannten ihn schlicht Sumpf, war hier doch früher ein solcher gewesen. Es war ein angenehmer Ort zum Spielen, kam doch von der nahen See eine frische Brise herüber, die die erhitzten Köpfe kühlte. Und selbst wenn sich die Brise mit dem Müllgeruch mischte, den man dort abkippte, vergaß man das in der Hitze des Gefechts. In hundert Jahren würde man dort nicht mehr den Abfall der Stadt deponieren, und alles wäre bestens.

Es war eine aufregende Sportart, die sie betrieben.

Die Iren haben von alters her Hurley gespielt. Das Spiel ist für sie so alt wie das Schachspiel, und das will viel heißen. Seit Gott den Eschenbaum mit seinen feingemaserten, schön geschwungenen Ästen erschuf, aus dem man saubere, starke Schläger schneiden kann, spielt das Hurley in der irischen Geschichte eine Rolle. Wenn die Helden von Anno dazumal sich genügend mit den Riesen herumgeschlagen oder ihren Nachbarn Gold und Vieh und Hab und Gut gestohlen hatten, dann erholten sie sich vom Kampf bei einem netten Hurleyspiel auf der nächsten Wiese.

Hurley ist ein wildes, stürmisches Spiel, dem Hockey sehr ähnlich, und es kann sehr gefährlich dabei zugehen. Das ist wahrscheinlich der Grund, weshalb die Iren es erfunden haben.

Die Monstermänner, die Schurken, sind die besten Spieler. Ein Monstermann greift als Baby nur mit einer Hand nach der Brust seiner Mutter und hat schon im zarten Alter in der anderen den Schläger. Es ist spannend zu sehen, wie zwei Mannschaften mit je fünfzehn Monstern gegeneinander antreten. Der kleine Ball berührt, sobald er in Bewegung gesetzt worden ist, kaum den Boden. Er wird von einem Ende des langen Spielfeldes zum anderen geschlagen, wo er gefangen oder mit einem wundervoll plazierten Schlag vorangetrieben wird. Man muß geschickt sein, will man den Ball treffen, und noch geschickter, will man einen Schlag abblocken, ohne vom Ball getroffen zu werden, vor allem im Gesicht oder an den Knöcheln. Solche Verletzungen sind selten, verstehen die Männer doch zu spielen.

Bei diesem Spiel im kalten Märzwind am Sonntag nach der Messe wünschte man den Männern etwas mehr Geschick, doch sie zeigten eine unwahrscheinliche Ausdauer, denn der direkte Gegner war, physisch und intellektuell gesehen, genau das Gegenteil von einem selbst. Es war ein Kampf zwischen Muskeln und Gehirn. Auf der einen Seite standen die College-Jungen, die sich in Schale geschmissen hatten, mit roten Sweatern, weißen Hosen, Stutzen und Hockeystiefeln, auf der anderen Seite die Claddagh-Jungen, die bunt zusammengewürfelt aussahen in ihren einfachen Hemden und kurzen Hosen, Wollsocken und gewöhnlichen Stiefeln. Manche trugen auch lange Hosen und Fußballstiefel, und einer oder zwei erschienen sogar in der vorschriftsmäßigen Ausrüstung, aber wie jedermann weiß, kommt es nicht auf die Kleider an; denn in den alten Zeiten wurde Hurley bekanntlich im Adamskostüm gespielt. Entscheidend ist nicht, wie man aussieht, sondern nur, daß es gespielt wird.

Mico stand im Tor der Claddagh-Mannschaft.

Sie stellten ihn dort auf, weil er so groß wie ein Haus war, wie sie sagten. Er trug eine Kappe, deren Schirm ihm die Sonne aus den Augen hielt, ein Hemd und lange Hosen, Fußballschuhe, dicke Wollsocken, die er mehr schlecht als recht über die Hosenbeine gezogen hatte. Die Hemdsärmel hatte er sich hochgekrempelt.

So hütete er das Tor und beobachtete das Spiel. Sie hatten den Ball über das Feld getrieben und umlagerten das College-Tor. Ein sehr trickreicher, kleiner, gedrungener Kerl steckte die schlaue College-Abwehr in die Tasche. Eine wahres Kraftpaket. Sein bulliger Kopf war geschoren. Das war Twacky, und Mico grinste, als er sah, wie er sich drehte und wendete und dabei den Ball eng am Schläger führte.

In der Nähe des College-Tores standen viele Typen mit langen Schals, trotz der Hitze, mit rotangemalten Gesichtern, wie Indianer, und feuerten mit Sprüchen ihre Mannschaft an, schrien wild, wie ihre Leute den Gegner stoppen sollten – auf blutrünstige Weise.

Und da waren die Clallagh-Jungen, die »Twacky« riefen, ihm zubrüllten, er solle zurückschlagen, und Mico dachte, es war in der Tat ein Genie, das den Satz prägte: »Die besten Hurley-Spieler sind die am Zaun.« Und dann gab es einen Aufschrei, Beifallsrufe, Twacky sprang in die Höhe und schwenkte den Schläger, ein, zwei Spieler rannten zu ihm und klopften ihm auf die Schulter. Nun, dachte Mico, werden die Funken fliegen, denn wenn ich richtig zählen kann, ist das der Ausgleich gewesen.

Er griff seinen Schläger noch fester und beugte sich herunter, als der andere Torwart den Ball mit dem Schläger in Luft feuerte. Er senkte sich in ihrer Hälfte und, bevor er den Boden berührte, beförderte ihn ein Spieler im roten Hemd mit einem knallharten Schlag weiter.

O je, dachte Mico, und beobachtete den Ball in Richtung des wendigen Peter fliegen, in dessen Rücken der große Padneen O Meara stand, in kurzen Hosen, die fast platzten wegen seiner dicken Oberschenkel. Die beiden rangelten miteinander, als sie den Ball auf sich zukommen sahen. Padneens Schultern waren mindestens zweimal so breit wie die von Peter.

Der Ball kam angeflogen, und Padneen wollte mit seinem Schläger gerade weit ausholen.

Hätte er den Ball getroffen, wäre er wahrscheinlich auf den Aran Islands gelandet, aber er traf ihn nicht, denn Peter hatte seinen Schläger schlau auf Padneens gehauen. Der Ball sprang von dort weg und landete in Peters Hand. Flink drehte er sich um, machte zwei Sätze und feuerte den Ball mit all seiner Kraft Richtung Mico. Er flog höher und höher. Ginge er über die Latte, wäre es kein Tor, aber wenigstens ein Punkt. Für ein Tor gab es drei Punkte. Verdammt, dachte Mico, als er sich lang machte, wahrscheinlich segelt das Ding gerade über meinen Schläger.

»Whow!« rief Peter, hüpfte herum und schlug mit seinem Schläger auf den Boden, »den kriegst du nicht, Mico.«

Mico grinste und fing den Ball mit seiner großen Hand.

»Paß auf den Jungen besser auf, Padneen«, brüllte er seinem Verteidiger zu.

»Ich bring ihn um«, rief Padneen und fuchtelte lachend mit dem Schläger herum, spuckte in die Hände, rieb sie sich an den Hosen trocken, um einen besseren Griff zu haben. »Noch mal entwischt er mir nicht, Mico.«

»Twacky, marschier!« schrie Mico und feuerte den Ball mit aller Gewalt übers Feld. Ein genaue Vorlage für Twacky, der kurz vor dem gegnerischen Tor den Ball fangen konnte. So schnell kommt der nicht wieder vor meinen Kasten, dachte Mico, als er sie auf der anderen Seite um ihn kämpfen sah, und sein Blick wanderte durch die Zuschauerreihen.

Da stand Jo an der Seitenlinie. Schmuck sah sie aus in ihrem hellen Sommerkleid, das der Seewind ihr an den Körper preßte. Mit ihrem kurzen Haar, die Hände in der Tasche, stand sie breitbeinig da. Nicht umzuwerfen. Gerade das richtige Mädchen für einen Hitzkopf wie Peter. Denn mit Peter war's immer wie auf offener See: Eben war noch alles friedlich und still, und im nächsten Moment geriet man in einen Wirbelsturm hitzigster Debatten über Politik oder Sozialwissenschaften oder die jeweiligen Verdienste von Schriftstellern, Poeten oder Toilettenfrauen.

Und da war Pa mit seinem Stock. Er schien kein bißchen gealtert, nur die Schultern waren etwas gebeugter und der Schnurrbart etwas weißer, als hätte jemand Puder über ihn gestreut. Pa konnte sich an alle seine Schüler erinnern und sie bei Namen nennen, wußte auch, was sie machten und wo sie lebten.

»Ziel, Twacky, ziel«, schrie Pa. »Schieß ein Tor, Twacky.«

Twacky gab sein Bestes. Mico konnte aus der Entfernung fast erkennen, wie ihm der Scheiß von der Stirn rann. Twacky erwischte mit viel List und Tücke und Hakenschlagen den Ball, trieb ihn Richtung Tor, wurde von einem Verteidiger abgeblockt. Schon segelte der Ball wieder in die andere Richtung, die Mittelfeldspieler kämpften um ihn, und diesmal konnte sich Peter nicht durchsetzen, Padneen gelang ein großartiger Schlag, und der Ball landete wieder dort, wo er hergekommen war.

Mico konnte sich entspannen.

Großvater war auch da, stand neben Big Micil und einigen anderen Fischern, die sich gegen eine häßliche Mauer lehnten, rauchten und spuckten und völlig unbeeindruckt von dem unnötigen Schweißvergießen schienen, das sie beobachteten. Großvater wird alt, dachte Mico, und das Herz tat ihm ein bißchen weh.

Tom stand auf der anderen Seite des Feldes. Er war fein angezogen. Die Sonne leuchtete auf sein welliges blondes Haar. Er trug eine Schulkrawatte, und sein Hemd war weiß und ganz glatt. Mico konnte sich seine Mutter vorstellen, mit wieviel Mühe sie es gebügelt hatte. Ein grauer Anzug mit einer schönen Falte in der Hose. Und zwei Mädchen waren bei ihm, eins auf jeder Seite. Er rauchte eine Zigarette, nervös wie immer. Aber es war nicht etwa Aufgeregtheit wegen des Spiels. Spiele mochte er nicht. Das ist was für Schwachköpfe, behauptete er und bewies es einem sogar. Am eigenen Beispiel. Zeigte dir, wie beliebt er war; denn die Tatsache, daß er keinerlei Sport trieb, hatte ihn durchaus nicht unbeliebt gemacht. Vielleicht wäre es etwas anderes gewesen, wenn er Pickel und Schuppen gehabt hätte. Aber er hatte eine klare Haut und gepflegtes Haar. Und Peters Jo sagte, er sei ein sehr guter Tänzer.

Der Ball kam zurückgeflogen.

Wie immer entbrannte der Kampf um den Ball zwischen Peter und Padneen. Es war fast ein Tanz, wie sie da ihre Körper aneinanderdrängten, die Stöcke schlagbereit, sich schiebend und drehend, um in eine gute Position zu kommen, und der Ball kam, beide stiegen hoch, und plötzlich – keiner wußte nachher richtig zu sagen, wie es eigentlich zugegangen war – hatte Peter Padneen am Schlag gehindert oder ihn gestoßen, jedenfalls holte Padneen mit aller Wucht seines schweren Körpers aus und hieb zu, aber er streifte den Ball nur; statt dessen krachte sein Hurleystock auf Peters Schädel, daß man es auf dem ganzen Platz hören konnte.

Einen Moment waren alle wie gelähmt.

Das Bild pflanzte sich ein. Vierzehn Spieler auf der einen und fünfzehn auf der anderen Seite standen wie versteinert da, und die Leute an der Seitenlinie hielten den Atem an. Im nächsten Augenblick warf Mico seinen Schläger weg und stürzte zu dem zusammengebrochenen Freund.

Als er neben ihm in die Knie ging, sah er schon, wie sich sein rotes Haar dunkel färbte durch hervorquellendes Blut.

»Peter!« rief er und drehte ihn behutsam auf den Rücken.

Seine Augen waren geschlossen, und aus seinem Mund kam ein eigentümliches Schnarchen. Sein Gesicht war ganz bleich, so daß die Sommersprossen hervorstachen.

»Peter«, sagte Mico und schüttelte ihn fast.

»Was ist los, Mico? Was ist passiert?« fragte Jo atemlos. »Was fehlt ihm?«

»Ach, es fehlt ihm nichts weiter. Er hat nur eins auf den Kopf bekommen. Wird gleich wieder in Ordnung sein.«

»Mensch, das wollte ich nicht«, sagte Padneen auf der anderen Seite des leblosen Körpers. »Ich habe auf diesen verdammten Ball gezielt, und er kam unter mich, und das Ding hatte einen Drall, drehte richtig ab. Sag, ist er in Ordnung? O je, o je, ehrlich, Jungs, ich hab's bestimmt nicht gewollt. Ich schwöre, ich hab's nicht gewollt!«

»Um Gottes willen, sei doch still!« rief Mico. »Das wissen wir doch alle, daß du's nicht absichtlich getan hast.« Er tastete nach der Wunde, aus der das Blut hervorsickerte und sein Haar dunkel färbte. Rotes Haar, so daß das Blut alles andere als rot aussah. Nur auf Micos suchenden Fingern nahm das Blut eine rote Farbe an. Er entdeckte die klaffende dunkelrote Wunde, in der es weißlich wie Fleisch schimmerte.

»Oh, Mico!« schrie Jo und hielt entsetzt die Hand vor den Mund.

»Laßt mich mal durch«, rief Pa und verschaffte sich mit seinem Stock Platz. »Was ist los, Mico? Was fehlt ihm?«

»Ach, er ist k.o. gegangen«, antwortete Mico. »Er hat eins auf den Schädel bekommen.«

»Laß mich mal sehen!« sagte Pa. Er beugte sich über ihn, murmelte etwas angesichts des bleichen Gesichts unter ihm, schüttelte den Kopf über dieses eigentümliche Schnarchen und suchte die Wunde. Nicht die Wunde selbst, er preßte den Schädel um sie herum behutsam mit den Fingerspitzen seiner kleinen frauenhaften Hände zusammen, die – wenn es sein mußte – soviel Schmerzen austeilen konnten. Als er den Schädelbruch spürte, traf ihn selbst der Schlag. Er blickte auf in die sie umringenden Gesichter. »Ihr vom College«, rief er,

»was steht ihr da rum? Ihr studiert doch Medizin, oder? Kommt her und kümmert euch um den Jungen!«

Zwei von ihnen kamen und knieten sich neben ihn. Schweigend und ohne sich anzuschauen, inspizierten sie den Kopf.

»Bestellt lieber einen Krankenwagen«, meinte einer von ihnen, ohne aufzublicken.

»Geh, Jo«, sagte Mico. »Lauf schnell die Straße hinauf! Die Leute im ersten Haus hinter der Kirche haben ein Telefon. Los, mach schnell!« Sie wollte eigentlich nicht gehen, aber, so dachte er sich, es war sowieso das Beste für sie, und als sie losrannte, traf sich sein Blick mit dem von Pa, der zustimmend nickte.

»Können wir den Jungen bewegen?« fragte er die Studenten dann. »Wir können ihn doch nicht auf dem Feld liegen lassen, bis sie kommen.«

Sie schauten einander an.

»Wenn wir vorsichtig sind«, sagten sie, »und seinen Kopf nicht bewegen.«

»Gut«, meinte Pa, »worauf warten wir, Jungs? Schnelligkeit, Gewandtheit und Genauigkeit.« Wie aufgeregt er auch sein mochte, selbst in so einer Situation brachte er seinen alten Spruch.

Sie – genauer, Mico und sein Vater – knüpften zwei, drei Jakken zu einem Tragetuch zusammen. Zwei, drei Knoten, und dann hoben sie ihn hoch, legten ihn darauf, stützten seinen Kopf und Nacken mit Sweatern, Hemden und andern Sachen, die ihnen zugeworfen wurden. Vorsichtig trugen sie ihn fort bis zur kleinen Mauer, über die sie ihn langsam hievten, Micil und Mico vorneweg und die zwei Studenten hinterdrein. Sie gelangten auf die Straße und von dort über die grüne Gänseweide zu Micos Elternhaus.

Delia fuhr erschrocken von ihrem Platz vor dem Feuer hoch und faßte sich ans Herz. Aus ihrem Gesicht wich die Farbe wie beim roten Jungen. Doch dann sah sie hinter den andern ihren ältesten Sohn Tommy, und sie ging auf ihn zu.

Sie legten Peter behutsam auf Micos Bett. Seine Augen bewegten sich nicht. Die kurzen roten Wimpern lagen wie zwei tiefe Wunden in seinem weißen Antlitz. Delia brachte eine Schüssel mit Wasser, wusch ihm das Blut aus dem Haar und tupfte die Umgebung der Wunde sanft ab, die immer noch blutete. »Lassen Sie ihn jetzt lieber in Ruhe«, sagte einer der beiden Studenten. »Hoffentlich wird er bald abgeholt!«

»Sagt«, wollte Mico wissen, der am Fußende stand, »ist es was Ernsthaftes?«

»Nun«, sagte der andere, ihn unsicher anblickend, »ich weiß es nicht. Ich bin noch kein Arzt. Aber alles mit dem Kopf kann ernst sein. Da muß man sehr vorsichtig sein.«

In der Küche stand Padneen mit schlotternden Knien, immer noch in seinem Hemd und den ganzen Klamotten voll Dreck vom Spielfeld. Er fuchtelte mit seinen Händen herum. Der Angstschweiß lief an ihm herunter, und mit seiner großen Pranke wischte er sich ihn von der Stirn.

»Lieber würd ich mir die rechte Hand abhacken, ehe ich Peter Cusack ein Haar krümme«, stammelte er. »Hört zu! So war es. Wir beide gingen zum Ball, sprangen hoch, und dann muß er mich von unten angerempelt haben, als ich ausgeholt habe, und dann knallte es. Ehrlich, ihr könnt's mir glauben, ich wollte ihn nicht treffen. Das kann ich euch sagen.«

»Hör zu, Padneen, hör zu«, meinte Micil, der hereinkam, »beruhige dich doch bloß. Kein Mensch denkt, daß du schuld hast. Es war ein Unfall! Das haben wir ja alle gesehen!«

»Aber Micil«, erwiderte Padneen, »das verstehst du nicht. Ich sprang zum Ball hoch, und er sprang zum Ball hoch, und er hat mich angerempelt oder was, weil ...«

»Sei jetzt still, O Meara«, zischte Pa nun. »Es war ein Unfall. Kerl, sei endlich ruhig, sonst setzt's was mit dem Stock!«

»Ja«, sagte Padneen und schluckte.

»Gebt Padneen was zu trinken«, befahl Pa, »sonst müssen wir noch einen zweiten Krankenwagen rufen.«

Tommy holte einen Becher aus der Anrichte, einen weißen Becher mit einer roten Rose, und tauchte ihn in den Wassereimer auf dem Tisch hinter der Küchentür.

»Hier, Padneen«, sagte er, »trink jetzt!«

Padneen nahm den Becher mit zitternder Hand entgegen und kippte ihn hinunter.

Dann herrschte Ruhe in der Küche. Es war so still, daß man das Ticken der Uhr an der Wand hören konnte. Eine Uhr, dunkel vom Rauch des Kamins, mit einem Pendel, das vor der weißgetünchten Wand als Hintergrund hin und her schwang. Nur sie war zu hören und das leichte Schnarchen eines Schlafenden aus dem Nebenraum.

Pa ging vor die Tür und schwang seinen Stock. Unzählige kleine Jungen drängten sich draußen, mit offenen Mündern und aufgerissenen Augen – wo waren sie nur so plötzlich hergekommen? Wie Pilze waren sie aus der Erde geschossen. Eben war die Wiese noch leer gewesen, und jetzt wimmelte es auf ihr von kleinen und größeren Kindern.

»Geht nach Haus!« schnauzte Pa sie an und wies mit dem Stock in die Richtung, wohin sie verschwinden sollten. Sie gingen.

Bei jedem anderen Anlaß hätte Big Micil das zum Lachen gefunden.

Aber nicht bei diesem Schweigen. Eben noch war ein junger Mensch munter und blitzschnell herumgesprungen wie ein rotes Kaninchen, und in der nächsten Sekunde lag er still und unbeweglich da. Und dazu ein guter Junge. Einer, den Big Micil gern hatte. Scharfzüngig war er und ein Kerl, der ständig Fragen stellte. Über das Meer. Über Fische. Wie Netze gemacht werden. Über Fangmethoden. Ob es internationale Vorschriften über die Größe der Maschen gibt. Was man für eine Ladung Hering bekommt. Eine Ladung Makrelen. Wie weit man ausfahren muß, um Kabeljau fischen zu können. Ob der Fang an Fabriken verkauft wird, der Kabeljau mit oder ohne Leber. Ständig solche Fragen, und er hatte sie alle beantwortet, und dann erzählte er ihm wieder eine Geschichte, eine wirklich schlaue und manchmal auch derbe, so daß man über den Schelm in seinen Augen lachen mußte.

»Bitte, hört doch zu«, sagte Padneen flüsternd, »es war ein Unfall, ich sag's euch … Ich wollte nur den Ball treffen.«

»Ach, Padneen, zum Kuckuck noch mal, hör schon auf!« fuhr ihn Tommy an.

Padneen betrachtete ihn ganz verwundert und vergrub dann den Kopf in den Händen.

Damit ist Peter aus dem Rennen, dachte Tommy. Und wenn er nicht mitmacht, dann werde ich zweifellos im Examen in allen Fächern der Beste sein. Er ist mein einziger Konkurrent, und in zwei Wochen wird er kaum wieder gesund sein. Vielleicht ist's nicht schön, daß ich so denke, aber schließlich hat er noch genügend Zeit. Ihm geht's nicht so wir mir, einem Stipendiaten, der jeden Penny dreimal umdrehen muß, wenn er ins Kino gehen oder ein Mädchen zum Tanz einladen will oder einen Wälzer kaufen muß, um dem Ziel seiner Träume näher zu kommen. Er hat nicht wie ich in einer kleinen Küche studieren müssen, beim Licht einer Petroleumlampe, dem ewigen Gestank von Fischen und geteerten Tauen in der Nase, und nachts um zwei mit brennenden Augen müde ins Bett torkeln müssen, in ein hartes Bett mit Strohmatratze, die man mit dem großen, schweren, schwitzigen Bruder teilen mußte, der leblos wie ein Sack dalag und schlief, während ich mich schlaflos herumwälzte. Wie haßte er dieses Bett und den Körper seines Bruders! Er würde das Examen mit Auszeichnung bestehen, und man hatte ihm angedeutet, daß er als Assistent bleiben könne. Sechzig Pfund im Jahr konnte er bekommen und Preise dazu, wenn er als Bester durchkam. Damit konnte er sich ein kleines Zimmer in der Stadt mieten und dort wohnen. Nur für seine Mutter würde es nicht leicht. Sie würde sich darüber aufregen. Aber er war ihr Liebling, sie erlaubte ihm schließlich doch alles. Für Peter war es natürlich Pech. Aber er konnte sich natürlich noch ein Jahr Zeit nehmen. Was machte es ihm schon aus? Wer solche Eltern hatte. Teppiche in jedem Zimmer. Schöne bequeme Polstermöbel. Das schien alles belanglos zu sein, aber so war es nicht. Vielleicht war es nicht fair, in diesem Moment so zu denken, aber er war ein Rationalist. Einer ist aus dem Rennen ausgeschieden. Nun steht mir nichts mehr im Wege.

Er hob den Kopf und sah, daß Pa ihn mit kalten Blicken betrachtete.

Tommy fuhr zusammen. Dann entspannte er sich wieder. Wie kann der alte Narr denn wissen, was ich gedacht habe?

Pa drehte ihm den Rücken zu und ging auf Zehenspitzen in die Schlafkammer.

Mico klammerte sich ans Fußende des Bettes. Delia betupfte immer noch die Wunde, und der junge Student stand am kleinen Fenster mit dem geteilten Spitzenvorhang, martete sein Hirn, lauschte in der Hoffnung, daß der Krankenwagen bald kommen würde, weil ihm der Zustand Peters überhaupt nicht gefiel, nur durfte man dies nicht aussprechen. Wie ein Arzt muß man seine Meinung für sich gehalten, dachte er instinktiv.

Schlimm sieht er aus, fand Mico. Mein Gott, furchtbar schlimm. Es schien wie ein Traum zu sein, vor kurzem noch hatte er zugesehen, wie er herumgesprungen war, und jetzt lag er da in dem kleinen Raum auf seiner Bettdecke, sein Gesicht so weiß wie Gänsefedern, und er schnarchte. Mico gefiel das Schnarchen nicht. Das hört sich nicht gut an, sagte er sich. Aber sterben kann er nicht! Nichts auf Gottes Erden kann so einen wie Peter umbringen! Einen, der so lebendig war, körperlich und geistig so flink wie ein Wiesel.

Und dann hörten sie das Heulen eines Wagens, der über die Wiese fuhr, und im Augenwinkel sah der Student, wie er vor der Tür wendete.

Draußen stand der Großvater beim Krankenwagen. Er war der einzige gewesen, der Verstand genug hatte, um sie unten an der Straßenecke abzufangen und ihnen den Weg zu zeigen, sonst hätten sie wohl jetzt noch das ganze Spielfeld abgesucht.

Jos Gesicht war weiß wie die Wand. Sie keuchte.

Die Schwester und der Fahrer wußten, was zu tun ist.

Keine Worte. Nur Handlungen.

Bevor überhaupt jemand mitbekam, daß sie da waren, lag Peter eingewickelt auf der Tragbahre, wurde in den Wagen geschoben, und auf ging's. Die Schwester holte geschwind Verbandszeug hervor, Jo saß neben ihr auf der anderen Bahre, assistierte ihr, und ihre Augen klebten auf dem bleichen Gesicht des Rothaarigen. In ihrem Herzen war nichts als eine unsagbare Angst und ein stilles Gebet, alles durcheinander, und automatisch tat sie das Richtige, verstand sich mit der Schwester. Und der Wagen rollte sanft an den Fischerbooten vorbei, um Kurven, durch die engen Straßen, ruhig und gekonnt gelenkt, als ob der Fahrer jeden Zentimeter des Weges kannte und welche Geschwindigkeit wo welche Schmerzen verursachen könnte, und endlich fuhren sie durch das Tor des Krankenhauses, die Reifen knirschten auf dem Kies. Die Türen öffneten sich, und Jo atmete den Geruch der Desinfektionsmittel in dem kahlen Gebäude. Kurz darauf saß sie auf einer Holzbank vor einem Zimmer, mit steifem Rücken, die Augen starr auf der weißgetünchten Wand, und immer noch war sie voll Angst und Gebet.

Mico ging hinüber zu Peters Eltern.

Peters Vater, der nette, ruhige, nur aufgesetzt grimmige Mann. Und Peters Mutter, weich und nervös und flattrig, aber bei allem nett, die dich mit ihrer Freundlichkeit fast umbrachte, und alles unternahm, damit ein Wort der Anerkennung oder des Lobes oder der Liebe über die Lippen ihres Sohnes kam.

Wie würden sie es aufnehmen?

Sehr gefaßt.

Als sei Peter selbst gekommen, um sich vor ihr zu verstekken. Als wollte er sie necken, falls sie sich aufregen wollte. Nichts war ihr anzumerken als ein Räuspern und ein angstvoller Blick. Dann faßte sie nach dem Mantel mit dem Pelzkragen, der so komisch altmodisch war, und Peters Vater mit seinem sonnenverbrannten Gesicht und weißen Haar ging in die Garage und holte den Wagen, ein kleines Auto, das innen nach totem Fisch roch und in dem Federn von Wildgeflügel flatterten und dessen Polster voller Haare von ihrem irischen Setterhund waren, der Schaum vor dem Mund hatte, sobald er einen Vogel witterte.

Lange, lange mußten sie in dem Zimmer mit dem polierten Tisch sitzen und warten. Eine Ewigkeit. Dann ging die

Tür auf, und ein müder Mann in weißem Kittel stand vor ihnen.

Er war dünn, und sein Gesicht war schmal, und er hatte dunkle Haare, die sich ausdünnten. Er schloß die Tür und lehnte sich gegen sie. Er war erschöpft. Sie standen auf und sahen ihn erwartungsvoll an. Es war wie eine Szene aus einem Stummfilm.

»Er wird wieder gesund«, sagte er. Ohne jegliche Betonung. Und kein Wort mehr. Peters Mutter sank aufs Sofa zurück und fing leise an zu weinen. Die Tränen quollen ihr still und unablässig zwischen den Fingern hervor. Jo mußte sich neben sie setzen und sie trösten, und Mr. Cusack trat von einem Fuß auf den anderen, und sein Gesicht wurde röter und röter, und Mico hatte furchtbare Angst, daß auch er weinen würde, aber er rieb sich nur die Nase und räusperte sich und schluckte, ging zum Doktor und schüttelte ihm die Hand. Dann führte er Mrs. Cusack zur Tür.

Der Doktor begleitete sie durch die Halle in die kalte Morgendämmerung hinaus. »In ein paar Tagen dürfen Sie ihn besuchen«, sagte er. »Er hat eine kleine Gehirnerschütterung. Ein paar Wochen. Dann dürfen Sie ihn holen. Nichts als Ruhe. Keinerlei Aufregung.«

»Doktor«, sagte Mr. Cusack gespielt grimmig, »ich werde ihn ans Bett fesseln.«

»Guten Morgen«, erwiderte der Doktor. Er ließ sie einsteigen und wartete, bis sie laut durchs Tor tuckerten.

Er seufzte und ging zurück in die Halle.

Dünne Schädeldecke – das ist das Problem, dachte er. So nah am Gehirn. Hoffentlich wird alles wieder gut. Es sollte wieder gut werden. Aber dies sind gefährliche Stellen. Eigentlich wissen wir so wenig über sie. Wie auch immer, ich habe gute Arbeit geleistet, auch wenn ich das nur zu mir selbst sage. Harte und wirklich schnelle. Ja, gute Arbeit.

Als Jo sich vor ihrer Haustür von Mico verabschiedete, sagte sie etwas Seltsames: »Weißt du, Mico, was ich dauernd vor mir sehe?«

»Was denn?« fragte er.

»Vielleicht kommt es daher, weil es jetzt auch Morgendämmerung ist. Weißt du noch, damals im ersten Frühlicht, als wir auf der Insel gefangen saßen und erst gegen Morgen heimgehen konnten? Da drehte ich mich um und sah den Weißdorn, und er drohte uns nach.«

»Um Gottes willen«, sagte Mico und fühlte, wie ihm ein kalter Schauer über den Rücken lief, »warum redest du denn so? Es geht ihm doch schon besser, oder? Peter ist nicht so leicht umzubringen, dazu gehört mehr als nur ein Schlag auf den Schädel. Vielleicht wird er dadurch sogar etwas ruhiger«, wollte er scherzen, um sie abzulenken.

Aber er bekam nur ein mattes Lächeln zur Antwort.

»Gute Nacht, Mico«, sagte sie. »vielleicht lassen sie uns nach alledem jetzt in Ruhe.«

Er wartete, bis sie die Tür hinter sich schloß, und machte sich auf den Heimweg. Die schlanken Maste der Fischerboote stachen schwarz in den Morgenhimmel. Als ob es tausend Jahre her wäre, dachte Mico. Tausend Jahre.

10

An einem frühen Herbstmorgen waren sie auf dem Heimweg. Der Wind blies ihnen über die linke Schulter, füllte das braune Segel und trieb das schwere Boot mit einer täuschend gleichmäßigen Geschwindigkeit über die See.

Mico saß halb auf der Luke und sah linker Hand das Städtchen und auf beiden Seiten die heimsegelnden Boote. Auf der ungeheuren Weite der Bucht glichen sie winzigen schwarzen Käfern. Der Himmel war grau, und die aufgehende Sonne warf nur eine rote Strähne über die Wolken und verschwand dann hinter ihnen.

Mico war müde. Er fühlte, wie ihm die Augen zufielen. Seine Sachen waren feucht und schwer. Auf der anderen Seite des Bootes saß sein Vater. Die braune Hand, mit der er die Pfeife hielt, war genau so verkrustet von Seewasser und Fischschuppen wie Micos Hände. Und müde schien er auch zu sein.

Die Stoppeln in seinem Gesicht waren schon grau gesprenkelt. Seine Augen hatten rote Ränder, und die breiten Schultern hingen schlaff nach vorn. Ja, selbst Big Micil spürte die Müdigkeit.

Mico mochte den Großvater, der hinter ihm mit seiner faltigen Hand das Steuer hielt, gar nicht erst anschauen. Es war ein Jammer, wie er so früh am Morgen nach drei anstrengenden Tagen und Nächten auf See aussah! Schon als sie von zu Haus aufgebrochen waren, hatte er blaue Ringe unter den Augen gehabt, und Mico hatte sich zusammennehmen müssen, um ihm nicht ins Boot zu helfen. Barmherziger Gott! Dem Großvater ins Boot helfen! Und doch – einmal mußte es gesagt werden – nicht jetzt – nicht heute – morgen vielleicht –, ach, es war die nackte Wahrheit: Großvater war zu alt fürs Boot!

Mico seufzte.

Und wenn er nicht daran denken wollte, dann fiel ihm statt dessen Peter ein und sein seltsames . . . Ach, hör auf! Das war ein zu schlimmes Problem. Dann doch lieber an Großvater denken und seine altersbedingte Nutzlosigkeit.

Und wozu das alles, fragte sich Mico.

Er sah ins Boot, wo ihm zu Füßen überall die Kisten mit Fisch standen. Fast der ganze Bootsraum war voll davon. Und wozu? War's der Mühe wert? Makrelen und Knurrhahn, und wenig Kabeljau und Seezungen. Wie viele Stunden schwerer Arbeit! Und zwei Nächte, die sie zusammengekauert in der Luke oder an Deck unter dem kalten Sternenhimmel lagen, irgendwo vor einem einsamen Strand, und um sie herum das Nichts. Weit in der Ferne steiniges Ödland und ein bellender Hund, der ihn an Hütten denken ließ, an Hütten mit hellem Feuer, und Männer davor, die behaglich ihre Pfeife rauchten und danach in ein warmes Bett stiegen und neben ihren Frauen schliefen und sich trösteten über die Härte des Alltags. – War's der Mühe wert bei der Habgier der Zwischenhändler?

Ach, dachte er, ich werde ja trübselig. So denkt und spricht Peter, den wir sonst auslachten. Seit Anbeginn der Welt war es so gewesen, und immer gab's Männer, die sich von der Arbeit der anderen nährten und mühelos reich und rund und dick wurden wie fette Maden. So war's nun einmal, und so würde es bleiben, falls Peter sich nicht aufmachte, um etwas zu tun für Irland, wie er es damals gewollt hatte.

Ach, Peter, armer Peter! Lieber nicht an ihn denken! Mico lehnte sich über die Bootswand und spuckte ins vorbeiziehende Wasser.

Na gut, dachte Großvater, ich weiß, was in ihm vorgeht. Und ich weiß auch, was mit Big Micil los ist. Aber jetzt müssen sie der Tatsache ins Auge sehen. Wenn ich warte, bis die beiden Drecksauen es merken, kann ich noch als Skelett mit Wasser in den Augen hier am Steuer sitzen. Er hatte tränende Augen bekommen. Seit einem Jahr. Er haßte es, sich im Spiegel anzuschauen. Er tat es nicht. Auch nicht, wenn er sich den Bart schnitt. Es genügte zu wissen, daß man älter wurde. Man brauchte es nicht noch zu betrachten.

Er mußte nur auf seine Hand am Steuer blicken. Einst hatte er mit seinen Pranken Eisenstangen verbiegen können. Die Kraft in ihnen war genauso erlahmt wie im übrigen Körper. Das mußte ihm keiner erzählen. Bin ja kein Idiot, dachte er.

Gut, all das wußte er. Aber die beiden bemerkten es nicht. Vieles merkten sie nicht, obwohl sie mit ihrem Schweigen auch vieles sagten, was ihnen nie über die Lippen gekommen wäre. Sie hielten den Kopf gesenkt. Diese große Drecksau von einem Sohn ist ein furchtbarer Kerl. Das ist doch kein richtiger Mann. An seiner Stelle hätte ich es längst geradeheraus gesagt: »Komm her, du verrückter alter Hund, du taugst nicht mehr für die See!«

Er blinzelte zu seinem Sohn hinüber. Der sah ihn an. Dann verzog sich der große Mund zu einem freundlichen Grinsen, Big Micil zwinkerte ihm zu und guckte wieder weg.

Verflucht noch mal, dachte der Alte, verflucht noch mal, aber so ist er. Er würde nicht einmal einem tollwütigen Hund mit Schaum vorm Mund etwas zuleide tun. Schau dir an, wie er sich zu Hause verhält. Man könnte meinen, er wohnt zur Untermiete. Ein schwerfälliger großer Hornochse, der sich fast entschuldigt, im eigenen Haus zu sein.

»Ich fahre nicht wieder mit euch aus!« sagte der Großvater bestimmt und war ganz stolz, wie sie beide zusammenfuhren und ihn erschrocken ansahen.

»Ich hab's satt«, wiederholte er laut und fuchtelte drohend mit seiner freien Hand in Richtung Meer. »Jetzt reicht's. Ich will nicht mehr. Was soll ich in meinem Alter noch länger ausfahren in Wind und Nässe? In meinem Alter sollt ich zu Hause sitzen und die Füße ans warme Torffeuer halten. Hab ich nicht recht?« fragte er aggressiv.

Sie sahen sich gegenseitig an.

»Unsinn!« entgegnete Big Micil. »Du bist noch kein alter Kerl.«

»Wollt ihr mir dieses Recht nicht gönnen?« erwiderte der Alte.

Micil fühlte sich gekränkt und brüllte fast mit rotem Kopf: »Ich gönne dir alles. Hab ich dir nicht immer alles gegönnt?«

»Aber wenn ich aufhören will, hör ich auf«, sagte der Großvater. »Das kannst du mir nicht verbieten, hörst du, Big Micil?«

»Ich höre.«

»Zu lang hab ich für dich die Verantwortung übernommen. Seit deiner Geburt hängst du mir am Rockzipfel. Es wird Zeit, daß du ohne deinen Vater zurechtkommst, oder?«

»Aber wer sagt denn . . . « wollte Micil wissen, ein wenig untertänig, doch der Alte unterbrach ihn mit erhobener Hand.

»Rede mir nicht dazwischen! Solche Argumente habe ich oft genug gehört. Als ob's nicht Zeit wäre, daß ich mich endlich ausruhe! Morgens im Bett bleiben, wenn ihr ausfahrt, und wenn ich euch fortgehen höre, tiefer in die Federn kriechen! Und um zehn erst aufstehen und mich langsam anziehen und in die Küche gehen und Tee trinken und Salzhering essen. Und dann zieh ich mir den Stuhl vors Feuer und steck mir meine alte Pfeife an. Das werd ich machen. Und wißt ihr, was ich danach tue?«

»Nein«, antwortete Micil verwirrt.

»Dann geh ich langsam an der Kirche vorbei zur Claddagh-Bar und setz mich an die Theke und laß mir das größte Glas

Porter eingießen, das je ein Mann getrunken hat, mit Schaum, so hoch! Um elf Uhr vormittags! Zu lange schon bin ich auf See gefahren, und was hat sie aus mir gemacht?«

»Jedenfalls hat sie dir die Zunge gewetzt!« antwortete Micil.

»Hört euch das an«, brummte der Alte. »Was ist aus mir geworden? Schau dir meine Arme an«, und er krempelte den Ärmel seines Hemdes hoch, so daß sein dünner Arm zum Vorschein kam. »Schau dir das an! Da ist nicht mehr Fleisch dran als an einem Hühnerbein. Früher war er so dick wie dein Oberschenkel. Ich war kräftiger als du, Big Micil, das kannst du mir glauben. Ich konnte es mit zwei von deiner Sorte aufnehmen, hörst du.«

»Das konntest du wirklich«, sagte Micil.

»Jetzt fällt dir nicht mehr viel ein, oder?« Wütend zog er den Ärmel wieder über seinen bleichen, dünnen Arm, der nur noch aus Haut und Knochen bestand und den Sonnenstrahlen nie berührt hatten. »Oh, es hat mich völlig ausgelutscht, das Meer, wie ein Kind eine Orange auslutscht. So ist es. Hab ich denn nicht genug geleistet?« Er sah, wie Mico ihn musterte, und wich seinem Blick aus. Der Kerl ist clever, dachte er, Big Micil aber ist eine große Drecksau, die überhaupt nicht weiß, was los ist. Er wollte nicht, daß sie Mitleid mit ihm hatten. Das würde ihn verrückt machen, und er könnte ihnen Dinge an den Kopf werfen, die sie so schnell nicht vergessen würden. Er hatte einfach die Schnauze voll. Mico, das kluge Etwas, sah ihm das am Gesicht an. Was soll's? Leute wie sie konnten nicht am Feuer sitzen und ruhig über solche Dinge besprechen. Das mußte man einfach loswerden, weil es schmerzte, sobald man dran dachte.

Ruhiger fuhr er fort: »Nein, es ist Zeit, daß ich zu Hause bleibe. Ihr zwei seid groß genug und könnt allein fertig werden. Ich biete euch immer meinen Rat an, falls ihr mir zuhören wollt und nicht durchdreht, weil ich euch allein gelassen hab. Ich halt das keinen einzigen Winter mehr in diesem Boot aus. Es reicht. Ich würd sterben, müßte ich weitermachen. Ja, es ist wirklich Zeit, daß ich mich zur Ruhe setze. Habt ihr's verstanden?«

»Ja, Vater«, sagte Micil und wandte den Kopf ab.

»Du wirst uns aber fehlen, Großvater«, rief Mico. Er sah, wie der Alte ein langes Gesicht machte, und blickte schnell auf den Bug, der mit seiner breiten Brust die Wogen auseinanderschob.

Der Alte sah ins Weite, und es hing ihm wie Nebel vor den Augen. Andere mußten das nicht wissen. Sein Blick war getrübt. Wie gern hätte er noch ein Jahr durchgehalten, bis Kälte und Regen ihn umgebracht hätten, aber er konnte es nicht, solche Schwierigkeiten bereitete es ihm. Wenn er nicht wäre, würden sie doppelt soviel leisten und fangen. Er konnte nicht selbstsüchtig so weitermachen, wo doch das Auskommen vieler anderer von seinen schwindenden Kräften abhing. Gleichzeitig hatte er sich nicht vorgestellt, daß das, was ihm jetzt widerfuhr, jemals würde passieren können. Er hatte die Alten mit ihren weißen Bärten gesehen, die sich an die Kirchenmauer stützten, langsam an den weißgetünchten Häusern entlangschlichen, ihren Abendschoppen tranken, rauchten, aßen, ein bißchen angelten und schlafen gingen. Auf den Tod warten! Nichts anderes war das. Warum gab's keine Möglichkeit, jemanden friedlich hinzurichten? Warum mußte man am Kai herumsitzen und darauf warten, daß einen der Sensenmann holt?

Nichts blieb ihm mehr als ein bißchen angeln am Fluß und ein Pint am Abend und die schweren Stiefel auf Hochglanz bringen.

»Und vergeßt mir nicht alles, was ich euch beigebracht habe!« sagte er hastig. »Ich habe euch alles beigebracht, was ihr wißt, jede Biegung und Windung der Bucht und wo die Fische sind. Ich vererbe all das dir, Mico, hörst du? Mehr kann ich dir nicht geben, das Erbe des Meeres. Das ist vielleicht wertvoller als alles, was die Dummköpfe hinter den grauen Steinmauern Geld nennen. Geld hat den Menschen nie gutgetan. Als sie das Geld erfanden, haben sie die Freude aus dem Leben gejagt und sich dafür Blut und Folter und Verlogenheit und Verbrechen aller Art geholt. Aber mit dem, was ich dir gegeben habe, gerätst du nicht auf Abwege. Da weißt du, was du hast. Es ist wie ein Geldsäckel, in den du – wenn du ihn richtig behandelst – immer wieder greifen kannst, und er wird nie leer. Merk dir das, Mico!«

»Ja, das werde ich, Großvater«, antwortete Mico und dachte: Daß wir's so ruhig hinnehmen, ist das Ärgste. Das Ende. Aber ist es nicht immer so gewesen? Großvater war nicht der erste Alte, der plötzlich entdeckte, daß das Meer ihn ausgehöhlt hatte und er's aufgeben mußte – nicht weil er alt war, sondern weil das Meer jünger war als er. Wir nehmen's hin, dachte Mico, wie die Tatsache, daß ein Boot ein Boot ist, ein Segel ein Segel, und daß es immer so war und bleiben muß: Das Meer nimmt einen und höhlt einen aus. Aber das Meer ist ewig.

Großer Gott, dachte Big Micil, ohne den Alten wird's traurig sein! Wenn er nicht am Steuer sitzt! Es kam ihm unmöglich vor – so verkehrt! Wie er ihm fehlen würde! Manchmal waren sie in solcher Gefahr gewesen, und wenn Big Micil auch Riesenkräfte hatte, was hätten ihm die genützt ohne den kühlen Verstand seines Vaters, ohne die kluge Faust auf der Ruderpinne! Wie oft hatte er sein Gesicht in die Brise gehalten und gesagt: Heute fahren wir lieber nicht aus. Hör auf die Stimme der See! Und wenn er so etwas sagte, dann stimmte es auch, dann kam gewiß ein Sturm auf, der die stärksten Schiffe wie Streichhölzchen zersplitterte! Immer hatte er recht gehabt, und die Menschen hörten auf ihn. Weiß Gott, es wurde Zeit, daß er zur Ruhe kam, seine alten Füße am Feuer wärmte und sich's gut sein ließ. Er hatte es verdient.

Micil verstand nicht die Kompliziertheit der ganzen Situation. Ihm fehlte es an Ehrgeiz. Nur einmal hatte er sich ins Zeug gelegt, als er hinter Delia her war und er das Mädchen mit dem rosaroten Gesicht für sich gewann, sie, die in den Ort gekommen war, um als Dienstmädchen zu arbeiten in dem großen Haus oben auf dem Hügel außerhalb der Stadt, umgeben von Bäumen und einem großen Gelände. Er hat sie alle ausgestochen. Haha, wie vielen jungen Kerlen mußte er die Tränen wegwischen, als er Delia erobert hatte. Sie war eine großartige Frau, selbst wenn sein Vater nie mit ihr ausgekommen war, aber, so sagte er sich, sicher verstände sich kein Schwiegervater mit ihr, doch sie würden sich besser kennenlernen, sobald der Alte sich zur Ruhe setzte.

Der Großvater ließ seine Augen über das Boot wandern. Solide und sicher wie ein Haus lag es vor ihm, schön zum Bug aufschwingend, und fest hob sich der Mast, um den sich das Segel knatternd bauschte. Gebaut von Männern, die das Geheimnis kennen.

»Das alte Boot wird mir am meisten fehlen«, sagte er laut. »Behandelt mir's gut! Es ist wie eine Frau, mit der man behutsam umgehen muß. Diese alte Lady unter uns weiß fast mehr von der Galway-Bucht als der Schöpfer. Das ist wahr. Wenn wir's es draußen bei den Inseln sich selbst überlassen würden, fände es den Heimweg auch ohne uns, weiß Gott!«

Er faßte mit der freien Hand über das Dollbord und klopfte auf die geteerte Bootswand. »Stabil wie ein erwachsener Mann, und es wird von Jahr zu Jahr besser! Kein Brett knarrt, weder längs noch quer.«

Big Micil nickte zustimmend mit dem Kopf. »Ein gutes Boot.«

»Oh, und ein schönes«, sagte Mico und strich mit seiner Hand über die rauhen Bretter der Luke.

Über ihnen flatterten schreiend die Möwen, schossen voraus und ließen sich fallen und waren wie toll beim Anblick der vielen Fische im Bootsraum. Auch über den anderen Booten – insgesamt waren es zehn – hingen Wolken weißer Möwen, weiß und schwarz und ein wenig rot blitzend, und sie flogen ein wenig auf und nieder, schwerfällig, und dahinter glimmte der weiße Leuchtturm und die versteckte Röte der Morgensonne. Sie sahen die niedrigen Klippen zur linken und dann die Straße, die am Meer entlang zur Stadt führte. Und da lag sie, schön anzuschauen im Morgenlicht, und ganz in der Ferne konnte man zwei, drei der weißen Häuser von Claddagh sehen. Zur rechten die trostlosen, steinübersäten Berge von Clare mit ihren grünen Städtchen ganz am Ende – sie sahen so klein aus, als hätte ein Kind sie mit Bauklötzen errichtet.

»Da kommt der alte Aran-Dampfer«, spottete Mico.

Hinter dem Leuchtturm glitt er hervor, spuckte schwarzen Rauch aus dem Schlot und qualmte großspurig wie ein Ozeandampfer. Aber schneller als fünf oder sechs Knoten war er doch nicht.

»Puh, der schmutzige alte Kasten«, schalt der Großvater. »Seht nur mal, wie er qualmt! Wie 'ne lahme Ente mit eisernem Bauch!«

»Wenn wir den zum Fischen hätten«, sagte Mico, »dann könnten wir vor Island Kabeljau fangen!«

»Mit unsrer schönen Dame kommt ihr schneller nach Island«, erwiderte der Alte. »Der alte Stinker rüttelt euch nur die Eingeweide durcheinander. Schaut nur, wie er sich durch die Wogen wälzt, da wird einem schlecht.«

»Ach, Großvater«, sagte Mico lachend, »vielleicht wirst du dich eines Tages doch noch für Maschinen begeistern.«

»Nein, zum Teufel mit ihnen! Die Dinger sind alle gegen die Natur! Häßliche schwarze Biester, die uns die Luft verpesten. Aber wie!«

Die Möwen folgten dem Dampfer, der auf die Fischerboote zuhielt – mit seinen rostigen Eisenplatten und dem spuckenden Schlot ein schreiender Gegensatz zu den ruhig und friedlich heimkehrenden Booten mit ihren windgefüllten Segeln.

Er fuhr an ihnen vorüber. Ein oder zwei Seeleute winkten, und der Mann auf der Kommandobrücke betätigte die Tute – ein höhnischer Gruß an die müden Männer von gestern.

»Ihr mich auch«, erwiderte der Großvater.

Ein paar Passagiere standen am Bug und sahen neugierig auf die geduldigen Männer in ihren Booten. Vielleicht dachten sie sogar einen Augenblick, daß es herrlich sein müsse, ein Fischer zu sein und nichts zu tun, nur träumerisch dazusitzen und sich vom Wind über das Wasser treiben zu lassen. Sie kamen nicht nahe genug heran, um Schuppen und Schmutz, dreitägigen Bart und müde Augen zu sehen.

Am Heck glühte ein roter Farbfleck, der Mico bekannt vorkam. Was war das nur, dachte er und richtete sich auf. Aber er war schon verschwunden im Gedränge der anderen Passagiere, und der Dampfer hatte sie bereits passiert, um dort Kurs auf den Kanal zu nehmen.

Es war Flut.

Sie fuhren bei den Docks hinein und dann in großem Bogen über den Fluß, um nicht lavieren zu müssen. Als sie die Strömung des Flusses hinter sich hatten, brachte das letzte Segel voll Wind sie bis dicht an die Kaimauer. Mico nahm das Tau, sprang hinüber und vertäute es am Poller.

Sie waren wieder zu Hause.

Er stand auf dem Rasen, stemmte die Hände in den Rücken und stampfte mit den Füßen auf, um die Müdigkeit aus den steifen Gliedern zu treiben. Mit der Zunge fuhr er sich über die spröden, salzigen Lippen.

Allmählich kamen die Menschen aus den Hütten. Einige Halbtüren standen auf. Blauer Rauch kräuselte sich aus den Schornsteinen. Jetzt eine Tasse starken Tee mit Zucker und frischem Brot! Sie räumten schnell auf und holten die Kisten mit den Fischen aus dem Boot. Sie wurden auf dem Kai übereinandergestellt und waren bereit für die Karren oder Ponywagen oder Lastautos der Aufkäufer. Das schwere Netz wurde aus dem Boot gehoben und in voller Länge auf den Rasen gebreitet. Dann wandten sie sich zum Gehen.

»Kommst du nicht mit, Großvater«, rief Mico dem Alten zu, der noch immer unten im Heck saß.

»Nachher«, rief der alte Mann.

Mico blickte seinen Vater an, doch der nickte nur und machte sich auf den Weg.

»Wir halten dir den Tee heiß«, sagte Mico noch und folgte dann seinem Vater. Wie müde die Füße an Land waren! Wie leer und hungrig der Magen! Ein Glas Porter, um den Geschmack von Salz und Fisch aus den Kehlen zu spülen und über die kleine zusammengekauerte Gestalt im Heck des Bootes nachzudenken!

Mico versuchte zu pfeifen, aber es glückte ihm nicht.

Aus der Halbtür schlug ihnen die Wärme des Torffeuers entgegen und ein Duft von gebratenem Speck, der selbst einem Mohammedaner den Mund wässerig gemacht hätte.

»Ich gehe noch schnell zu Biddy und bring ihr den Fisch«, sagte Mico.

»Ist recht«, antwortete Big Micil, ging müde ins Haus und begrüßte Delia: »Da sind wir endlich!«

Mico blickte sich um. Vom Großvater war nichts zu sehen. Er saß wohl noch im Boot, zusammengekauert, wie er es oft tat, und zog an der kalten Pfeife. Mico erinerte sich sich daran, wie er als kleiner Junge an der Kaimauer gestanden hatte, als sein Vater und der Alte ausgelaufen waren. Es waren andere Zeiten, oder? Und trotzdem hatte sich nichts verändert. Das Meer nicht, genausowenig der Fluß und auch nicht der Granit der Kaimauer. Es ist schrecklich, daß Menschen alt werden. Ist es nicht ein großes Wunder, daß, als Gott den Menschen erschuf, er ihm nicht die Fähigkeit gab, tote Dinge wie Granit zu überleben.

Biddy hockte auf den Knien vor dem kleinen Kamin und fachte ein klägliches Flämmchen an.

»Ich bring dir ein bißchen Fisch, Biddy«, rief er und ging hinein.

»Ach, Gottes Segen, Sohn«, antwortete sie, stand schwerfällig auf und setzte sich auf einen Schemel. Die entzündeten alten Augen tränten vom Rauch. »Gottes Segen! Wer denkt denn schon an die arme alte Biddy Bee? Lassen mich verhungern, die Menschen!«

Er hockte sich hin und blies ins Feuer, bis es aufloderte. Wie schmutzig ihre Küche war! Und Biddy war uralt und sehr schmutzig. Jesus, hoffentlich geht's mir im Alter nicht auch so, betete er. Diese Biddy mit dem bösen Gänserich, der sogar einem Heiligen Angst einjagte. Und hier saß sie nun, und ihr Leben war nichts mehr als ein Wirrwarr von kindlichen Gedanken und zotigem Gemurmel. In der Ecke ein Bett. Seit Jahren schlief sie schon so, wie sie war, ohne sich auszuziehen, und starrte vor Schmutz. Aber manchmal kamen tüchtige Frauen, die arme Leute besuchten, und fielen wie ein Heuschreckenschwarm über sie her. Sie wuschen ihren Fußboden, und sie wuschen ihre Kleider, und sie wuschen sie selbst. Energische Frauen, die all diese widerliche Arbeit im Namen

Gottes verrichteten. Aber sie mußten die Haustür schließen, damit die Leute draußen nicht Biddys Flüche und Schimpfkanonaden zu hören bekamen. Die halbe Ortschaft stand vor der Tür und lauschte, während drinnen Biddy ausgezogen und gesäubert wurde, und bis zu den Aran Islands hinüber schallte es, daß sie alle verrückte Weibsbilder wären, die in Pelzmänteln angerückt kämen, um eine brave alte Frau unglücklich zu machen, und wenn sie dächten, daß sie mit solch hinterlistiger Art sich den Himmel verdienten, so irrten sie sich schwer; sie kämen in die tiefste Hölle, und der Teufel würde sie mit Karbol abwaschen, während die alte Biddy im weißen Nachthemd zur Rechten Gottes im Himmel säße und auf sie heruntersehe, die alten Schmutzlumpen, die! Warum konnten sie sie denn nicht in Ruhe lassen? Sie sollten zu Hause bleiben und ihre verlausten Kinder waschen, und sich um ihre Mannsbilder kümmern, die sich inzwischen in der Stadt in Freudenhäusern herumtrieben und sich sternhagelvoll soffen, während sie hier ihre Seelen retten wollten dadurch, daß sie eine arme alte Frau zu Tode plagten.

»So, Biddy«, sagte Mico, »jetzt brennt's gut! Ist genug Wasser da, oder soll ich welches von der Pumpe holen?«

»Ach, Söhnchen, ich hab Wasser genug, mehr als genug, aber nichts, was ich hineintun kann . . . Wie ein junger Mastbaum war die Biddy, rank und schlank, rote Lippen und 'n roter Petticoat! In ganz West Connacht gab es keinen jungen Mann, der sich nicht auf mich gestürzt hat, um zu sehen, ob er eine Chance hat. Aber dann haben sie Biddys Schatz geholt . . . meinen Schatz, und jetzt bin ich allein . . .« Sie summte das letzte vor sich hin, wie ein Liedchen, das sie sich ausgedacht hatte.

»Damals haben wir noch an den Kreuzwegen getanzt, und ich konnte springen wie eine Geiß so hoch, ja höher als ein Schiff. Und wie ich mich drehen konnte, und wie all die saubern Burschen hinter mir her waren. Meine Zähne waren so weiß wie Marmor, ja so weiß wie das Tuch auf dem Altar. Alles weg, Schätzchen, alles weg, sogar meine schönen weißen Gänse sind weg! Nichts mehr da als die bösen Weiber, die mir die Haut verbrühen mit ihrer Barmherzigkeit. Eine Grube will ich haben, Schätzchen, eine Grube in der Erde, und dann sollen mich alle in Ruhe lassen, mein Lieber, in Ruhe lassen!«

»Ich muß jetzt gehen, Biddy!«

»Gottes Segen, Söhnchen, Gottes Segen!« sagte sie und hängte den Kessel übers Feuer. »Bist ein guter Sohn, Mico, wenn du auch beinah meinen Gänserich totgeschlagen hättest. Ja, das weiß ich noch gut. Manchmal weiß ich noch alles, und manchmal weiß ich nichts mehr. Auf Wiedersehen, Mico, auf Wiedersehen, und mach die Tür zu! Kann nicht in Ruhe essen und trinken, schon steckt mir einer seine neugierige Rotznase über die Halbtür und will sehen, was die arme Biddy frühstückt.«

Er schloß die Tür hinter sich und ging, begleitet von ihrem Gemurmel. Warum erinnere ich mich an all das heute, wunderte er sich. Biddy würde sterben, und dann würden sie das verfaulte Stroh vom Dach zerren und die Mauern niederreißen und die ganze Hütte zerstören, und die Häuserreihe würde aussehen, als ob sie eine Zahnlücke bekommen hätte. Dauernd hieß es: Wir müssen Claddagh abreißen und ihnen bessere Häuser hinstellen. Biddys Haus würde das erste sein, und wenn sie tot wäre, würden sie angerannt kommen und das Haus einreißen, das beinahe seit urewigen Zeiten dort gestanden hatte. Vielleicht war's auch gut so. Vielleicht war ein neues Claddagh notwendig.

»Oh, Mico, Mico!« hörte er es rufen.

Verwundert sah er, daß es Jo war, die da über den Rasen gelaufen kam. Er wartete auf sie.

»Mico«, fragte sie atemlos, »hast du Peter gesehen? Wo ist Peter?«

Ihm fiel das Herz in die Hose.

11

Sie hatte ihre entsetzten Augen weit aufgerissen. Er legte ihr die Hand auf die Schulter und spürte, wie sie zitterte. Ihr Haar war zerzaust, und obwohl ihr Kopf vom Rennen rot angelaufen war, erkannte er, wie blaß sie war. Sie trug einen blauen Mantel, den Gürtel zugeknotet.

»Was ist denn los, Jo? Warum soll ich ihn gesehen haben? Ich komme ja eben erst zurück!«

»O Gott«, sagte sie und sank mutlos zusammen, »und ich dachte, er wäre bei dir! Das war meine letzte Hoffnung. Jetzt weiß ich nicht mehr, wo ich ihn noch suchen soll.«

»Aber was ist denn nur, Jo?« forschte er.

»Gestern abend um acht wollte Peter mich abholen. Und ich wartete und wartete, doch er kam nicht. Dann ging ich zu seinen Eltern. Er war nicht zu Hause, und ich wartete dort und sprach mit ihnen, um sie abzulenken. Schließlich ging ich nach Hause, und heute früh bin ich wieder hingegangen. Die ganze Nacht waren sie aufgeblieben und hatten auf ihn gewartet. Dann fuhr sein Vater mit dem Wagen los, um ihn zu suchen. Und ich suchte ihn auch wieder überall, überall. Ich kann ihn nirgends finden. Was machen wir bloß, Mico?«

»Wir suchen weiter. Komm!« Er nahm ihren Arm und ging mit ihr an Biddys Haus vorüber und auf die Straße, die zum Meer führte. »Wir wollen überlegen! Vielleicht hast du ihn verpaßt. Vielleicht ist er an einer Stelle, an die du noch nicht gedacht hast.«

»Mir fällt nichts mehr ein«, sagte sie leise, ließ den Kopf sinken und vergrub die Hände in den Manteltaschen.

Er wußte nicht, wie er sie trösten sollte. Er war so müde. Das Herz war ihm schon vorher schwer genug gewesen, und jetzt noch dies. Und doch mußte er es jetzt etwas unternehmen; denn mit Peter war es in der letzten Zeit immer schlimmer geworden.

Es hatte sich langsam entwickelt.

Als er noch im Hospital lag, war das lustig gewesen. Ihn besuchen mit 'ner Tüte Orangen unterm Arm. Er im Bett, mit durchsichtiger Haut, den weißen Verband um den Kopf. Mit abstoßenden Details erklärte er dann, wie er operiert worden war.

Alle hatten ihn gern, und er bekam viele Geschenke, aber er gab alles weiter. Zwei Reihen weißer Betten standen da, Männer und Burschen und Jungen mit allen möglichen Krankheiten und gebrochenen Gliedern. Aber alle mochten Peter. Sie lachten schon, wenn sie nur von ihm sprachen. Er könne eine Katze zum Lachen bringen, sagten sie. Und die Schwestern liebten ihn auch und der Doktor erst recht, der die wunderbare Operation durchgeführt hatte, er strahlte und tätschelte fast seinen Kopf. »Keinen operiert er lieber«, sagte Peter immer, und alle lachten. Und wie sie lachten!

Sie brachten ihn nach Hause, und es war ein Fest wie Silvester. Alle Nachbarn und Freunde kamen, und Peter meinte: »Schade, daß ich noch lebe, sonst könntest ihr eine herrliche Leichenwache veranstalten!« Und er sah wie früher aus, nur ein bißchen dünner und spitzer, aber munter wie immer. Manchmal bekam er furchtbare Kopfschmerzen. Dann mußte er in sein Zimmer gehen und ein paar Tabletten Aspirin schlucken. Blaß und mit tiefen Schatten unter den Augen kam er nachher wieder, aber das war alles. Bald war er wieder obenauf.

Und es war Sommer, und er konnte in der Sonne liegen. Und schwimmen gehen. Oft ruderte er mit Mico über den See, und sie schwammen sie und fischten Forellen und brieten sie in nassem Papier in der heißen Asche eines Holzfeuers. Das war herrlich. Und er liebte Jo. Nie waren sie so gut und verträglich zueinander gewesen wie in diesem Sommer, und das wollte etwas heißen. Er wurde braun und sah gesund aus, und die Kopfschmerzen waren nicht mehr so schlimm, sagte er.

Es war schade, daß er die Examen nicht mitmachen konnte. Aber das war nicht zu ändern. Nächstes Jahr. Oder vielleicht im Herbst? Tommy hatte es ja zum Glück geschafft, großartige Preise, als Bester bestanden und so weiter. Und die Professoren rieben sich die Hände und waren stolz auf ihn. »Ein

Glück, daß ich eins auf den Schädel bekommen habe«, lachte Peter, »sonst hätte er sich mehr anstrengen müssen für sein Stipendium.«

Und auch Jo bestand die Examen gut. Und nun hatte sie das College hinter sich und wollte unterrichten. Wo? Das wußte sie noch nicht. Nur daß sie es wollte.

»Kannst du das denn?« wollte Peter wissen.

»Natürlich! Ich bin ein Kindernarr!« antwortete sie.

»Bring mich bloß nicht auf falsche Gedanken, Jo«, sagte Peter daraufhin anzüglich.

Sie wurde ganz verlegen, und er mußte sie ein wenig beschwichtigen.

Oh, es war alles so herrlich und schön.

Es war, die als erste merkte, wie seltsam er manchmal war. Sie sprach mit ihm – wie man so mit jemand spricht: Man sieht ihn nicht dauernd dabei an. Doch plötzlich spürte sie dann eine merkwürdige Stille. Sie sah ihm ins Gesicht. Er hatte die Augen starr auf einen Punkt in der Ferne gerichtet und die Zähne zusammengebissen. Die Knöchel waren ganz weiß. Sie schüttelte ihn und fragte: »Peter, hörst du mich? Peter! Hast du gehört, was ich gesagt habe?« Und das erste Mal, als sie ihn so schüttelte, fühlte sich sein Arm ganz steif an, und er hörte sie nicht. Da bekam sie solche Angst; denn ohne Grund ist man ja nicht so, und sie kniete sich vor ihm hin und schüttelte ihn erneut und rief ihm ins Ohr: »Peter! Peter!« Doch erst nach einiger Zeit verschwand der glasige Blick aus seinen Augen, und der Mund öffnete sich wieder. Er sah sie an und fragte: »Jo? Was ist denn? Was sagst du da, Jo?«

Hätte sie ihm das erklären können! Vielleicht hätte sie es ihm erzählen sollen, und wie erschrocken sie war, daß ihr Blut aus dem Gesicht gewichen war. Aber wie hätte sie es wohl tun sollen, wo er doch so blaß aussah und tiefe Ringe unter den Augen hatte. Er ließ den Kopf in die Hände fallen und sagte: »O Gott, Jo, was für irrsinnige Kopfschmerzen ich habe!«

Ein andermal war es noch viel schlimmer.

Es passierte einfach, diese Starre und das Schweigen, zehn Minuten lang vielleicht. Und als er danach wieder zu sich kam, hatte er überhaupt keine Schmerzen. Er konnte sich an nichts erinnern, und ihr lief es kalt den Rücken herunter, und die Angst grub sich tief in ihr Herz.

»Was hat dir gefehlt?« fragte sie ihn.

»Mir? Warum fragst du? Was soll mir denn fehlen?«

Und erst allmählich merkte sie, daß er überhaupt nicht wußte, daß er »weg« gewesen war.

Sie war zum Doktor gegangen, und der rief Peter zu sich und überredete ihn, eine Röntgenaufnahme zu machen, um die Ursache seiner Kopfschmerzen zu finden. Bei der Untersuchung kam nichts heraus. »Es wird schon besser werden«, trösteten sie Jo und streichelten ihre Hand. Hätte sie einen solchen Schlag auf den Schädel bekommen, wäre sie längst mausetot. Er hätte jedoch das Herz eines Löwen und einen Kopf so dick wie eine Mauer.

Mico war der erste, der merkte, daß es schlimmer wurde.

Jo war mitten im Examen und hatte nicht einmal für Peter Zeit. Es war ein Sommerabend, und er wollte mit Peter auf den Salzberg gehen.

Wie es im Sommer in allen Orten am Meer ist, so war's auch hier: Leute aus allen Teilen des Landes, die nicht am Meer leben, waren an die Küste gereist, um die See zu sehen, drängten sich auf allen Straßen und Wegen, so daß vom Meer kaum noch etwas zu sehen war, und doch war es lustig und voller Leben. Längs der Promenade brannten Laternen, und auf dem Sportplatz waren Luftschaukeln und andere verrückte Sachen und dazu die laute Musik und das Rauschen der Brandung und der Lärm von vielen, vielen Menschen, die sich drängten und stießen, jung und alt, merkwürdig gekleidet, mit roter Haut und mit brauner Haut und mit pellender Haut. Und so schoben sie sich beide eines Abends durchs Gewühl, von einer Bude zur anderen, die Hände in den Taschen, die Massen beobachtend. Die Lautsprecher dröhnten, umd Peter faßte sich plötzlich an den Kopf. Da packte er ihn am Arm und zog ihn aus der Menge auf die breite Promenade am Meer. Dort standen lange Bänke, auf denen Leute saßen, und andere schlenderten auf und ab. Peter zog seine

160

Hand vom Kopf und seinen Arm von Micos Hand weg, stellte sich mitten auf den Weg und fing an zu sprechen. Mit lauter Stimme. Die Leute blieben stehen und sahen ihn an.

Mico brach in Schweiß aus, und er stand wie gelähmt da, so daß die Leute ihn von Peter abdrängen konnten. Denn alle umringten grinsend den hübschen jungen Mann mit dem grauen Anzug und der roten Krawatte und den gut geputzten Schuhen. War er betrunken, oder was war mit ihm?

»Ihr Idioten, ihr wißt gar nichts!« rief Peter und ballte die Fäuste, daß seine Knöchel weiß wurden. »Ihr wißt nicht, wie der Magnet wirkt, wenn er im magnetischen Feld hängt, umd ein anderes magnetisches Feld wirkt senkrecht zum Erdmagnetismus. Dann ist der Beugungswinkel proportional der magnetischen Kraft. Aber das wißt ihr nicht, ihr dummen Idioten!«

Mico war wieder zu sich gekommen, hatte sich zu ihm hingearbeitet und ihn buchstäblich auf den Arm genommen und fortgetragen; denn sein Körper war steif wie ein toter Fisch. Er bugsierte ihn in eine ruhige Gasse beim Gericht, das Paare aufsuchen mußten, bei denen es plötzlich gefunkt hatte, und stoppte erst, als die Lichter hinter ihnen lagen und kein Kopf mehr sich nach ihnen umdrehen konnte.

Oder ein andermal, auf dem Viehmarkt. Jo hatte eine geschlagene Stunde in der Kirche verbracht und für Peter gebetet. Dann ging sie in die Stadt und kam am Markt vorbei und sah die Leute im Kreis stehen. Sie wollte wissen, was los ist, und entdeckte mitten im Kreis Peter, an seinen Schuhen klebte der Dung, hinter ihm ein zerlumpter, alter Hausierer ohne Hemd, der sich amüsierte, denn Peter marschierte im Kreis herum, umringt von Bauern, spitzbäuchigen Jungs und Kesselflickern, und blies, so gut er konnte, auf einer Flöte. Doch eigentlich spielte er sie nicht richtig. Er blies nur die Backen auf und produzierte mit seinem sabbernden Mund nur klägliche Töne und wehleidiges Piepen.

Sie stürmte in den Kreis, riß ihm das Ding aus dem Mund und gab dem Hausierer die Flöte zurück. Das Schreien und Lachen und betrunkene Grölen verstummte plötzlich, und sie machten eine Gasse für sie frei, durch die sie ihn geleitete. Er redete wirr durcheinander, und sie brachte ihn zum Fluß, der friedlich an den Uferbäumen vorüberfloß. Dort setzte sie sich mit ihm nieder, und die Tränen rannen ihr die Wangen herunter, die Verzweiflung saß ihr im Herzen. Endlich sah sie, wie der Verstand ihm wieder in die Augen trat, und er blickte sie an und sagte: »Aber liebste Jo, was wollen wir hier?«

An all das mußten sie beide denken, als sie auf der Straße zum Meer gingen.

Es war furchtbar, daran zu denken.

»Und das Schlimmste ist«, sagte Jo, die das Schweigen brach und sich räuspern mußte, ehe sie eine Silbe hervorbrachte, »das Schlimmste ist, daß er es wahrscheinlich weiß.«

»Wie kommst du darauf?« fragte Mico.

»Wenn er jetzt wieder bei Sinnen ist, sieht er mich immer so seltsam an, als wollte er mir an den Augen ablesen, was eigentlich war.«

Sie gingen immer weiter das Ufer entlang, an den Häusern vorbei, vorbei am Badestrand, der mit seiner meilenlangen Promenade und dem Sprungturm für die Fremden zurechtgemacht worden war; sie ließen alle Zivilisation hinter sich und suchten die einsamen Strände ab, wo Wildenten aufstiegen und fortflogen und weidende Kühe sie fragend ansahen. Unter überhängenden Klippen schauten sie nach und fanden nicht, den sie suchten. Manchmal blieben sie mit klopfendem Herzen stehen und spähten, wenn irgendwo an einem einsamen Strand ein Rotkopf badete oder zwischen Felsen lag. Doch wenn sie näher kamen, wandten sie sich enttäuscht ab.

Dann kehrten sie dem Meer den Rücken, schlugen einen großen Bogen um die Stadt und wanderten Wege, die Jo oft mit Peter gegangen war: durch das Dorf Barna und auf den Moorweg hinaus, der ins Ödland am Inchsee führte, vorüber an einem weißen Gedenkstein mitten im Moor, das zum Andenken an einen dort ermordeten Priester errichtet worden war, und dann auf Flintsteinpfaden ins einsamste Torfland, wo er vielleicht allein sein und nachdenken wollte. Aber nicht einmal sein Geist begleitete sie hier, und sie kehrten um.

Müde und mit Staub bedeckt und ohne Hoffnung gingen sie auf die Stadt zu, am Rahoon-Friedhof mit seinen Zypressen vorbei, und all die Pony- und Eselkarren kamen ihnen entgegen, die sich mit klappernden, leeren Milchkannen auf dem Heimweg befanden.

Sogar bis zur Insel mit dem Weißdorn gingen sie noch, standen am Ufer und suchten sie mit spähenden Blicken ab. Es war Flut, so daß sie nicht hinüber konnten, und sie waren froh darüber. Man sah auch, daß kein Mensch auf der Insel war, und sie kehrten wieder um, überquerten die Bahnlinie und gingen in den Wald.

Peter war häufig im Wald. Er fuhr mit dem Fahrrad dorthin oder lieh sich den Wagen. Ganz still und verlassen lag der Wald, nichts war zu hören als das Rauschen der Bäume, das Gezänk von Vögeln oder das Rascheln hüpfender Drosseln im Gebüsch. Der feuchte Waldboden roch nach Kraut und Gras, und der Fuß schritt weich über den Humusboden und seine über viele Jahre hinweg abgelagerten, unzähligen Schichten verwesender Blätter. Aber nichts störte die Stille, nur wilde Kaninchen und Geschöpfe, die dort hingehörten.

Also wandten sie sich mit hängendem Kopf wieder ab. Sie konnten nicht mehr nachdenken; denn vor lauter Suchen und Überlegen waren sie abgestumpft. Und worüber hätten sie auch sprechen sollen?

Bei Cusacks in der Küche tranken sie Tee und brachen hastig wieder auf, weil die Mutter rotgeweinte Augen hatte und der Vater ratlos und traurig dreinsah.

Schließlich setzten sie sich oben in der Grattan Road auf eine der Bänke, von denen man weit übers Meer blicken kann. Der Himmel war grell, und Mico entdeckte in der Ferne den Rauch aus dem Schornstein des kleinen Aran-Dampfers, der gewichtig heimwärts stampfte, während hinter ihm die Sonne zwischen den Inseln und den Clare-Bergen im Meer versank.

Da packte Mico plötzlich Jo so heftig am Arm, daß sie vor Schmerz fast aufschrie.

»Das ist es«, rief Mico, »da bin ich mir sicher.«

Sie rieb sich den Arm: »Was, Mico?«

»Der Dampfer«, sagte Mico, der aufgesprungen war und breitbeinig dastand und mit dem Arm aufs Meer zeigte. »Er war auf dem Dampfer, ich hätt's gleich wissen müssen! Als wir heute früh nach Hause kamen, fuhr der Dampfer zur Insel hinüber, und zwischen den Leuten, die am Heck standen, sah ich's rot aufleuchten – oh, ich könnt's beschwören, daß es Peter war.«

»Komm«, rief sie und rannte schon Richtung Claddagh zu.

Er hatte sie schnell eingeholt. Der Dampfer war nun schon größer geworden und hielt mit dem Bug auf die Einfahrt zu.

Wenn ich nur nicht so müde gewesen wäre, haderte er mit sich selbst. Wenn ich nicht dauernd an Großvater und all das gedacht hätte, hätte ich vielleicht genauer hingeschaut.

»Sicher ist er den Tag über dort gewesen. Da kann er allein sein und nachdenken, und niemand ist da, nur die Leute auf der Insel. Ja, sicher ist er jetzt auf dem Dampfer.«

Sie liefen schnell durch Claddagh, und es war ihnen viel leichter ums Herz. Jo hätte beinahe gelacht, als sie davon sprachen, wo sie überall gesucht hatten. Sie waren meilenweit gelaufen. »Und meine armen Füße«, sagte Mico, »die nichts in der Welt so hassen wie das! Da hätten wir besser zu Hause sitzen und gar nichts tun sollen, bloß auf ihn warten, daß er wieder heimkommt von den Inseln.«

Sie rannten runter zum Long Walk, über die Brücke, und Mico fiel der Tag ein, als sie Makrelen gefischt und sich nachher mit der Bande am Spanischen Tor geprügelt hatten. Er lächelte, als er an Peter mit den weißen Socken und den feinen Kleidern zurückdachte, wie tüchtig er gekämpft hatte und wie Pa ihnen dann zu Hilfe gekommen war.

Sie schafften es mit Mühe und Not, aber sie schafften es. Der Dampfer legte gerade am Dock an und sah groß und mächtig aus, und sie wunderten sich, warum er auf See so lächerlich klein und albern wirkte. Kommandorufe erklangen, Taue wurden geworfen, auf der Decksseite sprudelte Wasser ins Hafenbecken. Sie suchten das ganze Schiff ab, sie musterten alle Leute, aber Peter war nicht zu sehen.

Sie warteten, bis der letzte Fahrgast und der letzte Ballen, die letzte Kuh und das letzte quiekende Ferkel an Land waren.

Peter war nicht mitgekommen.

Mico fragte die Besatzung des Schiffes aus.

Warten Sie mal ... Ein großer Bursche mit rotem Haar? Jemand wurde gerufen. – He, du, hast du heute früh so einen gesehen? War das heute morgen? Ja. Ein großer Bursche mit rotem Haar. Ja. Warte. Ja, doch, groß und rothaarig, mit grauem Anzug und roter Krawatte. Ist er das? Ja, das ist er. Ja, der kam heute früh an Bord, als wir gerade ablegen wollten. Stand die ganze Zeit auf dem Achterdeck. Einmal ging er nach oben und kaufte sich die Karte, 'ne Rückfahrkarte, ist aber nicht mit zurückgekommen. Er ist nicht mitgekommen? Nein. Sprach noch nett und freundlich mit mir, nicht wie die andern frechen Kerle, auf die man stundenlang warten muß, weil sie noch im Pub hocken und sich vollaufen lassen mit Porter. Seltsam war's, Jack und ich haben noch darüber geredet. Kein Gepäck. Oh, nun erinnere ich mich gut. Er hatte doch kein Gepäck, Jack? Nein, kein Gepäck. Wir sagten noch, was will der auf der Insel ohne Gepäck. Hat ja nicht mal Zeug zum Übernachten mit. Egal, die Aran-Leute haben ja auch nichts anderes als nur ihr Hemd, also was soll's. Wir haben noch gelacht. Nein, der ist nicht mitgekommen, und wenn Sie glauben, wir fahren jetzt zurück und holen ihn, dann liegen Sie falsch. Und sie brachen in lautes Gelächter aus und hatten ihren Spaß.

Als Mico und Jo weggingen, wußten sie nicht, was sie von der ganzen Sache halten sollten. Peter auf der Insel! Sie würden erst erfahren, was eigentlich mit ihm war, wenn das Boot in ein paar Tagen hinüberfuhr und ihn abends wieder mitbrachte.

12

Jenseits der Galway-Bucht liegen drei Inseln, die Aran Islands. Sie ziehen sich von den Ufern Connemaras bis fast zu den Klippen von Moher in der Grafschaft Clare. Vor langer Zeit waren es offensichtlich keine Inseln gewesen, sondern ein Teil des Festlandes. Doch die See haßt das Land, und sie nagte und fraß, bis sie sich die Galway-Bucht herausgebissen hatte, und was übrigblieb vom Festmahl, war die Inselkette. Zähes Land mußte es gewesen sein, wenn selbst der unersättliche Magen des Atlantik es unverdaulich fand. Harter Boden, der eine trügerische Grasnarbe trug, und unter einer dünnen Humusschicht nichts als der gewachsene Felsen. Die Menschen, die ein solcher Boden hervorbringt, müssen natürlich stark und abgehärtet sein; denn wie könnten sie sonst das Leben in einer so unerbittlichen Festung ertragen?

Wenn der Dampfer am Pier der Hauptinsel angelegt hat und man das Dorf Kilronan hinter sich läßt, dann entdeckt man schöne Buchten mit gelbem Sand, den die See friedlich beleckt, falls sie bei guter Laune ist. Und wenn man dem langen gelben Strand den Rücken kehrt, von dem aus man die Küste von Connemara verschwommen in der Ferne liegen sieht, und im ruhigen Wasser das Curragh mit den beiden Ruderern, die von Zeit zu Zeit halten und Hummerkisten ausräumen – wenn man sich abwendet und höher klettert über felsige Hänge mit grünen Rasenflecken und Schafen, die furchtlos, und Widdern, die sehr furchtlos näher kommen, umd wenn man dann noch höher klettert und innehält, weil man Atem schöpfen muß, und aufblickt, dann sieht man hoch über sich das Steinfort Dun Aengus. Da liegt es noch fast genau wie vor tausend Jahren, als Sagengestalten übers Meer kamen und ein Fort bauten und es gegen alle Neuankömmlinge verteidigten. Schließlich steigt man über den Schutzwall spitzer Steinzacken, den *Chevaux-de-frise*, der einst Abwehr war, und über noch einen und noch einen Steinring, bis man plötzlich im innersten Kreis einen schönen, grünen Rasenplatz findet. Ringsum ist man von hohen Steinen eingeschlossen, ausgenommen die eine Stelle hoch über der Klippenwand, wo man hinunterblicken kann, viele hundert Fuß tief, und unten kriecht das grüne Meer über den Sand heran und zersplittert weiß auf den Felsen. Wenn man in die Ferne blickt, kann man Amerika sehen, falls man Wert darauf legt, jedenfalls ist es irgendwo da drüben und ein paar tausend Kilometer weiter weg.

Peter riß den Blick von der Tiefe und warf sich in voller Länge ins grüne Gras. Der Himmel über ihm war bepflastert mit weißen Wölkchen.

Eine große Stille hing über dem Dun Aengus. Bei seiner Ankunft hatten sich die weißgeschwänzten Kaninchen in ihren Bau geflüchtet, und eine Lerche war empört aufgestiegen und trillerte nun irgendwo hoch oben in den Lüften.

Peter sah sehr blaß aus, so blaß, daß die Sommersprossen sich deutlich abzeichneten. Während er bergaufstieg, war er ein paar Leuten begegnet, die sich bei seinem Anblick verstohlen bekreuzigt hatten: War's, weil er so bleich war unter dem flammend roten Haar? Oder weil es Unglück brachte, wenn einem ein Rothaariger abends über den Weg lief?

»O Gott, wie müde ich bin!« rief er und streckte die Arme weit aus, und das Gras kühlte ihm die heißen Hände.

Sein Anzug war zerdrückt. Er hatte nur eine unbestimmte Erinnerung an die letzten vierundzwanzig Stunden.

Wo war er gewesen? Wenn er scharf überlegte, würde es ihm vielleicht einfallen. Aber er preßte die schmale Hand auf die Stirn und fand, daß er nicht denken mochte.

Diese Tatsache, daß das Denken ihm schwerfiel, hatte ihm den ersten Schreck eingejagt. Denn das Schlimme war ja gerade, daß so viele Gedanken auf ihn einstürmten, und es war so schwer, sie richtig zu Ende zu denken und auseinanderzuhalten.

Zuerst hatte er nur gedacht, daß der Schlag auf den Kopf von ziemlich lang anhaltender Wirkung war.

Doch dann allmählich merkte er, daß etwas in ihm vorging, von dem er nichts wußte, das den Blick steinernen Entsetzens und überströmenden Mitleids in den Augen seiner Mutter

hervorrief. Er wußte nur, daß seine Ohren zu sausen begannen, stärker und stärker, ein Summton wie von einem Geister-
horn in einer Schlucht, und es hörte nicht auf, und er lauschte,
und wenn es endlich abbrach, hatte seine Mutter diesen Blick,
oder sein Vater sah bestürzt aus, oder Jo blickte ihn ernst und
unergründlich an, oder Mico, der gute Mico mit den sanften
Augen eines treuen Tieres, das einem die Hand leckt, wenn
man sich wehgetan hat.

Es widerfährt mir also etwas, dachte er. Aber was?

Wenn ich das Ohrensausen habe, tue ich scheinbar Seltsames, sonst würden mich die Leute – selbst Fremde – ja nicht
so anschauen.

Darum hatte er sich selbst beobachtet und aufgepaßt, so, als
ob er sich selbst über die Schulter sähe. So auch an dem Tag,
als das Ohrensausen plötzlich aufhörte und er sich neben
einer tränenüberströmten Jo wiederfand, inmitten einer
Menge fremder Männer mit dungverschmierten Stiefeln und
kurzen Peitschen und Stöcken in der Hand, der Gestank von
Kuhmist überall, in seiner Hand eine speicheltriefende Flöte.
Mit Jo hatte er das Weite gesucht, war zum Fluß geflüchtet
und tat so, als hätte er immer noch dieses Ohrensausen, und
dann hatte er seinen Kopf gehoben und gesagt: »Aber liebste
Jo, was wollen wir hier?« Er wollte sich nicht anmerken lassen, daß er etwas ahnte.

Er ging ihr aus dem Weg und beobachtete sich weiter, und
viele merkwürdige Dinge waren ihm aufgefallen. Er war
öfters zu Hause geblieben, und wenn das Summen kam, hatte
er sich in sein Zimmer eingeschlossen, damit, was auch
geschehen mochte, es ihm dort allein widerfuhr. Bis er hörte,
wie sein Vater und seine Mutter verzweifelt an die Tür klopften und baten: »O Peter, mach auf, bitte, mach auf!« Und er öffnete und sah ihre Gesichter und wußte: Selbst mein Zimmer
nützt mir nichts mehr, selbst dann erschrecke ich sie.

Das Ohrensausen kam immer häufiger.

Am letzten Abend – es war doch gestern abend? – wollte Jo
ihn abholen, und er betete: O Gott, laß es nicht sein, wenn Jo
kommt! Aber Gott war unerbittlich und ließ sich nicht drein-

reden in seine Gesetze; denn kurz bevor sie kam, überfiel ihn als erster Vorbote wieder das Ausgelöschtsein, das er nun schon so gut kannte, und er verließ das Haus durch die Hintertür und kletterte hinten über die Gartenmauer und rannte die Straße hinunter, bis er eine Wiese fand, wo niemand vorbeikam. Dort warf er sich ins Gras und wartete, daß das Ohrensausen beginnen sollte, und es mußte diesmal furchtbar lange gedauert haben; denn als er wieder zu sich kam, dämmerte schon der Morgen. Vielleicht war er auch vor lauter Erschöpfung eingeschlafen; denn es war hell, und die Schafe umringten ihn und betrachteten ihn wie kluge Schäferhunde mit auf die Seite gelegtem Kopf.

Er erhob sich und taumelte ein wenig, bis er sich wieder an den Gebrauch seiner Beine und Gliedmaßen gewöhnt hatte. Und dann sagte er sich: Nein, nein, so kann es nicht weitergehen, ich muß eine Lösung finden, und er wanderte durch die schlafende Stadt, und ein Polizist sah ihn seltsam an, und er sagte: »Schönen guten Morgen!« und ging weiter.

Wieso er zu den Docks kam, wußte er nicht, doch fand er dort eine Antwort; denn das Aran-Boot stand schon unter Dampf und war im Begriff, zu den Inseln hinüberzufahren. Von früheren Ausflügen her kannte er die Inseln gut, und auch der Rasen hier in der Steinfestung, auf dem er jetzt lag, war ihm eingefallen, und die Einsamkeit des Ortes, sobald die Ferienzeit vorüber war. Hier oben konnte man bis zu Beginn der nächsten Sommerferien allein sein, und niemand würde einen stören, die Tiere ausgenommen.

Auf dem Dampfer war es nicht so einfach gewesen. Er kannte die Leute, mußte aber kühl und fremd tun. Er war froh, daß er wenigstens Geld genug für die Überfahrt in der Tasche hatte.

Die nach Claddagh heimkehrenden Fischerboote hatte er wohl gesehen, auch Micos. Wie konnte man Mico nicht erkennen bei seinem Mal im Gesicht und seinen großen Vater und seinen zusammengekauerten Großvater am Steuer? Und er hatte seinen Arm schon halb erhoben, um zu winken, da war ihm plötzlich ein anderer Gedanke gekommen, und er hatte sich geduckt und gehofft, daß Micos scharfe Augen die hastige Bewegung nicht bemerkten.

Das Ohrensausen hatte ihn überfallen, als sie auf halbem Wege zu den Inseln waren. Er war ans Heck gegangen, hatte sich über die Reling gelegt, seine Brust ganz fest gegen Holz und Eisen gepreßt, und dabei gesagt: Ich muß hierbleiben, die ganze Zeit hier an der Reling, und er hatte ständig in das grünweiß aufquirlende Kielwasser geblickt, und es war vorübergegangen.

Als der Dampfer am Pier anlegte, steckte er die Hände in die Taschen, näherte sich einem der Männer und sagte ihm, daß er heute abend noch nicht zurückfahren würde. Er war über die gepflasterte Ufermauer geschlendert, vorbei an den Leuten, und dabei konnte er seine klaren, scharfen Gedanken fassen, wie einst jeden Tag, als das Unglück noch nicht geschehen war.

Ich verliere den Verstand, hatte er sich gesagt.

War das von Bedeutung?

»Warum, oh, warum, mein Gott, mußte mir so etwas passieren«, rief er laut in die stillen Lüfte und den ewig-gleichen Himmel.

So vieles hatte er tun und lernen und herausfinden wollen. Was wird also aus dir, wenn du den Verstand verlierst? Weißt du es denn nicht? Sie sperren dich in das vierstöckige Haus aus Granitblöcken, und bis an dein Lebensende hast du schwere Eisenstangen vor deinem Gesicht und eine verriegelte Tür, und in deinen klaren Augenblicken wirst du von den großen Träumen träumen, die du wahrmachen wolltest, aber sie werden vergehen und versinken wie ein Schiff, wenn die Wellen deines Wahnsinns wieder darüber herfallen.

So steht's also. Das ist doch ganz klar. Aber du willst kein Verrückter sein. Auf Gottes Geheiß wahnsinnig, nicht aus freiem Willen. Nein, das will ich nicht sein.

Ich sehe meine Mutter, meine schöne, hilflos zitternde Mutter, und der Schmerz schneidet mir ins Herz. Sie war das Kind und ich der Vater. Habe ich sie nicht oft aufs Knie genommen? Und die scheue, nie gezeigte Liebe, die er für seinen

Vater hegte, den Sportsmenschen mit dem rotbraunen Gesicht, der so stolz auf seinen klugen Sohn war und dies öffentlich kundtat, ob er nun Enten schoß oder ein Glas Porter im rauchigen Pub am See trank. Ginge es nur um meinen geliebten Vater, vielleicht wäre es ihm egal. Wäre ich Mico, wohl auch. Denn Mico hatte die Stärke von zehn Männern, die ihm irgendwie eingepflanzt worden war. Und was, o Gott, hätte Jo wohl von mir, wenn ich meinen Verstand nicht mehr habe? Jo war eine ruhige, analytische Größe, die er nur hatte erobern können, weil er Grütze im Kopf hatte.

Was nützt mir der Himmel, wenn ich ihn nur aus Augen ansehen kann, die leer sind wie eine Kamera ohne Film? Was nützt mir das Meer oder der Himmel oder meine Freude oder meine Empfindungen gegenüber hungrigen, ausgemergelten Kindern oder müden, abgerackerten Arbeitslosen, die nichts schaffen können, weil die Menschen sich nicht um ihr Wohlergehen kümmern? Warum sollte er all das sehen, wenn in seinem Kopf nichts mehr war, um zu helfen und etwas zu ändern? Sein Kopf würde wie eine leere Blechbüchse sein, in der eine Erbse herumrollt. Zu nichts mehr zu gebrauchen.

Sie würden es nie genau erfahren. Es könnte ein Unfall gewesen sein. Ganz gleich, was sie sagen, sie werden es nie wirklich wissen. Keiner kann etwas beweisen oder widerlegen.

Als das Ohrensausen von neuem kam, preßte er die Hände gegen die Schläfen und konzentrierte all sein Denken auf einen einzigen Punkt: nicht an Jo denken, nicht an ihre ernsten Augen denken, nicht an ihre geschlossenen Augen denken, wenn er sie küßte und sie aussah wie eine geistesabwesende Heilige; nicht an die Tränen in den Augen seiner Mutter denken, nicht an den Kummer in seines Vaters Gesicht, nicht an den großen Mico mit seinem Mal, der wie ein Riese den Kampf mit der Armut aufnahm – all solche Gedanken ausschließen für immer und ewig – , und er rollte sich über die Klippenkante.

Dreimal überschlug sich sein Körper in der Luft, seine Hände den Kopf haltend, ehe er unten auf den schwarzen Felsen aufprallte und von dort ins Meer geschleudert wurde. Sein hellgrauer Anzug wurde dunkel, als das gierige Wasser sich in ihn einsog, und ein Knabe, der in der Nähe gefischt hatte, sprang auf und schrie, rannte fort und schrie. Die Möwen flatterten erschreckt und empört umher und kreischten wegen des Übergriffs auf ihr Reich.

Der Abendhimmel war sehr rot, und die Sonne über dem Atlantik blutete sich zu Tode.

13

Die drei kamen langsam den Hügel von Rahoon herunter.

Es war ein schöner Tag, und mit ihren schweren Stiefeln wirbelten sie den Straßenstaub auf.

Zwei große Menschen und in der Mitte der kleine Twacky. Sie sprachen nicht. Zum Sprechen waren sie zu traurig, jeder auf seine Art traurig.

Mico – nun – eben darum. Wo sollte er die Worte finden, um darüber zu sprechen? Seine Brust war so erfüllt davon wie ein Faß voll Regenwasser. Und der lange Padneen O'Meara. Der wurde langsam wunderlich. Daran bestand kein Zweifel. Er hatte den Schreck wegen des unglückseligen Schlages nicht verwinden können. Durch alle Pubs war er gezogen und hatte allen Leuten gesagt: »Hört zu, Leute, ich hab's nicht absichtlich getan – bestimmt nicht! Der Ball kam angeflogen...« Schließlich bekamen sie es satt. Es nützte nichts, wenn man ihm sagte, so etwas käme jeden Tag und bei jedem Spiel vor, beim Fußball und Rugby und American Football und Hockey und Eishockey und so weiter. Nein, er ließ sich nicht beruhigen, und daß Peter nun so ums Leben gekommen war, machte es nur noch schlimmer. Padneen trank jetzt, so oft er Geld hatte, und aus dem prächtigen Burschen mit dem Waschbrettbauch war ein in sich zusammengefallener Unglücksrabe mit hängenden Schultern und blutunterlaufenen Augen und einer Bierwampe geworden. Er litt nun schweigend, und Frieden fand er nur dadurch, daß er sein Denken betäubte.

Twacky war traurig, weil Mico traurig war.

Autos überholten sie und viele junge Menschen auf Fahrrädern.

Ein junger Mensch war beerdigt worden. Peter hätte Freude gehabt an seinem Begräbnis. Aber das ging keinen etwas an.

Was bedeutete die tiefe Grube in Rahoon? Wichtig war allein der Anblick von Peters Eltern und Jos weißem Gesicht.

Peter würde gesagt haben: »Endlich berühmt!« Das war nämlich einer seiner Lieblingssprüche gewesen: »Mico, in Irland wird man erst durch seinen Grabstein berühmt.« Das hatte er oft gesagt. Jetzt bist du berühmt, Peter, dachte Mico. Bald wird auf dem Grabstein stehen: Peter Cusack, 22 Jahre alt.

Es schauerte ihn, als sie den Friedhof verließen. Obwohl die Sonne schien, war ihm kalt. So vieles konnte er nicht verstehen, so vieles, das er nie verstehen würde, so sehr auch die Fühler seines Denkens das Rätsel abtasten mochten. Es war ihm, als stünde Peter draußen am Tor und erwarte sie. Er hatte Angst, sich umzudrehen, weil Peter vielleicht am Tor stand, einen sehnsüchtigen Blick in den erloschenen Augen: »He, Kerle, warum geht ihr und laßt mich allein? Was habe ich euch getan? Geht nicht! Kommt wieder und sprecht mit mir!

Heiser sagte er: »Kommt, wir gehen rein und trinken ein Glas.«

Padneen fuhr sich mit der Hand über den Mund: »O Gott, wie gern, ich kann's kaum noch aushalten!«

Sie kehrten in einen kleinen, dunklen Pub ein. Das große Fenster zur Straße war mit Spinnweben überzogen und voll von leeren Whiskey-Reklameflaschen. Das Licht sickerte dazwischen herein. Sie saßen auf Fässern, nahmen große Seidel in die Hand und tranken in langen, tiefen Zügen, und keiner sprach ein Wort. Sie saßen in dem düsteren Pub und beobachteten, wie sich die Fliegen an den verschütteten Biertropfen auf dem Tresen labten. Der dicke Wirt versuchte sie mit einem Lappen wegzuscheuchen und zog sich wieder zur

Kasse zurück. Er war gescheit wie ein guter Frisör, der genau weiß, wann's erwünscht ist, daß man etwas sagt.

Mico fühlte sich leer, und das Bier, das ihm durch die Kehle in den Bauch rann, tat ihm gut. Heute abend fahren wir sowieso aus, dachte er, und draußen auf dem Meer und bei all der schweren Arbeit kommt man leichter darüber hinweg. Warum, in Gottes Namen, nimmt mich alles so mit?

»Noch eins«, sagte er und stand auf.

»Das ist meine Runde«, entgegnete Twacky und legte Geld auf den Tresen.

Sie tranken noch ein weiteres Glas, und dann stand Mico auf, und Twacky begleitete ihn, aber Padneen blieb. Für Padneen muß ich bald etwas tun, dachte Mico. Er kommt unter die Räder, wenn er's noch länger so treibt.

Twacky gab sich große Mühe um Mico, während sie nach Claddagh hinabgingen. Mit seinen großen Füßen stampfte er den Weg entlang, die Hände in den Taschen.

»Nimm's nicht so schwer, Mico!« bat er. »Peter war natürlich ein furchtbar guter Kerl, aber nun ist er tot und... Mico, ich...«

»Laß nur, Twacky! Wenn ich erst wieder auf See bin, geht alles vorüber.«

»Ja, da hast du recht. Hör mal, Mico, eines Tages werden dein Vater und mein Alter nicht mehr arbeiten können, nicht wahr?«

»Sicher«, antwortete Mico.

»Und dann bekommen wir die Boote, oder?«

»Ja, so ist's wenigstens hier Sitte«, antwortete Mico.

»Nun sieh mal, Mico, könnten wir beide denn nicht in einem Boot arbeiten? Ginge das nicht, Mico?«

»Das könnten wir wohl, Twacky, aber was soll denn da aus deinen Söhnen werden? Mindestens einen willst du doch dann mit ins Boot nehmen!«

»Ich und Söhne!« rief Twacky. »Weißt du, lieber würd ich ins Wasser gehen, als so ein verdammtes Mädchen zu heiraten. Das ist nichts für mich, Mico. Ich heirate nie, das kannst du mir glauben, selbst wenn ich einen Hochseetrawler als Mitgift bekäme!«

»Solche Mädchen gibt's nur sehr selten, Twacky. Aber du könntest mal einem Mädchen begegnen, das dir gefällt – einer Netten, und die willst du dann auch heiraten, und dann wirst du ja wohl auch Söhne bekommen.«

»Ach nee, niemals!« rief Twacky ganz aufgeregt. »Sie sind alle so heimtückisch wie Haifische! Da machen sie einem schöne Augen und lächeln süß, bis sie einen geschnappt haben. Und von da an behandeln sie einen wie 'n alten Esel, den sie in der Straße aufgelesen haben.«

»Lieber Himmel, Twacky«, sagte Mico und fühlte, wie ihm eine Last vom Herzen fiel; er klopfte Twacky derb auf die Schulter. »Wenn du so über die Frauen denkst, bekommst du bestimmt im ganzen Leben keine Söhne, und dann könnte es ja tatsächlich etwas mit uns werden!«

»Aber du, Mico, wie steht's mit dir? Willst du denn nicht heiraten?«

»Es sieht nicht gerade so aus, Twacky«, erwiderte Mico. »Mich nimmt höchstens eine alte Nebelkrähe. Ein hübsches junges Mädchen will nicht in so ein Gesicht wie meins sehen.«

»Wieso? Was ist denn mit deinem Gesicht?« fragte Twacky entrüstet. »Dein Gesicht ist völlig in Ordnung. Niemand nimmt Notiz von deinem Gesicht.«

»Ah Twacky, wir wollen uns nicht drum streiten! Die Zeit wird's auch ohne unser Zutun entscheiden. Wenn uns kein Mädchen kapert und wir keine Söhne bekommen, dann tun wir beide uns zusammen. Heute nacht fischen wir den Sund ab – oder geht ihr auf die andere Seite nach Ballyvaughan?«

»Ich weiß noch nicht«, antwortete Twacky. »Jedenfalls sehen wir uns. Wir werden's schon wissen, sobald der Großvater die Nase in den Wind gesteckt hat.«

»Also bis nachher«, sagte Mico, als Twacky in der Nähe seines Elternhauses abbog.

Mico drehte sich nicht mehr um. Aber Twacky sah ihm noch eine Zeitlang mit stillen, ernsten Augen nach. Er dachte, wenigstens hab ich ihn ein bißchen zum Lachen gebracht, obwohl es nicht leicht war. Er wartete, bis Mico zu seinem Haus abbog, und dann steckte er seine Hände in die Taschen und machte sich auf den Heimweg. Er war noch ein gutes Stück entfernt, da hörte er schon die schrille Stimme seiner Mutter herumschreien. Er sah ihr schmales Gesicht, die Haare hingen ihr im Gesicht, als sie sich über das Feuer beugte, um das Essen auf den Tisch zu stellen. Und er konnte sich vorstellen, wie sein Vater, dieser ruhige Mann, in der Ecke saß, seine Gedanken weit weg, und ihr Geschrei ging ihm zum einen Ohr hinein, zum andern wieder hinaus, während er an die schönsten Dinge dachte. Dieses elende Gekläff, sagte sich Twacky, als er die Halbtür öffnete und eintrat. Er warf seine Mütze quer durch den Raum auf den Haken über dem hinteren Tisch und rief streitlustig: »Ist das Essen fertig? He, Ma, ist das Essen fertig?« Sie verstummte sofort und kümmerte sich um ihn. So geht's, dachte Twacky, als er einen Stuhl an den Tisch zog, schrei sie an, verlang was und schon fressen sie dir aus der Hand. Er blinzelte seinem Vater zu und rieb sich die Hände. Seine Mutter ging zur Tür, und mit einer Stimme, die selbst Toten durch Mark und Bein geht, rief sie Twackys Brüder und Schwestern zum Essen.

Bevor Mico die Tür aufmachte, konnte er die gebratenen Zwiebeln riechen. Es gab also heute abend gebratenen Speck und Zwiebeln. Er sah sie schon vor sich. Schrecklich, dachte er, daß ich nach dem, was gewesen ist, an Essen überhaupt denken kann! Vielleicht kommt's daher, weil ich so groß bin? Ich will ja Peter nicht weh tun.

Er trat ein.

Seine Mutter bückte sich über die Bratpfanne. Tommy saß auf dem Fensterplatz, wo früher immer der Vater gesessen hatte, bis Tommy behauptete, er brauche das Licht, um studieren zu können. Sogar beim Essen mußte er lesen. Er hatte so viel zu lernen. Immer mußte er über den Büchern sitzen, sonst würde er's nie schaffen. Also hatte Micil sich lachend mit einem schlechteren Platz begnügt. Ihm war das ganz egal. Ein Tisch war weiter nichts als ein Brett, auf dem Teller standen, aus denen man aß. Micil saß nun auf der anderen Seite des Feuers, ein Fuß auf dem Knie, die Arme auf dem Rücken verschränkt, die Finger gefaltet. Prüfend blickte er auf Mico, seine Augen ein wenig besorgt. Großvater horchte in seiner Kammer auf.

Die drei sahen auf, als er hereinkam. Er erwiderte ihren Blick, zog die Jacke aus, hängte sie hinter die Tür und nahm gegenüber von Tommy Platz. Tommy versenkte sich wieder in den dicken Wälzer, den er hinter seinem Teller aufgebaut hatte. Keiner sagte etwas. Nur das Brutzeln von Speck und Zwiebeln war zu hören. Mico wußte, daß sie erst zu sprechen aufgehört hatten, als er in die Küche gekommen war. Es war ihm gleichgültig.

»Du warst nicht bei der Beerdigung«, sagte er ganz ruhig zu Tommy.

Tommy zog die Augenbrauen hoch und sah ihn an.

»Nein«, antwortete er. »Das war ich nicht.«

»Fast alle Studenten waren da.«

»Vielleicht waren es seine Freunde«, erwiderte Tommy.

»Ach so«, sagte Mico und versank in Schweigen. Mehr fällt ihm nicht ein, was soll's? Er fühlte, wie ihm das Blut zu Kopfe stieg, aber was nützte es, seinem Schmerz um Peter jetzt in Ärger über Tommy Luft zu machen?

»Das Essen ist fertig«, rief Delia und brachte eine heiße Schüssel, die sie mit den Schürzenzipfeln hielt, um sich nicht die Finger zu verbrennen. Sie stellte sie vor Tommy. »Komm an den Tisch«, sagte sie zu Micil und zu Mico gewandt: »Sag deinem Großvater, das Essen ist fertig.« Mico drehte sich um und rief durch die geschlossene Tür: »Äh, Großvater, Essen!« Er wandte sich wieder dem Tisch zu und nahm Messer und Gabel in die Hand. Micil bewegte seine massige Gestalt und nahm neben Mico Platz. Sie hatten den Tisch vom Fenster weggezogen, so daß gegenüber zwei Plätze waren, für die beiden Großen. Großvater und Delia saßen zusammen; sie waren die kleinsten.

Der Großvater kam aus der Kammer und nahm schweigend Platz. Im Vorbeigehen hatte er Mico die Hand auf die Schulter gelegt.

»War's ein schönes Begräbnis, Mico?« fragte er.

»Ja, Großvater, ein schönes Begräbnis; es waren so viele Menschen da. Er hatte eine Menge Freunde.«

»Hm«, sagte der Alte.

»Er war noch so jung«, meinte Micil. »Zum Sterben war er zu jung!«

»Wie«, erwiderte der Alte, »ist er der einzige Tote?«

Sie sahen ihn an.

»Was heißt denn Sterben? Unser Leben ist kurz. Wie kurz ist unser Leben, wenn wir einen Stein betrachten, selbst einen Stein, den die See seit Jahren kleinschleift. Wie viele Jahre braucht das Meer, um aus einem Felsen einen Kieselstein zu machen? Lange Zeit. Und doch ist es kurz, wenn ihr bedenkt, wie alt die Sonne und der Mond sind. Sogar ein Boot, das aus Holz gebaut und allmählich vom Seewasser zerfressen wird, selbst ein Boot lebt länger als der Mensch. Hab ich nicht recht, Micil? Gott liebt die Menschen jung!«

»Ja, das stimmt, Vater«, sagte Micil und spießte sich eine Kartoffel auf, die Delia dampfend heiß aus dem Kochtopf auf die Mitte des Holztisches geschüttet hatte.

Tommy erhobt die Stimme: »Nun, dann wollen wir nur hoffen, daß Gott auch junge Kommunisten liebt. Denn das bekommt er in Cusack.«

Drei Gesichter sahen vom Teller auf und blickten Tommy an, so daß er etwas unbehaglich hin- und herrutschte und sogar etwas rot wurde.

Der Großvater sprach weiter, als wäre er überhaupt nicht unterbrochen worden: »Das da oben wäre ein seltsamer Ort, wenn nicht auch junge Menschen da wären. Sonst wäre es ja wie das Leben im Armenhaus in Loughrea, wenn man in einem Ort mit lauter weißbärtigen alten Burschen eingesperrt wäre. Nein, sie müssen alle mit Umsicht ausgesucht werden, damit die Gesellschaft bestens zusammenpaßt.«

»Meiner Ansicht nach neigte er jedenfalls zum Kommunismus«, sagte Tommy und hob die Stimme. »Er hatte ganz ungewöhnliche Ideen. Nichts in unserem Land war ihm gut genug.« Und im stillen dachte er: Wer sind die hier, daß sie

mich zum Schweigen bringen wollen? Sie sind ja völlig unge-
bildet!

Und er hielt ihnen einen Vortrag und fuhr dabei mit der
Gabel durch die Luft: »Nein, sage ich euch, für Cusack war es
vielleicht ganz gut, daß es solch Ende mit ihm nahm. Er war
zu unklar. Seine Gedanken bewegten sich auf einem falschen
Geleise. Immer ließ seine Logik sich von seinem Gefühl be-
einflussen, und das mußte schließlich schlimm enden. Schon
an dem ersten Tag, als ich ihn kennenlernte, wußte ich, daß er
einen Tick hat. Daß etwas nicht stimmte. Seine Augen waren
so seltsam unruhig, und seinen Körper konnte er auch nie
still halten. Von früh bis spät zuckte es ihm in allen Gliedern.
Da wußte ich sofort, daß er unausgeglichen war. Aber es erfor-
dert schon einen reichlichen Mangel an Nachdenken und
Gleichgewicht, wenn man schließlich *felo de se* verübt. Darin
liegt keine Größe, wenn man sich eine Klippe hinunterstürzt.
Das ist Feigheit. Und wenn du mir etwa erzählen willst, daß
Gott am Himmelstor steht, um Cusack mit offenen Armen
willkommen zu heißen, dann liegst du voll daneben.«

Delia kreischte auf: »Micil!« schrie sie. »Halt ihn fest!«

Mico hatte sich weit über den Tisch vorgebeugt. Mit seinen
langen Armen hatte er Tommy am Kragen gepackt und hoch-
gezerrt, und nun holte er mit der Faust aus, um ihm ins
Gesicht zu schlagen. Er war ganz blaß, seine Augen waren rot.
Micil griff nach seinem Arm, aber er konnte den Schlag nur
abschwächen, nicht verhindern. Tommy wurde an der Schläfe
getroffen und fiel mit dem Stuhl um und Tommy lag da, mit
dem Kopf an der weißen Wand, vor Angst wie gelähmt.

Mico war aufgesprungen, riß an den Armen seines Vaters,
und auf der anderen Seite hielt ihn der Großvater. Zwischen
seinen zusammengebissenen Zähnen stieß er Worte hervor.
Er dachte langsam, aber die Worte kamen schnell und unzu-
sammenhängend.

»Du Grammophon, du!« sagte er. »Du altes Grammophon!
Du stopfst dir Dinge in den Kopf, anderer Leute Gedanken,
und frißt sie in dich hinein, und jemand drückt auf den Wie-
dergabeknopf, und dann leierst du sie runter: Yah-yah-yah!

Peter, Peter, Peter, der machte sich seine eigenen Gedanken. Der hat nichts nachgeplappert. Du falscher Fuffziger, du! Du bringst nicht einmal ein Drittel von dem, was Peter konnte. Nicht einmal ein Drittel.«

»Hör auf!« schrie Delia plötzlich und schlug ihm ins Gesicht. »Halt die Schnauze, du Affe, du Gorilla, hör auf!«

Der wilde Blick wich aus seinen Augen. Er richtete sich auf und sah sie an.

»Schon gut«, sagte er. »Tut mir leid, daß ich ihn geschlagen habe. Ich wollte ihn nicht schlagen. Solche Sachen darf er nicht sagen. Peter hat das nicht verdient.«

»Du bist bloß eifersüchtig«, entgegnete sie ihm, »weil dein Bruder mit Verstand zur Welt gekommen ist und mehr wird als bloß ein dummer Fischer!«

»Nein, darum geht's nicht«, entgegnete Mico müde.

»O doch, das weiß ich.«

»Willst du jetzt still sein, Delia!« drohte Micil.

Sie schlug sich mit der geballten Faust auf die Brust. »Hier hab ich's gespürt. Ich hab's beobachtet, wie er Tommy ansieht. Und wie er in seinen Büchern blättert. Und Tommys Anzüge befühlt. Kann Tommy etwas dafür, daß er klug geboren worden ist?«

»Ich gehe zum Boot hinunter, Vater«, sagte Mico. »Ich warte dort auf dich.«

Er nahm die Jacke und ging aus der Tür.

»Du hast an allem schuld«, sagte Delia jetzt zum Großvater, der auf der anderen Tischseite friedlich seine Kartoffeln aß. »Wenn du nicht gewesen wärst, hätte es nicht passieren können!«

»Ja«, sagte der Großvater, »schimpf du nur auf alle, bloß nicht auf den Schuldigen! Du entdeckst keinen einzigen Fehler an deinem Wunderkind! Schimpf du nur mit mir! Ich schere mich einen Dreck darum. Mir tut's nur leid, daß er ihn nicht richtig erwischt hat. Und jetzt geh ich lieber, bevor es richtig losgeht. Ich treffe dich am Boot, Micil. Noch ein Bissen mehr in diesem Haus hier würde mir einfach in der Kehle steckenbleiben.« Damit ging er.

»Wie geht's dir, Tommy?« fragte sie und drehte sich zu ihm um. Er stand vor dem Feuer und hielt sich den Kopf. »Hat er dir weh getan, mein Lieber? Hat er dir wirklich weh getan?«

»Hör doch auf, um Gottes willen!« mischte sich Micil ein. »Er hat ihn ja bloß ein bißchen gestoßen!«

»Natürlich, du mußt ja immer seine Partei ergreifen, Micil!« ging sie jetzt auf ihn los. »Warum? Weil deiner Meinung nach keiner was taugt, der sich nicht die Hände beim Fischfang schmutzig gemacht hat? Meinst du das? Sag es mir! Ist es deshalb?«

»Verflucht noch mal«, rief Micil mit rotem Gesicht, »das ist nicht wahr! Ich bin stolz auf meine beiden Söhne. Das bin ich wirklich. Ich freue mich, daß der eine klug ist. Aber Mico ist wie ich. Tommy kann ich nicht verstehen. Das kapier ich nicht. Ich bin nur ein einfacher Mann. Oh, laßt mich bloß hier weg. Ich will auf die See. Gott segne das Meer, sag ich. Es ist der einzige Ort in der ganzen Welt, wo der Mensch Ruhe und Frieden hat.«

»Da hast du recht«, erwiderte sie. »Lauf nur weg, Big Micil. Lauf wieder weg, wie du auch vor allem anderen ausreißt, was dir nicht paßt. Aber ewig kannst du nicht abhauen, eines Tages mußt du's auf dich nehmen: wenn nämlich Micos Eifersucht deinen ältesten Sohn umgebracht hat!«

Sie mußte sich über die Halbtür beugen und ihm die letzten Worte nachschreien.

Sie lehnte sie sich gegen den Türpfosten und ließ den Kopf sinken. O Gott, dachte sie, was ist nur über uns gekommen? Warum mußte dieser Cusack ihnen überhaupt in den Weg laufen? Seit Tommy in die Oberschule ging, hatte sie ständig den Namen Cusack gehört. Von Tommy oder von Mico.

Sie ging wieder in die Küche.

»Er hat's nicht so gemeint, Tommy«, hörte sie sich zu ihrer eigenen Überraschung sagen. Es war ein Winkel in ihrem Herzen, der eingestehen wollte, daß Mico sehr litt. »Es kam nur, weil er aufgeregt war.« Vielleicht kann ich jetzt so sprechen, dachte sie, weil ich aus Tommy alles gemacht habe, was ich mir vorgenommen hatte. Ich hab gespart und gegeizt und mir die Hände bis auf die Knochen abgearbeitet, nur damit er werden konnte, was er jetzt ist. Nun habe ich meine Aufgabe fast erledigt, und nichts kann ihm mehr passieren. Sie sah ihn an. Für sie war sein mürrischer Mund schön. Die hohe Stirn mit dem hellen Haar. Die weißen Kragenspitzen über der breiten blauen Krawatte. Ja, sein Gesicht hatte Züge, wie man sie nur bei feinen Herren findet. Das hab ich aus ihm gemacht.

Endlich eine Gelegenheit, um mich von hier zu lösen, dachte Tommy. Mico kann machen, was er will, bietet er mir doch nur den Vorwand, das zu tun, was ich ohnehin will.

»Laß nur, Mutter«, sagte er und wischte alles vom Tisch, rückte die Krawatte zurecht und setzte sich wieder. »Der arme Mico war eben ganz vernarrt in den Burschen, darum geht's. Aber du siehst ja nun, daß ich nicht länger hierbleiben kann. Ich muß mich auf das nächste Examen vorbereiten und gleichzeitig unterrichten. Das geht hier nicht. Ich muß mir irgendwo ein eigenes kleines Zimmer suchen, damit ich meine Ruhe habe, irgendwo in der Stadt.«

»O Tommy«, sagte sie und sank in ihren Stuhl, sah im Nu alt und hager und vergrämt aus.

Mutter wird alt, dachte Tommy. Schrecklich alt. Sie sollte sich wirklich besser pflegen. Ob ich sie wohl dazu überreden kann, daß sie auf der Straße Hut und Mantel trägt anstatt des Umhängetuches? Es geht doch nicht, daß meine Freunde auf der Straße mit dem Finger auf die Frau aus Claddagh zeigen und sagen: »He, seht mal, das ist Tommys Mutter!« Aber zuerst mußte er das Zimmer haben. Das war im Augenblick wichtiger.

Mico saß im Boot und hielt die Hände vor das Gesicht. Er zitterte an allen Gliedern. So fand ihn der Großvater. Er stieg nicht ins Boot, sondern setzte sich auf die Ufermauer und ließ die Beine herunterhängen. Er sah Mico an, nahm die Pfeife aus der Tasche und steckte sie in den Mund.

»Du solltest nicht die Beherrschung verlieren, Mico«, sagte er.

Mico blickte nicht auf. »Ich weiß, Großvater«, sagte er.

»Das tut nicht gut. Launen sind eine gefährliche Sache. So etwas darf sich ein Mann nicht erlauben. Schweigen ist eine bessere Waffe als ein Faustschlag.«

»Wenn es nicht gerade heute gewesen wäre, hätte es mir auch nicht so viel ausgemacht«, sagte Mico und betrachtete seine Hände. »Nur heute nicht! – Er hat ihn nie leiden können! Ich hab's nicht aus Eifersucht getan, Großvater, ich bin nicht eifersüchtig auf Tommy. Das kann ich beschwören. Ich bin beinah stolz, daß wir so einen in der Familie haben. Aber Peter hatte ich so gern, sehr gern! Und dann mußte ich heute zusehen, wie er in die Erde kommt, und mir nachher Tommy anhören.«

»Ich weiß«, sagte der Großvater. »Ich weiß ja, es war nicht auszuhalten. Fast hätt ich ihm selbst eins versetzt! Er mag sehr schlau sein, aber er besitzt nicht so viel Verstand wie ein Kaninchen. Nein, bei dem lohnt sich's nicht, Mico.«

»Es war doch nicht schlimm, daß Peter so gestorben ist, nicht wahr, Großvater?« fragte Mico und blickte zum erstenmal auf.

»Ich glaube nicht«, antwortete der Großvater und sah in den Himmel. »Wir können nicht wissen, wie er starb. Es heißt ja, daß er ausgerutscht ist. Stell dir das doch mal vor, Mico: wie er ausrutscht?«

»Ja, ich will's versuchen, Großvater.«

»Das ist recht, mein Junge«, lobte ihn der Alte. »Es geht vorbei, Mico. Weiß Gott, es geht bestimmt vorbei. Wir Fischer sind nicht so leicht umzuwerfen wie andere Menschen. Wenn ein Bauer, der die Füße immer auf der Erde hat, mit Unglück geschlagen wird, dann ist es so, als wäre er ein Blitzableiter. Alles trifft ihn. Aber wenn man sein Leben draußen auf dem Meer lebt, dann ist der Tod und die Art, wie man stirbt, nicht mehr so qualvoll. Denn da draußen ist alles groß, und der Mensch ist nur ein winziges, kleines Etwas.«

»Ja, ja«, sagte Mico, stand auf und löste das Tau vom Mast. Dann kam Micil; er sah immer noch zornig aus. »Ist alles an Bord, Vater?« fragte er.

»Ja, aber warum fragst du mich das?«

»Ist ja gut, ich frage ja nur. Ich habe mir nichts dabei gedacht.« Er schaute ins Boot und sah den gekrümmten Rücken seines jungen Sohnes.

»Vater«, sagte er mit durchdringender Stimme, »ich habe nachgedacht.«

»O je, das ist ja ein Wunder!« rief der Großvater. »Bist du dir sicher?«

»Ich habe gedacht«, fuhr Micil unbeirrt fort, »daß ich und Mico diesmal länger wegbleiben wollen. Glaubst du nicht, Vater, daß es ganz gut wäre, wenn wir eine Zeitlang in Cleggan fischten? Wir könnten zur Abwechslung den Heringsschwärmen nachziehen und gleichzeitig Onkel James besuchen. Was hältst du davon, Vater?« Er tat so, als merkte er nicht, wie Mico ihn mit offenem Mund anstarrte.

Der Alte sah ihn ebenfalls ganz erstaunt an und stand sogar auf.

»Potztausend, Micil«, sagte er, »ich hätte nie geglaubt, daß du's in dir hast! Nun sieh mal einer an! Was dich auch auf den Gedanken gebracht haben mag – jedenfalls ist's der glänzendste Einfall, den du je gehabt hast!«

»Und du, Mico«, sagte Micil freudestrahlend, weil sein Vater ihn lobte, »und du, Mico, was hältst du von meinem Plan?«

Mico sah auf und sagte gar nichts. Nach einer Weile gab er langsam zur Antwort: »Es ist ein wunderbarer Plan, Vater!«

Micil wurde rot vor Stolz, kratzte sich am Kopf und fing an, unruhig herumzuwirtschaften. »Was zum Teufel wollen wir also noch hier?« fragte er. »Höchste Zeit, daß wir die Segel setzen! Zwei Tage brauchen wir, bis wir dort sind! Laß uns fahren! Heute bis Rosmuc, dort bleiben wir die Nacht über draußen, und dann Richtung Westen!«

Sie hantierten geschäftigt hin und her, um startklar zu werden, und es dauerte nicht lange, da fuhren sie auf den Fluß hinaus, und der Wind fiel ins Segel, und sie drehten sich um und winkten dem kleinen Mann auf der Kaimauer noch einmal zu. Weiß der Himmel, dachte der Alte, aber Micil ist ein erstaunlicher Mensch. Er schüttelte den Kopf und lachte vor sich hin, und dann faßte er in die Tasche und holte die weiße

Angelschnur, wickelte ein Stück ab, holte seine Büchse mit Würmern hinter dem Poller hervor und machte sich seufzend auf die Beine. Am Ende des Kais setzte er sich ächzend neben einen anderen Alten, der den Hut in die Augen gezogen hatte und die Angel bewegungslos über den Fluß hielt. Das schwarze Boot nahm Kurs auf die offene Bucht.

14

»Er tut's«, rief Maeve.

»Das wird er nicht«, antwortete Coimín.

»Er tut's ganz bestimmt nicht«, meinte Mico.

»Abwarten!« erwiderte Maeve.

Sie kehrten nach Aughris zu Onkel James zurück. Es war ein Novemberabend, und die Luft war kühl, obwohl es tagsüber ungewöhnlich schön gewesen war. Ja, es war für die Jahreszeit so außerordentlich schönes Wetter gewesen, daß die älteren Leute sich die Köpfe zerbrachen, um in ihrer Erinnerung einen Novembertag aufzustöbern, der ebenso schön gewesen war. Ein wolkenlos blauer Himmel, über den sich nur ein feiner Schleier spann – und nachts schien der Mond. Es war kein sehr großer Mond – nicht wie der im Spätsommer –, doch war's ein ganz ansehnlicher Mond, klein und kühl, der sich alle Mühe gab, den Nebelschleier zu durchbrechen. Man konnte die Straße erkennen und das ruhig schimmernde Meer sehen, und man hört in Inisboffin einen Hund bellen, dem ein einsamer Köter auf Omey Island antwortete. Maeve ging in der Mitte und hatte sich bei beiden eingehakt.

Wie überrascht sie gewesen waren, als Mico kam. Das allein war schon das Kommen wert gewesen: sie so zu überraschen! Ihr Haus hatte er ganz leicht gefunden; denn wie hätte er wohl vergessen können, an welcher Stelle sie es bauen wollten. Und da stand es nun, genau wie sie's gesagt hatten, als ob die Feen es in einer einzigen Nacht hingestellt hätten. Eine kleine Mauer lief ringsherum, und ein Tor war da, das Coimín selbst gezimmert hatte, und ein mit Kies befestigter Pfad führte zum Haus, und zu beiden Seiten war er mit weißen Steinen eingefaßt, die sie unten am Strand gesucht hatten. Schöne, blühende Stauden wuchsen im Garten; denn gegen den räuberischen Wind waren sie durch den kleinen Hügel geschützt. Das Haus war weiß getüncht, Tür und Fenster rot gestrichen, die Scheiben spiegelblank geputzt, und dahinter sah man Blumentöpfe und helle Chintzgardinen. Gerade so hatte er sich's vorgestellt, von außen und von innen.

»Mein Gott«, rief Coimín, »es ist Mico! Wo kommst du denn her? Sei willkommen wie gutes Torfwetter, und Maeve, mein Schatz, setz sofort den Teekessel auf umd koch ihm auch ein Ei!«

»Keine Umstände!« erwiderte Mico.

»In meinem eigenen Haus will er keinen Bissen annehmen!« sagte Coimín entrüstet.

»Oh, Mico«, lachte Maeve nur und hängte den Kessel übers Feuer.

»In jedem Haus von Aughris bis hier habe ich zu essen bekommen«, erklärte Mico. »Bei Onkel James und bei Michael Tom und bei eurem Vater Tadhg, und ich wünschte, ich hätte zwei Mägen wie die Kühe, damit ich überall essen kann.«

»Aber Mico, du bist so groß geworden, daß ich dich kaum wiedererkannt hätte«, schmeichelte Maeve. »Ein großer, starker Mann wie du braucht natürlich einen Bullenmagen, nicht nur einen Kuhmagen, damit er sich ausreichend ernähren kann! Und nun laß dich mal von allen Seiten betrachten!«

Und sie lachten und scherzten, und ihre Augen strahlten, als sie sagten: »Nun, was treibt dich hierher? Warum hast du uns denn nicht vorher geschrieben, damit wir dir einen ganzen Ochsen hätten braten können?« Ja, es war herrlich, und sein Herz schlug höher, als er ihnen von seinem Vater und der Entscheidung, hierherzukommen, erzählte.

Das war also zwei Tage her, und seitdem war er schon überall gewesen.

Was für einen Spaß hatten sie in Cleggan unten am Pier gehabt, als sie alle kamen und ihr Segelboot betrachteten. Das

Faulenzerboot hatten sie's getauft und Big Micil verspottet. Ihre eigenen Boote waren schwere Ruderkähne, die sie unter viel Arbeit und Schweiß vier, fünf Meilen weit aufs Meer zum Fischen hinausruderten. »Schaut euch Big Micil und seinen Sohn an«, lästerten sie. »Oh, die Faultiere, setzen sie sich einfach auf den Hintern und lassen die ganze Arbeit von einem Stück Segeltuch besorgen. Und ihr denkt, ihr wißt, was Fischen ist? Ihr seid nichts anderes als Luxusfischer! Ihr schämt euch wohl, richtige Männer zu sein? Mit so einem Ding auszufahren, das die ganze Arbeit erledigt, ohne daß ihr einen Finger krumm machen müßt!« Big Micil war empört, daß sie ihn für ein Weichei hielten, und wollte ihnen ganz genau erklären, was für harte Arbeit auf einem Segelboot nötig ist, und er verfluchte sie fürchterlich. Im Pub ging's weiter, und bis spät in die Nacht stritten sie über Vor- und Nachteile eines Segel- und eines Ruderbootes, redeten über Makrelen und Heringe und alles mögliche, herrlich war's, und Big Micil war überglücklich, bei ihnen zu sein.

Am nächsten Abend fuhren sie mit den anderen zum Fischfang, und sie fuhren schneller aus und kamen weiter und hatten im Nu eine schwere Last Heringe an Bord; denn in der Bucht wimmelte es geradezu von Heringen, und wieder wurde hinterher im Pub gespöttelt und gelästert und gejauchzt.

»Und glaubt ihr denn auch nur eine Minute«, wollte Coimíns Vater Tadhg wissen, »daß Big Micil eins von unsern Booten rudern könnte? Ist ja so schwach wie ein Weib geworden, weil er dauernd auf dem Schwanz von seinem Vergnügungsschiff sitzt! Sicher klappt er zusammen, wenn er jetzt im Boot ausfahren und sieben Stunden hintereinander rudern muß! Da wird er brüllen vor Schmerzen und anschließend zwei Tage lang im Bett liegen!«

»Hier, fühl mal!« entgegnete ihm Big Micil und hielt ihm einen Arm unter die Nase, der so fest wie ein Eichbaum war, und spannte die Muskeln. »Soll das Fett sein oder was? Das ist die geballte Claddagh-Stärke! Und wenn ich in deinem Boot rudern wollte, dann wär's eine Schande für dich und dein

Boot. Anschließend könnte nie wieder einer von euch den Kopf hochhalten.«

»Hört euch den an!« grölte Táilliúr, »das ist doch der größte Prahlhans, der je aus Claddagh kam.«

»Jetzt reicht's«, fuhr ihn Micil an. »Mit zweien von euren Booten fahr ich aus. Bindet mir zwei zusammen, und ich rudere damit nach China!«

»Brauchst du gar nicht«, rief Tadhg, »ich bin schon zufrieden, wenn du morgen nacht mit mir ausfährst, und die folgende Nacht mit Táilliúr, und wenn du hinterher keine tote Ente bist, dann weißt du wenigstens, was Arbeiten heißt.«

So wurde es besiegelt, mit Bier und Flüchen und lauten Prahlereien. Ein Mordsspaß war's, und nie würde Mico den Abend im Pub vergessen, wie lustig es war mit Tadhg und Coimín und Táilliúr und Michael Tom und Peadar Cavanagh und Tommeen Tady und all den anderen.

Er hatte sich mit einer Leichtigkeit wieder in ihr Leben eingefügt, als ob er hier geboren und unter ihnen aufgewachsen wäre. Das war das Schöne am Leben hier, dachte er, hier verändert sich so wenig, daß man sich sofort wieder heimisch fühlt.

Heute nacht also sollte Big Micil mit Tadhg auf Fischfang ausfahren, und Coimín trat ihm seinen Platz ab und fuhr mit Mico in Onkel James' Currach. Im letzten Moment kam Maeve an und meinte, es würde allmählich Zeit, daß sie auch einmal fischen ginge und daß sie sie begleiten und Onkel James fragen wolle, ob es ihm etwas ausmache, wenn sie mitkäme, umd da Onkel James ein Gentleman sei, würde er sagen: Aber natürlich, meine liebe Maeve, es wird mir eine besondere Ehre sein, dich in meinem Currach willkommen zu heißen!

»Er wird fluchen und dich zur Hölle jagen«, meinte Coimín. »Es ist ihm ganz einerlei, ob's jemand hört, du wirst mit rotem Kopf dastehen, wenn er endlich still ist.«

»Eine Frau im Boot ist genauso schlimm, wie den Teufel mitzunehmen«, erklärte Mico. »Das bringt Unglück, ganz bestimmt. Das solltest du wissen, schließlich bist du mit einem Fischer verheiratet!«

»Ach, macht mich nicht verrückt«, antwortete Maeve. »Das ist doch ein altes Märchen, das ihr Mannsbilder euch ausgedacht habt, damit wir nicht merken, wie wenig ihr auf See eigentlich schafft, und damit ihr nachher ungesehen an Land gehen und euch in den Pub schleichen könnt. Nein, mir könnt ihr nichts vormachen.«

»Nun gut«, sagte Coimín, »dann komm doch mit zum Fischen. Du bist herzlich eingeladen. Aber, da bin ich mir sicher, du machst das einmal und nie wieder!«

»Was nützt das alles, wenn sogar Mico gegen mich ist!« erwiderte Maeve. »Als er letztes Mal hier war, hat er nicht so getönt, oder, Mico?«

»Damals war mir's egal. Ich war noch jung. Damals hätte ich dem Teufel seine Großmutter mitgenommen und mir nichts draus gemacht.«

»Ach ja«, seufzte sie, »zu schade, wie der Mensch sich verändert!«

»So sehr haben wir uns nicht verändert«, entgegnete Mico. »Es scheint mir noch nicht lange her zu sein, als ich mit euch hier entlang ging. Wißt ihr noch, wie wir Sandaale gefangen haben. Das war eine Nacht!«

»Ach, hast du's nicht vergessen, Mico?« rief Maeve.

»Daran werde ich mein Leben lang denken«, sagte Mico, drückte ihren Arm an sich und blickte in die strahlenden Augen, die zu ihm aufsahen. »Wie könnte ich das wohl vergessen? Es war so wunderbar.«

»Ja«, nickte Coimín, »es war eine schöne Nacht.«

»Und Coimín hat sich auch kein Stück verändert, Mico«, meinte Maeve. »Er ist immer noch der alte, selbstzufriedene Kerl, der er damals war.«

»Hab ich nicht allen Grund, zufrieden und vergnügt zu sein?« fragte Coimín.

»Und ob du's nicht hast«, seufzte Mico so leise, daß es, ungehört von den anderen, im Wind verwehte. Er hatte gedacht, daß das Bild, das er von ihr im Herzen trug, nur noch ein zerstörter Traum wäre, wenn er sie nach so langer Zeit mit Kindern (warum hatte sie eigentlich keine Kinder?) wiedersehen würde. Aber so war es nicht. Das Traumbild wuchs. Kaum konnte er das Herzklopfen überwinden, wenn ihre Hand auf seinem Arm brannte, und er schämte sich, wenn er den stillen Coimín ansah, für dessen Frau er noch so viele Gefühle hegte, wenn auch unschuldige. Aber es saß tief in ihm drin, und wann immer er sie sich dessen bewußt wurde, war es so, als würde der Schmerz wegbrennen, den ein anderes Bild ihm ständig verursachte: das Bild von einem Menschen, der über eine Klippe stürzte und in einer öden Gegend starb, mutterseelenallein.

»Mein Vater hat's übrigens jetzt mit Onkel James«, sagte Coimín. »Hast du schon davon gehört, Mico?«

»Nichts Näheres«, antwortete Mico.

»Nun, er erzählt allen Leuten, so daß es sich in der ganzen Provinz Connacht und halb Irland herumgesprochen hat, wie wohlhabend und gutaussehend Onkel James sei, und darum kämen die heiratsfähigen Mädchen von nah und fern nach Aughris in der Hoffnung, ihn zu ergattern!«

Mico lachte: »Na hör mal! Weiß Onkel James etwas davon?«

»Er hat schon ein bißchen davon munkeln hören, und ich glaube, es macht ihm einen Mordsspaß! Aber wenn er irgendwo meinem Vater begegnet, dann tut er so, als ob er nicht mehr mit ihm spricht. Es ist urkomisch, die beiden zusammen zu beobachten.«

»Mir hat er heute die neueste Geschichte erzählt«, sagte Maeve. »Am ersten Mai sollen die Mädchen auf der Straße vor seinem Haus Schlange gestanden haben, weil sie ihr Glück versuchen wollten. Ist es nicht lustig, daß alle ihn Onkel James nennen, seitdem du hier warst.«

»Tatsächlich?« sagte Mico, »aber du bist wie alle Frauen. Kannst du nicht erst eine Geschichte zu Ende erzählen, bevor du mit der nächsten anfängst?«

»Haha«, lachte Coimín, »Mico ist der Richtige für dich.«

Ich wünschte, ich wäre es, dachte Mico und sagte: »Ich wollte dich nicht unterbrechen. Erzähl weiter!«

»Also um halb elf steckt Onkel James den Kopf aus der Haustür, nachdem er mit Frühstücken und Geschirrspülen und Kuchenbacken fertig ist, und ruft: ›Die erste kann reinkommen!‹ Und eine schöne, große Schwarzhaarige aus Clifden kommt hereinspaziert, und er mustert sie und fragt: ›Kannst du sprechen?‹ – ›Natürlich‹, sagt sie und lacht, daß ihre Zähne blitzen. – ›Meine Güte, dann verschwinde besser‹, ruft Onkel James, ›denn das paßt mir nicht. Und schick mir die nächste!‹ – Die hat braune Haare und kommt aus Costello und ist vorgewarnt worden. ›Kannst du sprechen?‹ fragt Onkel James. ›Ich werd mich hüten!‹ plappert sie vorschnell. Onkel James zeigt ihr die Tür. – Die nächste ist eine üppige Schönheit aus Letterfrack. ›Kannst du sprechen?‹ fragt er, und sie schüttelt nur den Kopf. ›Haha‹, sagt Onkel James, die ist schon besser. ›Kannst du hören?‹ fragt er sie, und sie nickt. ›Dann verschwinde‹, sagt er, ›ich kann dich nicht gebrauchen! Und schick gleich die nächste!‹ – Die nächste ist von Leonane und flachsblond. ›Kannst du sprechen?‹ Sie sagt nichts und tut nichts. ›Kannst du hören?‹ fragt er, und sie rührt sich nicht. ›Die klingt schon besser‹, sagt Onkel James, nimmt ein Stück Papier und schreibt darauf: ›Kannst du schreiben?‹ – ›Ja‹, antwortet sie. – ›Zieh ja ab!‹ ruft Onkel James. ›Du paßt nicht zu mir.‹ – Nun kommt die nächste, eine höchst geschmeidige Lilie aus Oughterard. Sie kann weder sprechen noch hören, noch schreiben. ›Haha‹, sagt Onkel James, ›aber gehen kannst du, und darum gehst du mir jetzt aus dem Haus; denn du paßt mir ganz und gar nicht.‹«

Sie mußten lachen, wie gut Maeve Tadhg imitieren konnte, wie er sich mit seinen großen Händen den Schnauzbart zwirbelte und nach dem Abgang jeder einzelnen ausspuckte. Ihre Stimme wurde schroff, und sie äffte wie er den Akzent der Frauen nach und bewegte sich wie sie.

»Sind noch mehr gekommen?« fragte Mico.

»Es gibt noch weitere Geschichten«, antwortete Coimín, »aber er hat sie sich noch nicht ausgedacht.«

»Wir sind da«, sagte Maeve, »und ob ihr's glaubt oder nicht, ich bin die einzige Frau in der Welt, die mit Onkel James fertig wird.«

»Abwarten!« rief Coimín und stieß das Tor auf.

Onkel James war in der Küche. Er wickelte Butterbrote in braunes Papier, um das er dann noch Ölstoff schlug, damit kein Meerwasser eindringen konnte. Er sah noch ganz wie früher aus und ging so krumm wie ein Fiedelbogen. Den losen Rock, den er trug, hatte er auch schon vor sieben Jahren besessen, nur war er, wie alle guten Dinge, mit zunehmendem Alter zäher und gelber geworden. Er roch stark nach Torffeuer. Onkel James sah auf und begrüßte sie. »Da seid ihr ja, ihr Faulpelze«, sagte er. »Ich dachte schon, ich müßt es allein mit dem Ozean aufnehmen! War nicht zu überhören, daß ihr mit einer Frau auflauft.«

»Onkel James«, sagte Maeve und blinzelte ihm zu, »nimmst du mich mit zum Fischen?«

Onkel James hatte das Zwinkern bemerkt und sah auch die beiden jungen Männer, die grinsend an der Tür standen und ihn erwartungsvoll anblickten.

»Meine liebe Maeve«, sagte Onkel James, »ich würde mich sehr freuen und geehrt fühlen, wenn du mit uns fischen gehst.«

»Seht ihr wohl? Hab ich's euch nicht gleich gesagt?« sagte sie zu den beiden verdutzt Dastehenden.

Sie suchten ihre Sachen zusammen. Onkel James blies die Petroleumlampe aus, und sie gingen durch den krummen kleinen Heckenweg zum Feld, wo das Currach umgekehrt aufgebäumt lag. Mico und Coimín hoben es auf, stülpten es sich über den Kopf und liefen so zum Strand hinunter. Es sah sehr komisch aus, wie ein großer schwarzer Käfer mit vier langen Beinen. Maeve sagte ihnen das und schüttelte sich vor Lachen. »Hör zu!« flüsterte Mico, »wie hast du ihn rumgekriegt? Nun sag schon, wie hast du das geschafft?«

»Wenn du dich mit einer Frau unterhalten willst«, sagte Onkel James, »dann könnt ihr hierbleiben und Coimín und ich gehen allein fischen.«

»Ganz einfach«, flüsterte Maeve Mico zu.

Sie brachten das Boot zu Wasser am schmalen Steg, den Onkel James in einer kleinen Bucht gebaut hatte, und verstauten alles. Mico setzte sich an die Ruder, Coimín dahinter, Onkel James ans Heck. Maeve trat beiseite und sagte: »Dann auf Wiedersehen! Kommt gut heim!«

»Willst du denn nicht mitkommen?« fragte Mico.

»Gott behüte!« rief Maeve. »Soll ich euch etwa Unglück bringen? Ich wollte euch nur zeigen, wie gut ich mich mit Onkel James verstehe.«

»Stimmt«, sagte Onkel James. »Die einzige im ganzen Land, die was taugt – und ausgerechnet die muß einen solchen Schwachsinnigen wie den Coimín heiraten.

»Da hast du's, Coimín!« rief Maeve. »Merk dir das!«

Coimín lachte, daß sein Adamsapfel auf und ab hüpfte. »Oh, der Teufel steckt in dir«, schrie er. »Bei dir weiß man nie, auf was man sich noch gefaßt machen muß.«

Und das ist gerade das Schöne an ihr, dachte Mico. Was für ein Glück der Coimín hat! Aber sie ist auch gut dran; denn sie hat einen guten Mann bekommen. Das hatte man bald heraus, daß Coimín in der ganzen Ortschaft sehr beliebt war. Er war einer von den Stillen, war stark wie ein Riese und hatte Kräfte wie ein Bischof. Man sah's ihr auch an, daß sie wußte, was für einen Mann sie hatte. Sie stand da und winkte dem ausfahrenden Currach nach. Groß und schlank stand sie da, bis der Mondnebel sie verschluckte.

»Ach, was für ein Glückspilz du bist, Coimín!« rief Mico.

»Wem sagst du das?« meinte Coimín und dachte daran, wie herrlich es sein würde, wenn er in der Morgendämmerung heimkäme: müde vom Rudern und Netze einholen, die Tür aufschließen, die Asche glüht noch im offenen Herd, und auf dem mit einem Musselintuch bedeckten Tisch steht ein Krug mit Milch. Und er trinkt, ißt etwas Brot mit Butter, zieht die Stiefel aus und stellt sie weg, hängt die Socken ans Feuer und geht nach oben in die Schlafkammer. Da sieht er sie im ersten Morgenlicht im Bett liegen, die Haare wild auf dem Kopfkissen und die Arme über dem Kopf; denn sie schläft unruhig, und Arme und Hals und Brust sind von cremiger Farbe. Nur einen Augenblick schiebt er seine harte Hand unter ihren weichen Arm; wie weich er sich anfühlt, weicher als das samtweiche Seegras. Ihm machte es gar nichts aus, daß sie kein Kind bekamen. Für ihn war Maeve Kind genug. Einerlei, was die Leute sagen, dachte er.

Mico konnte sich vorstellen, was Coimín durch den Kopf ging. Es machte ihn traurig.

Sie zerreißen sich das Maul, die Weibsen, dachte Maeve, als sie langsam über die mondbeschienene Straße nach Hause ging. Vielleicht wollten sie nicht unfreundlich sein, aber immer, wenn Maeve eine Frau traf, merkte sie, wie deren Blick auf ihren Bauch und dann auf ihre Brüste wanderte, um herauszufinden, ob sich etwas tat. Laß sie doch reden. Wenn's kommt, kommt's. Ihr war es einerlei. Sie hatte jetzt mehr, als sie sich je gewünscht hatte. Nicht allein materiell betrachtet, aber sie hatten ein eigenes Dach über dem Kopf und waren beide glücklich! Was brauchte sie mehr? Sie wußte, daß sie glücklich waren.

O Gott, dachte sie, behüte uns! Laß nichts geschehen, das alles zunichte macht! Ich will nicht einmal ein Kind, sollten wir uns dadurch verändern. Dann schüttelte sie sich und pfiff und ging mit großen Schritten heim.

Und auch Coimíns innigster Gedanke war: Gebe Gott, daß es so bleibt und nichts unser Glück zerbricht!

»Ist es nicht schön!« rief Mico ihnen zu und lehnte sich über die Ruder.

Das Boot hob und senkte sich mit den kleinen harmlosen Wellen. Sie waren etwa zwei Meilen gerudert. Sie sahen, wie die See sich in die Bucht von Omey vorschob und die Insel sich graublau abzeichnete. Das Wasser strömte weiter in die Bucht von Cleggan bis nach Innisboffin. Der Mond war noch immer verhangen, aber sein Licht fing sich im Wasser der Bucht. Von Inisboffin näherten sich langsam zwei Ruderboote, und aus der Bucht von Cleggan kamen vier weitere. Sie beobachteten, wie die Ruder in langsamen, rhythmischen Schlägen ins Wasser faßten. Dann tänzelten auch die Currachs näher, und bald zog sich eine lange Reihe von Booten und Currachs meilenweit auseinander, und die Netze mit ihren hüpfenden Korken bedeckten das Meer.

»Wollen wir eigentlich arbeiten, oder nicht?« fragte Onkel James und blickte auf den Mond. »Oder wollen wir wie Idioten auf den Mond glotzen? Kein Wunder, daß ihr Kerle aus Claddagh keinen Erfolg beim Fischen habt, wenn ihr auf See nur den Mond anstarrt.«

Wie ein Wilder zog Mico die Ruder durchs Wasser. »Ich habe nicht gemeint, daß der Mond schön ist, sondern die Boote und Netze, und das ist bestimmt wahr, findest du nicht, Coimín?«

»Natürlich ist es schön, Mico. Kümmere dich nicht um den alten mürrischen Scheißkerl. Dein Onkel hat soviel Gefühl wie ein ausgetickter alter Bulle!«

»Hohoho«, lachte Onkel James, und die anderen fielen ein.

Dann erblickte Mico ein Boot, das drei Currach-Längen von ihnen entfernt war. Woher ist denn in Gottes Namen das Boot gekommen, dachte er verwundert. Vor einer Minute war noch keine Spur von ihm zu sehen gewesen. Es war ein Ruderboot gleich den anderen, die aus der Bucht gekommen waren. Er sah, wie die Ruder sich senkten und hoben, und er sah die Rücken von drei rudernden Männern, aber wenn sie ihre sechs Ruderblätter ins Wasser tauchten, spritzte es nicht auf, und es war kein Geräusch zu hören. Der Bug des Bootes schien eine Nebelwand vor sich her zu schieben.

»Wer ist denn das da in dem Boot, Coimín?« fragte er.

»In welchem Boot?« wollte Coimín wissen.

»Da drüben, hinter Onkel James' Rücken.« Mico zeigte in die Richtung.

Coimín hörte auf zu rudern und beugte sich vor. Es war ihm, als ob er sich erst einen Schleier von den Augen wischen mußte. Doch dann sah er das Boot und die Rücken der drei Männer und die lautlos eintauchenden Ruder.

»Wer kann das sein?« rief er. »Ich kenne sie alle drei nicht. Aber ich kann sie auch von hier aus nicht gut erkennen.«

Und dann beobachtete Mico etwas ganz Seltsames: Obwohl weder er noch Coimín ruderten und das Currach von den letzten Ruderschlägen nur noch ganz langsam weitertrieb und die Männer im anderen Boot hinter ihnen immer gleichmäßig weiterruderten, wurden sie doch nicht eingeholt.

Mico lief es kalt über den Rücken. Warum denn das, dachte er. Mir ist ja gar nicht kalt.

»Onkel James«, fragte er, »kannst du erkennen, wer da in dem Boot hinter uns sitzt?«

»Was für ein Boot?« brummte Onkel James und warf einen flüchtigen Blick in die Richtung, die Micos Hand ihm wies. Er war mit den Netzen beschäftigt, die er gerade auswerfen wollte. »Ich sehe nichts.« Und er bückte sich wieder über die Netze. »Da kann überhaupt kein Boot sein«, sagte er dann. »Keiner von den anderen kann uns so schnell eingeholt haben.«

Mico fühlte, wie ihm der Mund trocken wurde.

»Du siehst doch das Boot, oder, Coimín?« fragte er leise.

»Ja«, antwortete der. »Onkel James, schau doch bitte noch mal hin!«

Onkel James blickte auf und wollte schon fluchen, da sah er, mit welch seltsamem Ausdruck ihre Augen über seine Schulter starrten. Er drehte sich vollständig um und sah nun auf drei Currach-Längen hinter sich das Boot mit den sich hebenden und eintauchenden Ruderblättern und den sich hin und her bewegenden Rücken der Männer. Onkel James' Currach lag nun ganz still. Das Wasser klatschte gegen die Bordwand. Das fremde Boot kam trotz allen Ruderns nicht näher, und auch nicht der leiseste Laut kam zu ihnen herüber.

»Hallo!« rief Onkel James laut.

Die Männer im anderen Boot rührten sich nicht.

»Hallo!« schrie er noch einmal. Seine Stimme schallte übers Wasser.

»Rudert! Schnell!« rief Onkel James, den Blick noch immer auf das andere Boot gerichtet.

Mico fühlte, wie ihm die Haare zu Berge stiegen. Die Hände, mit denen er die Ruder umklammerte, waren feucht von kaltem Schweiß. Klatschend schlug er die Ruder ins Wasser, und das leichte Currach hüpfte davon.

Sie hielten weiter Ausschau.

Das andere Boot folgte ihnen.

In ewig gleichem Rhythmus tauchten die sechs Ruderblätter ins Wasser. Kein Aufspritzen war zu hören. Mico konnte jetzt den Mann im Heck etwas deutlicher sehen. Er trug eine Kappe, und sein Gesicht schimmerte im Mondschein ganz weiß. Obwohl sie gar nicht so weit voneinander entfernt waren, konnte er das Gesicht nicht genau erkennen. Es war ihm so, als sei der Mann ihm gut bekannt, aber er war eben nicht richtig zu sehen, nur verschwommen.

»Rudert nach links«, kommandierte Onkel James knapp.

Sie tauchten nur die rechten Blätter ein; das Currach wurde herumgerissen.

Seltsam: Das andere Boot war immer noch drei Currach-Längen von ihnen entfernt.

»Jetzt nach rechts!«

Mit äußerst wuchtigen Schlägen tauchten sie die Ruder auf der linken Seite ein. Das Currach änderte erneut abrupt seinen Kurs.

Die Männer im Boot hinter ihnen ruderten weder einseitig rechts noch einseitig links, sondern im ewig gleichmäßigen Takt und blieben immer auf drei Currach-Längen von ihnen entfernt.

»Coimín«, sagte Onkel James dann, und in seiner Stimme schwang ein seltsamer Ton mit, »faß doch mal hinter dich, da ist die Flasche mit Weihwasser angebunden! Nimm sie vom Nagel und reich sie mir! Mico, ruder immer weiter!«

»Hallo, ihr!« schrie er dann wieder. »Wie steht's mit dem Fang? Bist du's, Tadhg? Bist du's, Michael Tom? Bist du's, Peadar Cavanagh?«

Mico ruderte weiter und spürte das leise Schaukeln im Currach, als Coimín das Weihwasser dem Onkel hinüberreichte. Sie sahen, wie er die Flasche öffnete, sich bekreuzigte und dann das Weihwasser in Richtung des fremden Bootes verspritzte. Dabei sagte er laut: »Im Namen Jesu Christi, wollt ihr mir antworten?«

Sie warteten. Der Atem stockte ihnen, der Puls pochte.

Nichts war zu hören, nur das Geräusch ihrer eigenen Ruder.

»Nehmt Kurs aufs Ufer«, sagte Onkel James erschrocken, »und rudert, so schnell ihr könnt. Hört nicht auf, bevor wir angekommen sind.«

Bis zu ihrer Todesstunde würden sie nicht vergessen, wie sie da loslegten, schweißüberströmt und trotzdem fröstelnd, als ob sie Fieber hätten. Mico dachte: Vielleicht liegt's am Fieber, ich hab 'ne Grippe, lieg zu Haus in Claddagh im Bett und träum dies nur!

Als sie nur noch eine halbe Meile vom Ufer entfernt waren, sahen sie das fremde Boot plötzlich nicht mehr.

Sie stoppten für einen Augenblick.

»Hallo«, schrie Onkel James zurück. »Männer, wo seid ihr?«

Keine Antwort war zu hören.

Sie nahmen nur ihre eigenen Ruderschläge und die der anderen soeben ausfahrenden Boote wahr.

»Hört hin! Das sind richtige Boote, oder?« fragte Onkel James.

»Ja«, antwortete Mico, der das nächste Boot beäugte und die gewaltigen Umrisse seines Vaters erkannte.

»Haben wir denn geträumt, Onkel James?« fragte Coimín.

»Nein, wir sind gewarnt worden. Wir kehren zurück. Steuert auf die anderen zu, wir müssen's ihnen erzählen.«

»Ob sie uns glauben werden?« fragte Mico zweifelnd, da er selbst noch nicht ganz überzeugt war.

»Sie wären schön dumm, wenn sie uns nicht glauben wollten!« erwiderte Onkel James. »Zieht zu ihnen rüber!«

Sie ruderten auf die sich nähernden Boote zu. Mico bekam wieder eine Gänsehaut, weil er bemerkte, daß das nächste Boot haargenau dem fremden glich. Drei Männer, deren Ruderblätter sich senkten und hoben. Doch von diesem Boot tönte es herüber; die Männer flachsten herum.

»Fahrt heim!« rief Onkel James, als sie nahe genug herangekommen waren. »Um Gottes willen kehrt um, hört ihr? Sagt's auch den andern!«

Die Boote stießen aneinander, derbe Hände umklammerten die Bootswände.

»Was ist denn mit dir los, James?« fragte Tadgh, Coimíns Vater, der achtern bei den Netzen saß.

»Wir haben etwas gesehen, ein fremdes Boot. Das ist ein Zeichen, sag ich euch! Heut nacht gibt's ein Unglück auf dem Wasser! Kehrt um Gottes willen um!«

»So'n Stuß!« rief Michael Tom und bog sich vor Lachen über seine Ruder, »Onkel James hat mal wieder zuviel an der Whiskyflasche genuckelt. Los, Mann, sei nicht so geizig, laß uns auch mal einen Schluck nehmen!«

»Hört doch auf ihn!« rief Coimín. »Es ist kein Spaß! Wir haben alle drei ein Boot gesehen, und dann war's auf einmal verschwunden.«

»Coimín«, sagte Tadgh schwerfällig, »Du gönnst wohl deinem Vater nichts, oder? Gib uns 'nen schönen Schluck.«

»Ihr seid wohl verrückt geworden«, rief nun auch Mico. »Wir erzählen euch die Wahrheit. Wir haben uns zu Tode erschrocken. Mir standen die Haare zu Berge, wie sie sich bei 'nem Hund sträuben. Hör zu, Vater, bring sie zur Vernunft! Kehrt um!«

»Ach Gott, Mico«, rief Micil lachend, »du bist wohl verrückt geworden oder hast die Feen gesehen? Nimm du Vernunft an, Junge! Hast wohl getrunken?«

»Haha, ich weiß, worum's geht«, höhnte Tadgh, »das hat Big Micil für Mico ausgeheckt, damit er nicht arbeiten braucht. Schaut ihn doch an! Das harte Rudern hat ihn fertiggemacht. Er ist so aus der Puste, wie ein Hengst nach dem Decken. War doch klar, daß er's nicht schafft. Er hat sich mit Mico ein Geisterschiff ausgedacht, damit er wieder heimfahren kann!«

Die Männer im Boot lachten. Es waren ihrer fünf. Auch Micil lachte.

»Da hast du's, Mico«, rief Tadgh, »du machst einen Affen aus deinem Vater. Dabei hast du doch nur einen Tatterich vom Saufen. Hindere anständige Fischer nicht an der Arbeit!

Micil tauchte seine Ruder ein und zog sie gewaltig durch. Mico geriet ganz aus dem Häuschen und wollte sie aufhalten, aber Onkel James packte ihn am Arm und sagte: »Laß sie, Mico, laß sie nur! Es nützt doch nichts! Laß sie ziehen!«

Das Boot mit den fünf Männern entfernte sich. Sie hörten sie lachen und von Gespenstern reden, und Tadgh rief ihnen noch zu: »Onkel James, ich bin der Geschichtenerzähler, nicht du! Willst mir wohl den Rang ablaufen.«

Sie hielten aufs Ufer zu und zogen das Currach auf trockenes Land. Dann setzten sie sich daneben auf die Steine, wischten sich den Schweiß ab und sprachen nicht. Sie saßen da, warteten gespannt und beobachteten die Boote, bis das erste Licht am Himmel erschien, und die ganze Zeit über geschah nichts, überhaupt nichts, und sie schauten sich gegenseitig an. Ihre Gesichter waren eingefallen und übernächtigt, und die Augen brannten ihnen.

»Ob es doch nur ein Traum war?« fragte Mico.

»Nein, es war kein Traum«, erwiderte Onkel James.

»Wenn sie die Geschichte weitererzählen, werden wir uns aber schön dumm vorkommen«, meinte Coimín.

»Das glaube ich kaum«, sagte Onkel James und stand auf. »Sie stimmt doch. Oder etwa nicht?«

Sie sahen sich wieder gegenseitig an.

»Ich glaube, es war so«, erwiderte Mico.

»Ich weiß nicht, was ich glauben soll«, meinte Coimín und zog seine Hose zurecht. »Ich weiß nur eins genau: daß ich mich noch nie in meinem Leben so gefürchtet habe. Doch nicht nur einfach so. Aber jetzt gehe ich heim! Erst wenn ich zu Hause bin und neben Maeve aufwache, werde ich glauben, daß das alles nicht passiert ist und nur ein Traum war, den wir hatten.«

Während Onkel James die Haustür aufschloß, stand Mico am Tor und sah dem sich entfernenden Coimín nach. Erhol dich, Coimín, schoß es ihm durch den Kopf. Freu dich auf Maeve. Er stellte sich vor, wie sie schlaftrunken ihren Ehemann anblickte, und sein nettes Gesicht mit den glänzenden Zähnen und den sanften Augen würde sich über sie beugen. Freu dich, Coimín, dachte er, als wollte er ihm die Worte hinterherschleudern. Er meinte es wirklich ernst. Am liebsten wäre er Coimín nachgerannt und hätte sich so von ihm verabschiedet. Coimín drehte sich um und winkte. Mico winkte zurück, und Coimín verschwand hinter der Biegung des Weges.

Nachher saß er mit Onkel James bei einer starken Kanne Tee. Während sie auf Big Micils Rückkehr warteten, redeten sie noch einmal über alles.

»Onkel James, als du draußen die Namen gerufen hast... weißt du noch?«

»Ja.«

»Warum hast du da gerade diese Namen gerufen?«

»Weil ich meinte, sie wären es gewesen!«

»Aber die konnten es ja gar nicht gewesen sein, da ihr Boot noch nicht in die Bucht ausgefahren war!«

»Ich weiß«, sagte Onkel James, und seine Augen blickten betrübt.

»Und hast du auch den Mann im Heck erkannt?«

»Den habe ich auch erkannt.«

»War das etwa Coimín?«

»Ja«, erwiderte der Onkel.

Es war ein kalter Morgen.

15

Wenn's auf dem Mond Menschen gäbe, hätten sie bestimmt das Hohngelächter gehört, das am folgenden Tag überall erscholl. Weit und breit, in Buchten, auf Inseln und Halbinseln machte die Geschichte von den stummen Männern im Gespensterboot die Runde.

Coimín und Mico gingen betreten umher und taten so, als ob sie den Spaß auch sehr komisch fänden, doch hatten sie rote Köpfe, und es war das erste Mal in der Geschichte des Landes, daß Onkel James seine Fassung verlor. Zuerst hatte er versucht, dem Gelächter mit Vernunft beizukommen. Er hatte ihnen gesagt, daß solche Dinge auch früher schon passiert seien und daß es eine Warnung vor schrecklichen Geschehnissen sei. Aber als sie nicht aufhörten, ihn auszulachen, schimpfte und fluchte er fürchterlich und verwünschte sie von der vierten Generation ihrer Vorfahren bis zur fünften Generation ihrer Nachkommen. Es waren die gräßlichsten Flüche seit der Zeit, da Moses die Gesetzestafeln zerbrach, und jeder unterhielt sich köstlich dabei. Kein einziger nahm die Sache ernst.

Sie hatten sich gestern abend zu Recht gefragt, wie lange sie diese Geschichte wohl verfolgen würde. Schon jetzt wurde sie zur Volkskunde, und Coimíns Vater Tadgh arbeitete daran, sie als reine Wahrheit zu verkaufen, damit sie Eingang fände in die leichtgläubigen Notizbücher der unschuldigen Mitglieder der Folklore-Kommission.

Im Pub von Cleggan wartete Micil auf Táilliúr und seine Crew. Das Bier mundete, die Schaumkronen machten einem den Mund wässerig. Durch die offene Tür konnte man sehen, wie gegenüber der kleine Saal ausgefegt wurde, wo morgen ein Tanz stattfinden sollte.

Gegen sieben Uhr abends kam Táilliúr mit seinen Leuten, und nach ein paar Runden wanderten sie vergnügt zum Strand hinunter. Die Luft war ein bißchen frisch, doch die See war ganz ruhig und der Himmel wie letzte Nacht leicht verschleiert.

Im Boot waren Táilliúr und sein Sohn John, außerdem der alte Bartley Walsh, Mairteen Delaney und sein Sohn Pakey von der anderen Seite des Dorfes sowie Big Micil.

Aber auch sieben Netze mußten noch im Boot verstaut werden.

Micil fand es etwas übertrieben, sieben Netze mitzunehmen, doch er war zu höflich, um seine Meinung laut zu äußern. Und warum sollten sie's nicht tun? Sie waren zu arm, um sich ein größeres Boot zu kaufen, und obgleich die Netze sehr viel Platz wegnahmen und man der reinste Akrobat sein mußte, um überhaupt fischen zu können, so wollten sie doch andererseits auch etwas davon haben, wenn sie so viele Stunden rudern und sich abrackern mußten. Bei sieben Netzen lohnte es sich wenigstens!

Die Netze wurden miteinander verbunden, so daß ein ganzer Zug von Netzen ins Meer geworfen wurde. Nach einer gewissen Zeit ruderten sie wieder zum ersten Netz, um langsam und mühevoll den Fang einzuholen, so daß sie am Ende, wenn der ganze Fisch an Bord sein würde, nirgendwo mehr hinspucken könnten, dachte Micil.

Ihr Boot übernahm die Führung, und die anderen drei Boote folgten ihnen in Abständen. Als sie aus der Bucht aufs offene Meer kamen, sahen sie die beiden anderen Boote von

Inisboffin, und als Big Micil sich umdrehte, erkannte er das zierliche Currach mit Onkel James und Mico, das ihnen weit voraus und schon auf hoher See war.

Mico fürchtete sich, Onkel James zu fragen, ob er auch so nervös sei wie er selbst; sollte er schwitzen, dann nicht vor Anstrengung, sondern vor Angst. Onkel James fühlte sich genauso schlecht wie er, was Mico nicht ahnte. Sie hätten heute abend überhaupt nicht erst ausfahren sollen, dachte Onkel James, obwohl es viele Fische gab und sie das Geld brauchten, um Leib und Seele zusammenzuhalten. Er fürchtete sich geradezu, aber er gab es nicht zu.

Jetzt, wo Mico nicht mehr an Land war, glaubte er sofort wieder, daß sie das Boot tatsächlich gesehen hatten, obschon er sich's daheim ausgeredet und alles für Einbildung gehalten hatte. Aber das war eben an Land gewesen, mitten am hellichten Tag und ohne Mond und Nebel. Jetzt dagegen, wo sie sich wieder in der gleichen Umgebung und Atmosphäre befanden – nur daß Coimín nicht bei ihnen war –, jetzt glaubte er wieder fest daran.

Als sie ungefähr an derselben Stelle waren, wo sie in der Nacht vorher das gespenstische Boot gesehen hatten, riß Mico die Augen auf und blickte sich um. Doch er sah nichts. Und bald waren sie weit, weit von Land, und die Ruderboote hinter ihnen hatten sich von der Bucht entfernt und waren ebenfalls auf offener See, und nichts geschah. Deshalb wich die schreckliche Spannung von ihm, und er umklammerte die Ruder nicht mehr so fest.

Seine schwitzigen Hände wischte er sich an der Hose ab.

»Weißt du, Onkel James«, sagte er dann und trompetete die Worte fast so laut wie eine Robbe hervor, »mir scheint, der Spuk kommt nicht wieder.«

»Gott sei Dank«, seufzte Onkel James. »Ich habe jeden Augenblick darauf gewartet aber jetzt glaube ich wirklich bald, daß wir uns alles eingebildet haben.«

»Vielleicht waren Nebel und Mondschein schuld daran.«

»Ja, Mico, so etwas kann's gewesen sein!« Onkel James' Stimme klang schon viel freier. »Die Natur kann einem manchen Streich spielen. Gott segne sie! All die Schlauberger, die ihrer Meinung nach alles erklären können, haben davon keinen blassen Schimmer. Nun, laß uns noch eine halbe Meile rudern, und dann werfen wir mit Gottes Segen das verdammte Netz aus!«

»Ja«, rief Mico froh und hätte am liebsten ein Lied angestimmt, wenn ihm eins eingefallen wäre und er nicht eine Stimme wie ein krächzender Rabe gehabt hätte.

Er ruderte also kräftig und wunderte sich, was für eine Energie so ein schmächtiges Männchen wie Onkel James besaß; denn er mußte sich ordentlich anstrengen, um seine Ruderschläge denen von Onkel James anzupassen. Sie ruderten eine halbe Stunde weiter, und dann ruhten sie sich aus. Das Land schien wie ein Traum, so fern und verschleiert und von einem stillen Blau. Das Wasser war glatt, und die anderen Boote hatten auch angehalten. Die Männer begannen, die Netze zu ordnen und auszuwerfen, gerade als gehöre ihnen eine Parzelle Ozean, die sie nun umgraben wollten.

Onkel James begann sein Netz auszuwerfen, und Mico ruderte langsam weiter. Zuerst war es leicht, aber das saugende Wasser bemächtigte sich des Netzes, und das Rudern wurde ein wenig schwerer. Es war hübsch, die hüpfende Linie der Korken zu sehen, die das Netz trugen. Es sah aus wie ein Tanz kleiner Kobolde auf dem glatten Wasserspiegel.

Als das ganze Netz im Wasser war, verlöschte plötzlich der Mond, als hätte jemand eine Riesenhand vor ihn gehalten, und alles war pechschwarz.

»Was ist denn das?« fragte Mico erstaunt.

Instinktiv blickten sie an die Stelle am Himmel, wo zuletzt der Mond zu sehen war, und tatsächlich schien er von einer schwarzen Hand bedeckt zu sein, die aus dem Ozean gekrochen war. Die Finger der Hand öffneten sich für einen Moment und ließen das Mondlicht hindurch. Jetzt schien er wieder hell. Die Nebelschleier waren verschwunden, als seien sie weggeblasen worden.

Alles war so hell wie bei hellstem Tageslicht. Mico sah sich um. Das Land war überaus deutlich zu erkennen. Jede Hütte hob sich gut sichtbar ab. Genau zeichnete sich ab, wie die Bucht ins Land schnitt. Und in den anderen Booten sah er viele Gesichter, die alle zum Mond aufblickten, während ihre Hände ruhten. In einer Sekunde nahm er das alles in sich auf. Und in der nächsten Sekunde war der ganze Ozean mit dem bedeckt, was man dort an der Küste als »weiße Blumen in Fischers Garten« bezeichnete.

Das Meer, das gerade eben noch so still gewesen war wie eine Schüssel voll Wasser daheim auf dem Küchentisch, war im Nu wie mit Millionen weißer Knospen übersät, die sich alle entfalteten und aufblühten.

Von der Seite her blies ihnen ein kalter Wind ins Gesicht. Ein sehr kalter Wind. Vorhin hatten sie noch geschwitzt in den dicken Hosen und Wollsweatern, und nun biß dieser scharfe Wind wie mit Nadeln in ihre Haut.

Und dann verschwand der Mond ganz und gar hinter der schwarzen Hand.

Jetzt schien es, als habe dieselbe schwarze Hand auch ins Wasser gegriffen und es mit ihren schrecklichen Fingern aufgewühlt. Das kleine Currach schwankte unter dem Ansturm einer großen Woge, die von nirgendwoher kam, sie emportrug und wieder hinabwarf. Mico mußte sich an den Bootswänden festhalten, sonst wäre er über Bord geflogen. Er spürte den Ruck im Boot, als Onkel James umgeworfen wurde.

Er schrie: »Onkel James! Onkel James!« und wunderte sich, weshalb er so schrie. Aber er schrie, weil der sanfte Wind zu heulen begonnen hatte; und überhaupt war es schon längst kein sanfter Wind mehr, es war ein heulender Windstoß, der aus dem Himmel mit ungeheurer Wucht auf sie niederfuhr. Er fühlte, wie das Boot zwei Meter hochgehoben wurde.

»Onkel James!« schrie er wieder, griff instinktiv nach den Rudern und drehte bei, um dem Furchtbaren zu begegnen, das sich da vom offenen Meer her nahte.

»Alles in Ordnung, Mico«, schrie er, »alles in Ordnung. Wir müssen das Netz einholen! Ich hätt' es wissen sollen! Fahr mit dem Wind zurück, wenn du kannst!«

Mico fing nur vereinzelte Wortfetzen auf. Den Rest riß der Wind verächtlich von Onkel James' Lippen und schleuderte ihn fort.

Der Wind war zum Sturm geworden, und Mico dachte, die Arme würden ihm aus den Gelenken gerissen.

Der Mond hatte eine dünne Stelle in der Wolkendecke gefunden, durch die er einen Lichtschimmer schickte. Auf einmal konnte Mico wieder etwas sehen: Onkel James, der hastig das Netz heben wollte, das nasse Netz, in dessen Maschen es schon silbergrün zappelte. Und linker Hand die anderen Boote, wo die Männer so schnell die Netze einholten, daß es von hier aus wie eine Panik erschien. Mico drehte sich schnell um und verschluckte fast seine Zunge, als er sah, wie hinter ihm die See sich in mächtigen Wogenbergen erhoben hatte, die nun mit der Geschwindigkeit eines Eisenbahnzuges auf sie zukamen. Das Wasser war nicht länger blau, sondern schwarzweiß. Und hinter dem anstürmenden Wogenschwall hing schwarz wie eine schwarze Katze der Himmel und schob eine dichte Wand grellweißer Fäden vor sich her. Dann war der Mond wieder verschwunden, und der Wind heulte auf. Er fuhr ihm in die Glieder, drückte ihn und nahm ihm den Atem.

Das ist doch unmöglich, dachte Mico. So etwas kann uns doch nicht so gänzlich unversehens treffen! So ganz ohne Vorwarnung! Ohne Vorwarnung? Und vergangene Nacht? Hatte Onkel James etwa nicht gesagt, es sei eine Warnung?

Der Bug erbebte wie unter den Schlägen eines schweren Schmiedehammers. O Gott, dachte Mico, jetzt müssen wir sterben! Die erste Woge kam, und im Nu war er bis zum Gürtel naß. Er mußte an das Currach denken, das irgendwo unter ihm war, und woraus es eigentlich bestand: aus leichten Latten und einem Rahmen, über die Segeltuch gespannt ist, das man mehrmals mit Teer bestrichen hat. Dickem, klebrigem Teer.

Was ist es also? Ein Kanu, weiter nichts.

Eine neue Woge erfaßte das Currach und drehte es, daß es wie ein Kreisel unter dem Hieb einer riesigen Peitsche tanzte.

Mico flog von der Ruderbank, und das Ruder wurde ihm aus der Hand gerissen. Sein Kiefer krachte gegen die Bootswand, das Blut schoß ihm in den Kopf und Tränen traten ihm in die Augen.

Onkel James lag dicht neben ihm. Mico streckte seine Hand nach ihm aus. Er konnte ihn fühlen. Er ist es wirklich, dachte Mico, Onkel James ist da. »Alles klar?« hörte er ihn in sein Ohr brüllen, aber ihm erschien es wie ein Flüstern. Dabei war nur ein paar Zentimeter von ihm entfernt.

»Ja«, brüllte Mico und kroch wieder auf die Ruderbank. Das Klebrige, das ihm über die Backe rann, mußte wohl Blut sein.

»Wir müssen das Netz kappen, Mico«, brüllte Onkel James jetzt.

Lauter als der Wind lärmte das im Boot umherklatschende Wasser. Das Netz? Ein Netz kostet vier Pfund. Wo sollte Onkel James je wieder vier Pfund herbekommen?

»Tu's nicht, Onkel James!« schrie er und stemmte sich gegen das Ruder. Mit übermenschlicher Anstrengung gelang es ihm, das Boot in den Wind zu drehen. »Das Netz ist wie ein Anker. Vielleicht hält's uns, bis der Sturm sich legt.«

Das Boot wurde hochgerissen, hoch in die Luft. Sie flogen durch die Luft, so schien es ihm. Er fühlte, wie es fiel, und hielt die Ruder so, daß der Sturz abgeschwächt wurde. Der Aufprall ging ihm durch Mark und Knochen, seine Zähne schlugen aufeinander. Und obwohl er sich mit den Rudern dagegenstemmte, wurden sie doch wieder herumgekreiselt.

»Das Netz ist weg!« schrie Onkel James, »dreh das Boot, Mico, dreh bei! Wir müssen es versuchen. Das ist die einzige Chance, die wir haben.«

Im gleichen Augenblick sprang das Currach, als würde es von einer Sprungfeder zurückgeschnellt.

»Mico, Mico, meine Ruder sind weg!« brüllte der Onkel.

Um Gottes willen, dachte Mico und krallte sich noch fester an seine eigenen.

»Dreh bei, Mico, oder wir sind verloren!«

Mico grub seine Ruder ins Wasser, als sie oben auf einem Wellenkamm saßen, und er hielt sie fest, obwohl es ihm vorkam, als hingen vier Männer an je einem Ruderblatt, um es ihm aus der Hand zu reißen. Er starrte zum Himmel und biß sich auf die Lippen. Jede Muskel in seinen Schultern schien zu reißen und seine Oberarme fühlten sich so an, als ob jemand mit einem scharfen Messer in sie stach. Er klammerte sich an die Ruder, der gewaltige Sog ließ etwas nach. Ich muß es genau abpassen, dachte Mico. Im Wellental konnte er das Boot halten. Er erwartete den nächsten schrecklichen Sog. Er kam auch, und Mico war es zumute, als wollte ihm jemand das Herz mit einem Tau aus dem Leib zerren. Das überstehe ich nicht noch einmal, dachte er. Auf der nächsten Welle muß ich beidrehen. Er blieb unten im Wellental, und als er sich wieder emporgetragen fühlte, ließ er links los, um mit beiden Händen am rechten Ruder zu ziehen. Das Currach schien sich einen Moment lang nicht zu bewegen, bog dann scharf herum und ritt nicht länger auf den Wellenkämmen.

Die Hände weiter fest am Ruder, ließ Mico seinen Kopf auf die Knie sinken und versuchte durchzuatmen. Er fühlte sich völlig ausgelaugt. Hinter ihm keilte sich Onkel James im Heck fest. Die Wellen schlugen auf seinen Rücken. Klatsch, klatsch, klatsch – wie ein Fleischklopfer auf ein Schweineschnitzel. Er klammerte sich ans Dollbord und spürte, wie das Wasser hinter seinem Rücken stieg. Nun schlug es ganz anders auf sie ein. Sie wurden nicht nur bis auf die Haut naß, das Boot lief mit Wasser so voll, daß sie eins geworden zu sein schienen mit der jagenden See, ein kleines, schwarzes, flinkes Stückchen Meer.

Mico blickte wieder zum Himmel auf. Der weiße Vorhang hatte sie eingeholt, und es prasselte ihm ins Gesicht. Wie weiße Garnfäden schnitt es ihm ins Fleisch. Es waren glitzernde, scharfe Hagelkörner. Mico schrie unbewußt auf. Tief atmete er durch. Er spürte die Schnitte im Gesicht und die Stiche in seinen Händen, die die Ruder umklammerten. Vor Schmerz schloß er die Augen, öffnete sie aber wieder, als er kalten Regen spürte. Doch wünschte er, daß er sie nie geöffnet hätte; denn die weißen Hagelkörner erhellten die Dunkelheit mit einem seltsam künstlichen Licht, in dessen fahlem Schimmer Mico das Boot erkannte.

Sieben Mann saßen im Boot, und zwei beugten sich über das Dollbord, um ihr Netz einzuholen. Er wollte ihnen zurufen: »Nein, nicht! Nicht! Um Himmels willen, laßt das Netz und rudert fort!« Aber in dem Getöse hätte keiner ihn gehört. Eben sah er noch die Gesichter der Rudernden, und dann sah er den nassen Kiel, der sich steil in die Luft hob, als habe eine Hand den Bug nach oben gestoßen. Das Boot stand in voller Länge Kopf, die Ruder wirbelten umher, die Männer stürzten heraus in Wind und Wellen und in das unglaubliche und unbeschreibliche höllische Auf und Ab. Sie schrien laut. Und dann war nichts, gar nichts mehr da. Alles verschlungen – wie von einem Walfisch.

»Oh, nein!« sagte Mico, ließ die Ruder fahren und schlug die Hände vors Gesicht.

»Mico, Mico«, hörte er seinen Onkel flehen, »die Ruder, Mico, um Himmels willen, die Ruder!«

Er tastete nach den Rudern und konnte das eine wieder packen. Das andere flog aus der Dolle, doch fing er es ein und hämmerte es mit der Faust so fest, daß es ihm das Fleisch aufriß. Von achtern hörte er seltsames Stöhnen. Dort saß Onkel James zusammengekauert, die Hagelkörner bedeckten ihn. Er glich einem Schneemann in einem Tintenmeer.

Er durfte jetzt nicht an die Schreie denken. O Gott, wenn nur nicht mein Vater dabeigewesen ist oder einer der Leute, die ich gut kenne. Was zum Teufel war in sie gefahren, daß sie nichts von denen gelernt hatten, die bereits umgekommen waren? Warum fuhren sie zur See? Nirgendwo sonst als auf dem Atlantik wurden sie leicht eine Beute des Todes.

Warum in Gottes Namen hatten sie nicht besser auf den Himmel geachtet und auf die Stimme der See gehört? Weil sie zu sehr über das Gespensterschiff gelacht hatten. Und Mico und Onkel James würden noch an ihrem eigenen Tod schuld sein, weil sie sich ihrer Vision geschämt und nicht das Wetter beobachtet hatten. Wäre Großvater hier gewesen, dann hätte das nicht passieren können. Er hätte gesagt: »Um

Gottes willen, fahrt heute nacht nicht aus, der Wind schmeckt nach Regen!« Würde er noch zur See fahren und nicht seine Füße am Kamin ausstrecken und an der Kaimauer fischen, dann wäre keiner ausgelaufen.

Mico hätte es selbst wissen müssen. Lange genug war er beim Großvater in die Lehre gegangen. Nun saß er in dem kleinen Currach, das seiner Zerstörung entgegenraste wie ein Hase, der von einem Windhund verfolgt wird.

Die Finger, die immer noch die Ruder hielten, schienen nicht mehr zu ihm zu gehören. Und er dachte, lieber ersaufe ich, als weiter im prasselnden Hagel zu sitzen, der einen regelrecht zerschneidet.

Konnte es denn noch Hoffnung für sie geben? Er hatte gesehen, wie das schwere Boot sich gleich einem Spielzeug im Ententeich überschlug. Was würde der Sturm da erst mit ihrer Nußschale anstellen? Das Schreien der Männer gellte ihm in den erfrorenen Ohren, und er sah sie hilflos und unwürdig in den Tod stürzen. O Jesus, betete er, wenn die Reihe an uns ist, laß uns nicht so sterben, laß eine Woge uns bedecken, für immer zudecken.

Wo ist mein Vater?

War mein Vater unter den schreienden Männern?

Nicht mein Vater, lieber Gott! Wären sie doch mit ihrem eigenen Boot ausgefahren. Es war solide gebaut. Das Segel wäre am Mast zerfetzt worden, wie man ein Blatt mit den Händen zerreißt, aber selbst bei so einem Schweinewetter konnte man es noch steuern. Es war seetauglich. Hätten sie doch nur...

»Mico«, hörte er Onkel James' Stimme. Es war kein Schrei, und es war kein Brüllen, es war nur ein rauhes, unnatürliches Geräusch.

Er öffnete die Augen. Er hatte das Gefühl, sie buchstäblich aufreißen zu müssen. Die Hand seines Onkels deutete nach rückwärts.

Mit unsagbarer Mühe drehte er seinen Kopf, doch konnte er nichts erkennen als ein schwaches Phosphoreszieren.

»Klippen, die Klippen!«

Mico grub die Ruder ein. Seine Hände rutschten ab.

Das war der Fleck genau hinter seinem Kopf. Onkel James kannte die ganze Küste, selbst in einer pechschwarzen Nacht und inmitten all dieser Verwüstung, dachte er. Ich kann nur meine äußerste Kraft hergeben, und wenn ich's nicht schaffe, ist es aus. Und warum soll ich's überhaupt versuchen? Es ist doch völlig aussichtslos. Und dann fiel ihm ein Körper ein, der eine steile Klippenwand hinabstürzte – ins gleiche Wasser, ins Meer, das um die Aran Islands brüllte.

Er grub die Ruder ein und riß mit der linken Hand durch. Abdrehen, abdrehen, abdrehen. Das war das einzige, was er noch versuchen konnte. Aber konnte er es noch schaffen? Er war so müde, so schrecklich müde, und was sollte das bringen?

»Schneller, schneller!« hörte er seinen Onkel rufen. Wenn noch Aussicht auf Rettung besteht, sagte er sich dann, warum soll ich nicht durchhalten und ihn retten? Er stellte sich vor, wie das Currach an den scharfen Felsen zerschellte. Die Latten würden splittern, das Segeltuch zerreißen, ihre Körper zerfetzt. Nein, so wollte er nicht sterben. Auf keinen Fall. Er ließ das rechte Ruder fahren und zog und zerrte und riß auf der linken Seite. Das rechte Ruder wurde hochgerissen und flog dem Boot voraus. Jetzt ist's aus mit uns, dachte er, aber mit dem linken ruderte er weiter wie ein Wilder, bis ihm das Blut in den Venen gefror. Und dann sah er den quirlenden weißen Gischt. Ein brodelnder Mahlstrom saugte und toste lauter als das Geheul des Windes. Blitzschnell entschwand der Strudel wieder ihren Blicken, und daran konnte er ermessen, mit welcher Geschwindigkeit sie vorwärtsschossen in die tintenschwarze Nacht hinein.

Mico versuchte, wenigstens das eine Ruder zu behalten, und klammerte sich mit letzter Kraft daran. Doch seine Hände waren schon so gefühllos, daß es ihm entrissen wurde und wie ein Strohhalm fortgewirbelt wurde. Er rutschte vom Sitz ins Wasser, das im Boot hin- und herschwappte. Es durchtränkte seine ohnehin schon nassen Kleider. Er schlug die

Hände vor den Kopf. Sein Gesicht war eiskalt, seine Hände abgestorben.

Wie lange halte ich das noch aus? Das war einzige, was er sich noch fragen konnte. Wie kann man bloß so auskühlen? Wie konnte es möglich sein, daß man diese schreckliche, auszehrende, brennende Kälte so lange erträgt?

Wieviel Zeit vergangen war, wußte er nicht. Er fühlte, wie sie hoch in die Luft gehoben wurden, und begriff, daß der Bug sich diesmal nicht wieder aufrichten konnte. Er sank und sank, und Onkel James, der sich noch im Heck an den Bootswänden festhielt, stieg höher und höher. Dann schlug der Wasserschwall über ihn zusammen, und das Boot wurde unter ihnen fortgesaugt.

Rein instinktiv griff Mico nach Onkel James' Joppe. Er erwischte sie und ließ sie nicht los. Auch mit der anderen Hand klammerte er sich an ihr fest – mit dem Griff eines Ertrinkenden –, und plötzlich spürte er etwas unter seinen Füßen. Waren es Felsen? Der Meeresgrund? Oder das Boot?

Jedenfalls trug es ihn, und er stand darauf und fühlte zu seiner Überraschung Luft an seinem Kopf. Er zerrte an der Joppe und packte Onkel James, das müde Schwergewicht. Im nächsten Moment wurden ihm wieder die Füße weggerissen, er schluckte Wasser, und dann schienen ihn Hände zu greifen und in die Luft zu heben, und sein Körper schlug auf etwas Glitschiges; es mußte ein Felsen sein. Mit einer Hand versuchte er Halt zu finden. Er griff in Seegras. Mit der anderen zog er sich hoch. Neben ihm tauchte Onkel James auf. Wieder flutete Wasser über sie hin, doch klammerte er sich an den Felsen, auf den er nun rittlings wie auf einem Pferd saß. Als die See dann saugend zurückwich, zog er sich weiter hinauf, und mit allerletzter Kraft stand er auf und zerrte den schlaffen Körper seines Onkels zu sich hoch. Er machte einen Schritt, dann zwei, stürzte, hielt sich an der Joppe des Onkels fest, fühlte Sand im Gesicht und lag auf den Knien, als eine neue Brandungswelle ihn unter sich begrub. Als das Wasser wieder zurückwich, immer noch an ihm saugend, torkelte er hoch, aber er konnte sich nicht mehr an seinem Onkel festhalten. Er machte ein paar Schritte, der Onkel schleppte sich hinterher, und noch ein paar, und er fiel wieder hin, in den Sand, und von neuem schlug das Meer über ihm zusammen, doch hatte es hier schon alle Kraft verloren. Er ruhte sich eine Weile aus und richtete sich dann erneut auf. Er ging weiter und weiter. Die Augen brachte er nicht auf; dann stach ihn der Schmerz wie mit Nadeln. Doch er ging weiter, stürzte abermals, aber er spürte kein Wasser mehr. Von da an kroch er auf allen vieren, den Onkel hinter sich her zerrend. Schließlich packte er mit beiden Händen zu und zog den schlaffen Körper neben sich. Brust an Brust lagen sie so, sein eiskaltes Gesicht neben dem des Onkels, und das war das letzte, an das er sich erinnern konnte.

16

Er kam zu sich, als ihn jemand an der Schulter rüttelte.

»Mico, Mico!« rief ihm eine sanfte, besorgte Stimme ins Ohr.

Er drehte sich ein wenig herum. Überall spürte er Sand, im Gesicht und unter den Händen. Der salzige Geruch kleiner Seemuscheln stach ihm in die Nase. Bei der kleinsten Bewegung fuhren ihm entsetzliche Schmerzen durch den ganzen Körper.

»Ist alles in Ordnung?« wurde er gefragt.

»Ja«, antwortete er, »alles in Ordnung.« Es fiel ihm schwer zu sprechen. Sein Mund war trocken und verklebt, sein Rachen rauh, und das Gesicht brannte. Die Augen konnte er nicht öffnen, er versuchte es aber wieder und wieder, so qualvoll es auch war. Sie tränten heftig, doch konnte er den grauen Himmel und die jagenden Wolken erkennen. Er wandte den Kopf noch ein wenig mehr: Onkel James sah ihn bekümmert an. Sein Gesicht war salzverkrustet, die Augen geschwollen und entzündet.

»Wie geht's dir, Onkel James?« fragte er.

»Es geht so«, sagte der Onkel. »Ich hatte Angst um dich. Als ich aufwachte, lagst du halb auf mir. Ich bin unter dir hervorgekrochen. Du hast dich nicht gerührt. Ich dachte, du machst es nicht mehr lange.«

»Unkraut vergeht nicht.« Mico wollte nicht witzig sein. Obwohl er sich völlig kaputt fühlte, war sein Kopf klar. Ganz klar. Sofort dachte er an das, was letzte Nacht geschehen war. Seine Augen fielen auf Onkel James' Hände.

»Heiliger Himmel, wie sehen die denn aus!«

Onkel James betrachtete sie: Sie waren ungeheuer geschwollen, und das rohe Fleisch quoll rot und blau hervor. Von den Knöcheln war nichts mehr zu sehen. Es waren einfach zwei Klumpen blauroten Fleisches. Mico schaute auf seine eigenen Hände: Sie waren nicht geschwollen, doch die Linke hatte tiefe, blutverkrustete Wunden. Er bewegte die Finger. Der Schmerz schoß durch seinen Arm.

»Du mußt was mit deinen Händen machen«, sagte er dann.

»Ich bin froh, daß ich überhaupt noch welche habe«, entgegnete Onkel James.

»Ja«, erwiderte Mico. »Und wo sind die andern? Wo sind wir überhaupt?«

Er stand auf, wogegen sein ganzer Körper heftig protestierte, so daß er sich auf die Lippen biß, die ohnehin schon aufgesprungen waren. Er hätte heulen können, so stechend waren die Schmerzen. Er verzog sein Gesicht, worauf die Wunde auf seiner Wange aufplatzte, was ihm weitere Qualen bescherte.

»Du hast da einen üblen Schnitt, Mico. Das muß genäht werden.«

»Ja.«

Mico schaute sich um. Sie schienen auf einen öden Teil der Küste geschwemmt worden zu sein. Wie durch ein Wunder waren sie gerade auf diese eine sandige Stelle gespült worden. Der ganze übrige Teil der Küste bestand hier aus lauter wild zerklüfteten Klippen, die sich in die Heide hinein erstreckten. Dahinter lag ein Moor, das kahle Hügel abschlossen. Dunkle Wolken ballten sich darüber, und die über sie hinwegjagenden Wolken kündigten Regen und Sturm an. Doch sie lagen windgeschützt hinter niedrigen Felsen. Das Meer war in hellem Aufruhr, eine aufgewühlte Masse weißen Schaums. Ein oder zwei Meilen entfernt, auf der anderen Seite der Bucht, wo der Leuchtturm war, stieg das Land steil an, und dahinter konnte man die Spitze von Boffin sehen, gegen die die Wellen nur so anrannten.

»Wo sind wir nur?« fragte er.

»Ein paar Meilen südlich von Cleggan«, antwortete Onkel James.

»Hast du von all den andern jemand zu Gesicht bekommen?«

»Nein«, sagte der Onkel mit trostlosen Augen, »keinen einzigen.«

»Vielleicht wurden sie nach Boffin oder Omey verschlagen?«

»Eins von den Booten bestimmt nicht.«

»Hast du das auch gesehen?« fragte Mico. Im stillen hatte er noch gehofft, er könne sich's eingebildet haben.

»Gehört hab ich sie«, rief Onkel James mit schrecklichem Nachdruck in der Stimme.

»Aber unser Currach war doch so leicht. Ihre Boote waren schwerer. Wenn wir uns retten konnten, da müssen sie es viel eher geschafft haben.«

»Wenn sie die Netze aufgegeben hätten, wären sie vielleicht gerettet worden. Aber sie haben es nicht, und deshalb ging das Boot unter. Ihre Netze sind so wertvoll. Und wir sind alle so arm. Dabei ist das Leben wichtiger als die Armut. Es ist mehr wert als ein Netz.«

»Werden wir ein Stück an der Küste entlanggehen?« fragte Mico.

»Irgend etwas müssen wir tun«, erwiderte Onkel James.

Sie brachen auf. Zuerst langsam und mühselig, mit Schmerzen in allen Gliedern, auf denen das nasse, schwere Wollzeug lag, doch durch das Gehen kam ihr Blut in Bewegung, ihre Kleidung erwärmte sich ein wenig. Als sie die kleine Sandbucht hinter sich hatten, mußten sie über Felsen klettern. Das war unerträglich qualvoll, vor allem für Onkel James, der die

Arme anstatt der Hände gebrauchen mußte, um sich hochzuziehen.

Sie fanden ihr Currach. Es lag eingeklemmt zwischen zwei Felsblöcken, und der Bootsboden war wie mit Messern aufgeschlitzt. Sie hielten sich nicht lange davor auf. Mico zog es nur über die Flutlinie hinauf, wo ein Saum frischen Seegrases angeschwemmt lag. Onkel James blickte nur flüchtig hin. »Wir könnten es wieder hinkriegen«, sagte er und ging weiter.

Als sie um die nächste Landzunge bogen, mußten sie auf einen Felsen klettern, der oben völlig flach war. Von dort konnte Mico eine lange Strecke des Ufers übersehen, bis nach Cleggan und noch weiter. In den Gassen und an der Bucht unten erkannte er viele kleine Gestalten, darunter eine Menge rotgekleideter, was bedeutete, daß vor allem die Frauen sich aufgemacht hatten.

Dann blickte er über die Kante der großen Felsplatte und sah unter sich im Meer einen Körper. Es war ein Mann, der mit dem Gesicht nach unten und ausgebreiteten Armen im Wasser trieb. Hilflos wurde er angeschwemmt und weggesaugt. Mico blieb vor Schreck das Herz stehen. Es war der Körper eines sehr großen Mannes, bekleidet mit blauen Hosen und blauem Sweater. Das dunkle Haar breitete sich rund um den Schädel aus.

»Onkel James!« rief er und deutete mit der Hand nach unten. Kein Wort kam mehr über seine Lippen, als er hinabstieg.

Onkel James mußte tief durchatmen.

Mico sprang ins Wasser. Es war nicht tief. Es ging ihm bis zur Hüfte. Er spürte die Nässe nicht. Als er die Leiche erreichte, schlang den Arm um sie und schob sie durchs Wasser an Land. Dort faßte er den Mann unter die Arme und zog ihn, noch immer mit nach unten gewandtem Gesicht, im Wasser zwischen den runden Steinen hindurch zum Ufer.

Onkel James konnte ihm nicht helfen. »In meinen Händen, Mico, da ist überhaupt kein Gefühl mehr drin.«

Mico kam aus dem Wasser und beugte sich über den Mann, der leblos am Ufer lag. Dann drehte er vorsichtig den Körper herum. Das fiel ihm nicht leicht. Er war schwer. Mico mußte tief durchatmen.

»Kennst du ihn?« fragte er Onkel James.

»Ja, ich kenne ihn. Gott, hab ihn selig!«

»War er in demselben Boot wie mein Vater?«

»Nein, das nicht.«

Mico bohrte nicht weiter. Wenn er nicht in dem Boot mit meinem Vater war, in welchem denn? Was für eine Antwort erwartet man darauf?

Sie trugen ihn zur Landspitze und legten ihn ins Gras. Dort lag er, das Gesicht gen Himmel gerichtet, ein Gesicht, das sonst mahagonibraun gewesen und nun blau angelaufen war, wie Onkel James' Hände. Der Bart des Toten war etwa zwei Tage alt. Er war kräftig und ausdrucksvoll. Wahrscheinlich war er noch jung gewesen. Genau konnte man das nicht sagen, aber sein Mund stand offen, die Lippen stark geschwollen, die Zähne weiß, das Zahnfleisch etwas gelblich vom Tabak.

Mico hatte keine Jacke an, nur einen Sweater. Onkel James schaffte es, sich seine Joppe auszuziehen – es war sehr schmerzhaft. Sie legten sie über das Gesicht des Toten, damit seine weit aufgerissenen Augen nicht den triumphierend grinsenden Himmel bemerkten.

»Ich habe da drüben etwas gesehen«, sagte Onkel James und deutete die Küste abwärts. »Es ist doch am Strand, oder?«

Mico erkannte eine Rauchfahne, die dicht am Ufer aufstieg. »Ja, da ist etwas.«

»Geh hin und sieh nach«, sagte Onkel James. »Ich warte hier bei ihm, bis du zurückkommst. Dann muß einer von uns die Leute im Dorf benachrichtigen.«

Mico hüpfte von einem schlüpfrigen Stein zum anderen mit seinen schweren Stiefeln. Einige umging er, um nicht auszurutschen. Sein Kopf war leer. Er wollte an nichts denken. Denken war jetzt nicht wichtig. Die Augen nahmen zu viel wahr, zu viel, um es alles im Kopf aufnehmen zu können.

Mico näherte sich dem Rauch. Zwischen Felsblöcken hob er sich in die Luft, so daß Mico sonst weiter nichts erkennen konnte. Der unstete Wind faßte in die Rauchsäule und zerfetzte sie. Mico kletterte auf die Felsen und blickte nach unten. Sein Herz setzte ein paar Schläge völlig aus. Dann schlug es wieder, ruhiger und schneller als sonst.

»Hallo!« rief er den Männern zu, die ums Feuer saßen.

Ein großer Mann blickte auf. Er kam irgendwie mit seinem Mund nicht zurecht. Erst war er offen, dann zu, ein Schlukken . . .

»Hallo, Mico!« rief Big Micil.

Mico sprang hinunter auf die kleine sandige Stelle.

»Wir haben ein Feuer angezündet«, sagte Micil. »Der Schneider ist blind geworden, weil ihm die Hagelkörner in die Augen schlugen.«

»Ist Mico da?« fragte Táilliúr hinter einem Taschentuch hervor, das sie ihm über die Augen gebunden hatten. Seine Mütze war ihm vom Kopf gefallen. Man sah seine grauen Haare, die immer dünner wurden, und einen weißen Streifen auf seiner Stirn, die wegen der Kappe nie die Sonne sah. Sein Schnauzbart war trocken und stach gegen seine bleichen Wangen ab. »Schön, daß du da bist, Mico!«

»Wie geht's euch?« fragte Mico die anderen.

John, Táilliúrs Sohn, antwortete: »Gott sei Dank sind wir am Leben. Bartley Walsh hat schlimme Hände! Sieh sie dir an! So groß wie Torfsoden!«

Mico betrachtete die geschwollenen Hände des Alten. »Genau wie bei Onkel James«, sagte er.

»Wir haben auch das Boot gerettet«, rief Big Micil. »Da liegt es.« Sie hatten es auf den Strand hinaufgezogen.

»Ja, aber die Ruder sind fast alle weg«, sagte Mairteen Delaney, ein großer Kerl im nassen Sweater mit riesigen roten Händen und hervorstehenden langen Zähnen.

»Und die Netze haben wir auch verloren«, rief sein Sohn Pakey.

»Zum Teufel mit ihnen!« fluchte Táilliúr. »Wir sollten jetzt aufbrechen!«

Sein Sohn half ihm hoch. Micil stieß die Glut mit seinen Füßen ins Wasser.

»Die Wärme hat mir gutgetan. Sonst hätte ich noch nicht laufen können«, sagte Táilliúr. »Alle bereit?«

»Sind wir«, antworteten die Männer und verließen den Strand.

»Wir haben drüben einen Mann gefunden«, sagte Mico etwas lauter als gewollt.

»Oh«, sagte der Schneider. Alle hielten einen Moment inne und starrten auf den Boden, bevor sie weitergingen.

Big Micil und Mico gingen als die letzten hinter ihnen her.

»Alles in Ordnung?« fragte ihn beiläufig sein Vater, ohne ihn anzusehen.

»Ja«, erwiderte Mico, »nur ein paar Schrammen und Schnittwunden und alles ein wenig steif, mehr nicht.«

»Ich hatte nicht geglaubt, daß ihr euch in dem kleinen Currach würdet retten können. Ich hielt's für ganz ausgeschlossen.«

»Und du, Vater, war es schlimm?«

»Ach, eine Weile war's ein bißchen riskant, aber dann ging's.«

Saga der See. Er reichte Mico seine große Hand und drückte seinen Arm.

Mico hätte am liebsten geweint. Das Gefühl hatte er.

»So, nur ein bißchen riskant«, sagte er.

Langsam gingen sie zu den anderen Männern, die sich gerade über die Leiche bückten.

Fünf Fichtensärge standen in dem kleinen Saal.

Hier sollten eigentlich Schifferklavier und Geigen zum Stampfen schwerer Stiefel ertönen, begleitet von wilden Hurraschreien, roten Köpfen und schwitzenden Körpern, wenn die Tanzmusik das Blut in Wallung bringt und die Leidenschaft überschäumt, ob nun in der Liebe oder bei blutigen Keilereien. Statt dessen fünf Fichtensärge mit den toten Männern: das war alles, was die See hergegeben hatte. Sechs Boote waren ausgefahren, nur ein Boot und fünf Tote kamen zurück. Den ganzen Tag liefen weinende Frauen und alte Männer am Ufer auf und ab und suchten und hoben schwere

Klumpen Seegras hoch, die sich vom untersten Grunde des Meeres losgerissen hatten. Sie wollten nicht nur Wrackteile entdecken. Sie spähten nach den Leichen von Menschen, die vor wenigen Stunden noch ihr ein und alles gewesen waren.

Drei zuckende Kerzen brennen in der Dämmerung. Die Deckel der Särge stehen offen, und die Leute gehen daran vorüber und nehmen Abchied von ihren Toten. Ist es mein Sohn oder Vater? Mein Mann oder Bräutigam? Der Geruch der qualmenden Kerzen liegt schwer in der Luft. Über den Bretterboden scharren Füße, viele, viele Füße. Und plötzlich steigt ein Schrei auf, und eine Frau beugt sich gramvoll über einen Sarg und zieht ihr Kopftuch ins Gesicht. Jede Familie ist betroffen. Greise haben ihre Söhne verloren, alte Frauen ihre Männer. Kinderweinen klingt durch den Abendwind.

Die Särge werden geschlossen. Männer, die vom Inferno verschont blieben, heben sie auf die Schultern und tragen sie in langem Trauerzug fünf Kilometer weit bis zur kleinen Kirche jenseits des Hügels.

In Kerzenlicht und Weihrauchduft standen die Särge im Kirchenschiff. Es hätten Kardinäle oder Könige sein können. In dieser Nacht hatten sich so viele versammelt, als würden die Größten des Landes betrauert. Die Menschen drückten ihre Stirn auf das glatte Holz der Sargdeckel, legten die schwieligen Hände darauf und versuchten zu beten, falls sie dazu imstande waren. Es war schwer, zu beten und zu sagen, daß es Gottes Wille sei – während draußen Peadar Cavanagh mit der Flut auf und ab trieb. Peadar war zu jung, um schon zu sterben. Und von den Alten war Tadhg hinweggerafft worden. Alt war er wohl, doch was sollte man ohne ihn und seine dreisten Geschichten anfangen? Ohne die Lachfältchen um seine listigen Augen? Und was sollte aus kleiner Bridget ohne ihren Vater Michael Tom werden?

Ein langer Zug am gelben Strand von Omey. Die Männer tragen die Särge, und von gegenüber tönt ihnen die See höhnisch entgegen, alles nur mein Werk, während der nachlassende Sturm noch einmal vor Neid auf sie aufheult.

Das Grab ist groß. Sie werden nebeneinander gebettet, die Männer, die starben. Der Priester betet für sie, und Tränen stehen ihm in den entsetzten Augen; denn er ist sich seiner Ohnmacht bewußt. Lateinische Worte klingen durch die klare Luft, gelber Sand leuchtet auf den Särgen. Die Gräber werden zugeschüttet, grüner Rasen wird darübergelegt. Bald wird ein schlichter Grabstein mit ihren Namen dort stehen. Doch den anderen kann nie ein Grabmal gesetzt werden, all den anderen, die mit dem Seegras auf dem Meeresgrund hin und her schwanken.

Und die Hinterbliebenen machen kehrt, gehen über den großen Strand, das grüne Gras und werden von kleinen Häusern verschluckt. Und über den frischen Gräbern kreisen Möwen, legen ihren Kopf zur Seite, beäugen die rechteckigen Ungleichmäßigkeiten des grünen Grases, schießen aus großer Höhe herunter und stürzen sich auf die Würmer, bevor diese sich unter der gedemütigten Menschheit eingraben.

Mico zog die Tür hinter sich ins Schloß und lehnte sich dagegen.

Sie saß vor dem Feuer. Es brannte langsam und erhellte die eine Hälfte ihres Gesichts. Auf einem Schemel saß sie, und die Hände hingen ihr schlaff von den Knien. Sie sah überhaupt nicht auf. Nicht einmal, als er den Riegel aufschob; nicht einmal, als er die Tür wieder schloß. Vielleicht hätte ich nicht kommen sollen, dachte er.

Dann ging er auf Zehenspitzen zu ihr, kniete vor ihr nieder und faßte nach einer Hand. Sie war so kalt!

»Maeve«, sagte er.

Langsam hob sie den Kopf und sah ihn an. Doch eigentlich sah sie ihn kaum, spürte er. Ihre Augen waren nicht vom Weinen gerötet, sie waren fast so kalt wie ihre Hand. Was konnte er ihr jetzt sagen? Er war doch nichts anderes als ein großer, langer Lulatsch, der die Sprache verloren hatte. Sie wartete.

»Es tut mir so leid, Maeve«, sagte er. Mein Gott, war das alles, was er herausbringen konnte?

»Was ist denn mit deinem Gesicht, Mico?« fragte sie, als sie das Pflaster genau auf dem Mal auf seiner Wange sah.

»Ach, nichts.«

»Mico«, sagte sie, »es berührt mich noch gar nicht. Du brauchst mich nicht zu bedauern. Warte damit, bis ich's wirklich nötig habe. Er gehört ja noch nicht zu denen, die in Omey begraben wurden. So schlimm ist es also nicht. Er ist vielleicht gar nicht tot, Mico. Nur an eine verlassene Stelle der Küste verschlagen. Vielleicht kann er erst in ein oder zwei Tagen wieder herkommen. So kann's doch sein, Mico, nicht wahr? Kann's nicht so sein?«

Er dachte an einen der Särge. Man hatte den Mann in der Nähe von Cleggan gefunden, fest eingewickelt in einem Netz. Er war in Coimíns Boot gewesen.

Ihre Stimme klang hohl durch das Haus. Über ihr an einem Nagel hingen eine Jacke und eine Mütze. Mico sah hin und wußte, daß Coimín sie nie wieder tragen würde.

»Du glaubst es nicht«, sagte sie so enttäuscht, als habe er sie im Stich gelassen.

Aber wäre es denn nicht viel schlimmer, wenn sie sich etwas in den Kopf setzte und tagaus, tagein in dem einsamen kleinen Haus über der Bucht wartete, auf Tritte im Kies, das Niederdrücken der Türklinke wartete? Wäre das nicht viel schlimmer? Würde sie dann nicht noch als uralte Frau dasitzen und warten und warten, ob sie nicht die Türklinke hörte?

»Maeve«, sagte er, »wenn er noch lebte, müßte er jetzt zu Hause sein.«

Sie rieb sich die Stirn. »Kein Mensch kann dem anderen helfen, Mico. Keiner. Wenn so etwas passiert, möchte man am liebsten einen neuen Kopf haben, neu und leer, so daß Platz für weiteres Unglück da ist. – Ich habe immer gedacht, daß unser Glück zu groß ist. Daß wir vielleicht deshalb kein Kind bekommen haben, weil wir zu glücklich waren. Daß Gott uns keine Kinder bescherte, weil er uns nicht noch glücklicher machen wollte. Weil wir glücklich genug waren. Und jetzt habe ich kein Kind, ich habe kein Glück. Ich habe nichts außer einem leeren Haus, das einmal ein schöner Traum war. Und wenn ich das nicht wieder hören soll, wie die Klinke niedergedrückt wird, dann habe ich nichts mehr, gar nichts mehr. Deshalb muß ich darauf warten. Er kann noch kommen. Heute nacht oder morgen früh oder mitten am Tage oder morgen abend – oder im nächsten Sommer... Das ist alles, was mich noch hält: das Niederdrücken der Türklinke. Ohne diese Hoffnung hätte ich nichts mehr.«

Sie hatte ihren Kopf in die Hände gelegt.

Er legte ihr seine große Hand aufs Haar, vorsichtig. Ihr Haar war so sanft wie ein Spinngewebe, doch hatte es seinen Glanz verloren. Es war stumpf geworden.

»Maeve«, sagte er, »ich bin ein unnützer Kerl, wenn es um die Gefühle und Gedanken anderer Menschen geht. Ich weiß zu wenig über all diese Dinge, um darüber sprechen zu können. Aber ich bin groß und stark, und kann auch einiges leisten. Wenn du Mico brauchst, damit er dir einen Berg versetzen oder jemanden für dich totschlagen soll, oder wenn ich für dich arbeiten oder irgend etwas anderes für dich tun könnte, dann denk an mich. – Vielleicht kommt Coimín wieder. Vielleicht hörst du eines Tages die Türklinke gehen. Ich weiß es nicht. Wenn du es willst, geht's vielleicht in Erfüllung.«

Er stand auf und sah von oben auf ihren gesenkten Kopf hinunter.

»Leb wohl, Maeve«, sagte er leise. »Ich kann dir jetzt nicht helfen. Vielleicht nie. Aber so, wie du hier auf das Niederdrükken der Türklinke wartest, genau so warte ich auf den Tag, wo du mich brauchst. Ich schreibe selten, nur ein paar Zeilen bringe ich mit Mühe zustande, weil ich in der Schule nicht gut war, aber vielleicht bist du nicht böse, wenn ich dir hin und wieder schreibe? Irgendwann, wenn wir auf See sind, wird sich sicherlich nachts die Gelegenheit ergeben, wenn ich ein wenig Platz habe und wir nicht bei Regen zusammengedrängt sind. Irgendwann werde ich dir schreiben, und du wirst nicht böse sein.«

»Nein, Mico«, sagte sie. Doch sie sah nicht auf.

Er verließ sie dann. Er ging leise rückwärts auf die Tür zu, faßte nach der Klinke und drückte sie so behutsam herunter, daß es nicht zu hören war, und er öffnete die Tür, so daß der frische Wind hineindrang und sein schwächer werdendes Pfeifen zu hören war, und er trat hinaus, und er sah sie, den Kopf in den Händen, das Haar über dem Gesicht, in der einen Hälfte der Widerschein des flackernden Feuers, und dann schloß er ohne einen Klick die Tür, und geräuschlos schritt er über den Kiesweg und ging davon.

Mit der frühen Morgenflut legten sie vom Pier ab.

Es waren einige Menschen unten, um ihnen Lebewohl zu sagen. Selbst zu dieser Zeit. Onkel James mit verbundenen Händen war da, der Schneider mit seinen entzündeten Augen, sein Sohn und noch ein paar andere. Sie scherzten sogar ein wenig. Über die Jacht und die Herrschaften aus Claddagh, die nach dem Herumkreuzen in den Gewässern von Connemara in ihr Herrenhaus in der Hauptstadt zurückkehrten. Sie lachten gar. Aber Big Micil war nicht zum Lachen zumute. Er stand da, stumm und ernst, und rollte ein Tau auf.

Sie winkten und legten ab.

Sie sahen, wie die Leute am Pier ihnen nachwinkten. Sie fuhren quer über die Bucht. Die See kräuselte sich nur leicht. Die Sonne brannte freundlich auf sie nieder. Die Wellen schwappten gegen das schwarze Boot, und es klang wie leises Schelten. Das Boot seufzte, als es über den endlosen Friedhof glitt.

Sie sollten der Bucht einen anderen Namen geben, dachte Mico. Tränenbucht sollte sie von jetzt an heißen. Es wurden genug Tränen, um eine ganze Bucht zu füllen.

Sie segelten auf den Atlantik hinaus, die Sonne war warm und die Luft frisch, und über den Toten lag das Meer so friedlich und still wie das Herz einer Nonne.

17

Es war an einem Samstagmorgen, und Weihnachten stand vor der Tür. Darum konnte Mico sich nur mit Mühe einen Weg durch die überfüllten Straßen bahnen. Busse und Autos kamen und gingen und hupten voll Ungeduld, weil langsamere Fahrer mit Ponywägelchen und Eselkarren den Verkehr in ein unbeschreibliches Durcheinander verwandelten. Autos hupten, Pferde wieherten, Esel iahten, und von den Bauernwagen glotzten die Truthähne, quiekten die Ferkel und gakkerten empörte Hühner.

Aus den Pubs drang der Geruch frisch gezapften Porters, der sich auf der Straße mit dem mischte, was die unterschiedlichsten Tiere hatten fallenlassen, und blaue Rauchschwaden stiegen auf aus gesundheitsschädlichen, aber wohlschmeckenden Pfeifen. Kräftige Frauen und Soldaten auf Heimaturlaub waren unterwegs, und Flüche murmelnde Polizisten versuchten, ein wenig Ordnung ins Chaos zu bringen. Ein buntes Treiben, und so mußte es auch sein, aber die moderne Zivilisation hatte hier noch nicht Einzug gehalten. Wo um alles auf der Welt gab es noch so eine Mischung, so eine Invasion zahlloser überkommener Sachen, Esel, Pferde, eisenbeschlagene Wagenräder... Hatten diese Leute noch nie von Luftreifen gehört? Wußten sie nicht, daß Pferdefuhrwerke schon vor zehn Jahren aus der Mode gekommen waren?

Mico hatte seine Freude daran und begrüßte all seine Bekannten mit lauten Zurufen.

Er hätte vor Freude brüllen können. Obwohl es Samstag war, trug er stolz seinen doppelreihigen Sonntagsanzug, der noch die vom Schneider eingebügelten Falten aufwies, dazu ein blaugestreiftes, kragenloses, blitzsauberes Hemd. Eine Mütze hatte er nicht, und sein dickes Haar stand ihm recht strubbelig um den Kopf. Er hatte sich frisch rasiert, die Seite, die man rasieren konnte; die andere sah etwas seltsam aus mit dem Mal und dem vernarbten weißen Fleisch. Er war ein riesengroßer Mensch, doch fiel er hier in dieser Stadt kaum auf, wo Leute aus allen Teilen der Gegend zusammenströmten, aus Spiddal und Barna und Furbo, selbst aus Moycullen und Oughterard und von Claregalway. Sie trugen Joppen und Hosen aus grobem Wollstoff, während die in blaues Sackleinen gekleideten Männer von den Aran Islands in ihren Pantoffeln durch die Gassen schlurften. Andere trugen Kutten und Friesmäntel, wieder andere Jacken, die sie in irgendeiner modernen Ladenkette erstanden hatten. Und dazwischen die Kesselflicker, die alles anzogen, was sie bekommen konnten, und selbst im Dezember ihre Hemden offen trugen, so daß ihre stark beharrten Brüste zum Vorschein kamen. Alles große Männer, aber das war auch das einzige, was sie verband; ihre Kleidung unterschied sie, ihr Dialekt, ihre Stimmen.

Es war ein großartiger Anblick.

In den Geschäften drängten sich die Leute, und manche von den Städtern nahmen ihren Weihnachtstruthahn gleich mit heim und ließen seinen Kopf durch den Staub der Gosse schleifen, und andere trugen ihre Weihnachtsgans unterm Arm, die stolz wie ein christlicher Märtyrer den Kopf hob, als ob sie wüßte, daß ihr der Tod durchs Hackmesser bevorstand. Der ganze Ort quoll vor Menschen förmlich über, und es war gar nicht so einfach, durchzukommen. Im Vorbeigehen sah Mico schnell zur Kirchturmuhr auf, doch der Blick auf das alte Zifferblatt beruhigte ihn: Er hatte noch viel Zeit bis zur Ankunft des Busses.

Noch nie hatte er jemand abgeholt, der mit dem Bus gekommen war. Wieso auch? Aber heute gab es einen Grund. Der Bus würde halten, und er wäre da und würde die Tür nicht aus den Augen lassen, und dann würde Maeve aussteigen und sich suchend umschauen. Wie würde es sein, sie wieder zu treffen? Wie würde sie aussehen? Würde es lange dauern, bis sie sich wieder aneinander gewöhnt hatten? Zwei Jahre war es her, seit sie sich das letzte Mal gesehen hatten, und er wollte nicht dort anknüpfen, wo er damals aufgehört hatte, o nein! Denn so lange bleibt die Trauer wohl nicht unvermindert frisch in der Seele; sicher mußte sie allmählich etwas verblassen. Wie hätte sie denn sonst weiterleben können? Doch er wußte von ihr nur aus den paar Briefen, die sie ihm als Antwort auf seine eigenen geschickt hatte.

Er glaubte gespürt zu haben, daß sich ein leiser Wechsel in ihr vollzog. Er hatte das zwischen den Zeilen herausgelesen, obwohl das eigentlich nicht seine Art war. Vor einem Jahr ungefähr schien sie es aufgegeben zu haben, immer noch auf das Geräusch der sich öffnenden Tür zu horchen. Dann kam die Leere. Ein Wort hier, ein Wort da deuteten es ihm an. Wie leer das Haus, wie leer der ganze Ort sei. Wie schrecklich es sei, auf das Meer zu blicken, das ihren Coimín noch nicht hergegeben hatte.

Dann ging auch das vorüber, und sie schrieb, sie könne nicht noch ein Weihnachtsfest in Connemara ertragen. Sie müsse fort. Wohin konnte sie gehen? Mico dachte, der Himmel fiele ein, als er es las. Ja, wohin konnte sie denn gehen? Sie hatte wenig Geld, gerade nur, was sie von der Unfallkasse und vom Verkauf des Hauses erhalten hatte. Und jetzt?

Mico ging zu Pa. Der wußte vielleicht eine Lösung.

Pa ging an das Problem heran, als sei es eine Rechenaufgabe. Hm! Und: Hah! Und dann führte ein glücklicher Zufall Mico in Peters Elternhaus, wo er Mrs. Cusack bei einer Tasse Tee die Geschichte von Maeve erzählte. Sie wurde ganz lebhaft, als sie es hörte, und ihr zarter Körper straffte sich zusehends. Mico hatte es gar nicht beabsichtigt, aber sie sagte tatsächlich: »Wir haben ein freies Zimmer, Mico!« Sie meinte Peters Zimmer. Seit der Nacht, als er fortgegangen und nicht zurückgekehrt war, war es unberührt geblieben. Ob es ein seltsamer Fingerzeig Gottes war, daß Maeve nun das Zimmer haben sollte? Sollten zwei große Trauerspiele versöhnlich enden? Vielleicht. Großvater war jedenfalls der Meinung, und wenn der das sagte.

Dann rückte auch Pa mit der Lösung heraus, die er gefunden hatte.

»Sie muß im Stoffladen in die Lehre gehen«, sagte er sehr resolut. »Im allgemeinen wird Bezahlumg dafür verlangt, aber einer meiner ehemaligen Schüler braucht gerade dringend eine Hilfskraft, und er hält nichts von solch mittelalterlicher Rückständigkeit, wo einer noch dafür bezahlen muß, weil er wie ein Sklave schuften darf. Es ist schon alles abgemacht. Sie bekommt so viel, daß sie davon leben kann, und wenn sie sich gut anstellt, bekommt sie mit der Zeit einen besseren Lohn. Ich werde sie im Auge behalten und meinen ehemaligen Schüler auch. Und wenn sie Witwe bleiben will, könnte ich vielleicht später einem anderen früheren Schüler vorschlagen, ihr Geld vorzustrecken, damit sie ein eigenes Lädchen aufmachen kann, falls sie's will. Ist's dir so recht, Mico?«

Mico hätte ihm am liebsten einen Kuß gegeben.

»Ich werde sie bei Cusacks besuchen und ihr alles erklären. – Nein, du brauchst mir nicht dankbar zu sein. Wenn ich schon keinen Linienschiffkapitän aus dir machen konnte, so kann ich mich doch sonst ein bißchen für dich anstrengen.« Und weg war er, und Mico sah der kleinen Gestalt nach. Bei Pa bestand das Altern anscheinend im Kleinerwerden. Im Gesicht war ihm noch nichts anzumerken.

»Hallo, Mico!« rief ihn eine Stimme mitten auf der Einkaufsstraße zu. Als er sich besann, sah er das süffisante Gesicht seines Bruders vor sich.

»Oh, hallo Tommy«, rief er herzlich. Seit der Bruder sich ein Zimmer in der Stadt gemietet hatte, sahen sie nicht mehr viel von ihm. Das war nun auch schon zwei Jahre her. Anfangs war er noch oft zum Essen gekommen. Doch seit er wieder irgendein wichtiges Examen bestanden hatte – Mico wußte nicht genau, was es gewesen war; diese Titel brachte er immer durcheinander –, war Tommy in die chemische Abteilung einer Fabrik eingetreten. Jetzt erschien er nur noch, wenn er sich einen neuen Anzug gekauft hatte, was ziemlich häufig vorkam, oder manchmal, wenn alle anwesend waren, überreichte er der Mutter ein paar Pfundnoten. Es war geradezu rührend, wie ihr Gesicht dann strahlte und wie sie ihn voller Stolz anblickte. Habe ich euch das nicht immer gesagt! Habe ich euch nicht gesagt, daß er eines Tages dies machen wird!

Er trug einen feingestreiften dunkelblauen Anzug, einen weißen Kragen und eine rote Krawatte, und seine Schuhe waren so blank gewichst, daß man sich darin spiegeln konnte. Er war in Begleitung eines großen jungen Mädchens mit langem Haar; es fiel ihr in die Stirn, und ihr Gesicht war modisch bleich und die Lippen rot geschminkt. Die Augenwimpern waren so lang wie Fischflossen.

Tommy sah sehr gut aus, glattrasiert und mit leuchtendem, welligem blondem Haar. Er war so groß wie Mico.

»Wo willst du denn hin in deinem Sonntagsdress?« wollte er wissen.

»Ich will zum Bus«, sagte Mico.

»Hoffentlich weiß es der Bus zu würdigen, welche Ehre du ihm erweist«, entgegnete Tommy.

Das Mädchen lachte aus vollem Halse. Man konnte ihr fast ihre Mandeln sehen.

Mico wurde rot und sagte: »Machst du immer noch Witze?«

»Oh, ich mein es nicht so«, erwiderte Tommy. »Komm und trink einen Schluck mit uns, in Anbetracht des nahen Festes!«

»Danke«, erwiderte Mico, »ich kann nicht. Ich muß zu einem bestimmten Bus da sein.«

»Schön, dann vielleicht ein andermal. Zum Weihnachtsessen komme ich jedenfalls zu euch.«

»Das ist nett«, rief Mico und ging. »Bis dann!«

Tommy sah dem Bruder nach, der sich breitschultrig durch die Menge schob, und dachte bei sich: Wie kommt denn der einfache Mico dazu, sich an einem Samstagnachmittag so zu kleiden? Und warum strahlt er so?

Mico eilte die Straße hinauf und quer über den Platz, bis zur Ecke vor der Post, wo die Autobusse immer hielten. Im Augenblick war keiner da, also schlenderte er herum und beobachtete die Leute, die aus dem Pub kamen und sangen. Einer grölte halbbetrunken »My Shawl of Galway Grey«, und ein anderer sang »The Old Bog Road«, bis ihnen allen die Tränen in die Augen traten, besonders bei der Stelle: »Meine Mutter starb im Frühling, als Irlands Felder alle grün«. Es war so schön und gefühlvoll, herzzerreißend. Ein alter Mann zog ein rotes Taschentuch aus der Hose und schneuzte sich so laut wie das Signal beim Zapfenstreich.

Und dann sah Mico, wie der Bus auftauchte. Er bekam Herzklopfen, und die Füße in den neuen braunen Schuhen bewegten sich unruhig auf dem Pflaster.

Mit kreischenden Bremsen hielt der Bus vor seiner Nase. Das große, rote, staubbedeckte Ungetüm schnaufte von der Anstrengung der langen Strecke, und dann stieg der Schaffner aus, und die Fahrgäste erschienen mit müden Gesichtern und zerdrückten Kleidern. Er stand hinter der Schranke und steckte die Hände in die Tasche, denn sie zitterten. Maeve war eine der letzten.

Sie blieb stehen und blinzelte im grellen Sonnenlicht. Sie kam ihm noch kleiner vor als früher. Über dem roten Kleid trug sie einen braunen Mantel, aber keinen Hut. In der Hand hatte sie einen zerbeulten Pappkoffer, der mit einem Stück Strohriemen verschnürt war.

Ihre Augen gingen hin und her, und sie schaute sich um. Ehe ihre Augen sich begegneten, fiel es Mico auf, wie mager ihr Gesicht geworden war. Die Wangen waren eingefallen, die Nase war schmal, und das Grübchen im Kinn schien tiefer zu sein. Die Augen lagen dunkel und tief umrandet im Gesicht.

Nun sah sie ihn an, und er schob alle Sorge, die ihr Anblick ihm bereitet hatte, beiseite und ging ihr entgegen. Ihre Augen leuchteten auf, als sie ihn erblickte. Sie lächelte ein wenig, und da schien sie wieder wie früher zu sein. Nichts fehlte ihr, nur ein bißchen schmächtig war sie, und dem konnte abgeholfen werden.

Er ergriff ihre Hand. War sie immer so zerbrechlich gewesen?

»Hallo, Mico!« sagte sie als erste.

»Wie schön, daß du da bist«, antwortete er.

Sie musterten sich einen Moment. Mico las in ihren Augen von all dem Kummer, den sie hinter sich hatte, von einsamen Wegen, die man nur allein gehen und wohin man niemand mitnehmen kann. Doch eines Tages muß man sich abwenden von ihnen.

Ihr erschien Mico wie der sichere Hafen für ein Schiff, das sich aus der Grenzenlosigkeit des weiten, einsamen Meeres hergeflüchtet hat. Seine auf sie gerichteten Augen waren ein Quell großer Herzlichkeit, und Wärme lag in dem Händedruck, mit dem er ihre Hand so behutsam umschloß, als sei sie eine Eierschale. Sie sah das dunkle Braun und die vielen Falten auf der Stirn. Und die weiße Narbe inmitten des Mals. Sie wandte ihren Blick davon ab. Das erinnerte sie an die stürmische See.

»Habe ich mich sehr verändert, Mico?« fragte sie.

»Was erzählst du da? Ich würde dich unter Millionen sofort herausfinden. Du siehst großartig aus. Nur ein bißchen mager geworden; aber sei nur erst mal ein Weilchen hier, dann wirst du so rund wie ein Weihnachtstruthahn.«

Sie lachte.

Er faßte nach ihrem Koffer.

»Wollen wir gehen?« fragte er.

»Ja, gern. Aber wohin?«

»Hier hinüber«, sagte er. Er nahm ihren Arm und fühlte, wie dünn sie war, und das Herz tat ihm weh. Sie mußten einen Karren passieren lassen, dann einen Bus und zwei Autos, ein Motorrad mit Seitenwagen, beladen mit singenden und fluchenden Männern.

»Wieviel Menschen unterwegs sind!« rief sie. »Was ist denn nur los?«

»Ach, nichts weiter. Es ist Weihnachtsmarkt, und deshalb kommen viele hierher.«

Er führte sie über die Straße.

»Ist es weit, Mico, wo wir hingehen?«

»Nein«, antwortete er. »Bist du müde?«

»Ach, nicht zu müde zum Laufen. Nur von der langen Fahrt im Bus. Das ermüdet so.«

»Wir sind bald da«, erwiderte Mico.

»Ob die Frau mich leiden mag, Mico?« fragte sie. »Vielleicht paßt's ihr nicht, wenn eine fremde Frau aus Connemara ihr ins Haus schneit?«

Sie lachte, solch ein entrüstetes Gesicht machte Mico.

»Mein liebes Mädchen, was denkst du dir?« antwortete er. »Du bist so eine Art Rettungsring für sie, das sag ich dir. Es ist nicht so einfach zu erklären, aber du hast keine Ahnung, wieviel Gutes du ihr antust, falls alles halbwegs klappt.«

Daß er hoffte, umgekehrt möge die Wirkung die gleiche sein, erwähnte er nicht. Aber was für eine Idee, daß jemand Maeve nicht leiden mochte! Als ob man der Himmlischen Jungfrau am Heiligen Abend die Tür vor der Nase zuschlagen würde!

Sie überquerten wieder die Fahrbahn und gingen eine lange, breite Straße hinunter und wurden vor der Post aufgehalten. Ein großer junger Mann stand mitten auf dem Bürgersteig und rief: »Bist du zurück, Mico?«, und musterte das Mädchen, das neben ihm ging.

Mico stoppte.

»Oh, das ist mein Bruder, Maeve«, sagte er kurz.

Tommy streckte ihr die Hand aus.

»Wie geht's«, sagte er und sah sie aufmerksam an.

»Danke«, erwiderte Maeve und war erstaunt, wie weich und schmal die Hand war, verglichen mit Micos großer Hand, die so fest war wie Hartholz. Sie zog erstaunt die Augenbrauen in die Höhe.

»Ich weiß, uns hält keiner für Brüder, aber wir stammen aus dem gleichen Nest. Jemand muß ein Kuckucksei ins Nest gelegt haben, wir wissen aber nicht, wer von uns aus diesem Ei geschlüpft ist, Mico oder ich, doch Brüder sind wir trotzdem.«

Sie lächelte: »Es muß nett sein, Mico als Bruder zu haben!«

Tommy warf den Kopf zurück und lachte, daß all seine Zähne blitzten.

»Das ist großartig«, rief er.

Mico wartete mit zusammengekniffenen Lippen auf eine boshafte Bemerkung, aber Tommy hatte zu lachen aufgehört, als er Maeves Verwunderung sah und merkte, daß sie es ernst gemeint hatte. »Gut, lassen wir's«, sagte er. »Ich war nämlich neugierig, weshalb mein Bruder sich so herausgeputzt hatte und mit Festtagsmiene zum Bus ging. Jetzt weiß ich es also. Mico erzählt mir nie etwas. Wir sind aus dem Alter raus, wo man sich in der tiefsten Tiefe des Federbettes Geheimnisse anvertraut. Stimmt's, Mico?«

»Du bist ja weggezogen, Tommy«, erwiderte Mico. »Wenn wir dir etwas erzählen wollten, müßten wir dich ja erst suchen gehen.«

»Jedenfalls will ich euch nicht aufhalten. Vielleicht sehen wir uns mal wieder?«

»Das ist möglich«, entgegnete Maeve.

Er trat beiseite.

»Also dann auf Wiedersehen«, sagte er und sah ihnen nach.

Wo mag Mico die gefunden haben, dachte er. Ein sehr interessantes Gesicht mit den stillen, wissenden Augen. Ein bißchen mager. Und dann diese bäurische Kleidung! Wahrscheinlich abends bei Kerzenlicht selbstgenäht. Aber ein sehr interessantes Gesicht!

»Der sieht dir keine Spur ähnlich«, meinte Maeve.

»Du willst wohl sagen, ich sehe ihm nicht ähnlich?«

»Deiner Beschreibung nach hatte ich ihn mir nicht so vorgestellt. Ich hatte ihn eher für einen Burschen mit spitzem Kinn und Brille gehalten. Er ist ja so groß wie du!«

»Ja, und ich komm mir sogar richtig klein gegen ihn vor. Vielleicht, weil wir so verschieden sind. Es ist nicht gerade angenehm, sich immer dumm vorzukommen, wenn man seinen Bruder trifft. Als wir jung waren, stand er immer über mir und hat versucht, mir irgendwelche Dinge in meinen dikken Kopf zu hämmern. Vielleicht deshalb.«

Auf ihrem Weg zeigte er ihr das Städtchen. Er hoffte, es gefiele ihr so, daß sie bliebe. So wie er sich immer alles in seinem Kopf zurechtlegte, dachte er nun, sie würde vielleicht nicht seßhaft werden, nachdem sie sich von einem Ort gelöst hatte, an dem sie verwurzelt gewesen war. Es mußte furchtbar sein, wenn man so verpflanzt wurde. Ob man dann je einen Ort finden konnte, wo es lohnte, wieder Wurzeln zu schlagen?

Er zeigte ihr das Kino und die Kirche, die Biegung des Flusses und die Blumen an seinem Ufer, dort, wo er sich schäumend und braun unter das Lachswehr stürzt. Dann gingen sie durch die stille Straße, wo das College lag, und am Krankenhaus vorbei, wo er jedesmal an Peter und den Geruch von Desinfektionsmitteln denken mußte. Kurz darauf klopften sie bei Cusacks an die Haustür.

Er sah, wie müde Maeve war. Ihr Gesicht war abgezehrt, und sie atmete schnell. Sie schien so zerbrechlich wie eine welke Blüte. Mein Gott, dachte er verzweifelt, wird sie's denn nie überwinden? Und was kann ich dazu tun?

Die Tür ging auf, und Mrs. Cusack stand vor ihnen.

Mico fühlte, wie wichtig dieser Augenblick war. Hoffentlich geht alles gut. Mrs. Cusack war selbst so zerbrechlich wie ein kleiner Spatz. Ihr weißes Haar war straff nach hinten gekämmt. Das Gesicht war fast fleischlos hager. Die Haut spannte sich über der Nase. Die Augen waren von einem bläßlichen Blau, und ringsherum hatten sich tiefe Falten in die gelbe Haut gefressen. Die sandfarbene Strickjacke ließ sie aussehen wie ein kleiner Mann, so wenig Busen hatte sie. Auf ihrer blauen Bluse trug sie eine Kameebrosche, dazu einen dunklen Rock, dunkle Schuhe und Strümpfe.

Sie lächelte scheu, als sie Maeve ansah und sagte: »Treten Sie näher, liebes Kind!« Sie gaben sich die Hand. Maeve lächelte genauso scheu.

Sie fühlte den schönen Teppich unter den Füßen und sah das blaugelbe Licht im Flur, das durch das farbige Glas der Tür und des Oberlichts hereinfiel. Die Haustür wurde geschlossen, und dann standen sie in der warmen Küche. Der Boden war mit roten Fliesen belegt, der Herd war so blank poliert wie ein Paar Schuhe, und der Küchentisch war festlich gedeckt. Auf dem weißen Tischtuch standen Tassen mit blauem japanischem Muster, dazu glänzendes Besteck, in der Mitte ein Blumenstrauß und ein Mandelkuchen, der sich köstlich braun vom Weiß der Tischdecke abhob, und auf der anderen Seite der Vase stand noch ein Kuchen mit weißem Guß und der rosa Aufschrift »Fröhliche Weihnachten«.

»Ich dachte, weil's bald Weihnachten ist, könnten wir ja den Weihnachtskuchen schon heute anschneiden«, sagte Mrs. Cusack. »Vater mußte schnell noch etwas besorgen, doch er ist sicher gleich wieder da, und wir können zusammen Tee trinken. Geben Sie mir Ihre Sachen, meine Liebe. Legen Sie doch bitte den Mantel ab! Kommen Sie, wir gehen nach oben, dann kann ich Ihnen Ihr Zimmer zeigen!« Es sprudelte nur so aus ihr heraus.

Als Mico sich bückte und den Koffer anheben wollte, sagte sie: »Nicht, Mico, bleib du hier und wärme dich auf! Den Koffer trage ich ihr nach oben.« Und sie griff ihn und flog schnell wie ein Vogel die Treppe hinauf, und Mico stand mit sorgenvollem Gesicht da und war so groß, daß er fast mit dem Kopf an die Decke stieß, und Maeve lächelte ihm zu, ehe sie der alten Dame nach oben folgte.

Mit Treppen war sie nicht vertraut. Das gebohnerte Holz blinkte, der dicke Läufer war wie ein Kissen unter ihren Füßen. Und dann stand sie oben im Flur, und Mrs. Cusack lächelte schüchtern, als wollte sie sagen, hoffentlich gefällt es Ihnen?

Sie war wirklich tapfer; denn es war ja Peters Zimmer gewesen. Maeve ging hinein und sah sich um. Dicht am Fenster stand ein Bett mit einer blauen Steppdecke. In der Mitte der Längswand war der Kamin, und in den Nischen rechts und links davon war alles voller Bücher. Im Kamin war ein Feuer, das machte das Zimmer noch heller. An den Fenstern hingen gestärkte Spitzengardinen. Sie waren blendend weiß.

Maeve dachte bei sich: Das Zimmer lächelt mich ja an! Dann ging sie auf das Bett zu, setzte sich auf die Kante und ließ den Kopf hängen.

Sie war todmüde. In ihren Schläfen hämmerte noch immer der ratternde Autobus. Wenn man entwurzelt ist, gleicht man dem im Winde schwankenden Flaum des Löwenzahnsamens...

Das schöne Zimmer, und unten die freundliche Küche, und hier die ängstliche kleine Frau, die auch die einsamen Straßen gewandert und zurückgekommen war... Maeve spürte sie und ihre Angst und wußte, daß sie sich ihren Weg ertastete, wie wenn man in einem dunklen Zimmer ist und die Hand vorstreckt, um nicht mit dem Kopf gegen die Wand zu rennen. Und dann fühlt man eine andere Hand und ist geborgen und auf dem sicheren Weg. All das spürte sie, und die kleine Frau hinter ihr spürte es seltsamerweise auch.

Darum wunderte sie sich keineswegs, daß das Mädchen mit den traurigen Augen sich plötzlich über das Bett warf und ihr Gesicht versteckte, und daß ihre Schultern zuckten.

Mrs. Cusack ging langsam zu ihr. Sie sprach nicht. Sie streckte nur ihre zarte Hand aus und legte sie auf den Rücken des Mädchens. Ein knochiger Rücken war's, und die Schulterblätter standen spitz hervor. Wieviel trauriges Grübeln hatten diese Schulterblätter so spitz gemacht? Mrs. Cusack wußte es. Nach einer Weile ging sie und schloß die Tür gerade so laut, daß das Mädchen auf dem Bett es hören konnte. Mit blanken Augen ging sie die Treppe hinunter.

»Es wird schon gut werden, Mico«, sagte sie zu dem großen Mann in ihrer Küche. »Es wird schon alles gut werden.«

Mico betrachtete sie aufmerksam. Was für seltsame Wesen die Frauen doch sind, dachte er. Wie kann man sie je verstehen? Was stand jetzt in Mrs. Cusacks Augen? Eine bestimmte Absicht jedenfalls. Etwas, das vorher nicht dagewesen war.

»Sie ist sehr müde, Mico«, sagte sie, »aber es wird schon gut werden.«

»Sie ist so mager«, sagte Mico. »Glauben Sie nicht, daß sie zu dünn ist?«

»Das kann sich ändern, Mico«, sagte sie. »Vielleicht werde ich jetzt sogar selbst noch dick!«

»Ich glaube, ich geh lieber«, meinte Mico weise.

»Ja, es wäre vielleicht das beste«, nickte sie, als habe sie seine Gedanken erraten und sei ganz seiner Ansicht.

Er stand schon auf der Treppe draußen und blickte zu ihr auf. Fragend. Wenn Mrs. Cusack sich nun nicht mit ihr verstehen würde? Wenn sie nur noch unglücklicher wurde? Tausenderlei Sorgen vertieften die Falte zwischen seinen Augen. Mrs. Cusack legte ihm die Hand auf die Schulter: »Mach dir keine Sorgen mehr! Es wird ihr bald besser gehen, Mico.«

Und Peters Mutter auch, dachte er, als er sie so stehen sah. Ja, tatsächlich. Sie ist in guten Händen, dachte er. Keine Frage. Warum sollte man daran zweifeln? Es wird alles besser.

»Morgen komme ich wieder«, rief er und ging durchs Gartentor. Das Pförtchen fiel ins Schloß. Er winkte ihr zu und warf noch einen Blick zum Fenster hinauf, hinter dem Peter früher geschlafen hatte. Dann machte er sich pfeifend auf den Heimweg.

18

Obwohl Mico annahm, daß Maeve wahrscheinlich weinend in dem ihr fremden Zimmer lag, war er doch nicht betrübt, als er heimging. Er blieb am Hafen stehen und schaute eine Weile ins Wasser.

Alle Boote lagen an den Kais. Die alten Männer saßen auf Pfosten und Pollern, und die breitkrempigen, schwarzen Connemara-Hüte beschatteten ihre Augen und schützten sie vor der blendenden Sonne, deren kalter Glanz auf der glatten, sinkenden Flut lag. Jenseits der Kirche hingen junge Männer herum, rauchten und schwatzten, beobachteten die Vorübergehenden, grüßten sie, wenn sie sie kannten, und musterten sie gründlich, wenn es Fremde waren. Vom Sportplatz her drangen die Schreie der Kinder, die schon Weihnachtsferien hatten und einem Fußballspiel zusahen. Eine alte Dame mit langem Mantel und blumentopfartigem Hut fütterte die Schwäne mit Brotstückchen und faßte immer wieder in ihre braune Papiertüte.

Plötzlich entschloß sich Mico, in die Kirche zu gehen. Das war nicht etwa einfach. Es war sehr ungewöhnlich, wenn ein junger Mann am hellichten Tag – einem Werktag noch dazu – ohne ersichtlichen Grund in die Kirche ging, und das unter den Augen von gleichaltrigen jungen Leuten. Doch er stellte sich vor, wie gut es sein müsse, ein Weilchen in der stillen Kirche zu knien im friedlichen Sonnenlicht, das durch die bunten Scheiben hereinfiel. Vielleicht kam ihm dort ein Gedanke! Zur Hölle mit euch, Jungs, dachte er, zog den Hosenbund höher und ging auf das Portal zu.

Bemerkungen flogen hinter ihm her, aber er hörte nicht hin, grinste und faßte sich hinter den Kragen, weil ihm doch etwas heiß geworden war.

Warum denn das, fragte er sich.

Er ging die Steinstufen hinauf, tauchte seine Hand in das Weihwasserbecken und bekreuzigte sich. Dann öffnete er die Tür auf und trat in die Kirche ein.

Das wollte ich, dachte er, als er den Mittelgang hinunterschritt. Hinten in der letzten Reihe hörte er zwei alte Frauen in Kopftüchern seufzen und ihr Gebet flüstern. Es war ganz still, bis auf die frommen Gebete der alten Leute. Er ging in eine Bank hinter einem alten Mann mit weißem Haar und kniete sich hin.

Die alten Leute. Für die war die Kirche ein stiller Hafen. Das war wahrscheinlich alles, was ihnen vom Leben noch geblieben war – das und das Warten auf den Tod. Der Altar war in endlose Ferne entrückt. Das ewige Lämpchen glühte wie ein roter Stern in der Nähe des Mondes. Er kannte den Mann, der vor ihm kniete, mit seiner roten Glatze und dem Kranz weißer Haare. Die Perlen seines Rosenkranzes hatte er sich um die Finger geschlungen – so, wie man sie ihm auch im Sarg in die Hand legen würde. Ja, es tat gut, hier zu knien, den Kopf in den Händen und nur von kleinen Geräuschen umgeben, die hierher gehörten. Wenn man ganz scharf lauschte, vernahm man zwar den erstickten Lärm der unruhigen Stadt draußen, doch wenn man sich die Ohren zuhielt, verstummte auch das, und man war ganz allein.

Allein mit seinen Gedanken?

Was will ich eigentlich? Gott weiß, was ich will: daß ich nicht jedem Unglück bringe, der in meine Nähe kommt. Ich will in Ruhe gelassen werden, damit ich still und unauffällig meines Wegs gehen kann, ohne jemandem etwas Schlechtes zuzufügen. Ja, so war's. Die Dinge mußten eine Zeitlang ruhen, und wenn das ein Weilchen anhält, dann darf ich vielleicht sagen, daß der böse Bann gebrochen und von mir genommen ist. Dann kann ich vielleicht ein oder zwei vorsichtige Schritte in der Richtung tun, die ich einschlagen will. Das war nicht schwer. Er wollte sehr wenig. Sein Brot konnte er sich selbst verdienen, und wenn's nicht gut lief, konnte er sich den Gürtel enger schnallen. Er wollte nur sie, wenn's möglich war. Im Augenblick schien das zwar ganz unmöglich zu sein, aber es waren schon seltsamere Dinge geschehen, und an sein Gesicht war sie gewöhnt. Das war wenigstens was. Und wenn sie sich mit der Zeit noch mehr daran gewöhnen würde, übersah sie es zuletzt vielleicht ganz. Diese Hürde könnte man nehmen, doch es gab noch viele, so viele wie auf der Rennbahn von Ballybrit. Da war Coimín. Konnte man wohl, nachdem man mit Coimín gelebt hatte, noch mit einem Mann wie Mico leben wollen? Das war eine schwierige Frage. Und selbst wenn's so sein sollte, wie stand es dann mit dem ihr fremden Ort, in dem sie hier leben mußte? Und wo bekam man ein Haus her? Und was für eins? Und wenn selbst das kein Problem mehr wäre, was für ein Leben war denn das für sie, wenn er auf See war und sie allein zu Hause blieb? Was dann? War das nicht die härteste Nuß von allen? Hatte sie das nicht alles schon einmal erlebt? Würde sie nicht Angst haben, daß es wieder passiert?

Mico stieß einen schweren Seufzer aus.

Ach nein, dachte er, es ist ja ganz unmöglich. Wenn Zeichen und Wunder geschehen, dann war jetzt, weiß Gott, ein Wunder nötig. Das ist es. Amen.

»Hallo, Mico«, hörte er die Stimme eines Mädchens, das leise neben ihn trat und niederkniete.

Er sah mit großen Augen auf und hatte Angst, daß er vielleicht gar laut gedacht haben könne.

»Hallo, Jo«, sagte er erstaunt.

»Ich wollte dich besuchen«, flüsterte sie. »Und da sah ich gerade deinen Rockzipfel in der Kirchentür verschwinden. Komm mit nach draußen, ich möchte etwas mit dir besprechen!«

»Gut«, sagte er und stand verwundert auf. Er verneigte sich vor dem Altar und folgte ihrer niedlichen Figur.

Seit Peters Tod hatte er sie nur selten gesehen. Er hatte es nicht gewollt. Irgendwie spürte er, daß auch sie ihn nicht sehen wollte. Was nützte es, daß man wieder mit dem alten »Weißt du noch?« begann? Nichts, wenn der eine tot war. Das war nicht gut. Es war wie eine Grabschändung. Er wußte, daß sie Lehrerin geworden war. Ein- oder zweimal hatte er sie bei Kirchenfesten und Prozessionen gesehen, wenn sie eine ganze Schar kleiner Teufel in weißen Kleidern und Schleiern führte, die wie Engel aussahen.

Da hatten sie sich getroffen und ein wenig zusammen geredet, wie's einem so ging und was man tat, und sie hatten sich in die Augen gesehen und schnell wieder weggeblickt, und sie hatte gesagt: »Ich muß jetzt gehen; denn ich habe noch all diese Hefte zu korrigieren«, und hatte auf einen Stoß tintenbekleckster Hefte gedeutet, den sie unter dem Arm trug und deren Schildchen mit Namen in ungelenken Riesenbuchstaben bemalt waren.

Als sie die Steinstufen hinabgeschritten war, wandte sie sich um und sah zu ihm auf. Sie sah ihn an, wandte die Augen nicht ab und lächelte. Er las es ihr von den Augen ab, was für ein gutes, ernstes, kluges und tüchtiges Mädchen sie war.

»Du siehst gut aus, Mico«, sagte sie und legte die Hand auf seinen Arm. »Laß uns über den Fluß gehen«, schlug sie vor, »drüben können wir besser sprechen.«

»Ja«, sagte Mico. »Du siehst aber auch sehr gut aus. Es ist so lange her, seit wir uns das letzte Mal trafen.«

»Ja«, antwortete sie, »zu lange her. So oft habe ich dich besuchen wollen, und immer wieder habe ich es verschoben. Doch jetzt macht es mir nichts mehr aus. Es ist alles klar.«

Sie traten auf die Straße. Ihre Hand lag noch immer auf seinem Arm. Die jungen Männer an der Kirchenmauer pfiffen ihnen hinterher, und einer schrie: »Also deshalb bist du in die Kirche gegangen!« Und ein anderer rief: »Mico, sind noch mehr von denen da?«

Mico wandte ihnen das Gesicht zu und grinste, und Jo lächelte ihnen auch ganz selbstverständlich zu und winkte. Da hoben die Burschen recht respektvoll die Mützen und grüßten.

Dann überquerten die beiden die Straße und den Rasen und die hölzerne Schleusentorbrücke, bis sie an die Uferböschung kamen, wo unter ihnen der Fluß rauschte, und Jo setzte sich mit untergeschlagenen Beinen auf die Kaimauer, Mico pflanzte sich daneben und ließ die Beine übers Wasser baumeln.

»Ich gehe fort, Mico«, sagte sie, »darum wollte ich mich von dir verabschieden.«

»Wohin gehst du?« fragte er.

»Ich möchte als Nonne in ein Kloster eintreten«, sagte sie und wandte ihm ihr Gesicht voll zu, um sein Mienenspiel besser beobachten zu können. Sie kannte schon recht gut den Ausdruck, der ihr bei anderen Leuten begegnete, wenn sie ihnen diese Mitteilung gemacht hatte.

Als Peter damals starb, hatte sie sich drei Tage und Nächte in ihrem Zimmer eingeschlossen und war überhaupt nicht zum Vorschein gekommen: nicht auf die Bitten ihrer Mutter, nicht auf die Drohungen des Vaters oder das Geschmeichel der Zwillinge. Und als sie dann wieder aus dem Zimmer kam, schien sie nicht viel anders als vorher. Nur hatte sie von dem Tag an mit niemandem in der Familie über Peter gesprochen. Es war gerade, als habe sie ihn nie getroffen und sich nie drei Tage in ihrem Zimmer eingeschlossen. Das einzige Zugeständnis, das sie machte, war der Kuß, den sie ihrer Mutter gab, als sie deren bekümmertes und abgehärmtes Gesicht sah. »Verzeih, Mutter!« hatte sie da gesagt. »Ich wollte dir nicht weh tun!« Das war alles.

Sie hatte ihr Studium beendet und dann angefangen, Unterricht zu geben. Sie liebte es, Kinder zu unterrichten. Sie war eine ausgezeichnete Lehrerin. Es lag ihr eben. Nie war sie ärgerlich, nie zu freundlich, und dann hatte sie einen Quell unsäglicher Geduld: Der war damals in ihrem Zimmer hervorgebrochen, und er versiegte nie.

Sie hatte sich Zeit genommen. Zwei Jahre hatte sie verstreichen lassen, dann hatte sie es ihrer Mutter gesagt und den Blick in ihren Augen gelesen. Ungläubig. Erschrocken. Ihre Mutter war eine gute Frau. Sie war eine gute Ehefrau. Frau und Mutter zu sein schien ihr die einzige Pflicht. Das bedeutete, mit einem Mann zusammenzuleben und es zu genießen,

Kinder zu bekommen und mit ihnen zu leiden, den Ehemann zu tolerieren. So war das Leben, und so sollte eine Frau leben.

Mr. Mulcairns dagegen gab nicht gleich klein bei. O nein! Er kannte sich in solchen Dingen aus. Natürlich achtete er die Nonnen. Es waren gute Frauen. Sie leisteten viel gute Arbeit. Aber, verdammt noch mal, Nonnen konnten anderer Leute Töchter werden, nicht seine eigenen! Das ist ja ein vergeudetes Leben, wenn man eine Frau hinter Klostermauern einschließt! Was heißt hier gute Werke? Führten sie nicht das selbstsüchtigste Leben von der Welt? Sonderten sie sich nicht ab von der leidenden Menschheit? Verkrochen sich mit der Angst vor der Zukunft hinter hohen Klostermauern? Suchten egoistisch ihr eigenes Seelenheil? Das war doch kein Leben für ein junges Mädchen! Zum Teufel mit ihr, wenn sie das machte, zum Teufel noch mal! Und er brüllte nach seinen Pantoffeln, und er brüllte nach seinem Abendessen, und er brüllte nach der Zeitung und vergrub sich mit ihr im Lehnstuhl vor dem Feuer. Jo wußte, was für ein Ausdruck in seinen Augen stand. Er war tief gekränkt.

Jos Vater war ein einfacher Mann. All seine Freunde waren einfache Leute. Wie konnte er mit ihnen bei einem Glas Bier im Pub sitzen und sagen: »Wißt ihr's schon, meine Tochter wird Nonne?« Nonnen gingen über ihren Horizont. Wenn eine Nonne acht Meilen entfernt war, dann scharrten sie mit den Füßen und waren verlegen wie ein Jüngelchen im Puppenhaus. Nonnen waren für sie die feierlich gewandeten Heiligen in der Kirche, die ihre großen Augen gen Himmel hoben und gemeißelte Kreuze in unschuldigen Händen hielten. Eine Nonne als Tochter zu haben, das brachte einen wirklich in ein schiefes Licht. Es war ja fast schlimmer, als wenn sie ein uneheliches Kind bekommen hätte. So etwas war immerhin natürlich. Das kannte man. Männer konnten so etwas verstehen; denn es konnte genausogut ihren eigenen Töchtern passieren. Aber eine Nonne! Mit der Zeit würde es zwar besser werden. Möglicherweise würde ihn das sogar etwas herausheben. Bier trinkende Männer würden ihn anders betrachten. Mulcairns' Tochter ist eine Nonne. Wußtet ihr das? Vielleicht würden sie sogar in seiner Gegenwart weniger wüste Reden führen . . .

Die Augen ihres Vaters waren tief gekränkt.

Und ihre Freundinnen? Erstaunen. Spott. Unverständnis.

Und nun Mico und seine ehrlichen Augen. Was sagten die?

»Ich wünsche dir, daß du glücklich wirst!«

»Du bist der erste, der mir das sagt, Mico.«

Sie blickten beide aufs Wasser.

Der Fluß rauschte schäumend und aufspritzend an ihnen vorüber. Jetzt drängte das Flutwasser herein, so daß er anschwoll und stieg, und die Steine auf seinem Grund und der große Bogen, den er hier machte, ließen ihn in schweren Wellen aufbäumen. Mitten im Fluß schwamm ein schwarzer Kormoran gegen die Strömung. Er tauchte, und sie warteten darauf, daß er wieder auftauchen würde, und als er das tat, hatte er im Schnabel einen zappelnden kleinen Aal. Er warf ihnen einen giftigen Blick zu und tauchte wieder, als ob er Angst hätte, sie könnten ihm seinen Aal stehlen.

»Es war immer komisch«, sagte Jo, »mit Männern, mein ich. Ich haßte es, berührt zu werden. Ich war nicht prüde oder so. Ich wollte nur nicht berührt werden. Es machte mich fast krank, wenn die Hände von einem Mann sich mir näherten. Das war schon immer so. Selbst bei Peter. Peter neckte mich immer deswegen. Er war verunsichert. Er konnte nicht verstehen, warum jemand nicht so empfand wie er. Ich glaube, ich war die einzige, wegen der er einen Komplex bekommen hat, mal von seinen eigenen abgesehen. Mag sein, weil ich mich so verhielt. Dabei fand ich's herrlich, mich mit ihm zu unterhalten. Man wurde so mitgerissen, ja, man fühlte erst, daß man lebte. Manchmal war ich hinterher wie ausgepumpt. Oder so angeregt, daß ich nach Hause ging und stundenlang nicht einschlafen konnte. Ich sah ihn vor mir, mit gestikulierenden Händen, krausen roten Haaren und lebendigen Augen. Insofern war ich froh, daß Peter mich so berührte, und es gefiel mir auch. Aber wir kämpften viel miteinander. Eigentlich nicht er mit mir, sondern ich mit ihm. Im Grunde wollte ich nicht geschmeichelt werden, weil er mich so weich werden ließ. Ich wollte das nicht aus irgendeinem Grund, den ich nicht erklären konnte. Ich wollte nicht von diesem rothaarigen Mann verzaubert werden. Ich wollte von keinem Man verzaubert werden. Und dann begriff ich, daß es vielleicht eines Tages so hätte kommen können: Vielleicht hätte ich Peter geheiratet, und wir hätten all die Unruhe und den herrlichen Wirrwarr und die ständige Unsicherheit miteinander gehabt, die nun einmal Peters Lebenselement waren, und vielleicht wäre es mir eines Morgens beim Frühstück plötzlich aufgegangen, daß mich ein Schatten vom Wesentlichen abgelenkt hätte. Dann wäre ich vor ihm zurückgeschreckt, wenn er mich berührt hätte. Und was dann? Was hätte er dann gedacht? Und empfunden? Und was hätte ich dann in seinen Augen lesen müssen? – All dies ging mir durch den Kopf, als ich bei Peters Tod allein in meinem Zimmer blieb. Mir wurde das ein wenig klar. Du mußt nicht denken, daß ich Peter nicht geliebt hätte. Doch, ich habe ihn sehr geliebt. Ich habe ihn mehr geliebt als meinen Vater oder meine Mutter oder sonst irgend jemanden, dem ich je begegnet bin. Und was ich jetzt vorhabe, tue ich nicht wegen Peter. Es war immer etwas anderes da. Wirklich. Ich habe gewartet. Ich habe gelernt, geduldig zu sein. Und jetzt weiß ich's. Und du auch, Mico. Das ist alles, und deshalb kam ich, um dir Lebewohl zu sagen.«

Sie schwiegen lange Zeit.

Mico war durchaus nicht erstaunt.

Nein, er war nicht erstaunt. Es war immer schwierig gewesen, sich Jo zu nähern. Jedesmal war es so, als sei sie verreist gewesen und wieder da. Hatte denn Peter deshalb sterben müssen? Solch einen entsetzlichen Tod? War es das wert gewesen? Mico wußte es nicht. Es war ihm zu kompliziert.

»Wir werden an dich denken«, war alles, was er sagen konnte.

»Ich will auch immer an dich denken«, entgegnete sie. »Peter hat dich sehr, sehr gern gehabt, Mico. Er hat immer gesagt: ›Um keinen Preis in der Welt würde ich auch nur einen von Micos Zehen hergeben!‹ – ›Was? Nicht einmal für mich?‹ – ›Na, vielleicht würde ich für dich Micos kleinste Zehe opfern!‹«

Mico lachte.

»Armer alter Peter!« sagte er.

»Ja, armer alter Peter!«

Dann stand sie auf, stand gerade und schlank und sicher und groß über ihm. Er erhob sich ebenfalls und überragte sie nun. Sie reichte ihm die Hand.

»Ich werde an dich denken, Mico, wenn du draußen auf dem Meer bist und wenn du nach Hause kommst und dein Gesicht vor Müdigkeit ganz leer ist.«

Sie lächelte und ging und ließ ihn stehen. Sie lief zur Hauptstraße auf der anderen Brückenseite. Er sah ihr nach, wie sie sich unter der Kette duckte, die zwischen den Holzpfosten hing, und dann drehte sie sich noch einmal um und winkte.

Er winkte zurück, und sie betrat mit festen Schritten die Brücke, unter der der hochgehende Fluß dem Meer entgegentoste.

Die eine kommt, und die andere geht, dachte Mico.

Hoffentlich bleibt sie, die eine, die gekommen ist.

Er ging nach Hause.

19

Maeve saß auf einer Bank auf der Promenade und schaute den heimkehrenden Fischerbooten zu.

Es war ein Sommerabend.

Kaum ein Wellchen kräuselte das weite Gewässer der Bucht. Die schwarzen Boote lagen scheinbar bewegungslos still, wie schwarze Papierboote, die auf eine Fotografie geklebt worden waren.

Um sie her jedoch war Leben und Farbe. Das Rot der untergehenden Sonne – wie in einem Kinofilm –, und auf der Promenade junge Mädchen, die schwatzend und lachend auf und ab schlenderten, teils mit, teils ohne junge Männer im Schlepptau, und auf den Bänken ein paar ältere Leute, die

Hand auf ihren Spazierstöcken. Blau stiegen Pfeifen- und Zigarettenrauch in die Abendluft.

Maeve dachte nach.

Über ihr Leben, wie alles gekommen war und wie sie jetzt nach ein paar Monaten so anders war und so anders dachte. Weihnachten war sie von daheim fortgegangen, und jetzt war's ihr, als sei sie schon seit Ewigkeiten fort. War der Mensch denn herzlos, daß er so schnell vergaß?

Immerhin, es war nicht gar so erstaunlich, daß sie ein wenig vergessen hatte. Man konnte schließlich nicht immer daran denken. Und als sie sich damals entschlossen hatte, ihren Wohnort zu wechseln, hatte sie unbewußt etwas getan, was ihr das Vergessen erleichtert hatte. Sie war unter Menschen. Unter soviel Menschen, daß man ganz wirr wurde. All die Namen von Leuten, die sie sich merken mußte, und ihren Beruf oder was sie sonst taten, und dann ihre Reden anhören. Es wurde immer schwieriger, Coimín in den Mittelpunkt all dessen zu stellen. Also hatte sie sein Bild und Andenken in ein heimliches Gemach ihres Herzens geschlossen, das sie manchmal öffnete, doch geschah es nicht regelmäßig in ihrem jetzigen unregelmäßigen Dasein, an das sie sich erst gewöhnen und das sie verstehen mußte.

Man sah es ihr an, wie sie sich verändert hatte.

Dem großen, blonden jungen Mann, der die Promenade entlangkam, fiel es sofort auf.

Er sah eine Frau mit braunem Haar auf einer Bank sitzen. Sie trug es lang, und es fiel ihr in seidigen Wellen bis auf die Schultern. Er sah die klar geschnittenen Gesichtszüge, die reine Linie des Unterkiefers, die gerade Stirn und Nase und die ein wenig geöffneten Lippen. Sehr gerade saß sie da; die Hände lagen ihr bewegungslos im Schoß und verbargen die Form ihrer Brust. Sehr hübsch, dachte er bei sich, ehe er näher kam und erkannte, wer es war. Was? Nicht möglich! Micos Freundin. Aber wie schäbig sie damals aussah, ohne jeden Schick. Klare Augen hatte sie ja, doch die Kleidung! Als ob ein Blechschmied sie im Dunkeln fabriziert hätte! Nun war nichts an ihr, das die Handschrift eines Amateurs verraten hätte. Ihr Gesicht war, abgesehen vom Lippenrot, nicht mit Kosmetik in Berührung gekommen. Ihre Haut war sonnengebräunt, und fast hatte sie etwas rote Wangen. Als er dicht vor ihr stand, sah sie auf. Nein, dachte er, das kann doch nicht die gleiche Frau sein. Ihr Gesicht war umwerfend. Sie hatte etwas in ihren klaren Augen, so einen gewissen Ausdruck, Weitblick und leiderfahren, mit einem leichten violetten Schimmer um ihre eingesunkenen Augen. Sie öffnete die Lippen und lächelte ihm leicht zu, und ihre Zähne schimmerten.

»Hallo«, sagte sie.

»Sie sind es also tatsächlich?« antwortete Tommy.

»Wer sollte ich denn sonst sein?« fragte sie.

»Ach, Sie haben sich so verändert«, antwortete er, eine Hand auf der Rückenlehne der Betonbank, die andere an seinen Hosenbeinen zupfend, damit die Bügelfalte nicht ausgebeult würde, wenn er sich setzte. Es war ein guter Anzug aus braunem Gabardine, und zu seinem ausgeblichenen blonden Haar paßte er ausgezeichnet.

»Wir verändern uns doch alle«, antwortete sie.

»Ja, aber nicht in dem Maße«, erwiderte Tommy. »Als ich Sie das letzte Mal sah, waren Sie gerade mit dem Bus angekommen. Vor der Post hatte Mico Sie abgeholt.«

»Ja, ich weiß«, sagte sie. »Ich bin seitdem sehr oft in Ihrem Elternhaus gewesen. Aber Sie waren nie da!«

»Soll das ein Tadel sein?« fragte er.

»Ach nein, warum sollte ich Sie denn tadeln?«

»Warum auch?« meinte er. »Was treiben Sie hier?«

»Herumsitzen. Zuschauen, wie Micos Boot heimkommt. Nachdenken.«

»Oh«, rief er und sah aufs Meer hinaus. »Ach ja, da sind sie, die armen Teufel!«

»Warum sagen Sie denn das?« fragte sie ehrlich überrascht.

»Man kann's wörtlich nehmen«, antwortete er, »sie sind arm. Selbst der Teufel muß ein leichteres Leben haben als sie. Das meinte ich. Was für ein Leben! Sonst nichts.«

»Sie sehen das anders«, sagte sie, »ein nützliches Leben!«

»Was sollte denn daran nützlich sein?«

»Nun, sie arbeiten. Sie verdienen sich ihr Brot.«

»Entschuldigen Sie, sie arbeiten nicht, sondern sie schuften! Sich abrackern ist immer Vergeudung. Glauben Sie übrigens, ich arbeite nicht?«

Sie sah ihn an. lhre Augen waren ein wenig kalt.

»Das weiß ich nicht«, entgegnete sie.»Ich habe noch nie darüber nachgedacht.«

»Ach so«, sagte er.»Über Micos Bruder unterhielt man sich also nicht!«

»Ihre Mutter spricht sehr viel von Ihnen«, erwiderte sie.

»Ja, das stimmt«, sagte er.»Aber nicht die andern. Die mögen mich nicht. Mico kann mich nicht leiden. Doch das brauche ich Ihnen wohl nicht erst zu sagen, oder?«

»Ich verstehe überhaupt nicht, was Sie meinen!« rief sie. »Mico redet so über Sie, daß man merkt, wie stolz er auf Sie ist. Und sonst sind Sie eben allen fremd geworden, das ist's. Sie wollen gern jemanden in der Familie haben, der Erfolg hat! Sie sind doch erfolgreich?«

»Warum fragen Sie das?« wollte er wissen.

»Ach, wenn Sie so erfolgreich sind, kann's Ihnen doch gleich sein, was andere Leute von Ihnen denken!«

Er erhob sich schon und wollte gehen. Die Lippen hatte er zusammengekniffen. Sie dachte, er würde sich verabschieden, und war froh; denn sie fand, er sei ein selbstgefälliger junger Mann. Doch er setzte sich wieder hin und wandte sich ihr zu. Die Augenbrauen hatte er zusammengezogen.

»Ich möchte, daß Sie mich verstehen«, sagte er heftig.

»Ich? Warum ich?« fragte sie.

Er sah ihr voll ins Gesicht.

»Ich weiß es nicht«, sagte er.»Ich möchte es gern. Sie stammen auch von solchen Leuten ab wie meine Familie. Sie sehen auch nicht viel mehr als braune Segel und stinkende Fische!«

Er dachte, sie verletzt zu haben. Doch sie lächelte, und er kam sich wie ein dummer Schuljunge vor, der einen roten Kopf bekam.

»Verdammt«, schnauzte er sie an, »Sie sollen mir eben zuhören!«

Ein vorübergehendes Paar blieb stehen, drehte sich um und sah sie erstaunt an. Er starrte sie so wütend an, daß sie sich umwandten.

»Aber bitte«, rief Maeve, »was ist denn eigentlich? Vor zwei Minuten saß ich hier ganz zufrieden auf der Bank und dachte nach. Warum dürfen Sie einfach daherkommen und mich stören? Wo ich Sie doch nur ein einziges Mal in meinem Leben gesehen habe! Nein, ich gehe jetzt!«

Er legte seine Hand auf ihren nackten, braungebrannten Arm.

»Nein, bitte nicht, bitte, gehen Sie nicht!« bat er, und seine Augen wurden sehr weich, so wie die von Mico manchmal waren. Sie sah seine lange, schmale, kräftige Hand mit den sehr sauberen, schön gepflegten Fingernägeln. Dann lehnte sie sich zurück.

»Es ist mir selbst völlig rätselhaft«, sagte er. »Ich kam hier vorbei und sah eine Frau auf der Bank. Ich bewunderte sie; denn ihr Gesicht gefiel mir, und als ich näher kam, entdeckte ich, daß Sie es sind.«

»Und da war's aus mit der Bewunderung«, lachte sie.

»Ach nein, das meine ich ja gar nicht«, sagte er und dachte, was in Gottes Namen denn über ihn gekommen sei, daß ein kleines Ding vom Lande ihn so in die Enge treiben konnte.

»Sagen Sie mir, was Sie über mich wissen«, bat er.

»Aber warum denn? Warum interessiert Sie das denn so?«

»Ach, ich möchte es eben gern wissen. Manchmal kommt mir alles so seltsam vor. Es ist nämlich einsam, wenn man so allein auf der Höhe lebt. Ich lebe nämlich auf der Höhe. Ich kenne keinen, den ich als mir geistig ebenbürtig anerkennen könnte. Das stimmt wirklich, ohne jede Prahlerei! Eine Weile kann ich die andern ertragen, aber wenn sie dann Äußerungen machen, die so idiotisch und dumm sind, dann haue ich lieber ab. Übrigens, ich gehe bald fort.«

»Fort? Von Galway? Von zu Hause?«

»Ja«, sagte er.

»Weiß es Ihre Mutter schon?«

Sie machte ganz große Augen.

»Was macht denn das aus?«

Da wäre sie am liebsten aufgestanden und weggegangen, aber sie blieb doch noch sitzen.

»Natürlich«, sagte sie, »Ihnen macht das nichts aus!«

»Sie verstehen das einfach nicht«, meinte er.

»Es ist allerdings schwer zu verstehen. Nach allem, was ich gehört habe, wären Sie heute auf See gewesen und hätten mit Mico gefischt, wenn nicht Ihre Mutter gewesen wäre!«

»Das stimmt nicht!« protestierte er. »Da täuschen sich die Leute eben über mich. Wenn ich nie eine Mutter gehabt hätte, wenn ich in einer elenden Lehmhütte in den Bergen von Connemara geboren worden wäre, ich hätte doch alles genau so gemacht. Manche Leute werden zu dem geboren, was sie sein sollen. Zu denen gehöre auch ich. Es paßte sehr gut, daß ich eine Mutter hatte, die erkannte, wer ich war, und mir keine Hindernisse in den Weg legte. Aber ich hätte doch alles genauso gemacht. Durch das, was ich in mir hatte, bin ich ans Ziel gelangt; doch nun ist diese Stadt mir zu klein. Dieses Land ist mir zu klein. Deshalb gehe ich.«

»Aha«, sagte sie.

»Ich weiß, was Sie denken«, fuhr er fort. »Sie denken, daß Sie noch nie jemanden in Ihrem Leben getroffen haben oder sich nie jemanden vorstellen konnten, der so egoistisch ist, wie ich's bin. Aber da tun Sie mir unrecht. Unser Land ist erst in den Anfangsstadien der Industrialisierung. Es steht jetzt dort, wo die Engländer vor hundert Jahren standen. Meine Arbeit, so klein und unbedeutend sie ist, hat Aufmerksamkeit erregt, und darum gehe ich. Ich gehe zu einem großen Konzern nach England. Für wie lange, das weiß ich nicht. Und von dort gehe ich weiter. Sehen Sie, die Welt hat sich verändert. Früher war ein Forscher ein bärtiger alter Pauker in einem schmutzigen, verstaubten Loch voller Reagenzgläschen. Heutzutage ist das Leben so kompliziert geworden, daß man nicht die kleinste Naturfunktion darstellen kann, ohne einen Wissenschaftler zu Hilfe zu rufen. Die ganze Welt gerät in die

Hände der Naturwissenschaft. Aber nicht hier. Draußen. Man muß hinaus, wenn man sie in ihrer ganzen, ungeheuren Auswirkung erfassen will. Und wissen Sie, was so tragisch an meiner Lage ist?«

»Nein«, sagte sie interessiert, trotz seines Wortschwalls.

»Ich wollte eigentlich nie Naturwissenschaftler werden! Das ist die Tragik meines Lebens.«

»Wieso?« fragte sie.

»Haben Sie schon mal von einem Kerl namens Peter Cusack gehört?«

»Ja. Ich schlafe in seinem Zimmer.« Vor ihren Augen stand die vergrößerte Fotografie Peters, die gegenüber von ihrem Bett an der Wand hing. Ein rothaariger junger Mensch, lächelnd, die Mundwinkel nach oben gezogen. Sie sah Peters Mutter, wie sie das Bild betrachtete. Sie hörte sie sprechen, gefaßt, nachdenklich. Sie sah seinen Vater, der sich nicht länger für Gewehre und Angelruten interessierte, sondern fast jeden Abend betrunken und wie ein armer Sünder mit reuigen Augen nach Hause kam. »Ja, ich habe von ihm gehört«, sagte sie.

»Er war recht intelligent, wissen Sie. Aber er ließ seine Intelligenz auf Abwege wandern, anstatt sich mit anerkanntem Wissen zu beschäftigen. Wir waren zusammen in der Schule und im College. Er wollte Naturwissenschaftler werden, ich nicht. Ich wollte es erst werden, weil er's wollte. Ich dachte: Vielleicht wird er's tatsächlich und wird sehr berühmt. Da sagte ich mir: Was der kann, kann ich auch. Also begann ich damit – aber eigentlich wollte ich es gar nicht. Ich wollte Wissen erwerben, Sanskrit und die alte Bibel im Original lesen. Und noch vieles andere. Auch selbst schreiben natürlich. Das kann ich jetzt, doch habe ich keine Zeit dazu. Ich wandte mich also von allem ab, was mich interessierte, und den Naturwissenschaften zu. Das ist nicht einfach. Aber wenn man einmal die Grundbegriffe beherrscht und einen guten Verstand hat, ist es leicht. Ich liebe die Mathematik. Doch manchmal werde ich unsicher. Er ist ja jetzt tot. Aber wer sagt mir, daß er mich nicht auslacht?«

»Ich weiß nicht.« Maeve sah ihn an und verstand kaum, was er da sagte. Sie dachte nur, er sei bestimmt ein komplizierter Mensch, und in gewisser Weise tat er ihr leid. Er sah kindisch aus, wie er da blicklos über das Meer starrte, eine tiefe Falte zwischen den Augenbrauen. »Sie denken vielleicht zuviel über alles nach?« meinte sie schwach.

»Mein Gott«, rief er und sah sie an, »das ist ja gerade das Unheil in diesem verdammten Land, daß wir nicht genug nackdenken. Das ganze irische Gehirn ist so eingerostet wie ein sechszölliger verrosteter Nagel im Meer. Schauen Sie sich die Leute an, die hier rumlaufen. Schauen Sie doch die Badenden an! Schauen Sie, wie sie alle herumplätschern in der mittelmäßigsten Mittelmäßigkeit, die zweimal wöchentlich von der größten Verblödungsanstalt namens Hollywood ausgespuckt wird, um die ganze Welt zu verdummen!«

»Ich gehe gern ins Kino«, sagte Maeve. »Wenn Sie ein Leben lang nie im Kino gewesen wären, würden Sie auch gern hingehen!«

»Ich dachte, Sie wären anders«, sagte er bitter.

»Warum sollte ich anders sein?«

»Ich weiß nicht. Mico hat nur Menschen gern, die anders sind.«

»Sollte es möglich sein, daß Sie vor Mico Achtung haben?«

»Natürlich, Mico ist, was ich in meinen lichteren Augenblikken auch sein möchte. Er ist von einer Gelassenheit – wie ein großer, gutgelaunter Bulle. Ich wünschte, ich wäre auch so. Manchmal wünschte ich, es hätte mich nie dazu getrieben, das zu werden, was ich bin, so daß ich jetzt nicht gezwungen wäre, weiter und immer weiterzumachen, weiter und immer weiter. Wo soll denn das hinführen? Wo soll das enden?«

»Daß Sie schließlich mehr wissen.«

Er betrachtete sie lange.

»Da haben Sie recht. Ich werde mehr wissen. Aber nur wenige Leute mögen mich.«

»Kein Wunder«, erwiderte Maeve.

Das verblüffte ihn. »Warum sagen Sie das?«

»Oh, weil Sie die Menschen so offenkundig verachten.«

»Tue ich das?« fragte er und stützte den Kopf in die Hand und den Ellbogen auf die Betonlehne, so daß er sie von der Seite her ansah.

»Ja«, meinte sie. »Vielleicht sind Sie sehr klug. Das weiß ich nicht. Aber manche Menschen sind klug und manche nicht. Darum sollten Sie versuchen, ein bißchen netter zu den Leuten zu sein. Sie haben Ihnen persönlich ja nie irgendwas getan. Wenn Sie denken, daß sie schwerfällig sind, brauchen Sie sich noch lange nicht für Gott den Allmächtigen zu halten und so zu tun, als wären Sie traurig, daß sie überhaupt erschaffen worden sind. Wenn der Herrgott so wäre, müßte er ja sagen: ›Was hat's für einen Zweck, daß ich Millionen Dummköpfe erschaffe, denen ich allen überlegen bin?‹ Das denkt er bestimmt nicht. Er ist viel großzügiger und denkt: ›Ach, die armen Geschöpfe! Gönnen wir ihnen auch ihr bißchen Vergnügen!‹«

Er lachte.

»Wollen wir tanzen?« fragte er.

»Wo?« fragte sie.

Er deutete mit der Hand nach rückwärts. Sie lauschte. Aus dem großen Wellblechschuppen, der heiß in der Sonne brütete, drangen einzelne Fetzen von Musik herüber.

»Dort drüben ist Nachmittagstanz«, sagte er.

»Ich tanze aber nicht sehr gut«, wandte sie ein.

»Wohin führt Mico Sie denn immer?« fragte er.

»Oh, er geht nicht oft mit mir aus«, entgegnete sie. »Er ist selten zu Hause. Aber ich bin schon überall gewesen, in der Stadt und am Meer und in den Wäldern und am See.«

Er sprang auf und zog sich das Jackett zurecht.

»Kommen Sie«, sagte er.

Sie dachte nach und willigte dann ein.

»Meinetwegen«, sagte sie und stand auf.

Ihr Kopf reichte ihm gerade bis zum Kinn, stellte er fest. Sie war schlank und hatte lange und schöngeformte Gliedmaßen. All die mageren Stellen waren verschwunden. Er fand sie sehr anziehend. Auch ihre Offenheit gefiel ihm. Sie regte ihn an und machte ihn ärgerlich oder nachdenklich, was die meisten

Mädchen, die er kannte, nicht fertigbrachten. Er fragte sich, ob sie wohl wußte, daß Mico sie liebte.

»Haben Sie Mico gern?« fragte er, während sie auf eine Lücke in der Autoschlange warteten, damit sie die Promenade überqueren konnten.

»Oh, sehr!« sagte sie und blickte zu ihm auf. »Warum?«

»Darf man denn nicht fragen?«

»Ich weiß nicht recht. Bei andern wär's nur eine Frage. Aber wenn Sie fragen, weiß ich nicht recht, was dahinter steckt.«

»Es steckt wirklich nichts dahinter«, sagte er, führte sie über die Straße und hielt ihren Arm. Er genoß es, ihre kühle Haut zu fühlen, und sie empfand es als angenehm, wie weich seine Hand war. Ohne Schwielen. Ihre eigenen Hände hatten auch fast keine Schwielen mehr, da sie jetzt solch ein leichtes Leben hatte.

Hinter seiner Frage steckte nichts. Und doch hatte sie ihm mehr gesagt, als sie wußte. Ja, sie hatte Mico gern. Sie sollte sich vor ihm in acht nehmen, dachte er. Mico würde warten, bis er siebzig Jahre alt war, bevor er den Mund aufmachte, falls er das für besser hielt. Aber sie war zu schade für Mico. Schau sie dir jetzt an, so nett gekleidet und selbstbewußt. Was konnte Mico mit ihr anfangen, außer mit ihr zu schlafen? Nichts! Ihr eine alte Sackschürze überwerfen, wie sie seine Mutter trug. Sie in plumpe Stiefel stecken. Ihre Hände mit der Montagswäsche ruinieren. Da begann nämlich die Gedankenlosigkeit.

Maeve fühlte, als sie den schattigen Weg jenseits der Straße hinunterschritten, daß etwas aufgewühlt war. Eine Erregtheit, die sie lange Zeit nicht gespürt hatte. Er war anders als all die Vertreter, die in den Laden kamen und ihr erzählten, was für ein einsames Leben so ein Handelsreisender habe, und ob sie Lust hätte, mit ihnen ins Kino zu gehen oder eine kleine Rundfahrt im Auto zu machen.

»Hat Mico Sie nie hergeführt?« fragte er und meinte den Weg mit dem Grasrain auf beiden Seiten und den niedrigen Weißdornbüschen, der von der Biegung an ganz von Birken und hohen Kastanien überwölbt war.

»Nein«, antwortete sie. »Warum?«

»Das ist hier die Liebesallee. Schon seit Generationen. Darum haben sie wahrscheinlich am andern Ende den Tanzsaal hingesetzt.«

»Ach so«, meinte sie. »Nein, Mico und ich sind ehrbare Leute. Was Sie auch von uns halten mögen, wir finden, daß es für uns wichtigere Dinge im Leben gibt. Ich wünschte, Sie sprächen nicht mehr über Mico. Sie glauben ihn zu kennen, aber Sie kennen ihn überhaupt nicht. Sie haben viel zuviel mit sich selbst zu tun.«

Beinahe hätte er es ihr übel genommen. Doch nur einen Augenblick. Dann lachte er wieder.

Er faßte nach ihrer Hand, um sie über die Steineinfassung und den Rasen zum Tanzsaal zu führen. Es war eine Abkürzung, ein kleiner Kiespfad. Deshalb ihre Hand zu nehmen, wäre nicht nötig gewesen. Aber er wollte es gern, und seine Unterarme zuckten. Und als kurz darauf ihre Füße über den glatten Fußboden glitten, zitterten seine Glieder, weil er ihr so nahe war, ihre großen weichen Brüste spürte, ein paar Locken ihres Haares, die seine Wange streiften, und das warme Fleisch unter dem dünnen Kleid.

Auch Maeve machte das Tanzen Freude. Doch gefiel es ihr eher, daß sie sich auf die Tanzschritte konzentrieren mußte, sie die Kapelle laut spielen hörte und hin und wieder in den großen Spiegeln einen Blick von zweien erhaschte, die wie Fremde wirkten. Sie schaute zu ihm auf und war überrascht, wie jung und gut er aussah, und sie lächelte ihn an, als wolle sie ihm sagen, daß es ihr Spaß mache.

Müde bogen die schwarzen Boote in die Flußmündung ein.

20

Der blasse Oktobertag war schon halb vergangen, und sie hatten den Hafen und den Sund längst hinter sich, ehe Mico sich von seinen Gedanken trennte und sich umschaute. Es war wie das Erwachen aus einem Traum, und plötzlich merkt man,

daß man auf dem Meer ist, und fragt sich, wie man hierherkam und ob man nicht allerlei Dinge getan hatte, ohne es
überhaupt gewahr zu werden.

Er sah seinen Vater im Heck sitzen, die Beine ausgestreckt,
die Stiefel rechts und links der Bootswände, wie er an der
Pfeife zog. Zwischen seinen Füßen zappelten noch die Fische.
In seinem Gesicht stand eine Frage, und die Augen zwinkerten lächelnd, als er seinen Sohn ansah.

»Ein schöner Tag«, sagte Mico.

»Gewesen«, antwortete Micil.

Kein Wunder. Er mußte über so vieles nachdenken. Seine
Träume schienen der Erfüllung so nahe zu sein, daß er vor
Angst den Atem anhielt. Er war fast über sich selbst entsetzt,
weil er ihnen etwas Vorschub geleistet hatte. Und das Schlimme war irgendwie, daß es alles so leicht gewesen war.

Angefangen hatte es damit, daß er eines Tages durchs
Fischerdorf gegangen und auf den Fair Hill gestiegen war.
Dort wurden die alten weißen Hütten abgerissen. Vergnügte
Männer in Arbeitskleidung und kalkbespritzten Schuhen mit
nackten, muskulösen und sonnenverbrannten Armen. Alle
hatten Mützen auf. Sie zerrten an den Hauswänden, und im
Nu hatten sie ein Haus ausgehöhlt, und die Tünche schien
sehr weiß, als erst die schwarze, verräucherte Decke zutage
trat. Die vielen Schichten Stroh auf dem Dach rochen nach
der Arbeit von Jahrhunderten. Und man sah, auf was für
einem winzigen Raum da eigentlich eine Familie gelebt hatte.
Wie hatten sie es nur fertiggebracht?

Und bald hatten die Männer die ganze Häuserzeile geplün-
dert, bis zu den Wurzeln ausgerupft und die Steine in alle vier
Himmelsrichtungen zerstreut. Statt dessen erhoben sich nun
hohe Gerüste und streckten ihre kahlen Arme gen Himmel,
und man hörte das Tuckern der Mischmaschine, die den
Beton vorbereitete, und das laute Geschwätz der Arbeiter und
ihre derben Witze, oder man sah sie mit gespreizten Beinen
auf irgendeinem Faß oder Balken sitzen und in dicke Scheiben Butterbrot reinhauen und Tee dazu trinken, der dunkel
wie Moorwasser war. Sie tranken aus zerbeulten Blechkan-

nen, die von manchem Feuer rauchgeschwärzt und einge-
beult waren. Und aus den Ruinen der alten Häuserzeile erhoben sich die dünnen Mauern neuer Gebäude. Zweistöckig
sollten sie sein, reine Nutzbauten, furchtbar häßlich, aber mit
einem Vorder- und einem Küchengarten, mit einer richtigen
Toilette und einem Kochherd in der Küche.

»Großvater«, sagte Mico eines Tages, als sie beide da oben
standen und mit jener stillvergnügten Freude zuschauten, die
man immer empfindet, wenn andere Leute arbeiten, »ich
möchte gern wissen, wenn nun jemand, ein junger Mann, heiratet und er hat kein Haus und will trotzdem heiraten, ob er
wohl die Möglichkeit hat, eines dieser Häuser zu bekommen?«

»Hm«, meinte der Großvater, »das kommt mir unwahr-
scheinlich vor. Wenn sie ein Haus abreißen wollen, schicken
sie die darin wohnenden Leute fort und quartieren sie
anderswo ein, doch wenn die neuen Häuser fertig sind, müssen sie sie wieder einziehen lassen; denn es sind ja alles
Fischer, die in der Nähe ihrer Arbeitsplätze leben müssen und
nicht oben in der Wildnis von Bohermore.«

»Da hast du recht«, sagte Mico und seufzte.

»Natürlich, ohne Schiebung läuft nichts in der Welt, daran
gibt's keinen Zweifel. Wenn man's richtig anstellt, ließe sich
vielleicht doch was machen.«

»Wirklich?«

»Mein lieber Junge«, sagte der Großvater, »jedermann weiß,
daß Städter gerissene Gauner sind und krumme Wege gehen,
krumm wie ein Widdergehörn, sag ich dir! Wenn's nicht so
wäre, müßten wir uns nicht so abschuften für sie, damit sie da
oben in feinen Herrschaftshäusern wohnen können. Nur an
einer Stelle kann man sie packen, wenn ihr Profit bedroht
scheint. Es gibt in der Stadt ein paar Männer, die sehr viel
Gewinn mit dem Schweiß der Fischer von Claddagh machen.
Angenommen, man erzählt denen, daß man vielleicht jemand
anders die Gelegenheit geben wollte, uns übers Ohr zu hauen,
dann würden sie möglicherweise klein beigeben.«

»Aber wenn sich doch die Chance bietet, selbst wenn sie
noch so gering ist und kaum vorstellbar, dann . . . Ich meine,

wenn ein junger Mann, der heiraten will, eins von diesen Häusern bekommt, nun, nehmen wir das mal an, dann benachteiligt er doch nur die Leute, für die das Haus vorgesehen ist?«

»Verdammt noch mal«, antwortete der Großvater und spuckte auf einen Kiesberg, »die Häuser sind für Fischer da. Ein paar von den Leuten, die hier einziehen sollen, verstehen vom Fischen nicht viel mehr als die Katze von Hochzeitsglocken. Was die an Fischen kennen, ist weiter nichts als ihr Salzhering am Freitag. Wahrscheinlich bekommen die Bauarbeiter hier die Häuser. Da würde mich überhaupt nicht wundern. Und einige, die aus den alten Hütten ausziehen mußten und in der Stadt untergebracht wurden, geben das Fischen ganz auf. Da bin ich mir sicher. Es ist also nicht mehr als recht und billig, daß für einen richtigen Fischer, der ein Haus braucht, alles unternommen wird, damit es auch klappt. Laß uns mal gleich mit Pa darüber reden.«

Sie machten sich auf den Weg.

Pa war pensioniert worden und hatte sich sehr verändert. Anstatt grauer hatte er jetzt weiße Haare, und die viel zu weit gewordenen Anzüge schlotterten ihm um den Körper. Sogar eine Brille trug er, was er sonst nie getan hatte. Aber er war alt, und da wurde er eben entlassen, mit Worten der Anerkennung und einem silbernen Tablett. Was in Dreiteufelsnamen soll ich mit einem silbernen Tablett? Was soll ich auf meine alten Tage mit einem silbernen Tablett anfangen? – Seine Schule nahmen sie ihm, und sie hätten ihm ebenso gut gleich den Kopf abhacken können. Er blieb nun viel zu Hause und las. Er wollte noch soviel lesen, bevor er starb, wozu er vorher nicht gekommen war. Jeden Tag pünktlich um zwölf setzte er seinen Hut auf, nahm den dicken Stock und ging auf die Promenade. Er unterhielt sich mit Jungen und ermahnte sie, wenn sie eine Katze mit Steinen bewarfen oder den Hunden Blechbüchsen an den Schwanz banden oder mit dem Luftgewehr auf die elektrischen Birnen der Straßenlaternen des Elektrizitätswerkes schossen, oder er erteilte ihnen im Autobus eine Lektion, wenn sie nicht höflich aufstanden und

Erwachsenen und Kranken ihren Sitzplatz anboten. Manchmal ging er auch zur Schule und warf einen Blick hinein. Aber dort war er nicht sehr gern gesehen. Jetzt waren jüngere Lehrer da, die natürlich dachten, daß ihre neuen Methoden besser seien als seine alten.

Er besuchte auch seine ehemaligen Schüler. Keiner vergaß ihn. Für sie war er nicht alt geworden. In ihren Augen las er immer noch Respekt, und dann fand er seine frühere Haltung wieder, und die Worte flossen ihm leichter von den Lippen.

Ein Problem wurde ihm vorgelegt.

»Laßt mich mal nachdenken? Wer ist jetzt im Stadtrat? Der und der. Ach ja, den kenne ich, kenne ihn sogar sehr gut. Und der andere, wie heißt er doch nur gleich? Ja, ich glaube, der würde mir auch sehr gern einen Gefallen tun. Und dann ist da noch einer, der würde es nicht wagen, mir eine Bitte abzuschlagen. Das wären also drei. Und wieviel könnten Sie auftreiben, Großvater?«

»Oh, ich kann zwei festnageln, und wenn's hart auf hart geht, sogar drei.«

»Schön, das wäre es also! Wir müssen's nur gut einfädeln. Das ist doch wunderbar, nicht? Echte Demokratie ist das. Ein alter Schulmeister und ein alter Fischer, beide pensioniert und sozusagen schiffbrüchig, tun etwas zum Wohle der Menschheit!«

Kaum hatte Mico also seinen Wunsch geäußert, da wurde ihm schon ein Haus in Aussicht gestellt. Er wußte bereits die Hausnummer und daß es bis Weihnachten fertig sein würde. Er mußte sich nun beeilen. Oft ging er hin und schaute beim Bau zu. Für sein seelisches Gleichgewicht wuchs es fast zu schnell in die Höhe. Er sah die Mauern, er sah, wie die Planken gelegt wurden, die für die unteren Zimmer die Decke und für die oberen die Diele bilden sollten. Manchmal wäre er am liebsten zu den Bauarbeitern gegangen und hätte gesagt: »Hört mal, könnt ihr nicht ein bißchen langsamer machen? Ich brauche noch mehr Zeit, um's mir besser zu überlegen.«

Und heute hatte er sich's nun ganz gründlich überlegt. Würde eine Frau ihr ganzes Leben mit ihm verbringen wollen? Würde sie der Mut verlassen bei dem Gedanken? Nicht, wenn sie Maeve hieß, und nicht, wenn sie es wirklich wollte. Aber das hier war jetzt eine andere Maeve. Diese veränderte Maeve, die schön angezogen herumlief, mit weißen, weichen Händen. Versetz dich mal in sie. Wie angenehm ihr Leben jetzt war. Nur im Laden arbeiten. Ob sie dazu bereit war, all das aufzugeben und eine einfache Fischersfrau zu werden? Barmherziger Himmel! Und denk auch an Coimín! Er war Fischer gewesen. Schau, was ihm passiert war. Soll sie das gleiche noch einmal durchmachen?

Jetzt oder nie. So schnell wie möglich. Wenn die Anzeichen gut sind. Immer noch war er von der Angst besessen, er könne den Menschen Unglück bringen. Wenn er nur ein Zeichen bekommen könnte, daß es nicht mehr so war. Das würde alles ändern.

Sie fuhren um die Landzunge herum und erblickten den Kutter.

»Diese Scheißkerle!« rief Big Micil und sprang hoch, die Pfeife in der Hand.

Links von ihnen türmten sich Klippen, deren Fuß die Wellen mit weißem Schaum besäumten. Hier und da waren die großen Klippen von kleinen Buchten unterbrochen, die vergleichsweise friedlich erschienen. Rechts lag die südlichste der Aran Islands, braungrün und zerzaust; denn der Winter stand vor der Tür. Der Himmel war bedeckt, und die Wolken hingen ziemlich tief. Nur eine leichte Brise schwellte ihr Segel. Ihr Boot fuhr über eine gekräuselte, graue Wasserfläche hin, die einem simmernden Topf Haferbrei nicht unähnlich war. Für diese Jahreszeit war es nicht kalt, nur ein bißchen feucht. Sie waren allein auf dem Meer, außer einem anderen Boot aus Claddagh, das hinter ihnen ums Vorgebirge bog, und dem Kutter vor ihnen.

»Wer ist denn das?« fragte Mico.

»Engländer. Der Teufel soll sie braten!«

»Sogar ein Schleppnetz haben sie!«

»Natürlich, die Saubande!«

»Kannst du ihre Nummer erkennen?« fragte Mico.

»Nein, nicht von hier aus«, rief Micil und zog grimmig das Segel an, »aber wir werden sie herausfinden, verdammt noch mal! Ich hab sie satt. Wenn's kein Engländer ist, ist's ein Franzose, und wenn's kein Franzose ist, ist's ein Spanier. Warum können sie denn nicht dort bleiben, wo sie herkommen?«

Das große schwarze Segelboot zischte auf den Kutter los. Der lag ungefähr eine halbe Meile vor ihnen und hatte die Schutzzone um eine Meile überschritten. Ausländische Fischer dürfen in anderen Gewässern fischen, doch erwartet man, daß sie drei Meilen von der Küste entfernt bleiben und den ortsansässigen Fischern ein paar Fische übriglassen. Manchmal richten sie sich danach, manchmal auch nicht. Sie tun's, wenn sie vor der Flotte des Landes Angst haben, in dessen Gewässern sie wildern. Sie tun's nicht, wenn sie denken, daß niemand sie erwischt und bestraft und ihnen ihre Ausrüstung nimmt. Wenn man einen Fischer aus Claddagh nach ausländischen Kuttern fragt, gräbt sich ihm eine Falte zwischen die Augenbrauen, und er spuckt aus und fängt an zu schimpfen: »Wer kümmert sich drum? Ist Irland nicht ein Sesam-öffne-dich für alle? Wir haben eine Flotte, eine großartige Flotte, das ist wahr. Sie besteht aus einem alten Kasten, älter als zwei Großväter, der heißt ›Spürhund der Meere‹. Oh, wie er denen hinterherschnüffelt«, sagten Claddaghs Fischer.

Die Schleppnetzfischer von drei ausländischen Nationen betrachteten die irischen Fischereigründe als eine Art Paradies. Sie trauten ihren Augen nicht. Man wußte, es waren Spanier, wenn ihre Boote auf dem Oberdeck so eine Art Balkon hatten wie alte Galeonen, und man erkannte die Franzosen am Hüttendeck, und die Engländer zeichneten sich, wie alles Englische, dadurch aus, daß sie auf all das verzichteten, ohne jeden Schnickschnack wie die vom Kontinent.

»Geh an den Bug!« rief Micil. »Ich will beidrehen, dann kannst du nachsehen, was für eine Nummer sie haben. Das ist das einzige, was wir tun können. Wenn wir bloß an Bord könnten und sie in die Finger bekämen. Aber das geht ja nicht. Also sieh nach der Nummer, und schreib sie auf, dann können wir's melden. Vielleicht unternehmen sie in zehn Jahren etwas dagegen.«

Mico sprang auf den Bug und hielt sich am Focksegel. Er sah, daß das Näherkommen des Segelbootes auf dem Kutter eine gewisse Aufregung hervorrief, und hörte Kommandos. Die schwarze Silhouette eines Mannes brüllte etwas Heiseres, deutete irgendwohin und lief zurück zu dem kleinen Steuerhaus des Motorschiffes. Dann sah Mico einen anderen Mann auftauchen, der die Hand über die Augen legte und das Segelboot musterte. Schließlich erschienen noch drei weitere Männer.

Sie kamen dem Kutter immer näher. Aber aus dieser Entfernung war die Nummer nur undeutlich und verschwommen zu sehen, und Mico beugte sich vor, um sie besser ausmachen zu können. Dann rief der große Mann auf dem Kutter wieder ein Kommando, und zwei Leute von der Mannschaft trugen etwas herbei, das in der Brise klatschend umherflog. Es entpuppte sich als eine Persenning, die sie über die Bordwand legten, um die Nummer zu verdecken.

»Vater, sie haben sie zugedeckt!« rief Mico. »Dreh schnell, damit wir auf der andern Seite nachsehen können!«

Micil mit seinen kräftigen Armen arbeitete an Segel und Ruder, aber während er drehte, verlangsamte sich die Fahrt seines Bootes doch etwas. Dann gewann es wieder an Geschwindigkeit, aber es war, wie Mico bemerkte, schon zu spät. Die Mannschaft hatte noch eine Persenning geholt und über die Nummer auf der anderen Seite des Kutters gehängt. Er konnte die Männer sehen, sogar ihre weißen Zähne, als sie lachten. Er fühlte, wie er rot anlief, und ein primitiver Zorn ohnmächtiger Hilflosigkeit stieg in ihm auf.

Big Micil drehte nicht vom Kutter ab. Die Spitze seines kleines Bootes steuerte voll auf ihn zu. Was sie eigentlich vorhatten, wußten sie selbst nicht. Was sollten sie denn auch tun, sie würden es nie zu etwas bringen. Säße er doch jetzt auf dem Aran-Dampfer, dann könnte er etwas ausrichten. Aber im

Moment ließ nur die bloße Wut ihr Boot auf den Kutter zu manövrieren.

Er sah, wie der große Mann sie beobachtete, und die anderen hörten auf zu lachen. Der Große schrie sie an, und sie gingen zurück und verschwanden. Danach ging der Große ins Steuerhäuschen, und das langsame Tuckern des Motors schlug plötzlich in einen schnelleren und lauteren Ton um. Mico sah, daß der Bug des Kutters die Wellen mit großer Geschwindigkeit beiseiteschob und geradewegs nun auf sie zusteuerte.

Sie waren ihnen schon so nahe, daß er den Schmutz auf dem weißgestrichenen Steuerhäuschen erkennen konnte.

»Dreh bei, Vater«, schrie er, »die verfluchten Hunde wollen uns rammen!«

Micil konnte nicht viel tun. Er holte ein bißchen mehr Leine ein, so daß das Boot etwas mehr Geschwindigkeit aufnahm. Als er den Kutter auf sich zuhalten sah, krampfte sich ihm das Herz zusammen.

Irgendwas rettete sie vor dem Gerammtwerden. Entweder hatte das schwere Schleppnetz die Geschwindigkeit auf einmal gebremst, oder es war das Auftauchen des anderen schwarzen Claddagh-Bootes, in dem eine stämmige Figur im Bug stand, mit der Faust furchtelte und schrie. Unschlüssig stoppte der Kutterkapitän, um den neuen Feind in Augenschein zu nehmen, der da so plötzlich auf seiner anderen Seite erschienen war.

Micos Boot entging dem Gerammtwerden um Haaresbreite. Er hätte nur seine Hand ausstrecken müssen, um mit den Fingernägeln an der Schiffswand kratzen können. Niemand war zu sehen, nur ein dunkler Männerkopf huschte hinter dem Fenster des Steuerhäuschens vorbei. Mico hob die Faust und schrie: »Was wollt ihr, ihr verdammten Dreckschweine? Wollt ihr uns etwa umbringen?«

Und dann waren sie wieder auseinander und tanzten auf dem weißen Kielwasser der Propellerschrauben des Kutters.

Mico erkannte den stämmigen Mann im Bug des anderen Segelbootes, dem hüfthohe Gummistiefel um die Beine schlappten: »Das ist ja Twacky!« schrie er.

Der Kutter hatte inzwischen die Richtung geändert und nahm nun Kurs auf Twackys Boot – mit genau der gleichen Entschlossenheit wie kurz zuvor auf Micos Boot. Mico sah, wie Twacky den Kutter beobachtete und dann seinem Vater etwas zurief, der daraufhin abrupt das Ruder herumriß, das Segel flatterte, und das Boot gewann langsam wieder an Geschwindigkeit.

»Dreh bei, Vater, dreh bei!« schrie er, »jetzt haben sie's auf Twacky abgesehen!«

Micil arbeitete sehr schnell. Das Segel wurde schlaff und klatschte, füllte sich wieder prall mit Wind, und sie steuerten wieder auf den Kutter zu. Mico stand im Bug, drohte mit der Faust und schrie, denn gerade sah er die Mastspitze von Twackys schwarzem Boot hinter dem Kutter vorbeigleiten.

»Sie müssen völlig verrückt sein«, sagte er zu seinem Vater. »Wir müssen sehen, daß wir hier wegkommen. Wenn wir wenigstens ein Gewehr oder einen Motor hätten! – Heda! Twacky! Twacky! Twacky!« brüllte er dann und hielt die Hände um den Mund, als Twackys Boot wieder hinter dem Kutter hervorkam. Er winkte und deutete auf die Klippen, und Twacky verstand ihn und nickte deutlich mit dem Kopf.

»Kurs auf den Priesterfelsen, Vater!« rief er Micil zu und sprang vom Bug herunter. »Da ist es so flach, wenn er uns dorthin folgt, können wir ihn auf eine schöne scharfe Klippe auflaufen lassen.«

Noch während er sprach, änderte Micil den Kurs. Mico sah, wie der Kutter sich in einem großen Bogen anschickte, ihnen zu folgen, aber noch ehe er ganz gewendet hatte, war das Segel schon prall voll Wind, und das Boot jagte auf die Klippen zu. Twackys Boot war bereits fünfzig Meter vor ihnen, und wenn Mico nicht so zornig gewesen wäre, hätte er sich totlachen können. Twacky stand achtern, die graue Mütze in den Nacken geschoben, die Hände in die Seiten gestemmt, und auf seinem Gesicht machten sich Wut und Staunen und Rachegelüste den Rang streitig.

Sie hatten es nicht mehr weit bis zur Küste und steuerten eine Lücke in den Klippen an, wo zwischen donnernder Brandung ein glasklarer Wasserspiegel lag – ein trügerischer Anblick, wie Mico sehr wohl wußte. Als sie sich den Klippen näherten, sah es aus, als würden zwei kleine schwarze Schwäne von einem riesigen Kormoran verfolgt. Der Kutter verkürzte immer schneller den Abstand zu ihnen; es waren Geräusche, die Mico nicht so bald vergessen würde: der Motorenlärm des Kutters hinter ihnen und vor ihnen die brausende See am Fuß der Klippen.

Er sah, wie Twackys Boot ins stille Wasser einfuhr und ganz wenig beidrehte – als ob es in einen Fluß einböge –, als es auf den kleinen, vom Meer aus nicht sichtbaren Schlupfhafen zuhielt. Eng genug war's zwischen den schwarzen Felsen und dem kleinen Stückchen Sandstrand. Bei schlechtem Wetter hatten sie dort oft Zuflucht gesucht. Mico mußte immer an Orte denken, von denen er in der Geschichte von der Schatzinsel gelesen hatte – obwohl es hier natürlich nicht tropisch war.

Er drehte sich wieder um und sah, daß der Kutter nur noch zehn Meter hinter ihnen war.

Er merkte, wie ihr Boot in ruhiges Wasser glitt.

»Wenn er jetzt nicht sofort stoppt, erwischt's ihn«, rief Mico.

Er hörte, wie auf Twackys Boot das Segel quietschend niederrauschte, doch er ließ den Kutter nicht aus den Augen. Ein Glück, daß die ihr Schleppnetz noch draußen hatten, sonst hätten sie ihr Boot schon längst rammen können.

Noch zwanzig Meter, dachte Mico, und sie sitzen auf der Spitze von einem Ding, das sie wie die Pest hassen. Er hielt die Luft an.

Dann hätte er beinahe laut losgelacht.

Wenn der Kutter Bremsen gehabt hätte, sie würden vor Schreck aufgeschrien haben, so plötzlich stoppte er. In allerletzter Sekunde. Mico sah, wie sie umherhasteten. Die Besatzung war plötzlich in Alarmbereitschaft. Geschrei und Befehle schallten über das Wasser. Er sah, wie sie angstvoll die Schiffsbewegungen beobachteten und genau am Rande des spiegelglatten Wassers beidrehten, das ihr Kiel fast geküßt hätte.

»Daneben!« rief Mico, und die Spannung fiel von ihm ab.

»Schade!« sagte Micil, »ich hätt's ihnen gegönnt! Wenn sie aufgelaufen wären und festgesessen hätten, wäre ich an Bord gegangen und hätte ihnen erzählt, was ein anständiger Claddagh-Fischer für eine Meinung von ihnen hat. Das wär's gewesen!«

Sie näherten sich Twackys Boot, das träge auf dem Wasser tänzelte. Mico ließ das Segel herunter und legte es zusammen.

»Schaut sie euch an! Oh, welch ein Anblick!« rief Twacky und drohte ihnen mit der Faust nach. »Habt ihr's gesehen, Mico? Habt ihr gesehen, was uns diese Dreckschweine antun wollten? Ach, wenn ich die bloß in die Finger bekäme! Nur für fünf Minuten möchte ich den Steuermann in die Finger bekommen!«

Der Kutter bog um die Klippen und entschwand ihren Blicken.

»Mein Gott, wo will die Welt noch hin?« rief Twackys Vater.

Er war grauhaarig, hatte einen Schnäuzer und sah Twacky nicht die Spur ähnlich. Während er einen blauen Sweater, eine enge Joppe und schwere Stiefel trug, steckte Twacky in einem Hemd ohne Kragen und in einer Latzhose, darüber eine dreckige, mit Fischflecken übersäte Jacke, die einmal zu einem Tweedanzug gehört hatte. Auf dem Kopf eine Kappe, und das helle Innenfutter der Gummistiefel klatschte ihm ärgerlich um die Beine. Twacky platzte vor Wut. Er ballte die Faust und schlug sie knallend in die Innenfläche der anderen Hand. Von Statur war er ungeheuer kräftig und vierschrötig. Er sah aus wie ein Mann, den zwei Riesenhände wie eine Ziehharmonika zusammengequetscht hatten, wodurch aus einem mächtigen Kerl von ein Meter achtzig ein kleines Männlein von anderthalb Metern entstanden war.

»Ich machte verdammt noch mal wissen, wohin's mit der Welt geht«, rief auch Big Micil voller Entrüstung. »Als ob's nicht schon schlimm genug wäre, daß sie in unsre Bucht kommen und uns die Fische vor der Nase wegschnappen. Müssen sie uns auch noch ermorden? Was macht denn die Regierung dagegen?«

»Die Regierung!« höhnte Twacky. »Wißt ihr denn nicht, was die Regierung für uns tut?«

»Erzähl's uns nicht, Twacky«, rief Mico, »wir haben auch so schon genug Ärger!«

Twacky erzählte es trotzdem. Lang und breit, mit saftigen Redewendungen. Alles packte er aus, was je über die Regierung und den »Spürhund der Meere« gesagt worden war. Twacky reduzierte sie zu Witzfiguren, ließ voll den Dampf ab. Dadurch brachte er sie auf andere Gedanken. Sie saßen da und rauchten, bis sie den Vorfall mit dem Kutter fast vergessen hatten und wieder an ihren Fang denken konnten.

Mico unterbrach sie, als er den Himmel sah. Er hatte sich leicht verfärbt, und die Brise war nicht länger warm und schwül, sondern kalt. Draußen auf dem Atlantik hatte sich eine Nebelbank gebildet, die die Aran Islands einhüllte.

»Wir sollten lieber heimfahren«, meinte Mico.

»Heimfahren?« rief Twacky. »Wir sind ja gerade ausgefahren!«

»Du hast recht«, rief Big Micil, als er auf die Stelle blickte, auf die Mico mit dem Finger zeigte, »wir sollten heimfahren! Wer weiß, ob wir's noch rechtzeitig schaffen!«

»Ich glaube schon«, meinte Mico, »noch so gerade eben.«

»O je«, rief Twackys Vater, betrachtete sich ebenfalls den Himmel und steckte die Pfeife ein, »da braut sich was Böses zusammen! Das reicht für mehrere Tage.«

Mico gab ihm recht. Er begann, das Segel zu hissen.

Twacky maulte herum. Schimpfte über Süßwassersegler. Warum wollte man ohne einen einzigen Fisch heimfahren? Wovon sollten sie denn leben? Warum hatten sie nicht schon heute früh nach dem Wetter geschaut, denn hätten sie es sich schenken können, auszufahren? Warum hatten sie nicht bessere Boote, damit sie nicht gleich bei jedem schlechten Wetter wie ein begossener Pudel mit eingekniffenem Schwanz nach Hause rennen müßten?

Aber sie setzten die Segel und fuhren aus der kleinen Bucht, und die See hob sich, die Brise frischte beträchtlich auf und blies ihnen mit einer Wucht in die Segel, die ihr der weite

Anlauf über die offene See schon verliehen hatte. Sie kamen mit Mühe um das Landspitze, doch dann waren sie sehr schnell in der Bucht, und vor ihnen eilten auch sämtliche anderen Boote dem Hafen zu.

Ehe der aufziehende Sturm sie erwischte, war kein einziges Boot mehr auf offener See.

Gerade wollten sie in die Flußmündung einbiegen, da warf Mico einen Blick auf die Kais und wollte seinen Augen nicht so recht trauen. Er brüllte Twacky, der dicht hinter ihnen lag, zu und deutete mit seinen Arm zum Hafen. Zu seinem Vater sagte er: »Siehst du ihn auch? Ist das nicht der englische Kutter da am Pier?«

Micil schaute hinüber und sprang auf: »Wahrhaftiger Gott!« »Ist's wirklich der?« fragte Mico und spähte schärfer hin.

»Natürlich«, rief Micil und legte die Ruderpinne herum, so daß das Boot störrisch herumschwang, dem weit offenen Hafen entgegen.

Sie machten ihr Boot an den Zementstufen fest, und Twackys Boot kam längsseits. Dann stiegen sie die Treppe hinauf und standen oben auf der Kaimauer: zwei sehr große Männer mit Stoppelbart und grimmiger Miene, ein langer, dünner Mann und ein kleiner, vierschrötiger Mensch mit einem riesigen Brustkasten und einem roten Gesicht, das alles andere als gelassen dreinblickte.

Ein Arbeitsloser lehnte sich gegen einen der Poller.

»He, Jack«, rief Mico ihm zu, »liegt der schon lange da?«, und wies mit dem Daumen auf den Kutter.

Jack spuckte in wohlgezieltem Bogen ins dunkle, verschmutzte Wasser des Hafenbeckens.

»Seit ein, zwei Stunden etwa«, antwortete er.

»Den suchen wir!« rief Micil.

»Der sieht genauso aus!« meinte Twackys Vater.

»Bestimmt ist er das!« schrie Twacky.

»Dann wollen wir mit ihnen mal ein Wörtchen reden«, schlug Mico vor und knöpfte sich die Jacke zu.

Sie gingen am Zollschuppen vorüber und blieben an der Stelle des Piers stehen, wo unter ihnen der Kutter angelegt hatte. Sie blickten hinunter. Niemand war zu sehen. Nur unten im Maschinenraum sang einer. Irgendein Lied, dessen Worte sie nicht verstehen konnten.

Mico rief: »He, heda!«

Nach einiger Weile erschien ein rotes Gesicht – rot, schwarz, schweißig und verrußt. Das Leibchen, das er trug, war ebenso schwarz wie sein Gesicht. Um den Hals hatte er einen Lumpen zum Schweißabwischen. Groß, dünn, sehnige Arme.

»Was wollt ihr denn – ihr da?« sagte er oder so etwas ähnliches.

»Ist der Käpt'n an Bord?« fragte Mico.

»Was, der? Keine Bange! Ich wette, der ist in der Stehbierhalle und schmettert sich einen.«

»Im Pub, meinst du?«

»Mensch, wo kommst du denn her? Wo denn sonst? Gleich die nächste Straße!«

»Danke«, antwortete Mico und ging.

»He, Kumpel«, rief der Maschinist ihm nach. »Laßt mir ein, zwei Glas übrig!«

»Wir werden auf dich warten, Freundchen!« rief Twacky zurück.

Der Mann rieb seine Hände ab und sah den vier entschlossenen Männern eine Weile nach. Dann verschwand er achselzuckend unter Deck und stimmte das Lied wieder da an, wo er aufgehört hatte.

21

Mr. McGinty polierte seine makellose Theke mit einem sauberen Lappen. Bemerkenswert an Mr. McGinty war nämlich seine Sauberkeit. Er war ein recht stattlicher Mann und auch gut bei Fleisch, aber nicht etwa dick. Sein Kopf war kahl und rot, und das bißchen Haar, das noch darauf gedieh, war silbrig wie der Bauch einer herumschnellenden Forelle.

Mr. McGinty war daran gewöhnt, daß alle möglichen Leute seinen Pub besuchten. Er hatte Stimmen und Sprachen vieler Länder gehört, weil er sein Geschäft so dicht am Hafen betrieb. Franzosen und Spanier, Deutsche und Inder, sogar ein paar Chinesen und natürlich auch Engländer. Er polierte also ganz unnötigerweise seine Theke und hörte den fünf Engländern zu. Doch floß ihre Unterhaltung nur spärlich, dafür das gute Guinness-Bier um so schneller ihre Kehle hinunter.

Der Mann, der ihm zunächst saß, war der Kapitän, jedenfalls nannten die anderen ihn so, ein großer, breiter Mensch, der dicke Hosen und Seestiefel und unter einen Duffelcoat einen dicken Sweater trug. Seine Mütze hatte er auf die Theke geworfen. Was von den einst blonden, kurzgeschorenen Haaren stehengeblieben war, schimmerte schmutzig grau. Der Schädel fiel in gerader Linie zu einem mächtigen roten Stiernacken ab. Seine große Nase ragte weit vor, ebenso sein Kinn. Das Meer hatte seine Augen faltig werden lassen. Mr. McGinty hätte ihn als stark, zäh und halbwegs ordentlich bezeichnet.

Der Kapitän war ein knallharter Typ und dachte gerade darüber nach, wie dumm es gewesen war, daß die irischen Fischer ihn innerhalb der Schutzzone gesehen hatten. Es war nicht so schlimm, aber es würde doch Staub aufwirbeln, und es war noch viel dümmer, daß sie wegen des heraufziehenden Schlechtwetterfront hier hatten festmachen müssen. Aber er nahm's leicht. Nachweisen konnte ihm keiner etwas. Und er nahm an, daß die zwei Boote, die den Kutter attackiert hatten, jetzt draußen im Sturm waren oder sich irgendwohin geflüchtet hatten, daß sie kaum zurückkommen würden – und wenn schon: Beweisen konnten sie ihm nichts.

»Prost, Maat!« rief er und stieß mit dem neben ihm Sitzenden an.

»Prost!« sagte der Maat, ein kräftiger kleiner Kerl, der eine Tweedmütze auf dem Kopf hatte. Er hatte nur einen ganz kurzen Hals, sein Gesicht war groß und rund, die Hände klein und kräftig, die Arme und Beine kurz. Alles, was von ihm vorhanden war, hatte sich anscheinend auf den Rumpf konzentriert. Er trug einen Sweater aus schwerer Wolle zu einem dik-

ken marineblauen Anzug, der von Wind und Wetter blankge-
schabt war. Kleine Äuglein blinzelten lauernd aus dem fetten
Gesicht hervor.

Die Theke war rund und aus solidem Mahagoni, vor dem
unten eine Fußleiste aus Mesing entlanglief. Die Kanten
waren rund beschlagen und verziert.

Zu jeder Seite der Doppeltür, in deren mattiertes Glas der
Name des Besitzers gekratzt worden war, waren große Fenster, in denen Reklameflaschen mit gefärbtem Wasser standen, und durch die bunte Flüssigkeit hindurch konnte man
die Etiketten der Flaschen lesen. Vor jedem Fenster stand ein
Holztisch mit sechs Stühlen. Augenblicklich waren nur der
Kapitän, sein Maat und drei Mann der Besatzung im Pub. Die
drei saßen an einem der Tische. Sie waren unrasiert, zwei
blond, einer dunkel, groß, klein und mittelmäßig.

»Wir sollten jetzt lieber aufbrechen und die Einkäufe erledigen«, sagte der Kapitän, trank sein Glas leer, wischte sich mit
der Hand über den Mund und stülpte die Kappe auf.

»Wozu denn so eilig?« meinte der Maat. »Bei dem Sauwetter
laufen wir ja doch nicht aus!«

Der Kapitän zauderte. Er fand, sie könnten es wagen. Sie
waren schon lange unterwegs. Eine hundsmiserable Fahrt!
Sie wurden vom Pech verfolgt. Verrückter Einfall, nach Irland
zu fahren, um hier zu fischen. Was war überhaupt los mit diesen verdammten Fischen?

»Noch ein Glas auf den Weg!« schlug der Maat vor. Er legte
ein Zweischillingstück auf die Theke.

Der Kapitän zögerte – zu lange. Sie tranken noch eins und
danach noch ein weiteres. Es machte ihnen überhaupt nichts
aus. Es war gerade so, als ob sie Wasser getrunken hätten.

Als sie ungefähr eine Stunde im Pub gehockt hatten, flog
die Tür auf und ein riesengroßer Mann stand vor ihnen und
betrachtete sie. Ein junger Mann mit einem seltsamen Mal
auf der Wange. Er trat ein, und ihm folgte auf dem Fuße eine
ältere Ausgabe seiner selbst, danach ein langer, dünner Mann
und schließlich ein vierschrötiger, kleiner Kerl mit einem riesigen Brustkasten. Sie machten alle vier finstere Mienen und

sahen den Kapitän an. Mico erkannte ihn sofort, schon im Profil. So hatte er ihn hinter dem Fenster des Ruderhauses vorbeihuschen sehen. Und der kleine Mann mit dem schwarzen Bart, das war der Kerl, der gelacht hatte. Wenigstens schien es ihm so. Er war sich nicht ganz sicher.

McGinty hörte mit dem Polieren seiner Theke auf und betrachtete sie. Verkniffene Gesichter, zusammengezogene Augenbrauen. Sie sahen ihm gar nicht so aus, als ob sie ein Gläschen Bier trinken wollten.

»Hallo, Micil«, sagte er.

»Hallo, Mr. McGinty«, antwortete Micil und ließ den Kapitän nicht aus den Augen.

»Es braut sich was zusammen«, sagte McGinty.

»Und wie«, entgegnete Micil.

»Hallo, die Herren!« rief der Kapitän.

Als sie näher gekommen waren, hatte Mico einen Blitz des Erkennens über sein Gesicht zucken sehen, doch nur eine Sekunde. Jetzt hatte er sich völlig in der Gewalt, ließ das eine Bein bequem auf der Fußleiste ruhen und hielt in der Hand lässig sein fast leeres Glas.

»Was fällt euch eigentlich ein, auf uns loszufahren, um uns zu rammen?« fragte Mico.

Der Kapitän tat ganz gestaunt. »Was sagst du da, Maat?« fragte er. »Sag das noch mal!«

»Ihr habt innerhalb der Schutzzone gefischt und versucht, uns mit eurem Kutter zu rammen.«

»Hörst du's, Maat?« wandte sich der Kapitän an seinen eigenen Gehilfen. »Hast du so was schon gehört? Jemals gehört?«

»Nie«, antwortete der Maat und stand auf, in der einen Hand sein Glas, in der anderen eine halbvolle Flasche.

Mico wußte, daß sie es waren. Er spürte es an der Spannung, die auf einmal in der Luft lag, und sah es an der sonderbar steifen Haltung der drei Männer am Holztisch. Was sollen wir jetzt tun, dachte er. Er sah in Gedanken den Bug des Kutters auf sich zuschießen, und der Zorn stieg wieder in ihm hoch.

»Schlimm genug, wenn einer ein Dieb ist«, sagte er. »Wer einen Motor hat wie ihr, für den ist es eine Kleinigkeit, wer weiß wie weit wegzufahren und zu fischen. Warum müßt ihr da ausgerechnet zu uns kommen und Männern die Fische wegschnappen, die nicht Geld genug haben, sich einen Motor anzuschaffen? Das begreif ich nicht! Aber dann auch noch absichtlich versuchen, uns zu rammen – das ist denn doch was anderes! Das hätte schlimm ausgehen können!«

»Also hör mal«, sagte der Kapitän, »du spinnst wohl, Kerl. Ich hab keine Ahnung, wovon du überhaupt sprichst! Wenn ihr ein Boot gesehen habt, das euch so was antun wollte, dann muß das ein anderes Boot gewesen sein. Wir machen solche Sachen nicht. Stimmt's, Maat?«

»Nein«, antwortete der Maat. »Hättest dir lieber die Nummer von dem Boot merken sollen, kleiner Scheißer, dann wüßtest du das.«

Das war ein Fehler.

Sie wußten alle, daß es ein Fehler war. Der Kapitän und die drei Matrosen wußten es. Sie standen auf, als er's sagte. Und er wußte es selbst, kaum waren die Worte aus seinem Mund. Selbst dann wäre vielleicht nichts weiter geschehen, außer, daß die vier noch finsterer dreinblickten. Denn was konnten sie schon tun? Sie konnten nichts beweisen, so sehr sie auch wußten, daß es stimmte.

Aber die spöttische Bemerkung des Maats brachte Twacky in Gang. Er drängte sich vor mit kreideweißem Gesicht und funkelnden Augen, und ehe ihn jemand daran hindern konnte, hatte er schon »Du Schwein!« geschrien und dem Maat eins mit der Faust ins Gesicht geschlagen. Der Maat, der sich gerade Bier aus seiner Flasche nachgegossen hatte, sackte auf den mit Sägemehl bestreuten Fußboden. Seine Hand umklammerte die Flasche. Der Hieb war nicht so schlimm gewesen. Er kam nur überraschend.

McGinty bekam es mit der Angst. »Aber meine Herren!« sagte er laut, doch keiner hörte auf ihn. Der Kapitän erhob sich von seinem Platz an der Theke, und die drei Männer kamen hinter dem Holztisch hervor. Mico baute sich auf, und

Micil rückte ein, zwei Schritte näher, mit Wut in den Augen, und sicher hätte es an dem Abend in McGintys Pub noch eine wüste Schlägerei gegeben, wenn der auf der Erde liegende Maat nicht blitzschnell zweierlei getan hätte: Mit seinen schweren Stiefeln haute er Twacky von den Beinen, ein überraschender Scherenschlag, und gleichzeitig schlug er seine Bierflasche auf der Fußleiste des Tresens entzwei, saß im Nu rittlings auf Twacky und hob den abgebrochenen Flaschenhals, um seine spitzen Kanten Twacky ins Gesicht zu hauen.

Mico sah im Geiste schon das ganze entsetzliche Bild vor sich: Twacky am Boden, sein erstauntes Gesicht, das blitzende, grüne Glas des niedersausenden Flaschenhalses, der sich in seine Augen bohrte, wie sich das rote Blut mit dem Grün des Glases vermischte... O Gott, dachte er, schon wieder beschere ich jemandem Unglück. Er sah Twacky, gräßlich verwundet, sich auf dem Boden wälzend, die Hände vor dem verstümmelten Gesicht, alles voll Blut... Und dann sah er Twacky an einem Stock und mit leeren Augenhöhlen elend und verlassen am Pier sitzen und darauf warten, daß die Boote zurückkehrten...

Er war so hilflos. Nichts konnte er tun. Es würde alles zu schnell gehen. Selbst Micil und Twackys Vater waren zu weit weg, um noch rechtzeitig eingreifen zu können.

Der Kapitän schleuderte dem Maat den Inhalt seines vollen Glases an den Kopf. Sie sahen, wie das Bier dem Maat in die Augen lief. Es lief ihm braun über das ganze Gesicht, und sie hörten ihn aufschreien. Trotzdem haute er den Flaschenhals herunter, ein wilder Schlag, der Twackys versteinertes Gesicht nur an der Wange streifte, denn der Kapitän war gleichzeitig vorgestürzt und hatte mit dem Fuß den Arm des Maats getroffen. Der kippte um, lag auf dem Fußboden und wischte sich mit dem Jackenärmel das Gesicht ab.

Twacky war geschmeidig wie eine Wildkatze aufgesprungen und wollte mit erhobenen Fäusten über den Maat herfallen. Aus einer kleinen Schnittwunde auf seiner linken Wange lief das Blut.

»Ich schlag dich tot! Ich schlag dich tot!« schrie Twacky.

»Nicht, Twacky!« Mico warf sich dazwischen. Es erforderte seine ganze Kraft, um den rasenden Twacky zu bändigen. Micil kam Mico zu Hilfe und hielt Twacky an den Schultern. »Schluß jetzt, Twacky!« sagte er. »Beruhig dich!«

»Laßt mich, laßt mich!« brüllte Twacky. »O Gott, laßt mich los!«

»Nicht, Twacky, nimm doch Vernunft an!« beruhigte ihn sein Vater.

»Steh auf, du Scheißkerl!« rief der Kapitän, beugte sich über den Maat und zog ihn hoch. »Was fällt dir nur ein? Willst uns alle an den Galgen bringen?«

»Finger weg!« rief der Maat, riß sich los und wischte sich das beißende Bier aus den Augen.

»Er ist nur so, weil er zuviel getrunken hat«, meinte der Kapitän mit Blick auf die anderen. »Er kann einfach nicht viel vertragen.«

»Ist ja gut«, sagte Twacky. »Ihr könnt mich jetzt loslassen! Ich tu schon nichts!«

Sie ließen ihn los.

Die Streitlust war bei ihnen allen verflogen. Es war ohnehin kalt. Wären sich diese Männer in der Hitze der aufgewühlten See begegnet, hätten sie wohl genügend heißes Blut gehabt. Aber ihnen war kalt. Und selbst, wenn sie es nicht gewesen wären, der Anblick der zersplitterten Flasche über Twackys Kopf hatte ihnen einen gehörigen Schrecken eingejagt. Sogar Twacky war nun etwas abgekühlt.

»Wenn ich dich noch einmal in der Stadt treffe«, sagte er zum Maat, »schlage ich dich tot! Und wenn auch nur ein anderer von euch sich je wieder hierherwagt, wird er nicht wieder heil herauskommen.«

»Los«, sagte Mico, »laßt uns gehen!« Er wollte gern fort. Eigentlich waren sie durch ihn in diesen Schlammassel geraten. Er hatte den Kutter am Pier erkannt, und wenn er sie nicht darauf aufmerksam gemacht hätte, sie hätten sich nicht weiter darum gekümmert. Dann wäre es ein Abenteuer ohne Schluß gewesen. War's ja jetzt auch. Wenn die zerbrochene Flasche Twacky getroffen hätte, wär's auch mit seinem eigenen Glück für immer vorbei gewesen. Das wußte er ganz genau. Ein Zeichen, dachte er. Das Zeichen, um das er gebetet hatte ... Vor einem Jahr noch wäre alles anders ausgegangen. Und daß es nicht so gekommen war, war nicht sein Fehler. Es war nur daran schuld, daß sie da hineingeraten waren.

Sie standen vor der Tür des Pub und sahen sich an.

»Verdammt noch mal, was machen wir denn?« sagte Twacky und tupfte sich das Blut von der kleinen Schramme. Er wollte in den Pub zurückkehren.

»Nein, Twacky«, sagte Mico und hielt ihn fest. »Laß das jetzt!«

Twacky war wütend.

»Was seid ihr denn für Männer? So etwas soll man sich gefallen lassen und sich dann verdrücken, als sei nichts gewesen? Bis an ihr Lebensende werden die uns auslachen. In jedem Hafen der Welt werden sie sich Geschichten von den Dummköpfen in Claddagh erzählen, oder?«

»Ach, Twacky«, sagte sein Vater, »was bringt das denn, sich zu prügeln. Wem würde das denn nützen? Du hast die ganze Rauferei angefangen, und nur durch Gottes Gnade liegst du jetzt nicht blind im Krankenhaus. Gib also Ruhe! Wir können's immerhin der Polizei melden. Die soll sich drum kümmern.«

»Zum Teufel mit der Polizei!« rief Micil. »Wir können ihnen weder die Nummer des Kutters sagen noch ihnen Fotografien vorlegen. Geht um Himmels willen nach Hause und vergeßt die ganze Geschichte!«

Mit langen Schritten steuerte er auf den Hafen zu, Twackys Vater folgte ihm.

Mico stand noch da und sah ihnen nach. Obwohl alles so schrecklich gewesen war, fühlte er sich jetzt doch sehr glücklich. Er sah, wie der Wind gleich einem riesigen, unsichtbaren Besen über den Pier fegte und Strohhalme und Papierfetzen zusammenkehrte. Selbst das sonst ruhige Wasser im Hafenbecken wurde vom aufkommenden Sturm aufgewühlt. Draußen ging die See hoch. Die Wellen schlugen schon über die Leuchtturminsel. Dunkle Wolken rasten niedrig dahin. Alles

Licht am Himmel war erloschen. Am Signalmast wehte die schwarze Sturmflagge. Heute tu ich's, dachte Mico. Keine Nacht will ich mehr verstreichen lassen. Heute muß es getan werden.

»Was stehst du denn da herum und grinst wie ein Esel?« fuhr Twacky ihn gekränkt an.

Mico legte ihm den Arm um die Schulter.

»Twacky«, sagte er, »ich bin der glücklichste Mensch von ganz Irland. Weißt du auch, warum?«

»Warum?« fragte Twacky.

»Weil der Maat dich nicht getroffen hat. Wenn er dich getroffen hätte – na, weißt du, Twacky, was dann geschehen wäre? Ich hätte ihn umgebracht! Glatt umgebracht!«

»Wie bitte? Das hätte ich schon vor dir besorgt!«

»Aber es ist nicht passiert. Es ging zum Glück noch gut ab«, sagte Mico. »Komm, laß uns heimgehen! Ich habe allerhand vor.«

Mit langen Schritten überquerte er die Straße und ging am Zollschuppen vorbei, in dessen Nähe der englische Kutter festgemacht hatte.

»He, renn doch nicht so, du! Was ist denn in dich gefahren?« rief Twacky.

»Der Teufel«, antwortete Mico, ohne sich umzudrehen.

Als sie am englischen Schiff vorbeikamen, spuckte Twacky hinein und fluchte: »Schweine! Versaufen sollt ihr allesamt!«

Die beiden Väter warteten schon ungeduldig auf sie.

»He, was ist denn nur?« riefen sie. »Warum kommt ihr nicht?«

Am Kai saß der Großvater und spottete: »Ah, da kommen ja die Schönwettersegler! Eine kleine Brise und schon geht's nach Hause.«

»Eine verdammt gefährliche Brise, Vater«, entgegnete Big Micil. »Dieses laue Lüftchen schwillt an zu einem Orkan.«

»Ich wundere mich«, sagte der Großvater und wurde plötzlich ganz ernst, »daß ihr so vernünftig wart und umgekehrt seid.«

Sie räumten das Boot leer und machten die Segel fest. Dann ließ Mico sie allein: »Ich geh schon voraus, hab's eilig! Ich hab was vor! Laßt alles liegen, ich hol's nachher!«

Er lief in großen Sprüngen über die grüne Weide und erschreckte die Gänse.

Als sie hinter ihm herzischten, lachte er und dachte an damals, als er Biddys Gänserich mit dem Becher auf den Kopf geschlagen hatte. Der hatte ihn in Angst und Schrecken versetzt. Ebenso wie Biddy. Wo war Biddy jetzt? Biddy mit ihrem frechen Mundwerk, das sogar vor dem Papst nicht haltmachte? Aus war's mit ihr, genau wie mit ihrer Hütte, von der sie das Strohdach heruntergerissen und die Wände abgetragen hatten, damit sich nicht arme Leute darin ansiedelten. In der weißen Zeile der Fischerhäuser gab's schon zwei oder drei häßliche Lücken, als hätten sie aus einem Mund ein paar Zähne gezogen. Bald würde überhaupt nichts mehr übrig sein von der schmucken Zeile. Sie würden die hübschen alten Häuschen niederreißen und statt dessen häßliche zweistöckige Zementkästen hinsetzen. Nie würde es wieder wie früher sein. Während er lief, wunderte Mico sich, warum sie eigentlich nicht ebensolche Häuser bauten wie die alten. Hatten sie denn nicht jemanden, einen Baumeister, oder wie nennt man sie, ja genau, einen Architekten, jemanden, der ein hübsches Fischerdorf mit neuen Hütten entwerfen konnte? Alle Welt kannte Claddagh. Es war berühmt wegen seiner strohgedeckten Häuschen. Wenn erst die neuen Bauten dastünden, war's vorbei mit der Schönheit. Dann würde alles so aussehen wie in jedem anderen Slumbeseitigungsgebiet, Kohlköpfe im Vordergarten und davor ein durch die Seeluft rostender Eisenzaun.

Ach, ja, dachte er, wenn sie nicht wissen, was schön ist, kann man's nicht ändern. Für sie ist ein Haus eben ein Haus und ein Dach eben ein Dach; alles andere ist ihnen egal. Aber unsere Kinder werden nie wissen, wie Claddagh aussah, bevor sie es zerstört haben. Bilder gibt's – das ist alles, was bleibt. Bilder mit einer langen Zeile weißer Häuser, davor weiße Gänse auf dem grünen Weideland.

Seine Mutter war in der Küche.

»Hast du heißes Wasser, Mutter? Ich möchte mich gern rasieren.«

»Seid ihr zurück?« fragte sie und stand auf. »Großvater hat sich Sorgen gemacht. Er hatte Angst, ihr würdet die Zeichen nicht erkennen.«

»Und du? Hast du dir auch Sorgen gemacht?« entgegnete er, warf seine Kappe auf den Stuhl und hängte die Jacke über die Lehne.

Sie blickte ihn überrascht an und strich sich mit ihrer dünnen Hand eine weiße Haarsträhne aus dem Gesicht.

Wie weiß sie war. Sehr weiß. Sie wurde alt. Seine Mutter wurde alt. Die Haut spannte sich über der scharfen, geraden Nase. Tommys Nase. Aller Glanz war aus ihren Augen verschwunden. Er zog sich den blauen Sweater über den Kopf und fragte sich, was sie sich jetzt wohl fühlte. Was ging in ihr vor? Er hatte sie gern. Sie war sanfter geworden mit den Jahren. Sobald ihr Sohn das war, was sie aus ihm hatte machen wollen, wurde sie anders. Viel weicher. Von da an konnte sie es leichter nehmen, sich ausruhen. So wie Gott am siebten Schöpfungstag.

»Ach nein«, sagte sie. »Ich hab mich nicht gesorgt. Wenn dein Vater allein gewesen wäre, hätt ich mir Sorgen gemacht. Aber du warst ja bei ihm, da war's nicht nötig.«

Er zog sich das Hemd über die Ohren und sah sie an, wie er war, mit den wirren Haaren und der nackten, mächtigen Brust.

»Meinst du, weil ich bei ihm war, konnte ihm nichts geschehen?«

»Ja, sicher.«

Mico lachte. »Weißt du noch die Zeit, Mutter, als du mir nichts und niemand anvertrauen wolltest? Weil du dachtest, ich bringe allen Leuten Unglück?«

Sie lächelte ein wenig. »Ja, Mico, ich weiß. Du warst ein schrecklicher Quälgeist für mich. Das warst du!«

»Für mich selbst auch«, antwortete Mico. »Aber ich will dir etwas verraten: All das ist jetzt vorbei. Kein böser Fluch mehr,

weiß Gott nicht! Von heute an bin ich der vertrauenswürdig-
ste Mensch von der Welt.«

»Das ist gut Mico«, erwiderte sie. »Da bin ich froh!« Sie goß
heißes Wasser aus dem Eisenkessel in ein Waschbecken und
stellte es auf einen Stuhl. »Ein Fluch lag ja nicht auf dir. Aber
das Pech lief dir nach wie die Blechbüchsen, die ihr immer
den Hunden an den Schwanz gebunden habt.« Sie brachte
ihm ein frisches Handtuch und ein Stück Karbolseife. »Ja, ja,
Gott hat's gut mit uns gemeint.«

Mico nahm den Rasierpinsel vom Fensterbrett, machte sein
Gesicht naß und seifte es ein. Er betrachtete sich nicht lange,
sondern sah nur auf die Haut, die er rasierte, so wie ein Zim-
mermann ein Stück Holz betrachtet, an dem er arbeitet, oder
ein Maurer einen Stein. Seine Mutter aber sah ihn verwundert an. Was ist denn nur mit Mico, dachte sie. Warum leuch-
ten seine Augen so?

Ich möchte, daß mich jemand lieb hat, erzählte Mico seinem Gesicht, als er die gute Hälfte rasierte. Mein ganzes
Leben lang habe ich mich immer nur um andere Menschen
gekümmert, die ich gern habe, und für sie gearbeitet oder um
sie gelitten. Aber wer hat je gesagt: Ich muß mich um Mico
kümmern? Man konnte es kaum glauben. Es kam natürlich
alles daher, weil er so groß war und so fähig schien, für sich
selbst zu sorgen, und weil er so freundlich dreinschaute und
immer an anderer Menschen Sorge und Leid teilnahm.

Vielleicht, dachte er und das Rasiermesser hörte plötzlich
auf zu schaben, vielleicht glaubt sogar Maeve das? Angenommen, sie hat nie etwas anderes in mir gesehen. Nie hatte er ihr
von seinen Wünschen erzählt. Er war immer überzeugt gewesen, daß sie schon wissen würde, wann der Zeitpunkt gekommen sei. Daß sie es ganz instinktiv wissen würde. Daß er
nichts zu sagen brauchte. Und so hatte er gehofft und gehofft.

Er beeilte sich, damit er in seinem Entschluß nicht wieder
wankend wurde.

Er wusch sich und bespritzte dabei den Küchenfußboden;
dann ging er nach oben in sein Zimmer, wo er die alten Hosen
und Stiefel auszog und sich sorgfältig ankleidete: das Hemd,

den neuen blauen Anzug und die braunen Schuhe – und dann erschien er wieder in der Küche, machte den Kamm naß und kämmte sein widerspenstiges Haar.

»Wohin gehst du denn?« fragte seine Mutter. »Warum ziehst du dich so großartig an?«

Er hätte es ihr gern gesagt, aber so nahe stand er seiner Mutter nun doch nicht.

»Ach, ich geh nur aus«, gab er zur Antwort. »Ich treffe jemand.«

Er machte sich auf den Weg. Die ersten Regenschauer setzten ein. Es war ein leichter, fast ein angenehmer Regen, aber man ahnte, daß es schlimmer kommen würde.

»Wohin zum Teufel willst denn du?« fragte der Großvater, der ihm mitten auf der Gänsewiese begegnete und bei seinem Anblick erstaunt die Augen aufriß. »Bei solch scheußlichem Wetter, und aufgetakelt wie ein Herzog?«

»Großvater«, sagte Mico, »was ich heute vorhabe, ist entscheidend für mein ganzes Leben. Darum muß ich weiter.«

»Geh nur«, sagte der Alte

»Ja, ich gehe. Verdammt noch mal! Ich hab das Warten satt. Ich hab die Rücksicht auf die Toten satt. Ich bin ein richtiger Mann, oder etwa nicht? Ich hab einen gesunden Körper, oder nicht? Ich sehe nicht allzu widerwärtig aus, wenn man mich im richtigen Licht betrachtet, oder? Ich bin es leid, zu warten und zu sagen: Ich will. – Ich will nicht. – Ich will. – Ich will nicht. – Jetzt bin ich auf dem Weg, Großvater, und innerhalb der nächsten Stunde weiß ich, woran ich bin, so oder so.«

»Gottes Segen für dich und deinen Weg«, rief der Großvater. »Aber nicht für sämtliche Fische im Meer möchte ich in deinen Stiefeln stecken.«

»Hör mal, das ist ja eine großartige Ermutigung!« rief Mico.

»Wie?« rief der Großvater. »Was brauchst du eine Ermutigung? Bist du nicht der beste Mensch in der ganzen Grafschaft Galway? Was hast du zu befürchten?«

»Na, ich weiß nicht.«

»Geh jetzt«, sagte der Alte. »Es wird schon dunkel, und solche Dinge lassen sich gut in der Dämmerung erledigen. Das ist eine ganz merkwürdige Tageszeit. Bis nachher! Dann kannst du mir alles erzählen.«

»Hoffentlich habe ich dir etwas zu erzählen.«

»Sicher. Entweder – oder.«

»Du hat recht.« Mico zog sich die Kappe fester ins Gesicht, knöpfte die Jacke zu und machte sich auf den Weg.

Der alte Mann sah ihm nach, dem langen Menschen, der da in großen Schritten übers Weideland ging. Ich weiß nicht, dachte er, ich weiß es wirklich nicht. Mico scheint dafür nicht geeignet zu sein. Trotz all seiner Länge ist er so leicht verwundbar. Hoffentlich verletzt ihn jetzt niemand. Gott geb's, daß ihm keiner weh tut.

»Wo gehst du hin, Mico?« fragte Twacky und riß die Augen auf.

»Oh, ich habe was Wichtiges zu erledigen.«

»Meine Güte, du bist ja der reinste Weihnachtsbaum! Wenn du ein bißchen wartest, bis ich alles verstaut habe, kann ich dich begleiten.«

»Nein, Twacky, ich kann nicht auf dich warten. Ich muß allein gehen.«

»Willst wohl 'n heimlicher Säufer werden?«

»Ich wünschte, ich wäre einer!« Und dann ließ er für einen Moment alle Vorsicht außer acht und sagte etwas, das er hoffentlich nicht hinterher würde bereuen müssen.

Er legte Twacky die Hand auf den Arm und meinte: »Hör mal: Möchtest du gern Brautführer auf meiner Hochzeit sein?«

»Mico, sag das nicht!« schrie Twacky auf.

»Doch, Twacky«, lachte Mico und ließ ihn im Regen stehen. Er ging an der Kirche unter tropfenden Bäumen entlang, deren Blätter wie Konfetti im Wind umherwirbelten.

»Mico, Mico!« rief Twacky ihm flehentlich nach, aber er drehte sich nicht um, sondern winkte im Weitergehen.

Weiter, dachte er, meinem Schicksal entgegen.

22

Mr. Cusack öffnete die Tür, Pantoffeln an den Füßen, die Brille auf der Nase. Sein spärlicher Haarwuchs war etwas zerzaust, und Rasieren hätte er auch nötig gehabt. Er zwinkerte mit den Augen.

»Ach, du bist das doch, oder, Mico«, sagte er unnötig. »Komm, komm nur! – Mutter, Mico ist da!«

Mico folgt ihm in den Vorflur und nimmt seine Kappe ab. In der Küchentür steht Mrs. Cusack und trocknet sich die Hände an der Küchenschürze ab.

»Oh, komm rein, komm nur rein, Mico! Sei willkommen.«

Er geht in die gemütliche Küche und setzt sich auf einen Stuhl. Er fühlt, wie sein Gesicht glüht: kalt vom scharfen Wind draußen und angestrahlt vom roten Feuerschein aus dem Kochherd.

»Wie geht's dir denn, Mico?«

»O danke, sehr gut. Und wie steht's hier?«

»Wir können nicht klagen, Gott sei Dank! Vater hatte eine schlimme Erkältung, aber es hat ihm sicher nicht geschadet; denn dadurch ist er wenigstens ein paar Abende bei uns zu Hause geblieben, anstatt immer in den Pub zu laufen.«

»Ach, Mutter, wie du redest! Mico wird denken, ich bin ein Säufer!«

»Nein, nein«, meint Mico verlegen, »das würde kein Mensch denken, bestimmt nicht.«

Ängstlich vermied er es, das blasse Gesicht des Mannes anzusehen, dessen Nase schon sehr rötlich zu werden begann. Ein Gesicht, das früher immer sonnenbraun und klar gewesen war. Und trotz seines Alters war er noch vor wenigen Jahren so schlank wie ein Bügelbrett gewesen, während er jetzt einen Hängebauch hatte, der sich unter seiner Strickjacke abzeichnete.

»Maeve ist oben, nicht wahr?« sagte Mico. Es war ja immer so. Er kam zu Cusacks, saß zuerst ein wenig bei Mrs. Cusack in der Küche, dann ging sie an den Fuß der Treppe und rief:

»Mico ist da!« Und eine Stimme von oben antwortete, und sie kam die Treppe hinunter.

»Nein, sie ist nicht zu Hause.«

Er war so verblüfft, daß er blinzelte.

»Oh«, sagte er, »ich dachte, daß sie hier ist.«

»Nein, dein Bruder hat sie abgeholt. Er wollte mit ihr ins Café und nachher in seine Wohnung gehen, wo er ihr neue Grammophonplatten vorspielen wollte. Anscheinend hat er sehr viele.«

»Das wußte ich gar nicht«, antwortete Mico.

Was weiß ich von meinem Bruder? Nichts. Einmal war er in seiner Wohnung gewesen. In seinen Zimmern. Sehr elegant. Von der Art, wie man sie selbst nicht hatte und nie erwarten durfte. Seltsam, Maeve ging zu seinem Bruder. Aber was war so seltsam daran? Nichts. Sie hatte ja selbst erwähnt, daß sie Tommy schon mehrfach getroffen hatte und daß er nicht so schlimm sei, wie er im allgemeinen dargestellt wurde. Daraufhin hatte Mico wissen wollen, wer so schlecht von ihm geredet habe. Sie hatte nachgedacht und geantwortet: »Oh, eigentlich niemand. Ich glaube, das war nur so mein Eindruck.«

»Ein netter junger Mann, dein Bruder«, sagte Mrs. Cusack. »Er verdient viel Geld, glaube ich. Scheint sehr gebildet zu sein.«

»O ja«, sagte Mico.

»Was für feine Anzüge er immer trägt! Er bringt Maeve oft Bücher. Es ist nett, daß sie einen gebildeten Menschen hat, mit dem sie sich unterhalten kann.«

»Ja«, sagte Mico und fragte sich, ob sie ihn kränken wollte. Doch nein, ihre Augen blickten freundlich. Sie hatte keine Hintergedanken. »Ich glaube, ich geh auch zu Tommy und treffe sie dort!« sagte er und stand.

»Willst du nicht vorher eine Schluck Tee trinken, Mico?«

»O nein, danke, ich hab gerade was gegessen, bevor ich kam.«

»Kommst du dann mit Maeve zu uns und ißt bei uns Abendbrot?«

»Ja, danke, sehr gern!«

Raus ins Dunkle. Ein wenig beunruhigt. Worüber? Über nichts. Er hatte nur nicht gewußt, daß Maeve und sein Bruder die gleichen Bücher lasen und zusammen Tee tranken und sich zusammen Grammophonplatten anhörten. Maeve hatte ihm nichts davon erzählt. Warum sollte sie auch? Es war ja kein Grund dazu.

Maeve hatte es rein instinktiv verschwiegen. Nicht vorsätzlich. Sie hatte Mico nicht gesagt: Weißt du, Tommy ist wirklich nett. Er ist reizend. Ich habe mit ihm getanzt und bin mit ihm ins Kino gegangen und habe mir ihm zugehört, und er regt mich an. Wenn ich bei ihm bin, ist mir immer ganz anders zumute. Er erinnert mich nicht an Connemara und Coimín und all das. Wenn ich mit ihm zusammen bin, fühle ich eine große Versuchung. Es ist eine Art Selbstmord, bei ihm zu sein. Ein Selbstmord in dem Sinne, daß die ganze eigene Vergangenheit verblaßt und der Schmerz nachläßt. Bei Mico genügt schon der Geruch von Fisch oder eine bestimmte Redewendung, um mich wieder in die kleine Küche von Connemara zu versetzen, in die Zeit, wo man mit heißen, trockenen Augen ins Feuer starrte oder im kalten Bett lag und daran dachte, wie warm es einst war. Tommy schenkt mir schönes Vergessen. Keinen Moment ist es langweilig. War ich nicht dumm mein Leben lang, daß ich solche Freude an einfachen Dingen hatte, anstatt alles aufzugeben und in die Welt hinauszugehen, in die große weite Welt, wo die Räder sich drehen? Galway, das ihr noch vor kurzem so groß vorgekommen war, erschien ihr neuerdings, da sie es mit anderen Augen ansah, nur als ein kleines Landstädtchen in Westirland, das kaum größer oder weniger langweilig als Clifden war. Mico gehörte zu den Menschen, die einfach und anspruchslos waren und ihr Los lächelnd auf sich nahmen. Keinen Ehrgeiz. Er würde sein ganzes Leben ein Fischer bleiben wollen. Mehr brauchte er nicht. Und er war glücklich dabei. Auf seine Art stellte er auch eine Versuchung dar: wieder in der Trägkeit eines Lebens ohne Streben unterzutauchen. Und manchmal war es eine Erleichterung, mit ihm zusammenzusein, neben ihm herzugehen, die Hand auf seinen kräftigen Arm zu legen. Es war wie ein Ausgleich. Doch es war wenig abwechselnd? Oder doch? Zurück zu der alten Herzensqual? Oder sie vergessen?

Gut, daß Tommy sich ein wenig um sie gekümmert hat, dachte Mico. Sie muß sich hier einsam gefühlt haben. Und so hat sie sicher viele junge Leute kennengelernt und sich gut unterhalten. Es war schön, ein bißchen Spaß zu haben – solange sie ihn, Mico, nicht mit den Augen seines Bruders betrachtete. Neben Tommy kam er sich immer so schäbig vor, so minderwertig. Obwohl er völlig überzeugt war, daß er, Mico, besser dran war. Innerlich leidest du nicht so sehr, so schien es ihm, wenn du dich für das einfache Leben entscheidest.

»Ach, ja«, sagte Mico in die heulende Nacht hinein.

Er war am Ende der stillen Straße angelangt und ging an den hellen Fenstern von Jos Elternhaus vorbei. Wo sie wohl jetzt war? An einem ruhigen Ort mit sehr langen Gängen, auf die sich viele Türen öffneten. Statuen in Nischen, davor rote Lichter. Gebohnerte Flure, glänzendes Linoleum, über das schwarzgekleidete Schwestern glitten, als hätten sie Schlittschuhe an. Ihre Gewänder flüsterten durch die Korridore. Und eine weiße Haube verbarg ihr Gesicht, so daß sie nicht nach rechts oder links sehen, sondern nur starr geradeaus blicken konnte. Er versuchte, sich ihr Gesicht in dieser schwarzweißen einengenden Umrahmung vorzustellen, aber es war schwierig. Er sah sie immer nur in Rock und Jacke und Seidenstrümpfen, wie sie in Claddagh unter der Sperrkette vor der Brücke hindurchschlüpfte.

Er kam am Krankenhaus vorbei und sah auf einem der vielen weißen Kopfkissen Peters Gesicht mit fiebrigem Licht in den tief umrandeten Augen. Der Geruch von Desinfektionsmitteln wehte ihm um die Nase, und der stärker werdende Wind zerriß den schwarzen Rauch aus dem großen Schornstein. In der Ferne, hinter den Bergen von Clare, donnerte es schon.

Der Regen wurde heftiger, deshalb lief er schneller. Bald tropfte es vom Schirm seiner Mütze. Der nasse Kragen lag ihm eng um den Hals; die Hosenbeine schlugen schwer gegen seine Socken.

Am Krankenhaus vorbei, weiter geradeaus und dann kam er zum Tor des Hauses, in dem Tommy wohnte. Ein modernes Haus, das mit Giebeln und Erkern und hohen Schornsteinen den englischen Stil nachahmte. Grüner Rasen, ein Vordach über der Haustür. Licht fiel durch die bunten Scheiben auf die Steinstufen. Er ging durch das Tor und klingelte.

Er läutete ein zweites Mal und schüttelte den Regen von sich ab.

Er hatte den falschen Knopf erwischt. Zuoberst war noch eine Glocke, neben der ein weißes Schildchen mit Tommys Namen befestigt war. Er hatte die vom Hausbesitzer gedrückt. Und der erschien jetzt: ein kleiner Mann mit ärgerlichem Gesicht.

»Oh, verflucht noch mal, warum muß ich denn immer die Tür aufmachen? Können Sie denn nicht auf den richtigen Knopf drücken? Ja, ich glaube, er ist da. Die Treppe hinauf und dann die zweite Tür auf dem Gang. Hier ist die verdammte Klingel, das nächste Mal drücken Sie gefälligst darauf! Denken Sie, ich habe nichts anderes zu tun, als den Portier für den jungen Herrn zu spielen? Versteh sowieso nicht, was für einen Narren meine Frau an dem gefressen hat! Wenn's nach mir ginge, hätt ich ihn längst an die Luft gesetzt. Und mir ist's ganz egal, ob Sie's ihm sagen! Sagen Sie's ihm nur! Mir ist das egal! Er weiß schon, was ich von ihm halte. Kann ich wissen, was er da oben treibt? – Also, gehen Sie hoch.«

Er schloß die Haustür, ging den Korridor hinunter und durch eine offenstehende Tür, die er mit lautem Knall hinter sich zuschlug. Mico klopfte sich die letzten Regentropfen ab und stieg die Treppe hinauf. Belegte Treppenstufen, die den Füßen schmeichelten. Dicker Teppichbelag.

Er stand vor der Tür und versuchte seine Kleidung in Ordnung zu bringen. Vor Tommy fühlte er sich selbst in seinem besten Anzug mies; um so mehr jetzt, wo er so durchnäßt und zerzaust war. Vielleicht hätte ich lieber gar nicht erst kommen sollen, dachte er. Hinterher werde ich mich nur über mich selbst ärgern. Aber nun war er einmal hier, und er hatte ja unbedingt kommen wollen. Ihretwegen wäre er heute abend sogar nach China gegangen, wenn es hätte sein müssen.

Er legte die Hand auf den Türknopf, drehte ihn herum und betrat das Zimmer.

Keine Musik, dachte er. Keine Musik – und er sah sie, wie sie da beide vor dem Kamin standen.

Es war ein furchtbarer Augenblick, bis sie endlich merkten, daß er da war.

Dann sah er den Ausdruck in den Augen seines Bruders, sah den Schleier, der langsam wich, und wie das Erkennen dämmerte und wie seine Hand von ihrer Brust rutschte.

Er sah sie überhaupt nicht an. Er sah nur die weiche Couch und den Teppich und das offene Grammophon, dessen Nadel noch immer mit einem Ploppedi-plopp, Ploppedi-plopp im Kreise herumlief, und das Tischchen mit den leeren Gläsern und der Flasche daneben.

Dann sah er die Angst in seines Bruders Augen, und wie er mit den Händen nach rückwärts tastete. Da wußte er, daß er seinen Bruder umbringen würde. Er wußte, daß er langsam auf ihn zugehen und ihm die großen Hände um den Hals legen und zudrücken müsse, bis der letzte Atem aus seinem Körper entwichen war.

Daß er vorwärtsging, merkte er nicht. Er sah nur das Gesicht seines Bruders und das Entsetzen in seinen Augen, das er aus jener Nacht kannte, als sie zusammen auf einem Baum gesessen und mit Zweigen auf Ratten eingeschlagen hatten. Ein kriecherischer Blick. Er hörte nicht den Schrei, den sie ausstieß, ein Schrei, wie man ihn mitten in der Nacht ausstößt, wenn man plötzlich aus dem Schlaf gerissen wird. »Mico!« schrie sie. Eine Unmenge Bilder schossen durch seinen Kopf: am Fluß kämpfende Jungen – Makrelen im Straßenschmutz – offene Münder, die »Truthahn-Fresse« schrien – ein zertrümmerter Schädel auf dem Sportplatz – seine Hände, die ein ertrunkenen Mann aus dem Wasser zogen. Bilder, Bilder, Bilder. So viele Bilder, daß er stehenblieb und die schon erhobenen Hände fallen ließ. Und dann drehte er sich um und tappte, wie ein Kind im Dunkeln, aus dem Zimmer.

Keinen Laut hatten sie von ihm vernommen. Nur das dumpfe Poltern, als er treppab lief, und dann das Zuschlagen der Haustür.

Maeve sah Tommy an. Es war kein erfreulicher Anblick. Er kauerte an der hinteren Wand. Langsam schwand das Entsetzen aus seinen Augen. Sie warf den Kopf herum, so daß das Haar, das ihr im Gesicht hing, nach hinten flog. Sie wußte, wie bleich sie war. Sie fühlte, wie ihre Haut sich spannte. Der Nebel wich aus ihrem Kopf. Wie auch die Farben. Sie sah sich im Zimmer um und begriff, was für ein Bild sich Mico geboten hatte.

»Warum hast du mir das nicht gesagt? Warum hast du mir nicht gesagt, was Mico für mich empfindet?« fragte sie ihn.

Er konnte ihr nicht antworten.

Sie ging auf ihn zu und schüttelte ihn, zerrte an seinen Revers.

»Antworte, hörst du?«

»Du wußtest es doch! Alle wußten es!«

»Nein«, sagte sie. »Ich wußte es nicht. Ich wußte es nicht.« Sie stampfte mit dem Fuß auf.

Sie trug eine weiße Seidenbluse mit einem Bubikragen und weiten Ärmeln, dazu einen enganliegenden schwarzen Rock. Ihre hauchdünn bestrumpften Füße steckten in hochhackigen Pumps. Sie sah auf ihre Schuhe hinunter. Was will ich mit denen, wunderte sie sich. Was will ich überhaupt hier? Was muß Mico gedacht haben, als er mich hier so sah?

Jetzt ließ sich das nicht erklären. Jetzt mußte es ertragen werden. Dies war eine Art Höhepunkt, der gleichzeitig ein Tiefpunkt, eine Enttäuschung war. Die Musik und das Essen und das Geplauder im Restaurant und der Liebeswalzer von Strauß. Nach etwas streben, streben, streben. Wozu? Um zu sehen, wie der Atem dieser Welt hineindringt und groß in der Tür steht, wie ein wilder Blick sie streift und sie nicht weiter beachtet? Da zu stehen und zu erleben, wie sich alles offenbart, erschreckend nackt, in seinen Augen zu sehen, wie er zum Mörder wird. Zu sehen, wie seine Brust sich heftig hob und senkte, wie die braunen, abgearbeiteten Hände sich verkrampften, bis die Knöchel weiß schimmerten. Zu sehen, wie er mit jedem Schritt, den er machte, dem Mord näherkam. Und da erst begriff sie, daß Mico sie haben wollte. Da erst.

Sie blickte zu Tommy hinüber. Er richtete sich auf. Seine Augen wandten sich von ihr ab. Er zog das Revers seiner Jacke zurecht und zog die Krawatte hoch, den wohlgeformten Kopf gesenkt.

»Weißt du«, sagte er heiser und fast zu seiner Krawatte sprechend, »der brutale Kerl hätte mich beinah umgebracht.«

Sie ließ den Kopf fallen, sank auf den Teppich vor dem Feuer und brach in Tränen aus. Sie weinte still, hielt die Hände vor das Gesicht, und die Tränen suchten sich ihren Weg durch ihre Finger.

23

Mico verließ das Haus, als wäre er plötzlich erblindet. Der stürmische Wind zerrte an ihm; die Jacke flog klatschend um seinen Rücken. Im Nu war er völlig durchnäst.

Die asphaltierte Straße war wie ein glatter schwarzer Fluß, über den der Regen in Wellen peitschte. Die Bäume vor dem College, hohe, mächtige Bäume, die schon seit Generationen dort standen, beugten sich unter den Böen wie kleine Büsche und rauschten und stöhnten klagend. Der Wind fuhr kreischend durch ihre nackten Äste und entblößten Zweige. Telefondrähte pfiffen und sangen, als sei plötzlich Leben in sie gekommen.

Er wußte nicht, wohin er ging, nur, daß seine Füße ihn automatisch nach Claddagh trugen.

Am College vorbei, am Kanal entlang, einem ruhigen, sauberen Kanal, der selten benutzt wurde, jetzt aber hin und her wogte, als befände er sich mitten im Atlantik. Hin und wieder wurde die Nacht von einem Blitz erhellt, der das Dunkel aufriß. Das Gewitter stand noch immer über den Bergen von

Clare, und wer es etwa riskierte, ins Wetter zu schauen, sagte gewiß: »Über Clare ist heute die Hölle los!«

Die Nacht paßte zu Mico. Fischer müssen so etwas aushalten. Sie sind einfache Menschen, kommen gleich hinter Schwachköpfen, sind große Klumpen gefühllosen Fleisches. Mico hätte am liebsten laut in den schwarzen Nachthimmel hinaufschrien, wie ein Hund, dem man in den Bauch getreten hat.

All die verborgenen Gefühle seiner Kindheit, die ihn hatten zusammenschrumpfen lassen, brachen wieder hervor. Die weit aufgerissenen Mäuler seiner grausamen Spielkameraden mit ihren roten Gesichtern, die schreiend das Kollern eines Truthahns imitierten. Die schreckliche Art Jugendlicher, anderen den Finger in die Wunde zu legen und es immer wieder laut herauszublöken.

Er wischte sich mit dem Ärmel den Regen vom Gesicht.

Jetzt haben sie mir alles genommen. Alles. Es war doch so wenig gewesen, was er haben wollte. Und was hatte er denn bisher vom Leben gehabt? Er wollte doch nur ein bißchen mehr, aber auch das wurde ihm genommen, und nichts blieb ihm als ein großes Gesicht, dessen linke Hälfte ein breiter, roter Spuk war. Er hob die Hand und rieb über das Mal, als er zu rennen begann, rieb so stark, bis es schmerzte, als ob seine schwielige Hand die Haut abschaben wollte.

Nein, es half nichts, es half alles nichts. Er hörte auf zu rennen und ging langsamer, mit keuchender Brust und gesenktem Kopf.

Ein Mädchen im Moor lacht und legt ihre Hand auf sein Nervenzentrum, eine braungebrannte Hand, und sagt: »Auf das Mal kommt es überhaupt nicht an!« Der Mond scheint auf den Strand, ein glitzernder, zappelnder Sandaal in den Fingern, ein Lächeln im Mundwinkel und ein Grübchen im Kinn, das man berühren möchte. Das Haar fällt ihr ins Gesicht, ein nacktes, schönes Bein, die Zehen im Gras. O Gott! Er stand mit dem Rücken an die Tür der Hütte gelehnt, er sah ihr Haar, das ihr ins Gesicht fiel, und draußen das Meer, ein toter Mann, der mit der Flut hin und her treibt. Er wollte sie in die Arme nehmen und seine Tränen über ihren gesenkten Kopf fließen lassen. Er hätte am liebsten in den Himmel greifen und die Wolken zerreißen wollen, um ihr Leid zu lindern und ihr zu zeigen, was er für sie fühlte. Und nie hatte er anders empfunden. Er sah sie aus dem Autobus steigen, ärmlich angezogen, mit schmalem Gesicht und abgemagert, ihre Augen zwei Teiche dunklen Leids. Und dann sah er sie so wie vorhin: nicht länger abgezehrt und in schönen Kleidern, die ihr paßten, als habe sie nie etwas anderes getragen. Aber das zweite Bild wollte er fortwischen, und nun sah er sie nur noch mit dem müden, abgehärmten Gesicht, den Pappkoffer in der Hand.

Oh, was hast du mir angetan? Oder war ich es? Wärest du doch nie gekommen! Was ist seitdem aus dir geworden? Und was aus mir?

Vorbei mit dem häßlichen Haus aus Zement. Vorbei mit dem Geruch nach frischer Farbe, mit dem roten Feuerschein, der an Winterabenden aus dem neuen Kochherd fällt. Vorbei damit, gemeinsam Hand in Hand die Treppe hinaufzusteigen und zu sagen: »Hier in diesem Zimmer wollen wir schlafen«, aus dem Fenster zu gucken, und auf der anderen Seite der Bucht liegt die Renmore-Kaserne auf einem grünen Hügel im Morgenlicht. »Und in diesem Zimmer wird vielleicht bald eine Wiege stehen!« Und sie hätte geantwortet: »Nein, wie soll das denn möglich sein? Gott hat doch Coimín und mir auch keine Kinder geschenkt! Gott wußte schon, warum.« – »Warte nur, warte es ab!« Wie sie beide gelacht hätten! Und dann abends mit dem Boot hinausfahren und wissen, daß man an Land etwas zurückläßt, das einem gehört, oder daß sie sich um ihn sorgen würde, bis das schwarze Boot am anderen Tag wie ein kräftiger schwarzer Schwan vom Meer im Schein des roten Abendhimmels heimkehren würde.

Nur diese eine Welt hatte es für ihn gegeben. Alles andere im Leben war nur aus diesem einen Grunde lebenswert gewesen. Denn nie konnte es jemand anderes für ihn geben, und nun war sie ihm genommen – so wie eine Figur auf einem Bild verschwinden wird, wenn der Maler mit einem Öllappen über sie fährt.

Er stöhnte und lief über die Hauptstraße zur Bucht von Claddagh. Sturmgepeitscht lag sie vor ihm.

Er sah sie, wie sie neben ihm stand während ihres gemeinsames langen Rundgangs um die Stadt herum, und sie blickten hinter auf seinen Stammessitz. Hier gehören wir hin. Und weiter oben kannst du sehen, wie sie die alten Häuser von Claddagh abreißen und neue bauen. Schau mal, sogar von hier kannst du die Gerüste und Pfähle erkennen. Ist es nicht merkwürdig, wenn eines Tages kein einziges Strohdach mehr hell in der Sonne glänzt? Wie konnte man nur so grausam sein? So anders als das, was man erwartet? Wie konnte gerade sie so anders sein? Sie war doch so ausgeglichen wie sonst niemand. Wie konnte sie so kampflos den unwesentlichen Dingen verfallen, die Tommy und sein Leben ausmachten? Ausgerechnet sie, die das Wesentliche gesehen, erlitten und gespürt hatte und wußte, was es bedeutet. Wie konnte sie das – oder hatte er das nur in ihr gesehen? Bedeutete denn das alles nichts – die Worte, die sie zu ihm sprach, die freundlichen Augen, mit denen sie ihn ansah? Sah man so auch seinen Hund an, einen großen Collie, den man sehr gern hatte und doch eines Tages im Steinbruch verscharrte, weil man entdeckt hatte, daß er die Krätze hatte, ein widerwärtiges Zeichen im Gesicht? So ekelhaft, daß man sich schämen mußte, mit ihm gesehen zu werden, weil die Leute guckten und redeten: »Sieh mal schnell, Jane, da drüben! Meine Güte, was für ein scheußliches Gesicht! Der reinste Kinderschreck! Und warum geht das hübsche Mädchen mit so einem? Sieht sie es denn nicht? Stell dir nur mal vor, frühmorgens aufzuwachen und neben dir auf dem Kopfkissen solch ein Ungeheuer zu erblicken!«

Mico stöhnte und hob die Hände auf, um sein Gesicht zu bedecken. Seine einst braunen Schuhe waren durchweicht und schmutzig und schmatzten bei jedem Schritt vor Nässe, während er auf dem Pier durch die Pfützen patschte. Nur das Eisengeländer hinderte ihn daran, ins Hafenbecken zu fallen.

Am Kai, wo sein Boot vertäut war, blieb er stehen. Eine einzige Sekunde blickte er zum Himmel, dann sprang er auf das

Boot zu. Er handelte wie im Fieber, machte das Tau achtern los und warf es in den dunklen Bootsraum. Dann rannte er zum Bug und versuchte, das dicke Tau vom Poller zu lösen. Das war schwierig, weil es sich voll Nässe gesogen hatte und stramm saß. Doch er brachte es los, zog und zerrte mit aller Kraft und hatte es schließlich in seinen Händen, und er hielt das schwere Boot, das auf den vom Fluß kommenden Wogen tanzte und bockte.

Er hörte nicht die Stimme von Twacky, der auf ihn zulief. Vom Fenster seines Hauses aus hatte er Mico zum Hafen torkeln sehen. Erst wartete er, weil er annahm, er müsse sich getäuscht haben, doch dann war er in den Regen hinausgerannt und hatte gerufen: »Mico, Mico, was machst du?«

Mico fühlte, wie er am Arm gezogen wurde. Er drehte sich um und blickte ihn an. Der Regen lief Twacky übers Gesicht. Mehr nahm er nicht wahr.

»Laß mich in Ruhe«, brüllte er. »Laß mich in Ruhe, verstehst du?«

Twacky erschrak; obwohl Micos Augen auf ihn gerichtet waren, so sahen sie doch durch ihn hindurch.

»Warte, Mico!« schrie er. »Bei solch einem Wetter kannst du nicht ausfahren! Du kommst um, Mico!«

»Laß mich«, schrie Mico und wollte seinen Arm befreien. Twacky hielt ihn eisern fest.

»Mico, Mico!« bat er flehentlich. Und dann hob Mico den anderen Arm, schlug mit aller Kraft zu, und Twacky fiel hin.

Er wartete keinen Moment, sprang sofort ins Boot, mit dem Tau in der Hand. Es war das reinste Wunder, daß er überhaupt mit dem Boot fertig wurde, ohne daß es an der granitenen Kaimauer zerschellte. Er machte das Segel mit solcher Wucht los, daß das Tau riß. Er griff darauf zur Segelleine, riß auch sie los und zog und zog. Als der kreischende Wind das Segel faßte, benahm sich das Boot wie toll. Mico griff nach dem Steuer, und das Boot preschte wie ein Jagdhund in den tosenden Fluß hinaus. Ein furchtbar wild gewordenes Boot. Eigentlich eine gute, freundliche Lady, das eine bessere Behandlung gewöhnt war. Doch fauchend stürzte sich das Boot in die Strömung, und als es in der Flußmitte war, wurde es von der vollen Wucht des Windes gepackt, und es bockte und stöhnte vor Schmerz, und dann nahm es langsam und störrisch unter viel Auf und Ab Kurs aufs offene Meer.

Twacky war aufgesprungen und beobachtete es. Seine Hände waren dreckig von der Pfütze, in die er gefallen war. Er hatte Angst, so große Angst wie einst in der Schule vor Pa, wenn er etwas nicht gewußt hatte. Er fühlt sich so unwohl, als wenn er in Begleitung von Frauen wäre. Er konnte das Boot erkennen. Es war so schwarz und das Wasser so weiß wie Schlagsahne. »O Gott, das ist sein Tod, das ist sein Tod!« schrie er und rannte auf die Häuser zu.

Er rannte und schrie: »Oh, diese Weiber! Diese Weiber!« Denn plötzlich war ihm Micos Frage eingefallen: »Willst du mein Brautführer sein?« Das war es also, dachte er wütend. Wie gern hätte er ihr ins Gesicht geschlagen, wie recht geschähe ihr das, und wie böse sie alle sind, und wie vernünftig war jeder Mann, der ihnen aus dem Weg ging.

Er platzte in den Frieden von Micos Haus. Triefend stand er da; auf der Wange, wo ihn der Flaschenscherben gestreift hatte, klebte ein Heftpflaster; in den Augen Verzweiflung, das Haar tropfnaß vom Regen.

Big Micil hatte in Strümpfen vor dem Feuer gesessen und sich die Füße an der Glut gewärmt. In der Hand hielt er die Zeitung, von der er nun verwundert aufblickte. Der Großvater nahm die Pfeife aus dem Mund, das Mundstück war feucht. Micos Mutter sah von dem Strumpf auf, den sie gerade stopfte, und schaute ihn mit ihren dunklen Augen in dem schmalen Gesicht an.

»Mico ist verrückt geworden!« schrie Twacky. »Er ist ausgefahren! Auf See! Mit dem Boot! Er wird umkommen! Was machen wir bloß?«

»Mein Gott!« rief Big Micil und griff nach seinen Stiefeln. Der Großvater lief sofort auf die Tür zu, hinter der das Ölzeug hing. Delia erhob sich, Furcht in den Augen. In ihrem Inneren schien sie noch irgend etwas anderes zu bewegen. Mico in solch einer Nacht mit dem Boot draußen?

»Was ist denn geschehen, Twacky?« fragt sie. »Was ist mit meinem Sohn passiert?«

»Ich weiß es nicht«, antwortet Twacky. »Er rast wie ein Wilder auf den Pier und springt ins Boot. Ich hab versucht, ihn aufzuhalten, aber er hat sich losgerissen!« Daß Mico ihn schlug, davon sagt er kein Wort. Er hat es längst vergessen. Er hat es verdrängt, als sei es nie geschehen.

»Frauen sind schlimm«, sagt der Alte. »Ich hab's mir gedacht. Ich wußte es!« Er quält sich in das Ölzeug hinein.

»Wo ist mein Tuch?« fragt Delia und sucht.

»Du bleibst hier, hörst du«, sagt Big Micil. »Das hat doch keinen Zweck!«

»Mein Tuch!« ruft sie, wirft sich's über ihr weißes Haar und schiebt Twacky beiseite.

»He!« ruft Big Micil, der sich in seine Ölsachen zwängt, »komm doch zurück! Komm zurück!«

Sie verließen das Haus, die Tür blieb weit offen stehen. In dem rechteckigen Stückchen Nacht, das der gelbe Schein der Petroleumlampe beleuchtete, hingen die Regenwände.

In einer auseinandergezogenen Reihe liefen sie einer hinter dem anderen zum Hafen hinunter. Ihre Augen wanderten über den Fluß. Im Blitzlicht über den Bergen von Clare entdeckten sie das flatternde Segel des Bootes, das gerade die Flußmündung passierte.

Sie rannten an Nimmos Pier vorbei, quer über die Mülldeponie, stolperten über Gras Richtung Strand. Eine hechelnde Reihe glänzender Öljacken. Nur der Großvater blieb stehen, um Delia aufzuhelfen, als sie hingefallen war. »Mico, Mico«, jammerte sie, als sie dem alten Mann die Hand reichte, um stöhnend aufzustehen. Ihre Hand sah so rot aus wie die Chemikalien, die sie über den Müll auf der Halde kippten.

Mico hatte gleich hinter Nimmos Pier die See in all ihrer Gewalt zu spüren bekommen. Sie riß ihm die Mütze vom Kopf und wehte sie in den heulenden Wind, höhnisch, als wollte sie sagen: »Nimm die Mütze ab, du Flegel, wenn du in den Sturm kommst!« Er mußte sich schwer auf die Ruderpinne legen, als die Wellen rechts gegen das Boot schlugen.

Aber es trotzte dem Wetter und hoppelte wie ein junges Foh-
len. Etwas unwürdig für ein Boot in diesem Alter. Was sagte
das knarrende Holz der Bordwände dazu? Holz, das mit viel
Liebe von schwieligen Händen geschickter Meister geformt
und zusammengefügt worden war – viele, viele Jahre vor
Micos Geburt.

Das Boot meisterte die Mündung und nahm Kurs auf die
Berge von Clare, stürmte über Wellenberge, die der Wind
ihm in den Weg schleuderte. Mico war schon vorher naß
gewesen, doch jetzt wurde er bis auf die Haut durchnäßt, so
hoch schlugen die Wellen über die Bordwände. Er spürte es
durch und durch, und er genoß es. Himmlisch. Die See
klatschte ihm ins Gesicht, peitschte seinen Körper, stach in
seine Finger, doch sie vermochte nicht in sein Innerstes zu
dringen und das Feuer zu ersticken, das dort loderte.

Ich wollte nichts vom Leben, nur die einfachen kleinen
Dinge, die andere Menschen überhaupt nicht wollen. Ich
begreife, daß Peter nicht in der Welt leben wollte, die er sah,
in der Welt der vielen Ungerechtigkeiten, die so schlimm
waren, daß er oft nachts nicht schlafen konnte, weil man ja
machtlos war und nichts dagegen zu tun vermochte, als wieder und immer wieder bis zur Bewußtlosigkeit darüber zu
reden. Mico war zufrieden mit dem Lauf der Welt. Sicher
hätte er von der Seitenlinie aus applaudiert, wenn Peter oder
einer von Peters Art einen Sieg für die einfachen Leute errun-
gen hätte. Doch nicht mehr. Denn er war einer von den Menschen, die leicht verachtet werden, weil er sich damit zufrie-
dengab, die Welt ihren Lauf nehmen zu lassen. Weil er sich be-
gnügte mit dem, was sein Vater und Großvater vor ihm hatten.
Er freute sich an springenden Fischen und der Arbeit und
Mühe, sie zu fangen. Er liebte die See und haßte sie, weil alle
Menschen es taten, aber er genügte es, den ewigen Kampf mit
ihr aufzunehmen und weiterzuführen. Er verlangte nicht
jeden Tag Fleisch auf seinem Tisch. Was er wollte, war weiter
nichts als ein Dach über dem Kopf und Kinder und seine Frau.
Das war alles. Mehr verlangte er nicht. Warum konnte er das
nicht bekommen?

Weil er zu einfach war? Weil er nicht darum kämpfen mochte? War das der Grund?

Wurde er, der gelernt hatte, Stürmen zu trotzen, jetzt in den Tod getrieben, weil er gesehen hatte, wie die Hand seines Bruders von der Brust der Frau rutschte, die er liebte? War es das?

Wohin fuhr er eigentlich?

Er rieb sich die Augen, über die Regen und Meerwasser liefen, und auf allen Seiten erblickte er die hohen Wogen, grün und weiß glitzerten sie im Widerschein der Blitze, und als er besser sehen konnte, begriff er, wohin er fuhr. Er fuhr in den Tod; denn weder Mann noch Boot konnte in einer See wie dieser hier überleben. Er warf einen Blick auf das braune Segel. Es war zum äußersten angespannt. Das Boot neigte sich zur Seite wie eine Luxusjacht bei mittlerem Sturm. Es bockte so sehr, daß er manchmal fast den schwarzen Kiel sah, als er sich über die Bordwand lehnte, um das Gleichgewicht zu halten. Nun gut. Dann sterbe ich eben. Er wandte den Kopf nicht nach rechts, wo längs des öden Strandes kleine Gestalten verzweifelt winkten. Er hätte hinschauen sollen. Vielleicht hätte es etwas für ihn bedeutet. Vielleicht hätte er sich dann das Gesicht seines Vaters vorgestellt, der mit den Tränen kämpfte, als er sah, wie die See seinen einzigen Sohn der ihm geblieben war, verschlucken wollte. Er wäre ins Meer gesprungen, der hilflose Riese, und zu seinem Sohn hinübergeschwommen, wenn er es gekonnt hätte. Nun stand er bis zu den Hüften in der Brandung, schrie vergeblich und winkte und rief dem kaum erkennbaren Punkt zu, der da im Schoße des unglaublich aufgewühlten Ozeans entschwand. Er hätte vielleicht seine Mutter erkannt, mit dem weißen, aufgelösten Haar, wie sie hager im Wind schwankte und ihre schmalen Hände ausstreckte. Und der Großvater, der gebückt und klein dastand, die Lippen bewegend, ob zu Fluch oder Gebet, das wußte keiner, und wartend, wartend mit all der Geduld, die ihm endlose Jahre und das stille Warten auf den Tod gelehrt hatten. Vielleicht hätte er Twacky ausgemacht, der von einem Fuß auf den anderen sprang, wie einst als kleiner Junge, wenn ihm jemand eine Frage gestellt hatte, die er nicht beantworten konnte. Er hätte all sie und auch all die anderen wahrnehmen können, die ihnen durch das nasse Gras und über die Müllkippe der Stadt folgten, stolpernd, stürzend, sich wieder aufrappelnd, um zu denen zu eilen, deren Gestalten sich am Rande des Meeres dunkel gegen den blitzenden Himmel abhoben.

Wenn er sich umgedreht und sie gesehen hätte, wäre er vielleicht überrascht gewesen und hätte gesagt: Ach, es scheint den Leuten doch etwas auszumachen, ob ich lebe oder sterbe. Sie halten mich nicht nur für einen einfachen, unwissenden Fischer mit einem Mal im Gesicht, so häßlich, daß man ihn kaum anschauen kann. Sie denken sich, das ist Mico, ein netter Kerl, und sie haben mich gern, weil ich Mico bin, und es ist ihnen völlig egal, ob ich nun zehn Finger an jeder Hand oder einen Schwanz wie ein Affe habe oder nicht.

Sein Kopf wurde klarer, als er mit dem störrischen Boot kämpfte. Die Gewalt über das Boot wurde ihm fast aus den Händen gerissen, doch er kämpfte mit der ganzen Wucht seines schweren Körpers. Er hielt mit dem Bug gegen den Wind und fühlte, daß er seine Kraft mit etwas maß, das stärker war als er. Und während sein Kopf klarer wurde und er immer stärkere Kräfte Entwickelte, fragte er sich: Was tue ich denn?

Und der Sturm antwortete höhnisch: »Du läufst davon! Du läufst davon, und jetzt ist's zu spät! Du läufst in deinen eigenen Tod, wie alle Feiglinge!«

Und dann dachte er nach.

Was tue ich meinem armen schwarzen Boot an?

Und das arme schwarze Boot, das stöhnende und torkelnde und leidende, antwortete ihm: Du bringst mich um, Mico! Was habe ich dir getan, daß du mir das antun mußt? Bin ich nicht ein gutes Boot gewesen, solange du lebtest und dein Vater lebte und dein Großvater lebte und dessen Vater? Ist das der Lohn, den du mir gibst, daß mein alter Körper irgendwo an der fremden Küste von Clare jenseits der Bucht zertrümmert und in Stücke geschlagen auflaufen soll? Soll ich nach alledem als Treibholz auf fremden Klippen enden?

Was tue ich denn nur? Was wird aus meinem Vater und meiner Mutter und meinem Großvater, wenn ich ihnen ihren

Lebensunterhalt wegnehme? Wie lange würde es dauern, bis sie wieder ein Boot unter Segel hätten? Wie sollen sie es kaufen? Wie es bauen? Und was soll aus ihnen werden, während es gebaut wird? Soll mein Vater hingehen, Pickel und Schaufel nehmen und unter den Augen eines Vorarbeiters der Grafschaft Gräben für ein paar Schillinge die Woche ausheben – mein Vater?

Aber was hätte ich denn tun sollen?

Ich weiß! Jetzt, wo es zu spät ist, weiß ich es.

Ich hätte meinem Bruder ordentlich was in die Fresse hauen sollen, und ich hätte sie am Arm aus dem Zimmer ziehen und zu ihr sagen müssen: »Was ist denn hier los? Was machst du da überhaupt? Du solltest dich schämen, verdammt noch mal.«

Das hätte ich tun sollen. Und ich werde es tun. Jetzt!

Er legte sich aufs Steuer und drehte bei.

»Jetzt«, schrie er seinem Boot zu, »jetzt kommt's drauf an! Jetzt mußt du zeigen, was du kannst! Alles oder nichts.« Es streckte sogar eine Hand aus und tätschelte das Boot, das zum Spielball der ungläubigen Wellen wurde. Er dachte, sein Herz würde platzen, seine Arme würden aus den Schultern gerissen, das alte Boot zermalmt wie ein Keks, der in der Hand eines Kindes zerbröckelt.

Es knarrte und knarrte, stöhnte und ächzte, und das Segel klatschte, und er duckte sich tief, als es über seinem Kopf herumschwang. Er hielt die Ruderpinne, und er hielt das Segel, so tief ihm die um den Arm gewickelte Leine auch ins Fleisch schnitt. Er hätte vor Schmerz heulen können. Langsam, doch akkurat drehte sich das alte Boot, und die Wellen fielen darüber her und wollten es unter sich begraben, aber es drehte sich sehr langsam weiter, bis es auf einmal davonraste wie ein Jagdhund, den man von der Leine genommen hatte.

Die Menschen an der Küste trauten ihren erstarrten, patschnassen Augen nicht. Von dem Kampf, der sich knapp einen Kilometer von ihnen entfernt abspielte, erkannten sie nur etwas, wenn es aufblitzte.

Das schaffen die nie, dachte Micil. Mann und Boot waren für ihn eins.

Das schaffen die nie, dachte der Großvater kopfschüttelnd und hatte das Boot im Sinn, das älter war als er selbst.

Und dann sahen sie es aus den Wogen auftauchen und dahin zurückkehren, von wo es gekommen war, und sie standen einen Augenblick sprachlos da, kehrten dann um und rannten den Weg zurück, den sie gekommen waren, winkend und rufend, und der Wind riß ihnen die Worte von den Lippen.

Der Großvater war's, der auf Maeve stieß.

Kniend blickte sie aufs Meer hinaus. Der Regen hatte ihr das Haar ums Gesicht geklebt. Außer einer Bluse und einem Rock hatte sie nichts weiter angezogen. Die dünne weiße Bluse lag ihr auf der Haut, als sei sie nackend. Der Rock war naß, dreckig und zerrissen. Die Strümpfe zerfetzt, und die hochhackigen Schuhe hatte sie beim Laufen über den aufgeweichtem Boden verloren.

»Steh auf!« rief der alte Mann. »Er kommt wieder!«

Big Micil blieb einen Augenblick bei ihnen stehen, warf ihr seine Öljacke über und rannte weiter.

Der Großvater half ihr auf.

»Komm jetzt und lauf, so schnell du kannst! Er ist in Sicherheit!«

Sie blickte ihn an, dann rannte sie hinter den anderen her.

Als Mico sich der Flußmündung näherte, wandte er den Kopf um und sah sie. Er sah sie winken. Er sah sie rufen. Er sah die schlanke Gestalt im Regen und Wind bei zuckenden Blitzen. Er sah sie alle. Die Jacke war ihr von der Schulter geglitten. Sie stand da, weiß und schwarz, weiß und schwarz, die Haare klebten in ihrem Gesicht.

Und er sah Twacky.

O Gott, ich habe Twacky geschlagen!

Twacky, den ich liebe! Twacky, den ich heiraten sollte!

Und er beugte sich vor und tätschelte das rauhe Holz des hüpfenden Bootes.

»Bist 'ne gute Lady!« rief er laut. »Bist 'ne gute, schöne, schwarze Lady!«

Tomás O'Crohan
Die Boote fahren nicht mehr aus
Bericht eines irischen Fischers

Aus dem Englischen von Annemarie und Heinrich Böll

Drei Meilen vor der Küste der County Kerry, am äußersten Westrand von Irland, liegt die Große Blasket-Insel, die »Gemeinde, die Amerika am nächsten liegt«. Es ist ein hartes Leben, das die Bewohner dieses winzigen, steinigen Fleckens Erde mitten in der Brandung des stürmischen Meeres fristen. Tomás O'Crohan erzählt als einer, der diese Welt noch erlebt hat und gar keine andere kannte: von tollkühnen Meeresfahrten und Jagden, von Festen mit Spiel und Trunk, von bitterem Hunger, wenn der Fischfang mißglückt ... »Leute wie uns wird es nie mehr geben«, meint der irische Fischer.

Kritiker nannten O'Crohans Bericht, der eigentlich eine poetische Schilderung ist, »famos«. Für Irland-Begeisterte ist dieses wichtige Werk der gälischen Literatur gar zu einem »Kultbuch« geworden.

Bernd Späth lobt: »In der geschliffenen Übersetzung von Heinrich und Annemarie Böll ist dieses Buch ein Lese-Erlebnis für alle Altersklassen.« Und Urs von der Mühll meint: »Für den heutigen Leser wird die Lektüre von O'Crohans Erinnerungen zu einer hochinteressanten Reise in die soziale und wirtschaftliche Vergangenheit unseres Kontinents.«

Ein Buch aus dem Lamuv Verlag

Peig Sayers

So irisch wie ich
Eine Fischersfrau erzählt ihr Leben

Aus dem Englischen von Hans-Christian Oeser

Peig Sayers' Autobiographie gilt als eines der großen Werke der irischen Literatur. Die »Königin der Geschichtenerzähler« verbrachte die meiste Zeit ihres Lebens auf der Großen Blasket-Insel, Irlands westlichstem Punkt, abgeschnitten von der übrigen Welt. Unter »primitiven« Lebensbedingungen konnte hier die irische Sprache und die keltische Denk- und Ausdrucksweise mit einem immensen Reichtum an Folklore lange Zeit bewahrt werden.

Nach ihrer Heirat – sie war noch keine 19, ihr Mann 30 Jahre alt – zog Peig 1892 auf die Insel. Zehn Kinder brachte sie zur Welt. Einige verlor sie durch Tod, andere, weil sie nach Amerika auswanderten. 1920 starb ihr Mann.

Trotz aller Widrigkeiten des Alltags, Peig ließ sich nicht unterkriegen. »Wir waren arme Menschen, die weder Reichtum noch Luxus kannten. Wir akzeptierten unser Leben und sehnten uns nach keinem anderen.«

Nächst dem Singen und Tanzen war das Erzählen für die Inselbewohner die einzige Form der Unterhaltung wie auch die einzige Form der Weitergabe von althergebrachten Weisheiten und Werten. Peigs Feen- und Geistergeschichten, die sie, die Pfeife im Mund, zum besten gab, sind auf mehr als 5 000 Seiten festgehalten worden.

In ihrer Autobiographie beschreibt sie in farbiger Diktion die Naturschönheiten der Insel ebenso wie das spartanische Leben und die reiche Kultur ihrer Bewohner. »Ich habe versucht, meine Geschichte so einfach wie möglich zu erzählen, damit jeder sie lesen und verstehen kann – als würde ich sie den Nachbarskindern am Kamin erzählen.«

Ein Buch aus dem Lamuv Verlag

Walter Macken
Cahal
Roman aus Irland

Aus dem Englischen von Cordula Kolarik

Cahal kennt seinen Vater nicht. Seine Mutter ist nach Amerika ausgewandert. Als er mit sechzehn in der Stadt die Schule abgeschlossen hat, kehrt er auf den Hof seines tyrannischen Großvaters zurück, irgendwo in einem versteckten Winkel Irlands, eine kleine überalterte Gemeinde.

Eines Tages begegnet Cahal der jungen Máire: »Durch das Schilf hindurch sah er sie. Ein Mädchen mit roten Haaren, nicht rot, eher kupferfarben mit Grün in der Sonne. Ein hochgewachsenes Mädchen ... Sie war barfuß. Sie ging bis zu der Stelle, wo der kleine Bach in den Fluß mündete. An der Seite hatte der Fluß ein flaches Ufer. Gelber Kies, der sanft abfiel. Angeschwemmt, wo sich das Wasser traf. Sie ging ins Erlengebüsch, blieb dort stehen, und vor Cahals erstarrten Augen faßte sie mit ihren braunen Armen nach dem Saum ihres leichten Kleides und zog es über den Kopf. Zum ersten Mal in seinem Leben sah er außerhalb seiner fieberhaften Träume den Körper eines Mädchens ...«

Dieses Bild und diese Begegnung bleiben in ihm verhaftet. Er kommt von ihr nicht mehr los. Doch der Großvater verheiratet ihn mit einer anderen ...

Walter Macken zeichnet ein unvergeßliches Porträt des harten irischen Landlebens, liebloser Ehen und der Rebellion gegen erdrückende soziale Sitten.

»Komisch und zugleich bewegend: Die Geschichten fließen sanft wie Sommerbäche; das Landleben wird lebendig; kunstvoll erzählt mit ausgezeichneten dramatischen Momenten.« (Spectator)

Ein Buch aus dem Lamuv Verlag